山西文華·著述編

延君壽集

清 延君壽◎著

常會敏◎校注

《山西文華》編纂委員會 編

三晋出版社
山西出版傳媒集團

圖書在版編目(CIP)數據

延君壽集 / (清)延君壽著;常會敏校注. —太原: 三晋出版社, 2017.11

ISBN 978-7-5457-1595-8

Ⅰ. ①延… Ⅱ. ①常… Ⅲ. ①古典詩歌—詩集—中國—清代 ②古典散文—散文集—中國—清代 Ⅳ. ①I214.92

中國版本圖書館 CIP 數據核字(2017)第 284259 號

延君壽集

著　　者: 〔清〕延君壽
校 注 者: 常會敏
責任編輯: 落馥香
封扉設計: 山西天目·王明自

出 版 者: 山西出版傳媒集團 · 三晋出版社 (原山西古籍出版社)
地　　址: 太原市建設南路 21 號
郵　　編: 030012
電　　話: 0351-4922268 (發行中心)
0351-4956036 (總編室)
0351-4922203 (印製部)
網　　址: http://www.sjcbs.cn

經 銷 者: 新華書店
承 印 者: 山西人民印刷有限責任公司

開　　本: 700mm × 1000mm　1/16
印　　張: 25.25
字　　數: 400 千字
版　　次: 2017 年 11 月　第 1 版
印　　次: 2017 年 11 月　第 1 次印刷
書　　號: ISBN　978-7-5457-1595-8
定　　價: 116.00 圓

《山西文華》編纂委員會

出版説明

山西東屏太行，西瀕黄河，北通塞外，南控中原，是中華民族的主要發祥地之一。中華文明輝煌燦爛，三晋文化源遠流長。歷史文獻豐富、文化遺産厚重，形成了兼容並包、積澱深厚、韵味獨特的晋文化。山西省政府决定編纂大型歷史文獻叢書《山西文華》，以彙集三晋文獻、傳承三晋文化、弘揚三晋文明。

《山西文華》力求把握正確方向，尊重歷史原貌，突出山西特色，薈萃文化精華，按照搶救、保護、整理、傳承的原則整理出版圖書。叢書規模大，編纂時間長，參與人員多，特將有關編纂則例簡要説明如下。

一、《山西文華》是有關山西現今地域的大型歷史文獻叢書，分"著述編""史料編""圖録編"。每編之下項目平列；重大系列性項目，按其項目規模特徵，制定合理的編纂方式。

二、"著述編"以1949年10月1日前山西籍作者（含長期在晋之作者）的著述爲主，兼收今人有關山西歷史文化的研究性著述。

三、"史料編"收録1949年10月1日前有關山西的方志、金石、日記、年譜、族譜、檔案、報刊等史料，以影印爲主要整理方式。

四、“圖録編”主要收録 1949 年 10 月 1 日前有關山西的文化遺産精華，包括古代建築、壁畫、彩塑、書畫、民間藝術等，兼收古地圖等大型圖文資料。

五、今人著述采用簡體漢字横排，古代著述采用繁體漢字横排。

《山西文華》編纂委員會

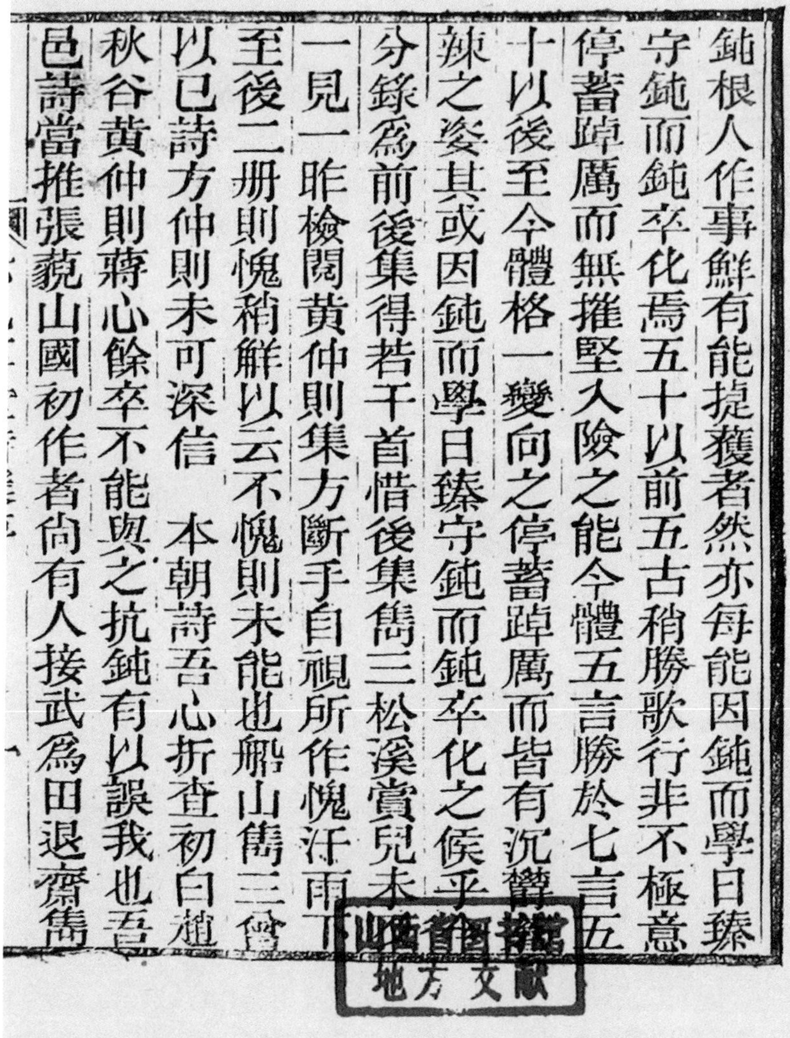

鈍根人作事鮮有能捷獲者然亦每能因鈍而學日臻
守鈍而鈍卒化焉五十以前五古稍勝歌行非不極意
停蓄踔厲而無摧堅入險之能今體五言勝於七言五
十以後至今體格一變向之停蓄踔厲而皆有沉鬱
辣之姿其或因鈍而學日臻守鈍而鈍卒化之候乎
分錄爲前後集得若干首惜後集雋三松溪賞兒未
一見一昨檢閱黃仲則集方斷手自覘所作愧汗雨下
至後二册則愧稍解以云不愧則未能也船山雋三僧
以已詩方仲則未可深信　本朝詩吾心折査初白趙
秋谷黃仲則蔣心餘卒不能與之抗鈍有以誤我也吾
邑詩當推張藐山國初作者向有人接武爲田退齋雋

清道光六年《六硯草堂詩集》刻本書影

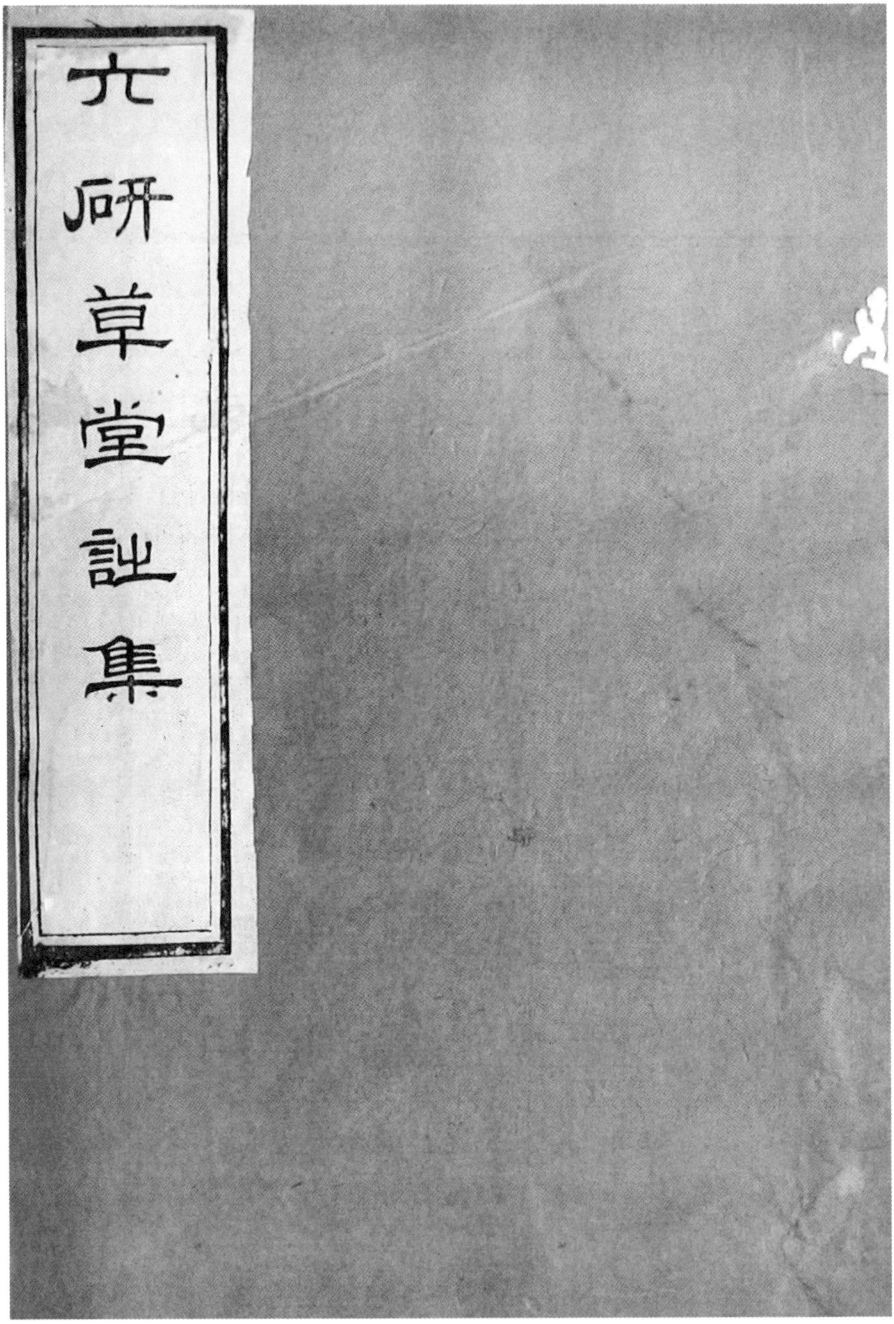

民國年間《六硯草堂詩集》書影

出版前言

山西陽城,"崦山聳後,析城拱前,沁水繞左,蟨山雄右,岡隴之勢,四面渾成,形勝之奇,一方巨鎮"。如今以"皇城相府"人文景觀爲國内外所熟知。

清代陳廷敬云:"由明以來,科第顯立名當世者甚多,蹋晉以南數郡縣,陽城蓋天下人材所自出也。今未易殫數其爲天下所尤知者,有若楊公繼宗、原公傑、王公國光、孫公居相、張公銓,或以清節,或以事功,或以直敢言,或以忠死事,此五公者,皆天下所知者也……吾于藐山張公有慨焉,所謂文學之科,公其人也。始吾所居三四十里溪谷之間,有常平事倫及吾祖副使容山公,皆最能詩,已開文學之先,而莫爲之繼。藐山先生奮然獨興于數世之後……里中則楊黄門沁湄,以其學與先生相周旋,先生曰:'吾之畏友也。'其時,白公東谷最晚出,先生亟稱之,自是先生之文益昌,而里中名卿碩人能文之士,彬彬稱盛焉。"

陳廷敬之後,又有田六善、張泰交、田從典、郭兆麒、張錦、張廣基、張晉、延君壽、王炳照、李毅、劉堃、竇積之等繼踵,使這一地域特色頗濃的詩人群體,綿延達二百多年,不絶如縷。

民國《陽城縣志·選舉志》之進士目登録元 16 人,金 5 人,明 44 人,清 51 人,另清有武進士 3 人;舉人門登録明 138 人,清 153 人。《人物志》之宦業、忠節、義行、孝友、文苑、隱逸目收入北齊至元 10 人,明清凡 226 人,其中載著述傳世者 49 人。陳廷敬所云"由明以來,科第顯立名當世者甚多,蹋晉以南數郡縣,陽城蓋天下人材所自出也",其言不誤。

而這一詩人群體的承前啟後者，當推延君壽。延君壽生於清乾隆三十年（1765），卒於清道光六年（1826），六十餘年生涯中，做過山東萊陽縣令、浙江長興縣令、安徽五河縣令，而由於被謫、丁艱等原因，大部分時光在老家陽城度過。他詩作的主題有對友情的贊美，對七品芝麻官爲政的無奈，對故鄉山水的描繪與思念，而貧困生活及喪子喪女喪妻之痛，則令讀者感同身受。由於延君壽少年時即隨侍祖父（時任福建泉州府同知）於福建，成年後又大江南北任職，眼界開闊，學問文章，博大精深，故其詩作，"非特集本邑詩學之大成，其襟懷磊落慷慨激昂之氣，實有非道咸以來邑中諸先生所能望其項背者"（吳登雲序）。

更爲可貴者，延君壽還選擇明代中葉至清乾嘉間邑中數十家詩，梓爲《樊南詩鈔第一集》《樊南詩鈔》四卷加以刊行。邑詩人王炳照、李毅去世後，延君壽又親自將二人之《介雅堂詩鈔》及《松溪詩稿》刊行。

而他的詩話著作《老生常談》，甫一問世，即爲世人稱道，其中除對歷代詩人、詩作加以鑒賞，對作詩方法要領加以點撥外，還有對爲人處世的感悟，對子孫後昆的殷切希冀，則《老生常談》之價值，又不僅僅止於詩話也。

鑒於延君壽在詩歌史、詩學理論史及詩歌傳承整理方面的巨大成就與貢獻，今將其著述收入《山西文華·著述編》，使其熠熠詩文光今而耀後，萬世不朽。

三晋出版社

2017 年 9 月 1 日

校注前言

延君壽（1765—1826），本名壽，字荔浦。清代山西陽城縣潤城鎮北音村人。初任山東萊陽縣知縣，剔除奸弊，清理積案。有高、全、劉三姓因爭堤，三十年訴訟未結案，君壽到任，一次審訊立斷，爲人稱頌。因事罷官，百姓上書懇求挽留，未得允准。兩年後，開罪復職，任浙江長興知縣，以奔喪離職。起任安徽五河知縣。該縣地小政簡，閑餘與文人學士詩酒唱和，有白居易之風度。不久，離職返鄉。在鄉間同張晉、陳法于、張禮垣等人結成"樊南吟社"，宣導一代文風，被人稱爲"騷壇四逸"。他還將明中葉迄清乾嘉間邑人之詩作精選爲《樊南詩鈔第一集》《樊南詩鈔》四卷，刊行於世。邑詩人王炳照、李毅去世後，又親自將二人之《介雅堂詩鈔》《松溪詩稿》刊行。延君壽擅長書法，筆用雞毛，字勁秀圓潤。因其生平有六美硯，故自稱"六硯草堂居士"。山西近代學者郭象升評價延公"詩近宋人，多瘦硬蒼奇之音"。著有《六硯草堂詩集》和《老生常談》。有四子，三子皆能詩。長子延賞，拔貢，工詩。次子延常，歲貢。三子延棠，字少池，道光十五年舉人，任解州學正，著《春秋補義》《論孟》《史通》《易注》《四書廣義》《芻蕘碎語》及《詩古文集》，鄉寧楊篤曾拜其爲師。

《六硯草堂詩集》是一部記録並反映延君壽生活、交遊、志向、思想等方面的集子，更是詩人踐行其詩論理念的集中成果。其中前集收録 470 首，後集收録古今體詩 516 首，共計 986 首。詩集中記載了作者家庭、交遊等生活細節，对其故鄉山西陽城的風景、古跡、習俗作了多方面描述，如西坪、聖王坪、海會寺、析城山、米羹飯、打鐵花等，生活氣息令人備感親切。亦有对作者出仕爲官、宦海遷移狀況的描述，如《銓得普安令旋改授萊陽賦此以誌》《官舍雜詩》《晚歸示沐峪樞園兩村父老》等；亦有作者對爲官之道的一些體會、看法，如"貪則多敗類，公則能生明"(《雋三賞菊作五言古詩一章依韻和之》)，"悍俗刑難化，勞生願已違。申韓何所學，或恐古人非"(《雨》)等。更有作者对歷史人物、史事的評斷感慨，发人深省。細讀詩集，可知延公愛東坡詩尤甚，不僅多用東坡典故，更是傾慕到"東坡妙語言，每讀欲起舞"(《四韵詩八首》)之境地。集中時有作者老年之慨，所承受喪女、喪子之痛，令人感懷。而一通曉政務之明官，舐犢情深之老父，才華横溢之詩人，洞悉世事之智者，躍然眼前，血肉豐滿。因此，此詩集是研究延公生平、政論、詩論的重要資料。

延君壽詩集清代及民國存世版本有以下兩種：

1.清道光六年(1826)刻本，綫裝，一函四册，共四卷，每半頁11行21字，小字雙行，左右雙邊，單黑魚尾，白口標有卷次和頁碼，深藍書皮。國家圖書館、山西圖書館有藏。

2.民國23年(1934)刻本，陽城日新書社刻，綫裝，一函四册，共四卷，每半頁11行21字，小字雙行，左右雙邊，單黑魚尾，白口標有卷次和頁碼，黄色書皮。卷三末刊有"每部價銀壹元二角陽城日新書社印行濩澤文社存版"字樣。國家圖書館、山西圖書館有藏。

此次點校，以國圖藏清道光六年刻本爲底本，簡稱"清刻本"。以國圖藏民國刻本爲校本，簡稱"民國本"。另外，山西省圖書館藏民國23年刻本，由於省館搬遷修整，古籍打包，未能得見。

《老生常談》是一部兼具時代性與地域性的詩話類著作，不僅在清代爲人稱道，亦被當代文論家郭紹虞收入《清代詩話選》。作者在書中對各個時期代表性的詩人、詩作進行了賞鑒與分析，並對當時詩人及山西詩人作出評論，提出了一些作詩法門，供時人及後人參考。書中還涉及延君壽對家族子弟修學與做人的教誨，從側面反映了作者的思想意識。

該書清代及民國存世版本有以下幾種：

1.《老生常談》清刻本，現藏於國家圖書館、山西省圖書館。一部一册，每半頁 11 行 21 字，左右雙邊，單黑魚尾，白口，中縫書有頁碼。書首頁有三枚印章，從上到下，依次爲“知堂眼學”“國立北京圖書館珍藏”“苦雨齋藏書印”，末頁有“國立北京圖書館珍藏”印。（周作人號“知堂老人”；苦雨齋爲周作人書齋名。）

2.《老生常談》清刻本，現藏於國家圖書館。一部一册，每半頁 11 行 21 字，左右雙邊，單黑魚尾，白口，中縫書有頁碼。書首頁有三枚印章，從上到下，依次爲“苦雨齋藏書印”“國立北京圖書館珍藏”“知堂禮讚”，末頁有“國立北京圖書館珍藏”印。

3.《老生常談》民國鉛印本，收入山西省文獻委員會印《山右叢書初編》，現藏於國家圖書館。共一册，每半頁 12 行 30 字，四周雙邊，單黑魚尾，白口。首頁有“國立北平圖書館珍藏”印。

4.《老生常談》民國本，藏於山西師範大學。

國圖所藏兩部清刻本版框長寬相同，界欄及文字傾斜度亦同，衹是前一本較後一本天頭更寬，所以前一本開本較大，這兩部清刻本很可能爲同一版所印。

此次點校，以國圖藏大開本清刻本爲底本，簡稱爲“甲本”；國圖藏較小開本清刻本爲校本，簡稱爲“乙本”；以國圖藏山右叢書民國鉛印本爲參校本，簡稱爲“民國本”。山西省圖書館藏本未能得見，因此底本、校本、參校本均以國圖藏本爲準。而民國鉛印本，實乃據清刻本整理，或與原版微有出入，所以在校勘過程中，僅將異文列出，不作贅述析異，以供讀者區分版本。特此説明。

目前可見對延公著作的整理，多以標點、校勘爲主，如點校本《六硯草堂詩集》（尹變英、常會敏、牛江點校，三晋出版社 2014 年出版），校勘本《山右叢書初編》中所收《六硯草堂詩集》（上海古籍出版社 2014 年出版），等等。此外還有一些相關研究論文，如《清延君壽〈六硯草堂詩稿〉手稿本版本初探》（耿建華、李豫），《清陽城〈樊南詩鈔〉的版本考略》（楊海娜），《延君壽生卒任職考略》（常會敏、楊海娜、牛江），等等。可見，關於延君壽及其著作的研究性成果，仍十分缺乏，尤其是針對著作本身的研究，基本還處於一個空白階段。本次整理就所能見到的版本進行了校勘，並出校記；對典故等進行簡注，意在疏通文義。具體處理如下：

1.此次點校以保持書籍原貌爲宗旨，對古今字、異體字、俗體字、通假字、生僻字等均以原文爲準，不作改動。如：冰—氷，拿—拏，棱—稜，窗—囱，稿—藳等。同一字前後字形不同亦不作改動，如：雋、隽，韻、韵，鄰、隣，牕、窗等。

2.底本與校本凡有出入處，以底本爲準。按文意推敲，明顯不符文理處，據校本改動，並在校記中予以説明。

3.注釋爲簡注，前文注釋過的，後文一般不再出注。注釋字詞、人物多以《故訓匯纂》《説文解字》《中國歷代人名大辭典》等工具書爲準。典故則以四部中之經典著述爲準，如《詩經》《禮記》《論語》《莊子》《史記》《楚辭》《世説新語》《資治通鑒》等。似有名句化用之處，亦將所知羅列一二，以備讀者參考。

由於筆者學力有限，在標點、校勘等整理過程中，難免有差錯疏漏及不妥之處，恐難精細完美，敬請各位前輩、同人及讀者諒解，並加以批評指正，共同爲山西省文人文集的刊行流傳貢獻力量。

常會敏

2017 年 8 月 1 日

目　録

序 一

鈍根人作事①,鮮有能捷獲者,然亦每能因鈍而學日臻,守鈍而鈍卒化焉。五十以前,五古稍勝歌行②,非不極意停蓄踔厲③,而無摧堅入險之能;今體五言勝於七言。五十以後至今,體格一變,向之停蓄踔厲,而皆有沉鬱蒼辣之姿。其或因鈍而學日臻,守鈍而鈍卒化之候乎?今分録爲前後集,得若干首。惜後集雋三、松溪、賞兒未及一見。一昨檢閲《黄仲則集》方斷手④,自視所作,愧汗雨下。至後二册則愧稍解,以云不愧,則未能也。船山⑤、雋三曾以己詩方仲則⑥,未可深信。本朝詩,吾心折查初白⑦、趙秋谷⑧、黄仲則、蔣心餘⑨,卒不能與之抗,鈍有以誤我也。吾邑詩當推張藐山⑩,國初作者尚有人接武爲田退齋⑪,雋三與余繼退齋後,或可庶幾,藐山襟懷高朗,不得逮也。

道光六年丙戌十月二十二日,扃門縣試六硯老人手識於五河官舍鷗鄉鷺國之館。

【注釋】

① 鈍根:佛教語,謂根機愚鈍,没有靈性。此作者自謙之辭。

② 五古:指五言詩。歌行:樂府詩的一體。姜夔《白石詩話》:"體如行書曰行,放情曰歌,兼之曰歌行。"

③ 踔厲:雄健、奮發之意。魯迅《墳·文化偏至論》:"人既發揚踔厲矣,則邦國亦以興起。"

④ 黄景仁(1749—1783):字漢鏞,一字仲則,陽湖(今江蘇常州市)人。北宋詩人黄庭堅後裔。著有《兩當軒集》。

⑤ 船山:此船山非指王夫之,《六硯草堂詩後集上》有《讀張船山詩刻題後》詩

可證，見後文。張問陶（1764—1814）：字仲冶，號船山，四川遂寧人。清代乾嘉詩壇大家。有《船山詩草》及《補遺》。

⑥ 張晉（1754—1819）：字雋三，山西陽城人。著有《艷雪堂詩集》四卷。

⑦ 查慎行（1650—1727）：字悔餘，號他山，晚年居於初白菴，故稱查初白。

⑧ 趙執信（1662—1744）：字伸符，號秋谷，清代詩人、詩論家、書法家，山東省淄博市博山人。

⑨ 蔣士銓（1725—1784）：字心餘、苕生，號藏園，又號清容居士，晚號定甫。鉛山（今屬江西）人，清代詩人、戲曲家。與袁枚、趙翼並稱爲"乾隆三大家"。著有《忠雅堂詩集》，戲曲創作存《紅雪樓九種曲》等四十九種。

⑩ 張慎言（1578—1646）：字金銘，號藐山，山西陽城人。明末著名的政治家、思想家、書法家、詩人。書法與董其昌齊名，時有"南董北藐"之稱。著有《泊水齋文鈔》《泊水齋詩鈔》等。

⑪ 田懋：字退齋，山西陽城人。文華殿大學士田從典（1651—1728）之子。

序　二[1]

延茘浦先生名壽，更名君壽，世居陽城北陰村。其先德果亭先生，官福建泉州府同知，有政聲。先生幼隨侍八閩，得大海波濤拓其胸臆，舞勺歲即嶄然露頭角。及其壯也，與張雋三、張禮垣、陳金門諸先生結吟社，名聲噪一時。與雋三交尤摯，傾囊相贈，親昆季弗如也。嗣入粟爲主簿，薦陞縣令，初宰山左萊陽，甫下車，人多以貲郎輕之。及見其學問文章，精深博大，且能以勁氣拒欽使之勒索，又莫不驚詫悦服，瞻依眷戀，嘆其涖萊晚而去萊太速也。先生可謂爲風塵吏大吐其氣矣。繼任浙江長興，雋三往依之，聯吟鬥韻[2]，有昌黎、東野之遺風，一時大江南北稱詩人者羣推陽城張、延焉。顧雋三詩肖唐，先生則近於宋，非故與立異，才氣使然耳。生平有六美硯，因自號六硯草堂居士。此則草堂詩集爲先生官五河時親自勘定者也。先生既手訂其詩，又選明中葉迄清乾、嘉邑中數十家詩，梓爲《樊南詩鈔》。後起之秀有若李松溪、王介三、李見唐輩，又多賴先生提携獎進，顯名於時。蓋先生非特集本邑詩學之大成，其襟懷磊落慷慨激昂之氣，實有非道咸以來邑中諸先生所能望其項背者。惜當時仕塗既極蕪雜，本邑人文又日趨頽墮，致先生奔走南北，偃蹇縣令以終[3]。使處清明之交，得大力者譽揚引薦，安知不位至方面臺閣，大展其胸中抱負乎？余書至此，不禁感懷身世而爲之廢書三嘆也。先生四子，曰賞、曰常、曰棠，皆能詩，少子正望無聞焉。後嗣式微[4]，詩版質諸典肆[5]，輾轉歸於文社與縣志，暨《午亭文編》[6]《豔雪堂詩》諸版[7]，皆庋存尊經閣[8]。十九年駐軍以來，余心惴惴不安者亘三年，兵去清釐[9]，幸皆完整，豈諸先生精靈感召，有鬼神代爲呵護歟！

不然，彼赳赳者⑩，方弁髦俎豆褻瀆神龕之不暇⑪，何獨靳此區區而不忍毁傷耶⑫？國步阽危⑬，變亂莫測，余懼其久而散失也，爰命手民印刷若干部，漸廣流傳。並弁先生略歷於卷首，使讀先生之詩者，知先生詩之所以高，實緣其人格之高有以致之焉。

民國二十三年二月鄉後學瀛仙吴登雲序於文廟敬一亭。

【注釋】

① 此序爲民國刻本序，據民國本録入。

② 鬥韻：謂聯句或賦詩填詞時以險韻競勝。

③ 偃蹇：困頓、艱難貌。

④ 式微：《詩經·邶風·式微》"式微式微，胡不歸"朱熹集傳："式，發語詞。微，猶衰也。"

⑤ 詩版：即詩文印刷的底板。典肆：即當舖。

⑥《午亭文編》：陳廷敬著。

⑦《艷雪堂詩》：張雋三著。

⑧ 庋(guǐ)：放置。

⑨ 清釐：即清查、整理。釐，喻極細微處。

⑩ 赳赳者：指軍人。

⑪ 弁：黑色布帽。髦：童子眉際垂髮。古時男子行冠禮，先加緇布冠，次加皮弁，後加爵弁。三加後，即棄緇布冠不用，並剃去垂髦，理髮爲髻。因以"弁髦"喻棄置無用之物。

⑫ 靳：謂憐惜、珍惜之意。

⑬ 阽(diàn)：危險。《説文》："阽，壁危也。"

六硯草堂詩集

六硯草堂詩前集上

曉　舟

野風獵獵摧菰蒲[①]，五更水鳥相驚呼。峭帆一去不十里，殘月彎彎没船尾。船回柁轉天始明，漁舟打魚縱復横。老翁賣魚同弱女，篷底時聞咲語聲[②]。世人爭羡鱸魚美，此行頗愛秋江水。轉念故鄉山水佳，亦有輕舸繫沙觜。三年羈客未能歸，溪上鯉魚秋正肥。

【注釋】

① 菰：水草，《廣韻》古胡切。蒲：水草，可以做席。
② 咲：同“笑”。

早春遊藐山方丈題壁 前明尚書張金銘别業在海會寺側

涼風吹院松鼠墮，水平緑淨不可唾。滿庭荒竹影横斜，半日啼鶯聞一箇。藐山先生今已亡，藐山方丈嗟荒涼。土花斷碣尋不見，一道飛泉下夕陽。

上佛村曉渡

殘月下嶺没，烟中聞櫓聲。曉雲烘谷口[①]，溪水挾山城。葦白疑秋雪，松高擲野鼪[②]。篙師休詑我[③]，湖海記平生。

【注釋】

① 烘:以火燒燎。《詩經·小雅·白華》有"樵彼桑薪,卬烘于煁"句。

② 鼪:鼠。《爾雅·釋獸》:"今鼬似鼦,赤黄色,大尾,啖鼠,江東呼爲鼪。"

③ 篙師:撑船的熟手。篙,撑船的竿。

遊析城山至聖王坪①

羣峰如奔馬,百里相追逐。縱横不可勒,到此始結束。龍穴嵌平沙②,羅列三百六。中有散花人③,窈窕顔如玉。遂令千頃田,變作胭脂谷。山産臙粉花甚多。我來登絶頂,週覽騁遠目。古廟少人行,荒簷飛蝙蝠。去去故低徊,一騎出山麓。爲問塵勞人④,幽居何日卜?

【注釋】

① 析城山、聖王坪:均在山西陽城縣境。析城山"山峰四面如城,有東、西、南、北四門分析,故曰析城"。相傳商湯二十四年大旱,湯王禱雨於桑林(析城山),故又稱聖王坪。

② 龍穴:傳説中龍所居住的洞穴。平沙:含沙量一般的沙地。

③ 散花人:即散花天女。《維摩經·觀衆生品》載:"時維摩詰室,有一天女,見諸天人聞所説法,便現其身,即以天花散諸菩薩大弟子上,花至諸菩薩即皆墮落,至大弟子便著不墮。"

④ 塵勞:佛教謂世俗事務之煩惱。

三月望日示兒子賞

憂端從中來,獨坐靜兀兀①。我貌素豐頤②,今空存皮骨。春風來何時,於今已兩月。傷心不忍説,三子相繼歿。汝弟既不生,愛汝心倍切。出入時顧復,惟恐汝生疾。昨日桃花開,飛鳥聲啾唧。風和簷日暖,爭引羣雛出。惟我真寂寞,憐汝亦蕭瑟。人生感憂患,誰留髮如漆?有汝可慰情,賢愚寧能必③。不見王文度④,老大猶置膝。

【注釋】

① 兀兀:孤獨貌。

② 豐頤:本義指豐滿的下巴,舊時視爲有威容。此處形容人豐滿怡然之貌。

③ 必:《説文》:"分極也。"段玉裁注:"極猶準也……凡高處謂之極。立表爲分判之準。故云分極。引伸爲詞之必然。"

④ 王文度:王坦之,字文度,東晉重臣,祖籍山西太原。《世説新語·方正第五》載:"藍田(文度父)愛念文度,雖長大,猶抱著膝上。"言愛子之意。蘇東坡亦有"風流膝上王文度"句。

延烈婦詞

問名納采皆及期①,兩小無猜初結縭②。三月懋易來中州③,丈夫喜作賈胡留④。明年春風蝴蝶飛,妾在夢中見君歸。形模頓與别時異,所言悉是地下事。婦起梳頭心徬徨,火伴早攜訃音至。朝朝哭上望夫山⑤,千里路遠柩不還。朝汲井⑥,倚銀床,轆轤轉不停⑦,寸寸廻柔腸。隣嫗前來道婦喜,明日便嫁新夫子。婦卻無言雙淚垂,此事逼迫舅姑爲。改顔向舅姑,願得書栗主⑧。三月夫婦恩,一朝别如雨。月在天,風生户,鷄三號,更五鼓,著紅帬,衣白紵。觧帶懷主正當胷,淚不能流心酸楚。風姨月姊來相迎⑨,代繫梁頭絲一縷。婦爺跛一足,所業如安民。曹家窈窕女,十七嫁延春。磐石生來性能貞,鑿不得破風雷驚。尋夫魂作珊珊步,幾時飛過黄河渡?

【注釋】

① 問名納采:《儀禮·士昏禮》載:昏有六禮,納采、問名、納吉、納徵、請期、親迎。鄭玄注:"問名者,將歸卜其吉凶。"《儀禮》:"昏禮,下達納采,用雁。"鄭玄注:"將欲與彼合婚姻,必先使媒氏,下通其言,女氏許之,乃後使人納其采擇之。"

② 結縭:古時嫁女儀式。《詩經·豳風·東山》:"親結其縭,九十其儀。"毛傳:"母戒女,施衿結帨。"《儀禮·士昏禮》:"母施衿、結帨,曰:'勉之敬之,夙夜無違宫事。'"后以結縭代指成婚。

③ 懋:《説文·心部》:"懋,勉也。從心,楙聲。《虞書》曰:時惟懋哉。"《書·益

稷》“懋遷有無化居”蔡沈集傳：“懋，勉也。”又有繁多之義，同“茂”。又可假借爲“貿”。《書·皋陶謨》“懋遷有無化居”劉逢禄《尚書今古文集解》：“懋，書大傳作貿。”

④ 賈胡：經商的胡人。泛指外國商人。

⑤ 望夫山：又叫望夫石，皆系民間傳説。劉禹錫有詩作《望夫石》：“終日望夫夫不歸，化爲孤石苦相思。望來已是幾千載，只似當時初望時。”《初學記》引劉義慶《幽明録》：“武昌北山有望夫石，狀若人立。古傳云：昔有貞婦，其夫從役，遠赴國難，攜弱子餞送北山，立望夫而化爲立石。”

⑥ 汲：引水於井。

⑦ 轆轤：利用輪軸原理製成的井上汲水的起重裝置，以喻心中情思如轆轤般反復上下。

⑧ 栗主：古代練祭所立的神主，用栗木做成，故稱“栗主”。後通稱宗廟神主爲“栗主”。《公羊傳·文公二年》載：“虞主用桑，練主用栗。”

⑨ 風姨月姊：風姨，古代神話傳説中的司風之神。月姊，指傳説中的月中仙子、月宫嫦娥。代指風與月。

寓濟寧刺史署中招遊浣筆泉①

太白天上謫仙人，錦袍不脱月可捉②。當時亦泛濟水來，浣筆傳聞向鳴玉③。蝦蟇跳波魚唼萍，初日風動聲泠泠。泉下浣來泉上坐，㲋繹當面搖空青。天子不留玉堂署，至竟懷鉛夜郎去。此地傳疑亦失實，卽今不見如椽筆④。酒樓跨城夕照邊，四明同醉恐未然。杜老南池不百步⑤，遊跡或俱開元年。千年留得傷心宅，昔日水黑今水白。浣筆我夢不生花⑥，羞説如今寓狂客。

【注釋】

① 濟寧浣筆泉：相傳爲太白浣筆處，故稱之。

② 月可捉：此爲太白捉月之典。洪邁《容齋隨筆·李太白》云：“世俗多言李太白在當塗采石，因醉泛舟於江，見月影俯而取之，遂溺死，故其地有捉月臺。”周必大《二老堂雜誌·記太平州牛渚磯》云：“傍顧荒臺，痛捉月之殞身。”

③ 鳴玉：《禮記》：“君子行則鳴佩玉。”劉勰《文心雕龍·章表》：“天子垂珠以聽，諸侯鳴玉以朝。”《樂府詩集》十三：“黻冕充廣庭，鳴玉盈朝位。”此處謂出仕爲官之意。

④ 如椽筆：如椽之筆，典出《晉書·王珣傳》："珣夢人以大筆如椽與之，既覺，語人曰：'此當有大手筆事。'俄而帝崩，哀册謚議，皆珣所草。"邵雍有《大字吟》詩云："詩成半醉正陶然，更用如椽大筆鈔。"楊萬里《送羅永年歸永豐》："所喜如椽筆，能揮卻日戈。老夫留病眼，看子中文科。"蘇東坡亦有"月落風悲天雨泣，誰將椽筆寫光塵"之句。皆文筆、才能高超之謂。

⑤ 杜老南池：杜甫有《南池》詩云："崢嶸巴閬間，所向盡山谷。安知有蒼池，萬頃浸坤軸。"《漢書·地理志》："彭道將池在南，彭道魚池在西南。"又："閬中有彭道將池，東西二里，南北約五里，即南池也，在城南十里。"《益州記》："南池在閬中縣東南八里。"《後漢書》："巴郡閬中縣南有彭池。"《方輿勝覽》："南池在高祖廟旁，東西四里，南北八里。"南池，即彭道魚池。

⑥ 生花：王仁裕《開元天寶遺事》載："李太白少時，夢所用之筆頭上生花，後天才贍逸，名聞天下。"

樊溪遊春至海會寺[①]

凌晨發高興，策杖踏溪沙。一水牽萍葉，兩崖開杏花。春雲低著柳，積霧曉成霞。更向前村去，青帘賣酒家。曲曲隨溪轉，溪流路欲迷。好花多傍水，晴雨不沾泥。遠岫浮青黛，人家住緑隄。啼鶯知客到，飛過寺門西。

【注釋】

① 海會寺：在山西陽城縣境。始建於唐，後歷代重修、增修不斷，現存多爲明清遺物。又名龍泉寺。

重遊析城山途中口號絶句二首

碧嶂丹崕挂女蘿[①]，仙人何處按雲和[②]。芒鞋踏破羣山出[③]，始信從前罣漏多[④]。

訪得羣仙跨赤龍[⑤]，暮天飛出隔林鐘。手持銕笛不歸去，吹過雲濛第幾峰？

【注釋】

① 女蘿：植物名，亦作"女羅"，即松蘿。多附生在松樹上，成絲狀下垂。

② 雲和：琴瑟琵琶等絃樂器的統稱。

③ 芒鞋：用芒莖外皮編織而成，泛指草鞋。蘇東坡《定風波》有“竹杖芒鞋輕勝馬，誰怕？一蓑煙雨任平生”句。

④ 罣：挂也。

⑤ 赤龍：傳説以爲神仙所乘。宋人劉安上有《天柱峰》詩云：“仙人夜半來吹笛，騎著吳江小赤龍。”

鐘鳴峽

石斷峽雲透，人穿石峽行。巑岏盤馬足[1]，鞺鞳作鐘聲[2]。白日照難得，青天望忽驚。高歌答清響，空外聽分明。

【注釋】

① 巑：形容山高聳峻鋭貌。

② 鞺鞳：鐘鼓聲。

王屋山

白雲先生去[1]，空山留白雲。客隨猿鳥路，仙逐鳳鸞羣。斷壁凌空見，清歌上界聞。繁花開正好，拂石坐紛紛。

【注釋】

① 白雲先生：即司馬承禎（647—735），字子微，號白雲子，洛州温（今河南温縣）人，唐道士。師道士潘師正，傳其符籙及辟穀、導引、服餌之術，又受上清經法。後遍遊名山，隱居於天臺山玉霄峰，自號天臺白雲子。武則天、睿宗時曾迎入京。玄宗時，兩次被召，並奉詔居王屋山。卒謚貞一先生。

海會寺贈醒然上人

此寺一何古，有僧顔若霞。曾遊扁鵲廟，常遊燕趙，遂精于醫。歸住法王家[1]。緑映一潭水，香生衆樹花。幽棲吾意足，羨爾好袈裟。

知我不佞佛[2]，升階漫打鐘。土花埋斷碣，清響下長松。拄杖秋心遠，支床午睡濃。山門防俗客，都倩白雲封[3]。

【注釋】

① 法王家：指寺廟。法王，佛教對釋迦牟尼的尊稱。元明等朝亦授予紅教喇嘛首領“法王”封號。

② 佞：用花言巧語諂媚人。

③ 倩：請。

八月十一夜西坪月下作

月黑山如睡，月出山如醒。芙蓉九朵落空烟，接嶺連峰到絶頂。浮雲遮斷月光碎，廻廊竹影悄然退。夜氣壓山忽不伸，如鰲伏地空餘背。西坪有月年年好，此景似不經人道。秋風乍起衣裳單，幾人來看月中山？

中　秋

風姨殊解事，持帚掃雲根。雨氣猶生户，月光忽到門。畫欄横一曲，風笛遞前邨。便與諸昆季[1]，同傾老瓦盆。

獨上西坪望，三更露氣寒。青山埋骨易，紅袖到頭難。記否黄金屋[2]，愁呼白玉盤。元龍題碣在，剔蘚月中看。亡姬曹幼黄墓碣爲陳明軒先生題署。

昔年張仲蔚[3]，今夕坐梧桐。謂雋三。半夜月明下，一天涼露中。命窮詩任過，愁重酒無功。昨日勞書札，殷勤寄遠鴻。

今宵風月好，留不住南能。文字偏增累，名山竟屬僧。是日，醒然上人見過，丐作《奎星閣碑記》。鄉居人邋遢，僮小髪鬅鬙。極望樓千尺，還期乘興登。

【注釋】

① 昆季：即兄弟。

② 黄金屋：舊題漢班固《漢武帝故事》載："（武帝）數歲，長公主嫖抱置膝上，問曰：'兒欲得婦不？'膠東王曰：'欲得婦。'長公主指其左右長御百餘人，皆云不用。末指其女問曰：'阿嬌好不？'於是乃笑對曰：'好！若得阿嬌作婦，當作金屋貯之也。'長公主大悦，乃苦要上，遂成婚焉。"李白有《妾薄命》詩："漢帝重阿嬌，貯之黄金屋。"所居黄金屋，可見其生活富貴。

③ 張仲蔚：《高士傳》卷中載："張仲蔚者，平陵人也。與同郡魏景卿俱脩道德，隱身不仕。明天官博物，善屬文，好詩賦。常居窮素，所處蓬蒿没人，閉門養性，不治榮名。時人莫識，惟劉龔知之。"韋莊有"誰念閉關張仲蔚，滿庭春雨長蒿萊"句，陶淵明有《詠貧士》詩："仲蔚愛窮居，繞宅生蒿蓬。翳然絶交遊，賦詩頗能工。"皆雅逸貧士之詠。

盆　松

一尺栽新土，幾時到十尋？碧雲春澹澹，華月夜沉沉。看爾支離意，傷余遲暮心。托根今已誤，悔不向山林。

冬　夜

寒氣逼殘夜，朔風時打門。去鴻留雪爪[①]，落月失梅魂。石凍苔紛墮，樹僵烏忽翻。壯懷思起舞，不是學劉琨[②]。

【注釋】

① 鴻留雪爪：即雪泥鴻爪，語出東坡《和子由澠池懷舊》詩："人生到處知何似，應似飛鴻踏雪泥。"亦作鴻爪雪泥，袁枚《答何獻葵明府書》云："追憶當年留宿，或提燈而採荷葉，或曳足而仰星河，呼茶命短腿之胡奴，燒韭煩龐眉之老姊，忽忽四五年，鴻爪雪泥，都爲陳跡。"此往事陳跡之謂也。

② 劉琨：西晉中山魏昌人，字越石。少負志氣，與祖逖爲友，希爲世用。晉惠帝時，封廣武侯。晉懷帝永嘉元年，爲并州刺史，加振威將軍。愍帝立，任大將軍，都督并州諸軍事。元帝稱制，遣使勸進，轉太尉。爲晉廷招撫流亡，孤守河北，與劉聰、石勒抗衡。爲勒所敗，奔鮮卑貴族幽州刺史段匹磾。匹磾忌之，遂被殺。有《劉越石集》輯本。《晉書》卷二十六《祖逖列傳》載"聞雞起舞"事："（祖逖）與司空劉琨俱爲司州主簿，情好綢繆，共被同寢。中夜聞荒雞鳴，蹴琨覺曰：'此非惡聲也。'因起舞。逖、琨并有英氣，每語世事，或中宵起坐，相謂曰：'若四海鼎沸，豪傑並起，

吾與足下當相避於中原耳。'"

臘月十一夜寄陳明軒先生江左

昔年訪勝登王屋,今日懷鉛走具區[①]。江上帆檣孤客夢,壁間風雨掃花圖。戊午年春,同遊王屋山,明軒丐錢塘李散牧作《結伴掃花圖》。窺梁落月猶顔色,捲幔寒星乍有無。可惜别離簫管歇,不能同爾聽吴歈[②]。

【注釋】

① "昔年"二句:王屋即王屋山,在山西省陽城、垣曲二縣之間,山有三重,其狀如屋,故名。相傳黄帝曾訪道於王屋山。王維有詩云:"先生何處去?王屋訪茅君。"具區,古澤藪名,即太湖,又名震澤、笠澤。《周禮·夏官·職方氏》:"東南曰揚州,其山鎮曰會稽,其澤藪曰具區。"《爾雅·釋地》:"吴越之間有具區。"皮日休有"具區包地髓,震澤含天英"句。

② 吴歈:《楚辭·招魂》"吴歈蔡謳,奏大吕些"王逸注:"吴、蔡,國名也。歈、謳,皆歌也。大吕,六律名也。《周官》曰:'舞《雲門》,奏大吕。'言乃復使吴人歌謠,蔡人謳吟,進雅樂,奏大吕。五音六律,聲和調也。"吴歈,亦作吴愉,吴歌也。

老姥掌陳午亭相國有射虎記[①]

飛鞚連雲上[②],幽花抱掌開。絡藤崖石墮,避弩虎風迴。雨氣涼衣袂,嵐光合酒盃。舊時題字處,黄葉積成堆。

【注釋】

① 陳午亭相國:指陳廷敬,字子端,號説巖,晚年號午亭山人,山西陽城人。有《午亭文編》《老姥掌遊記》等。老姥掌,位於沁水、陽城、澤州三縣交界處。

② 鞚:《玉篇·革部》:"鞚,馬勒也。"《慧琳音義》卷八十五"堅鞚勒"注:"馬轡頭人所執者曰鞚。"

海會寺

北地不宜竹,居人識者稀。誰知白栝裡[①],無數碧鸞飛。魚窑跳波亂[②]，花明認露晞。頭陀吾有約[③]，來製水田衣[④]。

【注釋】

① 白栝：白色的檜柏。栝，古書上指檜樹。

② "魚窰"句：跳波，指翻騰的波浪。唐李賀《李憑箜篌引》有"夢入神山教神嫗，老魚跳波瘦蛟舞"句。

③ 頭陀：亦作"頭陁"，意爲"抖擻"，即去掉塵垢煩惱。因用以稱僧人，亦專指行脚乞食的僧人。

④ 水田衣：袈裟的别名，因用多塊布片連綴而成，宛如水稻田之界畫，故名。也稱"百衲衣"。

慈泉菴

新月光到地，磬聲飄暮菴。有時僧渡水，來與佛同龕[①]。石井圍蛛網，天花墮蔚藍。龍泉近咫尺，相望隔風嵐。

【注釋】

① 龕：置佛像處也。

葛　溝

認取溝渠在，坡陀一徑通。連畦種秋菜，肅客到牛宫[①]。境以攤書静，心緣得劍雄。終當謝塵鞅[②]，來此事猿公[③]。

【注釋】

① 肅客：迎進客人意。《禮記·曲禮上》："客至於寢門，則主人請入爲席，然後出迎客，客固辭，主人肅客而入。"鄭玄注："肅，進也。進客，謂導之。"牛宫：即牛欄。

② 鞅：套在馬頸上的皮帶。塵鞅，塵世凡俗事務牽絆束縛之謂。

③ 猿公：即劍術高超的隱者。李賀有《南園》詩："見買若耶溪水劍，明朝歸去事猿公。"《吴越春秋·勾踐陰謀外傳》載："越有處女出於南林，國人稱善……越王乃使使聘之，問之以劍戟之術。處女將北見於王，道逢一翁，自稱曰袁公。問於處女：'吾聞子善劍，愿一見之。'女曰：'妾不敢有所隱，惟公試之。'於是袁公即杖箖

篠竹，竹枝上頡橋未墮地，女即捷末，袁公則飛上樹，變爲白猿。”

棲龍潭

流水如赴甕，澄潭千丈清。晴天含雨氣，虚壑走雷聲。拔地羣峯合，排空亂石横。屠龍終不易①，感歎念平生。

【注釋】

① 屠龍：指高超的技藝或高超而無用的技藝。語出《莊子·列禦寇》："朱泙漫學屠龍於支離益，單千金之家，三年技成，而無所用其巧。"

玉極菴曉起

曙色照囱白，夢回疑月明。可憐僧舍客，慣聽曉鐘聲。煮葯留丹竈①，攤錢買緑橙。秋風來造次，已覺薄寒生。

【注釋】

① 竈：《玉篇·穴部》："竈，炊竈也。"《論語·八佾》"寧媚于竈"皇侃疏："竈，謂人家爲飲食之處也。"

寄范匡來兼詢李牧坪

半面猶未曾，此懷何由寫？所幸吾子詩，十年已在把。昌黎吞丹篆，傍有孟東野①。安知君夢中，不已先見我？頻年走風塵，幾得親風雅？京國逢牧坪，時時稱足下②。莫歎見面遲，行跨西歸馬。相煩約李侯，先爲具杯斚③。

【注釋】

① "昌黎"二句：丹篆，指朱砂所書的篆文，又指仙道之書或符篆。舊題唐柳宗元《龍城録·韓退之夢吞丹篆》載："退之（韓愈字）常説，少時夢人與《丹篆》一卷，令强吞之，旁一人撫掌而笑。覺後亦似胸中物噎，經數日方無恙。尚由記其上一兩

字，筆勢非人間書也。後識孟郊（孟東野），似與之目熟。思之，乃夢中傍笑者。信乎相契如此！”

② 足下：古時下稱上或同輩相稱的敬詞。

③ 斝：同“斝”，酒器。

雜　詩

昌黎少年時，三書上宰相[①]。貧亦足累人，何關道得喪？就食謝仁祖，却米陶胡奴[②]。寧作溝壑志，不爲庚癸呼[③]。渺然小丈夫，納納大乾坤[④]。既不知所仇，亦不知所恩。不羨豫讓橋，不入平津門[⑤]。

崔烈朝入貲，暮得司徒官[⑥]。人卽嫌銅臭，不謂子告言。卜式馬相如[⑦]，禄養夫何傷。能上諫獵書[⑧]，乞斬桑宏羊[⑨]。苟能有所樹，都爲青史光。惜崔亦名士，不聞有諫章。攘羊子証之，失爲父隱意[⑩]。嚄唶崔家兒，何不歸葱肆！

瞪目視嚴武，挺之有此兒[⑪]。咄咄浣花翁[⑫]，疎狂乃如斯。漢高好嫚罵，徼倖免柏人[⑬]。灌夫好使酒，失口程將軍[⑭]。此性不可改，禍來良有因。醇謹胡不聞，我思萬石君[⑮]。

【注釋】

① 三書上宰相：韓愈屢試不第，於唐德宗貞元十一年，先後作《上宰相書》《後十九日復上宰相書》《後廿九日復上宰相書》上呈在朝宰相以求出仕，卻均泥牛入海無有消息。

② “就食”二句：《世説新語·方正第五》載：“王脩齡嘗在東山，甚貧乏。陶胡奴爲烏程令，送一船米遺之，卻不肯取。直答語‘王脩齡若飢，自當就謝仁祖索食，不須陶胡奴米’。”胡奴，陶範小字，陶侃第十子。仁祖，謝尚字，謝鯤之子。王脩齡，王胡之字。王、謝皆爲東晉貴族，陶氏出身寒門，故而王脩齡輕陶胡奴而親謝仁祖。

③ 庚癸呼：古代軍中隱語，謂告貸糧食。典出《左傳·哀公十三年》：“吳申叔儀乞糧於公孫有山氏……對曰：‘粱則無矣，麤則有之。若登首山以呼，曰“庚癸乎”，則諾。’”杜預注：“軍中不得出糧，故爲私隱。庚，西方，主穀；癸，北方，主水。”後稱向人告貸爲“庚癸之呼”，又稱同意告貸爲“庚癸諾”。

④ 納納：包容貌。杜甫《野望》有“納納乾坤大，行行郡國遥”句。

⑤ “不羨”二句：豫讓橋即汾橋，豫讓爲智伯報仇，欲刺趙襄子於汾橋畔，故名，

在今山西太原。平津：漢時爲平津邑，武帝封丞相公孫弘爲平津侯，此後多用爲典。

⑥ 崔烈：東漢涿郡安平人，有重名於北周，歷位郡守、九卿。靈帝時公開賣官，烈因入錢五百萬，得爲司徒，於是聲譽衰減。烈久之不安，遂問其子崔鈞："吾居三公，於議者何如？"鈞謂"大人少有英稱，歷位卿守，論者不謂不當爲三公；而今登其位，天下失望"，因"嫌其銅臭"。崔烈官至太尉，及李傕入長安，爲亂兵所殺。

⑦卜式：西漢河南人，以牧羊致富。武帝時，上書愿輸家財之半助邊，詔拜中郎將，賜爵左庶長，令牧羊上林。式以牧羊喻治民。元鼎中，爲御史大夫。後以反對鹽鐵專賣，貶爲太子太傅，以壽終。馬相如，即司馬相如，西漢蜀郡成都人，工辭賦。武帝嘗讀其《子虛賦》而善之，召爲郎，後爲中郎將，奉使通西南夷，有功。拜孝文園令，病免。

⑧ 諫獵書：司馬相如曾上勸諫狩獵的奏章。後亦以諫獵書泛指勸諫類奏章。

⑨ 桑宏羊：即桑弘羊，漢武帝時人。推行鹽、鐵、酒類收歸官營，并設立平准、均輸機構，控制全國商品，平抑物價。

⑩ "攘羊"二句：《論語·子路》載，葉公語孔子曰："吾黨有直躬者，其父攘羊，而子證之。"孔子曰："吾黨之直者异於是：父爲子隱，子爲父隱，直在其中矣。"

⑪ 嚴武（726—765）：字季鷹，華州華陰人，嚴挺之之子。嘗爲成都尹、劍南節度使。廣德二年，破吐蕃七萬眾，加檢校吏部尚書，封鄭國公。在蜀累年，肆志逞慾，恣行猛政，威震一方，吐蕃不敢進犯。最厚杜甫，然數次欲殺杜。

⑫ 浣花翁：指杜甫。因杜宅位於浣花溪畔，故稱。

⑬ 柏人：古地也，春秋晉地，戰國屬趙，漢置縣，在今河北唐山市西。《史記·張耳陳餘列傳》："漢八年，上（即高祖）從東垣還，過趙，貫高等乃壁人柏人，要之置廁。上過欲宿，心動，問曰：'縣名爲何？'曰：'柏人。''柏人者，迫於人也！'不宿而去。"後遂用爲皇帝行止戒備的典故。

⑭ 灌夫：字仲孺，西漢潁川潁陰人。爲人剛直使酒，喜任俠，家財數千萬，食客日數十百人。後因在丞相田蚡處飲酒，對程不識將軍不遜，爲蚡所劾，以不敬罪族誅。

⑮ 萬石君：指石奮，西漢河内温人。無文學，但恭謹無比。初爲小吏，侍高祖。帝愛其恭敬，召其姊爲美人，以奮爲中涓。文帝時官至太中大夫。景帝即位，列爲九卿。身爲二千石，四子皆官至二千石，因號爲萬石君。

福州雜詩

榕葉空廊響，連朝雨未停。漸聞獠語熟，頻浣瘴衣腥。海霧沉沉黑，苔痕簇簇青。阿誰橫短笛，吹曲與龍聽？

至竟無長策，思家淚綆縻。覆巢憐破卵，脱甲痛生龜。月上前年嫁，王右丞女名月上。阿宣此日饑。購書炊屢斷，休咲乃翁癡。

大夢原難覺，生人幾愛憎。口呼混牛馬，瓶貯雜淄澠。此豈爲眞我，果然慶得朋。相應哭世事，儲淚已盈升。

豪氣猶如昔，高歌夜未央。簷風鳴碎玉，刀影拂崩霜。南望連澎島，西歸指太行。明朝愁照鏡，雙鬢已蒼蒼。

送鬼行[1]

東隣西隣夜撞鐘，道士作法月明中。月明暗，生陰風，髮鬅鬙，來鬼雄。病者誰，五尺童，藥不愈，毉無功。喚阿娘，呼而翁，口囁嚅，足足恭，茶親獻，衣手縫。雲車風馬皆虛空，驚沙撲撲吹燈紅。兒病若失往時同，道士攤錢檢青銅。君不見，杯中蛇影原是弓，蟻鬬床下患耳聰。治疾不聞開藥籠，一生送鬼何匆匆！鬼近揶揄到寓公，糴米食盡塵盎封[2]。買紙昨已糊船篷，相約明朝來送窮[3]。

【注釋】

① 送鬼：李鑒堂《俗語考原》："送鬼，人病以爲鬼所祟，具酒食祭之也。"
② 糴：買米。
③ 送窮：舊時驅送窮鬼的一種習俗。

相逢行

出言動爲知己死，到頭悠悠路人耳。今日相逢當喜歡，肉切鸞刀酒買市[1]。酒貯别腸肉嚼口，同笑同哭眞好友。百年三萬六千場，日日相逢喜欲狂。但願如此意亦足，寧知豪舉不能長？朱亥屠刀偶爾歇[2]，白墮酒瓶有時竭[3]。忽然相逢作一笑，笑畢僞謙猶在貌。一朝棄我可奈何，東流之水西流河。白雲蒼狗須臾變，天北天南隔鄉縣。人生狹路常相逢，休道只吹馬牛風[4]。君不見，寇司户到厓州日，後來卽是丁相公[5]？

【注釋】

① 鸞刀：刀環有鈴的刀。古代祭祀時割牲用。

② 朱亥：戰國時魏國大梁人，隱於市爲屠者。信陵君竊符救趙，侯嬴薦朱亥同往。朱亥於會符時以錐擊殺將軍晉鄙，信陵君奪權代將，遂解邯鄲之圍。

③ 白墮：劉白墮，北魏河東人，善釀酒。六月中，以罌貯酒，暴於日中，經一旬，酒味不動，飲之香美，醉而不醒。京師朝貴多以相餉饋，遠逾千里，號曰"鶴觴"，亦名"騎驢酒"。傳盜賊飲之，醉而被獲，稱"不畏張弓拔刀，唯畏白墮春醪"。

④馬牛風：馬牛奔逸，語出《書·費誓》"馬牛其風"。又《左傳·僖公四年》載："君處北海，寡人處南海，唯是風馬牛不相及也。"孔穎達疏引服虔曰："牝牡相誘謂之風……此言'風馬牛'，謂馬牛風逸，牝牡相誘，蓋是末界之微事，言此事不相及，故以取喻不相干也。"後用以比喻事物之間無關係、不相干。

⑤ 寇司户：即寇準，因其被貶爲雷州司户，故稱。丁相公，本名丁謂，北宋才臣。寇準被貶雷州，乃丁謂秉筆簽令。後丁謂失勢，被貶厓州，途經雷州，寇準遣人送蒸羊。故時人有語："若見雷州寇司户，人生何處不相逢？"

海船來

海船來，牙檣百丈掀颶風，鳴金伐鼓聲轟轟。海船來，刼得錢帛收後艙，大家煮酒烹肥羊。海船來，船漏欲補泊沙嵴，挑貯泠泠山下泉，不愁熬茶用鹹水。海船來，島上向來有戍兵，黄金一賄笑相迎。海船來，作書約降期，挂帆來何遲。去年縛得李巡檢，今年賺得慶監司。濤聲滚滚風蕭蕭，聞道邊城響夜刁。埋輪太守昨日至，海船仍下廣陵潮。

登烏石山 曾南豐有記李陽氷有磨崖篆書廿四字[1]

苦戀斜陽未忍還，欲從絶頂叩天關。一篇亭記熙豐後[2]，廿四蟲書大曆間[3]。積霧乍空時見島，斷雲横去不歸山。我來已少題名處，剔遍稜稜石上斑。

【注釋】

① 烏石山：亦稱烏山，在今福建福州。烏石山多摩崖石刻，以李陽冰"般若臺銘"篆文爲最。曾南豐：即曾鞏。

②"一篇亭記熙豐後"句：言曾鞏所作《道山亭記》。北宋熙寧年間，福州太守程師孟性喜遊覽名勝，曾上烏石山，讚賞山川之美，並在烏山（也稱"道山"）上建了一座亭子，名"道山亭"。宋熙寧十年（1077）八月，曾鞏以度支員外郎直龍圖閣出任福州知州。程師孟得知後，便寫信請曾鞏寫了《道山亭記》。《道山亭記》記述烏石山風景，描寫福州城貌，涉及風土民俗，是一篇傳誦相當普遍的名作，道山亭亦借此名垂千古。

③"廿四蟲書大曆間"句：言李陽冰摩崖石刻廿四字。李陽冰，生卒年不詳，字少温。唐肅宗乾元中任縉雲令，有政聲，秩滿遷爲當塗令。族侄李白來依，疾亟出詩文稿若干，請爲編集作序。後赴京任將作少監，代宗大曆十四年（779）任國子丞。生平散見《新唐書·宰相世系表二上》、李白《當塗李宰君畫贊》《宣和書譜》卷二。李陽冰善詞章，多才藝，工篆書，篆法妙天下。

登清源山[①]

羣山跨海來，清源斷左股。壘石作怪峰，百仞無掬土。登如躡龍脊，驚風吹白雨。陡覺海濤翻，突見老蛟舞[②]。仙人銕如意[③]，昔曾鞭猛虎。至今虎不歸，空谷流虎乳。山有虎乳泉，唐代裴仙人蟬脱處。興酣擲兩茭，歸隱神不許。長虹如可騎，何不學軒舉[④]？

【注釋】

① 清源山：在福建省東南部。

② 蛟：《説文·蟲部》："蛟，龍之屬也。池魚滿三千六百，蛟來爲之長，能率魚飛。置笱水中，即蛟去。從蟲，交聲。"

③ 銕如意：鐵製的爪杖。 南朝宋劉義慶《世説新語·汰侈》載："武帝，愷之甥也，每助愷。嘗以一珊瑚樹高二尺許賜愷，枝柯扶疏，世罕其比。愷以示崇。崇視訖，以鐵如意擊之，應手而碎。"又如《新五代史·後蜀世家·孟昶》載："昭遠手執鐵如意，指揮軍事，自比諸葛亮 。"銕，同"鐵"。

④ 軒舉：軒昂貌。

登大孤山①

大孤不易登，欲往舟難泊。石根漱波濤，萬竅洪鐘作②。觸石勢易敗，遂令遊跡削。但於落帆時，側帽眺巖崿。我生有奇癖，賦命實窮薄。苦道胆力强，始得舟人諾。十里五里行，波平烟漠漠。稍近舟簸掀，頓覺風信惡。初尋山腰路，漸達山頭閣。烟水浩茫茫，遠見潯陽郭。康郎與落星，一氣浮寥廓。囬首望鄱陽，千里地一拓。不愁天路遠，翻憂地軸弱。老憎指天末，風起搖鈴鐸。匆匆覔歸舟，波撼失垠堮。江豘出拜風③，横向我舟掠。衣履不得惜，濡濕沾頭脚。博得家人怪，謂以玉抵鵲。豈知生有命，神其不我虐。舉酒酹欒公④，定應資大噱⑤。

【注釋】

① 大孤山：在江西省鄱陽湖出口處，山形似鞋，又名鞋山。

② 竅：孔，隙。

③ 豘：小豕。豘爲俗字，正體從豕、從肉作豚。亦作豘。

④ 欒公：指欒布，西漢梁人。少時爲酒家傭，又被掠賣爲奴。以與彭越友善，後彭越爲梁王，布爲大夫。高祖殺彭越，令不許收視，布使齊返，獨往哭祭，爲吏所捕。乃陳述以苛細誅功臣，將人人自危。高祖釋其罪，任爲都尉。文帝時爲燕相，至將軍。吳、楚七國反，擊齊有功，封鄃侯。復爲燕相。死後，燕、齊之間皆爲立社，稱“欒公社”。後因以爲祭祀功臣的典故。

⑤ 大噱：大笑意。

子椿習射詩以戲之

左手形如矩，右手如附枝。右手作放發，左手如不知。半生愛涉獵，説理頗有詞。使執十石弓，定爲觀者嗤。看君金僕姑①，殊勝我毛錐②。試作餓鴟呌，顧盼生英姿。見獵心竊喜，所惜力易疲。君若射耕牛，作脯吾正饑。

【注釋】

① 金僕姑：箭名。《左傳·莊公十一年》："乘丘之役，公以金僕姑射南宫長萬。"杜預注："金僕姑，矢名。"

② 毛錐：即毛錐子，毛筆的别稱。因其形如錐，束毛而成，故名。

飲酒詩用陶公韻

大造生萬衆[①]，始終惟一情。叩其情所及，不能物物名。胡爲卒然死，胡爲卒然生[②]？羣黎爭笑哭[③]，天地不爲驚。汝自期於敗，吾豈能汝成？

晚眺向平疇[④]，雲氣何英英[⑤]！斜陽墮未墮，冉冉皆有情。攜壺此斟酌，那顧玉山傾[⑥]。草蟲環我側，休作不平鳴[⑦]。寒號復寒號，辛苦悲一生。

讀書貫一心，頓令精靈開。古人魂與魄，朗朗入我懷。所惜感憂患，時運今時乖。廿年走南北，行道何栖栖[⑧]！贏得一頭霜，沾得兩屐泥。家人見我歸，團坐笑言諧。篝燈夜校書，初志幸未迷。讀倦憑几卧，清夢蘧蘧回[⑨]。

杯酒歡四座，我何泣一隅？世路多巇巇，褒斜無坦途[⑩]。那能騁捷足，一日千里驅？古來貧賤士，顔子樂有餘[⑪]。若使無陋巷，不知何處居。

春風放桃李，正是二月時。花今笑向我，寧以不飲辭？嚴寒憶去冬，豈意能及兹？未至物不怨，既至物不疑。天地籠萬物，不設罔與欺。鮮酒味正佳，何不一中之？

不自與愁期，愁乃忽然至。將至未至時，拂亂如酒醉。所惜七尺身，愁攻不以次[⑫]。仰卧如僵尸，不動心乃貴。若復逢歡場，童騃惟一味[⑬]。

【注釋】

① 大造：天地自然之謂。

② 胡爲：何爲，爲什麽。

③ 羣黎：萬民、百姓。

④ 平疇：平坦的田野。

⑤ 英英：輕盈明亮貌。

⑥ 玉山傾：猶玉山倒。《世説新語·容止》載："嵇叔夜之爲人也，巖巖若孤松之獨立；其醉也，傀俄若玉山之將崩。"後因以"玉山倒"形容人酒醉欲倒之態。

⑦ 不平鳴：語出韓愈《送孟東野序》："大凡物不得其平則鳴。"

⑧ 栖栖：忙碌不安貌。

⑨ 蘧蘧：悠然自得貌。《莊子·齊物論》云："昔者莊周夢爲蝴蝶，栩栩然蝴蝶也。自喻適志與，不知周也。俄然覺，則蘧蘧然周也。"

⑩ 褒斜：古道路名。因取道褒水、斜水二河谷得名。二水同出秦嶺太白山，褒水南注漢水，谷口在今陝西省勉縣褒城鎮北；斜水北注渭水，谷口在今陝西省眉縣西南。通道山勢險峻，歷代鑿山架木，於絶壁修成棧道，舊時爲川陝交通要道。《漢書·溝洫志》："其後人有上書，欲通褒斜道及漕，事下御史大夫張湯。湯問之，言：'抵蜀從故道，故道多阪，回遠；今穿褒斜道，少阪，近四百里。'"

⑪ 顔子：即顔淵。孔子弟子，貧而好學，居陋巷，簞食瓢飲，而不改其樂。列德行科。孔子稱其"不遷怒，不貳過"。

⑫ 以次：按次序。

⑬ 童騃：一指年幼無知，一指愚昧。騃，愚，癡。

甲子二月廿二日北發作留别二首

歡喜作豪語，激楚成哀辭①。及以身試事，驗否未可知。我生四十年，閲歷頗如斯。今日復出門，歡哀當問誰？佯歡笑不工，抑哀鼻酸澌。且作枯木形，扶持上馬時。

昨日拜墓時，塋碣未改署。春禽知我悲，啼斷松楸樹。一抔三尺土，陶侃葬母處②。阿爺殯家中，未將牛車去。借問遠遊人，如何忘内顧③。

【注釋】

① 激楚：高亢淒清，激憤悲痛。

② 陶侃葬母：《晉書·周訪傳》："陶侃微時，丁艱，將葬，家中忽失牛而不知所在。遇一老父，謂曰：'前崗見一牛眠山汚中。其地若葬，位極人臣矣。'又指一山

云：‘此亦其次，當世出二千石。’言訖不見。侃尋牛得之，因葬其處。”《晉書》卷六十六《陶侃列傳》：“（陶侃）以母憂去職，嘗有二客來弔，不哭而退，化爲雙鶴，衝天而去，時人異之。”

③ 内顧：指對家事、國事或其他内部事務的顧念。

陳率祖山水①

畫家不畫天，難貌蔚藍色。一氣聚散之，何處著筆墨？捫胷蘊智珠②，閉眼絫元默③。不受萬物籠，始得奮筆力。高堂垂素練④，蒼然見骨格⑤。溪流拓沙背，山影壓屋脊。旁有孤吟人，似吹火蠟屐⑥。拓之可千里，縮乃不一尺。我愛舴艋舟⑦，安得鮮衣刺？

【注釋】

① 陳率祖：字怡庭，號荑庭，亦號摩崖山人，清代湖南祁陽人。官嘉定知縣。行、草書大有筆力。畫水墨花卉、禽蟲及松石，筆意縱恣，以造化爲師，爲雍、乾（1723—1795）間寫生能手。間作山水，氣韻亦佳。舉家工畫，其任寶山縣丞時，貧甚，夫人暨女，咸助揮翰，鬻以供膳。

② 智珠：謂智慧圓妙，明達事理。

③ 元默：玄默，謂沉靜無爲。《文子·自然》云：“道之爲君如屍，儼然元默，而天下受其福。”

④ 素練：白色絹帛。常用以喻雲、水、瀑布等。

⑤ 骨格：人或動物的骨頭架子，亦指人的體格、身材。比喻詩文或其他事物的骨架或主體。此處指骨氣、品格。

⑥ 蠟屐：塗蠟的木屐。《世説新語·雅量》：“或有詣阮（阮孚），見自吹火蠟屐，因嘆曰：‘未知一生當著幾量屐！’神色閒暢。”喻指悠閒、無所作爲的生活。

⑦ 舴艋：小舟。李清照有“只恐雙溪舴艋舟，載不動，許多愁”句。

題　畫

清溪秋雨涼，愛此半灘水。扳罾覓晚食①，瑣碎得魚婢②。長松拔地生波濤，蛟龍夜舞明月高。所得不足償吾勞，擲罾夜走江之皋③。北固山頭作釣叟④，出手鱸魚四十九⑤。

【注釋】

① 罾：漁網。

② 魚婢：泛指小魚。

③ 江之皋：即江皋，江岸，江邊地。

④ 北固山：鎮江三山名勝之一，在江蘇省鎮江市區東北江濱。遠眺北固，三面臨長江，石壁嵯峨，形勢險固，故稱“北固”。有“京口第一山”之稱。三國時“甘露寺劉備招親”的故事就發生在北固山。

⑤ “出手”句：北固山有“釣鱸處”，乃東晉太傅謝安之侄謝玄釣魚處。謝玄以勛封康樂縣公，後居京口療疾，與其兄書云：“北固山下大有鱸魚，一出手釣得四十九枚。”

寄陳金門索明軒遺詩

明軒經濟才①，官小難設施②。遽料未六十，即是撤瑟時③。平生工詞章，秀句含春姿。此庶可不朽，煩君檢其遺。我惜王魯亭，讀書常下帷④。厚古而薄今，不肯著一辭。即今蓋棺後，那得文人知。明軒差較勝，猶存篋中詩。若復就淪没，魯亭同一悲。天地留文章，眞氣不可虧。譬如雲中龍，往往現之而。窮士多命薄，戚戚夫何爲。得詩一卷傳，此福已不貲。感舊懷知音，歎息淚綆縻⑤。

【注釋】

① 經濟才：即治國安民的才能。

② 設施：謂施展才能。漢王充《論衡·定賢》：“有高才潔行，無知明以設施之，則與愚而無操者，同一實也。”

③ 撤瑟：本謂撤去琴瑟，使病者安静，且示敬意。語本《儀禮·既夕禮》：“有疾，疾者齊，養者皆齊，徹琴瑟。”徹、撤，同。後用以稱疾病危篤或死亡。

④ 下帷：放下室内懸掛的帷幕。指教書。引申指閉門苦讀。

⑤ 綆縻：繩索。亦喻雨水瀉注貌。

十月四日

秋風肅我心，百念不敢起。一念忽百念，萬億來未已。兀坐如枯禪，强制得靜理。所以九秋日，空洞心迹喜。昨交小陽節[①]，初日麗棐几[②]。開篋硯初陳，和墨筆乍舐。嗟哉宋玉心[③]，戚戚何時止！

【注釋】

① 小陽節：即小陽春，指夏曆十月。

② 棐几：用棐木做的几桌，亦泛指几桌。

③ 宋玉：戰國時楚人，辭賦家。或稱是屈原弟子，曾爲楚頃襄王大夫。其流傳作品，以《九辯》最爲可信。《九辯》首句爲"悲哉秋之爲氣也"，故後人常以宋玉爲悲秋憫志的代表人物。又傳説其人才高貌美，遂亦爲美男子的代稱。

世　態

羞對當機婦[①]，誰分寡女錢[②]？古今同一貊，世態總堪憐。獨立看雲變，閒愁中酒眠。風塵虛歲月，頻玩祖生鞭[③]。

【注釋】

① 當機婦：即面對織機勞作的婦女。機，指織機。

② 寡女：獨居無偶的婦女。

③ 祖生鞭：《晉書·劉琨列傳》："（劉琨）與范陽祖逖爲友，聞逖被用，與親故書曰：'吾枕戈待旦，志梟逆虜，常恐祖生（指祖逖）先吾著鞭。'其意氣相期如此。"後常以"祖生鞭"作勸勉之辭。亦作"祖逖鞭"。

小　病

葯爐茗椀鎮相宜[①]，小病支頤睡起時。不奈凄涼爲客久，尚耽書卷得官遲。看花偶倚烏皮几，止酒常拋白接䍠[②]。懶散心情閒况味，春風吹髩欲絲絲[③]。

【注釋】

① 鎮：常。

② 白接䍠：指以白鷺羽爲飾的帽子。

③ 髩：同"鬢"，頰耳間髪也。

録　別

未獻相如賦①，爲郎更入貲②。古人期遇合，時論反猜疑。淚盡猿啼夜，心雄豹變時③。行藏原不易，拂鏡看鬚眉。身價高何益，文章古有神。牛毛矜著作④，狗監識才人⑤。閣淚看書暗，飛鴻記迹陳。褰裳問前路，吾道且風塵。

【注釋】

① 相如賦：司馬相如獻賦而被召爲郎。司馬相如（前179—前117），字長卿，西漢蜀郡成都人。工辭賦。初事景帝爲武騎常侍，病免。去梁，從枚乘等遊。後於臨邛遇新寡家居之卓文君，攜以同奔成都。武帝讀相如所作《子虚賦》而善之，召爲郎。後爲中郎將，奉使通西南夷，有功。拜孝文園令，病免。有《上林》《大人》等賦。

② 入貲：納錢財以贖罪或取得官爵功名。

③ 豹變：謂如豹紋那樣發生顯著的變化。幼豹長大褪毛，然後疏朗煥散，其毛光澤有文采。喻人的行爲變好或勢位顯貴。

④ 牛毛：比喻多或繁密、細小。

⑤ 狗監：漢代内官名，主管皇帝的獵犬。《史記·司馬相如列傳》載："蜀人楊得意爲狗監，侍上。上讀《子虚賦》而善之曰：'朕獨不得與此人同時哉！'得意曰：'臣邑人司馬相如自言爲此賦。'"裴駰《集解》引郭璞曰："主獵犬也。"司馬相如因狗監薦引而名顯，故後常用以爲典。

失　題

夜來所思事，謂可唾手成。輾轉到詰朝，事竟難一行。腐儒腸不寬，九廻尚復縈。請勿效春蠶，纏縛夭其生。

聞譽未及喜，不覺面色動。少蓄果自信，笑言聲忽縱。譽憂毁則喜，昌黎每自訟。我自有千秋，豈受他人弄？

飛將不封侯①，伯郎乃得官②。功名身外物，當作鴻毛看。仕至二千石，使財猶艱難。何况馬相如，徒留四壁寒？

文字不加點，禰衡眞風雅。氣已吞曹瞞，多事只一駡③。于于岑牟衣[4]，擊鼓華堂下。太白藴藉人，譏正平識寡[5]。

【注釋】

① 飛將：即飛將軍李廣，西漢隴西成紀人。李廣猿臂善射，愛撫士卒，士卒皆驍勇，樂爲之戰。匈奴畏懼，數年不敢犯邊，稱之爲飛將軍。李廣七任邊郡太守，前後四十餘年，率領士卒與匈奴大小七十餘戰，然終未得封侯。

② 伯郎：孟他（一作孟佗）字伯郎，東漢扶風郡人。曾以蒲陶酒一斗遺宦官張讓，而得官涼州刺史。後有“斗酒博涼州”“五斗涼州”之稱。蘇東坡亦有“將軍百戰竟不侯，伯郎一斗得涼州”句。

③ 禰衡：字正平，東漢文士。《後漢書·文苑傳下·禰衡》載：“衡攬筆而作，文無加點，辭采甚麗。”禰衡少有才辯，與孔融、楊修交好。孔融深愛其才，數述於曹操。操欲見之，禰衡稱病不往。操召爲鼓史，大會賓客，欲辱衡，反爲衡所辱。操怒，遣人送與劉表。表不能容，轉送江夏太守黄祖，卒被殺。今存其《鸚鵡賦》。

④ 岑牟：古時鼓角吏所戴的帽子。《後漢書·文苑傳下·禰衡》：“諸吏過者，皆令脱其故衣，更著岑牟單絞之服。”

⑤ “太白”二句：李白有《望鸚鵡洲懷禰衡》詩，言其“才高竟何施，寡識冒天刑”。

清化鎮

連畦千頃碧流通，村落人家點綴工。却借太行山色好，盡教西面作屏風。

家山回望鬱嵯峨，百里烟雲悵磵阿[1]。何用買田陽羡去，此間已足老東坡[2]。

【注釋】

① 磵阿：山澗彎曲處。磵，同“澗”。

② 陽羡：宜興别稱，位於江蘇南部，太湖西岸。蘇東坡曾數次到陽羡遊歷，後自儋北歸，卜居陽羡。有“買田陽羡吾將老，從初只爲溪山好。來往一虚舟，聊從造物遊”等詩句。

七夕在西坪作

隔墻砧杵亂蟲聲[1]，寂寞西坪欲二更。獨坐頓添身世感，孤生怕説别離情。月昏土寨連雲黑,風瀉銀河亘地明[②]。十二紅欄都倚遍,可能安稳御風行[③]。

【注釋】

① 砧杵:亦作"碪杵",指搗衣石和棒槌。亦指搗衣。

② 亘:遍。

③ 御風:指乘風飛行,語出《莊子·逍遥遊》:"夫列子御風而行,泠然善也,旬有五日而後反。"蘇東坡《前赤壁賦》有"浩浩乎如馮虚御風,而不知其所止"句。

夢王屋

山如車葢形[①],雲作天馬狀。前行列左纛[②],後行排彩仗。胎結元氣成,幻作空烟漾。下視析城山,雉堞羅青嶂[③]。譬如女墻低,敢與敵樓抗。黄河流向東,秋老縮寒漲。引領睇中原,一線來天上。洞開石縫深,導引神燈亮。訝我十年别,重到幸無恙。齒漱太乙水,手持九節杖[④]。聒睡聽隣雞[⑤],頓令我吾喪。殘月露微明,尚作空梁仰。難得青泥飲[⑥],終當雲罅葬[⑦]。我駕不可囬,求仙豈誕妄?朝來升屋角,遠山横一桁。

【注釋】

① 葢:同"蓋"。

② 纛:李賀《春歸昌谷》"老柏如建纛"王琦注:"纛,軍中大旗也。"《集韻·皓韻》:"纛,舞者所執。"

③ 雉堞:城上短墻,或泛指城牆。雉,古時計算城牆面積的單位,長三丈、高一丈爲一雉。堞,女墻也。

④ 九節杖:傳説中仙人所使,亦泛指手杖。

⑤ 聒:《儀禮·士喪禮》"哭者止"鄭玄注"不敢讙囂聒尊者也"胡培翬正義引《楚辭注》:"多聲亂耳爲聒。"《廣韻·末韻》:"聒,聲擾。"

⑥ 青泥:相傳神仙服食的一種泥漿、泥土。葛洪《神仙傳·王烈》:"石中有一穴口,徑濶尺許,中有青泥流出如髓。烈取泥試丸之……氣如粳米飯,嚼之亦然。"

⑦ 罅:裂。

雜　詩

夏麥高二尺，穟僅十餘粒。秋穀高二寸，畝田計升合[①]。我行收租來，席帽田邊立。正逢佃田人，抱持全家泣。有田糊口難，遑問寡婦拾。憐此蠢蠢徒，何以遭此刧？怒吏排宵扉，欠税人被執。不執寧得生，爾吏請勿急。

禍福每倚伏[②]，樂極忽生悲。畢竟悲未來，尚是爲樂時。較之悲一生，豈不差勝之？古人貧而樂，或不致斷炊。一身委溝壑，雖死所不辭。上有白髮親，下有黄口兒[③]。不識古之人，處此將奚爲？感歎念生事，中懷當語誰[④]？

【注釋】

① 升合：一升一合，比喻數量很小。

② 每：常常，經常。

③ 黄口兒：《淮南子》卷十三《泛論訓》載，"古之伐國，不殺黄口，不獲二毛"東漢高誘注："黄口，幼也。"

④ 中懷：猶五中，指内臟，亦指内心。

偶然作

嬉笑甚怒罵，愚者不之辨。旁有有心人，聆之色已變。柳下聖之和[①]，多爲鄉人善。孟子曰不恭[②]，論古有巨眼。城府不願深，交接不願淺。我生四十年，見道嗟已晚。

人生喜與怒，發之皆有因。初發未及縱，得中如聖人[③]。少蓄雜以氣，不自知失眞。喜或膠投漆[④]，怒或越視秦[⑤]。我身試之久，不覺言齗齗[⑥]。君子愼接物[⑦]，養之當如春[⑧]。

【注釋】

① 柳下：柳下惠，春秋時魯國人，展氏，名獲，字禽。食邑柳下，謚惠，故稱。柳下惠處魯，三黜而不去，憂民救亂。《孟子》云："柳下惠，聖之和者也。"故有"和聖"

之稱。

② “孟子”句：萬章問曰：“敢問交際何心也？”孟子曰：“恭也。”曰：“卻之爲不恭，何哉？”曰：“尊者賜之，曰：‘其所取之者，義乎？不義乎？’而後受之。以是爲不恭，故弗卻也。”事見《孟子·萬章下》。不恭：不尊敬、不嚴肅。

③ 得中：適當、適宜。

④ 膠投漆：《古詩十九首》有“以膠投漆中，誰能別離此”句，比喻相結合而密不可分。

⑤ 越視秦：先秦時秦越兩國，一在西北，一在東南，相去極遠。後因稱疏遠隔膜、互不相關爲“視同秦越”。

⑥ 齗齗：爭辯貌。《説文·齒部》段玉裁注：“彼此爭辯，露其齒本，故曰齗齗。”

⑦ “君子”句：謂君子待人接物小心謹慎。語出司馬遷《報任安書》：“曩者辱賜書，教以慎於接物，推賢進士爲務。”接物，接觸外物，謂與人交往。

⑧ “養之”句：養之如春謂涵養身心，如沐春風。

陰

秋桐月墮啼絡緯[①]，野人憂旱發歎喟[②]。天乾地燥不能交，三更衣裳無露氣。屋角稍稍吹微風，一片飛雲忽墮地。作勢騰起一角天，蒼蒼英英未崩壞。西北挂樹搖明星，雷不聞聲電影細。延頸已疲目力窮，至竟不曉神靈意。困極歸卧願尚賒，或有滂沱深夜至。東方半明隣雞啼，一點兩點風淒淒。

【注釋】

① 絡緯：蟲名，即莎雞，俗稱絡絲娘、紡織娘。夏秋夜間振羽作聲，聲如紡線，故名。李白《長相思》有“絡緯秋啼金井闌，微霜淒淒簟色寒”句。

② 喟：感歎、歎息貌。《禮記·禮運》：“出遊於觀之上，喟然而歎。”

嶺　上

嶺上瞰村萬瓦稠，紅窗獨見吾家樓。築樓我祖墓木拱，看月何人樽酒浮。身世夢隨蝴蝶化[①]，西風寒送雁鴻秋。舍南別有閒邱壠，井廢銀床爛不收[②]。

【注釋】

① 夢隨蝴蝶化:《莊子·齊物論》:"昔者莊周夢爲胡蝶,栩栩然胡蝶也,自喻適志與! 不知周也。俄然覺,則蘧蘧然周也。不知周之夢爲胡蝶與? 胡蝶之夢爲周與? 周與胡蝶,則必有分矣。此之謂物化。"

② 床:井上圍欄。

贈金門

緑槐深巷掩雙扉,中有幽人坐落暉。飯客籠蒸黄獨熟[①],晒書風掃蠹魚肥[②]。偶因訪友騎驢出,却爲看山冒雨歸。葯臼茶鐺親料理,十年踪跡與人稀。

【注釋】

① 黄獨:植物名。陳藏器《本草》:"黄獨,遇霜雪,枯無苗。"歲飢,土人掘以充糧,根惟一顆而色黄,故名。

② 蠹魚:蟲名,又稱衣魚。蛀蝕書籍衣物,體小,有銀白色細鱗,尾分二歧,形梢如魚,故名。

讀書一首示賞常棠[①]

古人不可見,留此糟粕書。我即能盡讀,未必古人如。文起八代衰,韓公稱大儒[②]。平生所讀書,無一今時無。奈何一秉筆,局促如轅駒[③]? 始知論才氣,故紙非靈符。此中藏秘鑰,智者啟而趨。辛苦效鑽蠅,百轉成迷途。今人非昔人,那能强齊驅? 賴有所處境,千人不同衢[④]。發我性情眞,佐以經籍腴。譬之風與雲,一日可一圖。定知圖今日,必與昨日殊。雖有小雷同,要非拾唾餘[⑤]。爲語二三子[⑥],勿爲書所愚。

【注釋】

① 賞、常、棠:延君壽的三個兒子。

② "文起"二句:韓愈一生以恢宏儒道、排斥佛老爲己任,與柳宗元共倡古文

運動，蘇東坡稱韓公"文起八代之衰，而道濟天下之溺"。

③ 轅駒：也作"轅下駒"。指車轅下不慣駕車之幼馬，借以比喻少見世面器局不大之人。亦用作自謙之辭。

④ 衢：縱横交叉的大道。

⑤ 唾餘：唾液之餘，以喻他人無足輕重的言論。袁枚曾謂："《十六國春秋》名爲一百卷，而事蹟寥寥，皆《晉書·載記》之唾餘，斷非崔鴻之舊本。"

⑥ 二三子：《論語·八佾》："二三子何患於喪乎？天下之無道也久矣，天將以夫子爲木鐸。""二三子"猶言諸君。此處指延公之子。

百 事

百事都云待，前途那可知？家人微勸我，不應只吟詩。脱手黄金盡，低頭霜髩垂。浮雲吹不滿，變態亦何爲？

九日偕子禮舟生兩弟常棠兩子登金畏谷復由海會寺至郭峪看菊秀野山房卽呈金門

纔到山巔又水涯，眼前童冠盡吾家。爭尋谷口迷霜葉，小憩僧房吃苦茶。落日影横秋樹瘦，亂山天遠暮雲遮。前村更有陶潛在，却向籬東問菊花[①]。

【注釋】

① "前村"兩句：陶潛《飲酒》詩有"采菊東籬下，悠然見南山"句。

冬夜讀吴野人陋軒詩

汲取萬斛水，洗此腸與脾。絶得烟火氣[①]，方識冰雪姿[②]。拏雲古澗松[③]，瘦剥處出奇。世人無此韵，焉能爲此詩？養鶴尚儲糧，聽蟬只風枝。黄霰打窗寒，爲君盡一巵。

【注釋】

① 烟火氣：指塵俗習氣。

② 冰雪姿：形容心地純淨潔白或操守清正貞潔。

③ 拏雲：猶凌雲。

雪

寒鴉不啼風不鳴，白日深巷無人聲。闖門稚子拍衣帽，雪花錯落光晶瑩。今年五種不入土[1]，萬姓痛哭難爲情。入冬饑寒更廹急，死者已死生難生。官府僞牒報豐稔[2]，勾捉欠賦加繁刑。請糴尚靳紅粟腐[3]，鬻女但割青樓名[4]。時令賣女，不得爲娼。乞丐遷流中路死，縣尉來驗辟人行。地鄰賄尉尉點首，官馬始肯還山城。我欲攀雲見上帝[5]，語怒氣激突兩睛。滕六懼罪不及答[6]，速駕白霓排素旌。初作飛霰繼作雪，斜斜整整隨風輕。折竹壓檜惜不得，瞥眼已見瓦溝平。堯湯水旱固不免，天意畢竟哀愚氓。山田土蘇氣脉動，會須買犢催春耕。

【注釋】

① 五種：五種穀物。《周禮·夏官·職方氏》："河南曰豫州……其穀宜五種。"鄭玄注："五種，黍、稷、菽、麥、稻。"《荀子·儒效》："相高下，視墝肥，序五種，君子不如農人。"楊倞注："五種，黍、稷、豆、麥、麻。"

② 豐稔：即年成豐熟。稔，熟也。《説文》："稔，穀熟也。"

③ 糴：《説文》："糴，出穀也。"《史記·貨殖列傳》："平糴齊物，關市不乏，治國之道也。"

④ 鬻（yù）：出賣。

⑤ 上帝：指天帝。《易·豫》："先王以作樂崇德，殷薦之上帝，以配祖考。"

⑥ 滕六：雪神名。

讀孟東野詩用東坡韻

僵凍不自理，風梳骨與毛。詩人例寒餓，况與窮冬遭？天風蕩海水，萬籟鳴蕭條。我欲適武康[1]，買船縛長篙。倘見孟夫子，慰我行役勞。問渠工五字[②],何如持一螯[③]。更願洗寒瘦,一變爲雄豪。眼暗刮金篦[④],燈黑添魚膏[⑤]。漏長語不休,更盡鷄三號。森森湖州水,釀醉成春醪。

少陵已不作,久無驚人語。近人用力猛,如以驥捕鼠。翻愛先生詩,機軸抒靈府[⑥]。魚釣枋口鮮,飯和嵩雲煮。不使性中言,一字不近古。九鑰守天闕,狂對夜叉舞[⑦]。死應莖天上,骨豈淹厚土?幾輩唱紅鹽,若個歌白紵[⑧]?那有深心人,味此苦味苦?堅栗復深嚴,定能張一旅[⑨]。

【注釋】

① 適:去,往。武康:在今浙江省湖州市境。三國時始建縣,初名永安。晉太康年間,更名武康。

② "問渠"句:渠,代詞,他。五字,指五言詩。

③ 持一螯:手持蟹螯。古人將持螯飲酒視爲人生一大樂事。《晉書·畢卓傳》載:"卓嘗謂人曰:'得酒滿數百斛船,四時甘味置兩頭,右手持酒杯,左手持蟹螯,拍浮酒船中,便足了一生矣。'"

④ 金篦:亦作"金錍""金鎞"。古代治眼病的工具。形如箭頭,用來刮眼膜,據説可使盲者復明。

⑤ 魚膏:魚脂,魚油。舊時常用以作燈火燃料。

⑥ 靈府:指心。

⑦ 夜叉:梵語的譯音。佛經中一種形象醜惡的鬼,勇健暴惡,能食人,後受佛之教化而成爲護法之神,列爲天龍八部衆之一。《維摩詰經·佛國品》鳩摩羅什注:"(夜叉)有三種:一在地,二在虚空,三天夜叉也。地夜叉但以財施,故不能飛空。天夜叉以車馬施,故能飛行。"

⑧ 白紵:樂府吴舞曲名。南朝宋鮑照《白紵歌》之五:"古稱《淥水》今《白紵》,催弦急管爲君舞。"《新唐書·禮樂志下》:"清樂三十二曲中有《白紵》,吴舞也。"宋張先《天仙子·公擇將行》詞:"瑶席主,杯休數,清夜爲君歌《白苧》。"前句"紅鹽",或亦爲曲名。

⑨ 旅:《説文》:"軍之五百人爲旅。"《左傳·哀公元年》:"有田一成,有衆一旅,能布其德而兆其謀……遂滅過、戈,復禹之績。"方十里爲成,五百人爲旅。傳夏少康憑此滅過、戈而復禹業,後遂用爲勢微力弱卒能克敵制勝、光復舊業之典。

臘月十八日過宿海會寺柬寄金門

人皆魄歲酬佳節[①]，我却辭家過老僧。認路寒溪三日雪，挂囱朗月一條冰。橐駝學坐生虛幻[②]，贔屓沈碑有斷稜[③]。莫道禪心枯寂甚，明朝擬去喚陳登[④]。

【注釋】

① 魄歲：歲末相互饋贈。魄，即“饋”。《説文》：“饋，餉也。”《廣雅》：“饋，遺也。”

② 橐駝：亦作“橐駞”。《史記·匈奴列傳》：“其畜之所多則馬、牛、羊，其奇畜則橐駞、驢、贏、駃騠。”《明史·成祖紀二》：“夏四月庚申，次威虜鎮，以橐駞所載水給衛士，視軍士皆食，始進膳。”黄庭堅《僧景宗相訪寄法王航禪師》詩有“抱犢稍退凫鶩行，倦禪時作橐駝坐”句。

③ 贔屓：《玉篇·貝部》：“贔屓，作力也。”《集韻·至韻》：“贔屓，鼇也。一曰雌鼇爲贔。”贔屓，即指作氣用力之貌，有負載之意，亦可代指石碑。焦竑《玉堂叢語·文學》：“一曰贔屓，形似龜，好負重，今石碑下龜趺是也。”

④ 陳登：東漢末徐州下邳人，字元龍。舉孝廉，除東陽長。歸曹操，爲廣陵太守。賞罰嚴明，治有綱紀。勸操攻吕布，誅之，以功加伏波將軍。後爲東城太守。許汜謂其爲“湖海之士，豪氣不除”。年三十九卒。

藐山方丈追悼張金銘尚書有序[①]

尚書名愼言，方丈其讀書處。《明史》有列傳，官南京吏部尚書，福王時乞罷，流寓蕪湖。國亡，疽發背，不食死。

百到不復厭，松聲兼水聲。日蒸花氣暖，風埽石苔清。黨禍看重熾[②]，蕪湖遂此行。傷心謝枋得[③]，不忍更偷生。

【注釋】

① 張金銘：即張慎言（1578—1646），明山西陽城人，金銘乃其字，號藐姑。爲諸生時，遍游吳越名勝。萬曆三十八年進士。除壽張知縣，調曹縣。泰昌時，擢御史。天啟初出督畿輔屯田，言天津、靜海、興濟間，沃野可墾。以疏薦趙南星，劾馮銓，遭陷害，戍肅州。崇禎時起故官，擢刑部侍郎，以讞獄不稱旨，落職。再起爲工

部侍郎，調南京吏部尚書。福王立，命理部事，上中興十議。爲勳臣劉孔昭等指爲“奸邪”，乞休。國亡後，疽發背卒。有《泊水齋文鈔》。

② 黨禍：指因黨爭而引起的禍難。明代萬曆時起，朝政日趨腐敗，黨派林立，東林黨與宦黨、浙黨之爭迭起。故有“明朝亡於黨爭”之說。

③ 謝枋得（1226—1289）：字君直，號疊山，宋代弋陽（今屬江西）人。宋亡，居閩中。元世祖至元二十三年，程文海薦，辭不起。福建行省參政魏天祐强之北上，遂不食而死。有《疊山集》。

澤州西門外與金門别後作此寄之

春風吹人出城走，馬上一揖各分手。語聲未畢馬啼忙，君轉溪橋我溪口。猶聞勸我勤加餐[①]，北上風沙行路難。我亦期君當自愛，他時留得朱顔在。白雲蒼狗眞須臾[②]，新交漸廣舊交無。利劍剖腹出肝膽，與君生死情不殊。明年我可綰銅印[③]，君若來遲君爽信。必待還山始再逢[④]，騣騣白盡雙蓬鬢。長橋古驛送人行，猶記當年三叠聲[⑤]。爲君灑淚當岐路[⑥]，愁聽蕭蕭班馬鳴[⑦]。

【注釋】

① 勤加餐：《飲馬長城窟行》有“呼兒烹鯉魚，中有尺素書。長跪讀素書，書中竟何如？上言加餐飯，下言長相憶”句。《古詩十九首·行行重行行》有“棄捐勿復道，努力加餐飯”句。

② “白雲”句：杜甫《可歎》詩有“天上浮雲似白衣，斯須改變如蒼狗”句。後以此比喻世事變幻無常。

③ 銅印：銅製的印章。官私皆用。官用代表一定的官階。漢代禄六百石以上佩之，南朝諸州刺史多用銅印，唐諸司、宋六部以下用銅印，清府、州、縣皆用銅印。綰銅印則謂致仕或辭官。

④ 還山：謂致仕或退隱。

⑤ 三叠：古曲名，又稱《渭城曲》。因唐王維《送元二使安西》詩“渭城朝雨浥輕塵，客舍青青柳色新。勸君更盡一盃酒，西出陽關無故人”而得名。後入樂府，以爲送别之曲，反復誦唱，遂謂之《陽關三叠》。蘇軾《仇池筆記·陽關三叠》載：“余在密州，文勛長官以事至密，自云得古本《陽關》，每句皆再唱，而第一句不叠，乃知古本三叠蓋如此。”

⑥ 歧路：從大路上分出來的小路，岔路。王勃《杜少府之任蜀州》有“無爲在歧

路，兒女共沾巾”句。

⑦“愁聽”句：班馬，謂離群之馬。《左傳·襄公十八年》：“邢伯告中行伯曰：‘有班馬之聲，齊師其遁。’”杜預注：“夜遁，馬不相見，故鳴。班，别也。”李白《送友人》詩：“揮手自兹去，蕭蕭班馬鳴。”王琦注：“主客之馬將分道，而蕭蕭長鳴，亦若有離羣之感。”

王貞女詩

上佛村，貞女里，王氏養女深閨裡。盈盈十五已有餘，許字竇莊竇家子。春風翦帳繡鴛鴦，親綴明珠十二行。郎君已中孔雀目，雙燕應棲玳瑁梁。簷鵲不鳴鵂鶹叫，閫門忽有訃音到。貞女低徊淚綆縻，此身許人誓不移。爺娘痛定更驚喜，女已倉卒穿麻衣。妾姑孀居妾新寡，相逢那肯輕相捨？烹藜煮藿奉高堂，郎君得慰重泉下。百年人説歲時多，妾視瞬息如投梭。何惜一死三尺練，妾尚未識郎君面。侍姑養姑隨姑死，歸竇家從此日始。

藍田叔白雲青嶂圖

初調青黛和石緑，再蘸硃砂殺鉛粉[①]。黛緑塗山硃塗樹，粉彈白雲雲勢遠。境能獨創法從心，畫雖没骨筆則健。嵐光欲撲拂髻青，風意不動雲心嬾[②]。亂堆横抹色迷離，呵成一片秋光滿。我聞睫叟在國初，與宋石門皆浙産。而我所收獨精良，吽絶敢以浙泒短。心知此畫今時無，寶我白雲青嶂圖。

【注釋】

①“初調”二句：青黛、石緑、硃砂、鉛粉均爲作畫所用之顔料。

②嬾：同“懶”。

玉極菴贈同寓李璞菴刺史

因懶或生懦，非貪豈諱貧。數年同調少，京國得斯人。隱几閒愁重，抄書細字新。羅浮村外月，頻到夢中身。

題劉味顛佩劍圖

英雄與儒者，核實歸一轍。看此精悍姿，潛借文章發。雪閃晶奪矑，風勁利刺骨。林原莽囬互[①]，驚沙走㺀狘[②]。是亦俠者流，奕奕鬚眉活。劉四雖罵人[③]，怒恨終不結。霞飛白日沉，雲散青天刷。誰信書生胷，乃有壯士血？爲君觧佩刀，請閒一百月。

【注釋】

① 囬互：回環交錯、曲折宛轉義。

② 㺀狘（xuè xuè）：㺀，飛跑貌，飛貌。狘，《説文新附·犬部》："狘，獸走貌。"《廣韻·月韻》："狘，獸名。"

③ "劉四"句：用"劉四罵人"之典。劉四，即劉子翼（?—650），字小心，排行四，常州（今屬江蘇）人。仕隋爲著作郎，大業初遷秘書監。隋唐間，沈法興承制置百官，以其爲選部侍郎。唐太宗貞觀元年（627），詔召入京，以母老固辭。母卒後，召拜吳王府功曹參軍，遷著作郎、弘文館直學士。預修《晉書》，加朝散大夫。高宗永徽初卒。生平事蹟散見新、舊《唐書·劉褘之傳》《元和姓纂》卷五、《唐會要》卷六三。博學善文詞，嘗與陸元仕、許敬宗等人分撰《晉書》。《舊唐書·劉褘之傳》載："父子翼，善吟諷，有學行……性不容非，朋僚有短常面折之。友人李伯藥常稱曰：'劉四雖復罵人，人都不恨。'"後以"劉四罵人"謂用俏皮淺露的語言罵人。

懊　惱

懊惱情懷百不宜，曉涼又到早秋時。此生得禄休嫌晚，再世爲僧尚未遲。硯匣冷封銅雀瓦[①]，劒芒寒歛䱜魚皮[②]。惟應日日街頭去，踏遍槐花問酒旗[③]。

依舊來依古佛場，可憐七尺困繩床[④]。泛交不必皆青眼，未死何須種白楊[⑤]。老剩空囊還浪迹[⑥]，情多今夕未荒唐。是日七夕。天河閃爍明星燦，歸路分明記太行。

【注釋】

① 銅雀瓦：銅雀臺的瓦。後人取而製爲硯，因代指硯臺。宋何薳《春渚紀聞·銅

雀臺瓦》載："相州，魏武故都。所築銅雀臺，其瓦初用鉛丹雜胡桃油擣治火之，取其不滲，雨過即乾耳。後人於其故基，掘地得之，鑱以爲研，雖易得墨而終乏温潤，好事者但取其高古也。"

② 鯌魚皮：《本草》："鮫魚皮，即裝刀靶鯌魚皮也。"李白《醉後贈從甥高鎮》"匣中盤劍裝鯌魚"句，王琦注："鯌魚，古謂之鮫魚，今謂之沙魚，以其皮爲刀劍鞘者是也。"

③ 酒旗：即酒簾，酒家的標識。

④ 繩床：又稱"胡床""交床"，一種可以折疊的輕便坐具，以板爲之，用繩穿織而成。

⑤ 白楊：樹名，又名毛白楊，俗名大葉楊。《古詩十九首》其十三"驅車上東門，遥望郭北墓。白楊何蕭蕭，松柏夾廣路。下有陳死人，杳杳即長暮。"唐李善注："《白虎通》曰：庶人無墳，樹以楊柳。"

⑥ 空囊：無錢的口袋。

寄儁三時在江左

南北遥遥見面難，只憑書札勸加餐。才疎不覺輕餘子，氣直那能下貴官。沽酒西風燕市冷[1]，繫舟殘月白門寒[2]。家園舊種梢雲竹，冷落何人斬釣竿？

【注釋】

① 燕市：戰國時期燕國國都。亦指燕京。

② 白門：古代把天地八方分爲八門，西南方稱白門。六朝皆建都建康（今江蘇南京），其正南門爲宣陽門，俗稱白門。故此白門亦是南京之别稱。燕市、白門，此作者與好友張儁三南北分隔之指。

寄懷詩四首

眞能吐氣作長虹[1]，如此才堪備藥籠[2]。故國論交殊草草，溪頭分手太匆匆。負薪人頗輕翁子[3]，廣坐吾先識侍中[4]。何日相逢同一醉，百壺酒買潞州紅？王介三。

極望西風首重回，樊川涼雨落疎槐[5]。買書直可撑屋脊，託興無妨到酒杯。且自埽除塵俗去，能深醞釀性靈開[6]。聞君騎馬中州道[7]，可有新詩附雁來？竇積之。

吟詩忽忽半華顛[⑧]，衣鉢從今望後賢。價重明珠能奪目，擊同霜鶻不空拳[⑨]。但須堅志成專業，況復如君正少年。虎谷松風樊口月，不因思汝亦凄然。張秋溟。

家貧冷落又逢秋，人與蛜蝛共一樓[⑩]。隱几雲山留畫卷[⑪]，典衣風雨易膏油[⑫]。顧同伯樂無凡馬[⑬]，才玅蒙莊悟解牛[⑭]。不識別來溪水漲，郭門幾作泛舟遊[⑮]？張會一。

【注釋】

① 長虹：指虹彩，喻長拱橋。

② 藥籠：盛藥的器具，比喻儲備人才之所。如明陳繼儒《讀書鏡》卷九："夫海内才士，誠國家藥籠中所不可無。"以藥籠中物，比喻備用的人才。如《新唐書·儒學傳下·元行沖》："（行沖）嘗謂仁傑曰：'……門下充旨味者多矣，願以小人備一藥石可乎？'仁傑笑曰：'君正吾藥籠中物，不可一日無也。'"

③ 翁子：即朱買臣，西漢會稽吳人，翁子其字。家貧，好讀書，不治産業，常艾薪樵，賣以給食，擔束薪，行且誦書。其妻亦負戴相隨，數止買臣毋歌謳道中。買臣愈益疾歌，妻以爲羞，求去。買臣終不能留，妻乃去。後買臣懷印綬而還鄉，直至位列九卿。宋劉克莊《敘倫五言二十首》其六曰："翁子妻求訣，羞慚婿負薪。不如辟纑婦，保守灌園人。"

④ 廣坐：亦作"廣座"，衆人聚坐的場所。侍中：古代職官名。秦始置，兩漢沿置，爲正規官職外的加官之一。因侍從皇帝左右，出入宮廷，與聞朝政，逐漸變爲親信貴重之職。晉以後，曾相當於宰相。隋因避諱改稱納言，又稱侍内。唐復稱，爲門下省長官，乃宰相之職。北宋猶存其名，南宋廢。清袁枚《隨園隨筆·古官尊卑不一》："秦漢侍中本丞相史，不過掌虎子、捧唾壺等事。而晉以後之侍中，乃宰相也。"

⑤ 樊川：水名。在今陝西省長安縣南。其地本杜縣的樊鄉，因漢代樊噲食邑於此而得名樊川。

⑥ 性靈：《晉書·樂志上》："夫性靈之表，不知所以發於詠歌；感動之端，不知所以關於手足。"指人的内心世界，性情靈動之處。

⑦ 中州：古豫州（今河南省一帶）地處九州之中，稱爲中州。

⑧ 華顛：白頭，指年老。

⑨ 霜鶻：即鶻，鶻鳥性猛鷙兇殘，故稱。此處喻勇猛善戰之人。宋唐庚《晚春寄友人》詩之二："霜鶻空拳知有命，溟魚竭水恐傷神。"

⑩ 蛜蝛：同"伊威"，一種小蟲，鼠婦的别名，又名鼠負潮蟲。體形橢圓，灰褐

色，生活在陰暗潮濕處。俗稱“地雞”“地蝨子”或“地虱婆”。

⑪“隱几雲山留畫卷”句：隱几，謂靠着几案、伏在几案上。《莊子·齊物論》：“南郭子綦隱几而坐，仰天而噓。”成玄英疏：“隱，憑也。子綦憑几坐忘，凝神遐想。”雲山，雲和山，謂遠離塵世的地方，喻隱者或出家人的居處。

⑫“典衣風雨易膏油”句：典衣，謂典押衣服。易，交换。膏油，即油脂、燈油。《宋史·汪應辰傳》：“家貧無膏油，每拾薪蘇以繼晷。”

⑬“顧同伯樂無凡馬”句：用“伯樂顧”之典。戰國時，蘇代爲燕説齊，未見齊王，先説淳于髡曰：“人有賣駿馬者，比三旦立市，人莫之知。往見伯樂曰：‘臣有駿馬，欲賣之，比三旦立於市，人莫與言，願子還而視之，去而顧之，臣請獻一朝之賈。’伯樂乃還而視之，去而顧之，一旦而馬價十倍。今臣欲以駿馬見於王，莫爲臣先後者，足下有意爲臣伯樂乎？臣請獻白璧一雙，黄金千鎰，以爲馬食。”淳于髡曰：“謹聞命矣。”事見《戰國策·燕策二》。後以“伯樂一顧”比喻受人知遇賞識，省作“伯樂顧”。

⑭“才玅蒙莊悟解牛”句：此句用“庖丁解牛”之典。庖丁爲文惠君解牛時，“手之所觸，肩之所倚，足之所履，膝之所踦，砉然向然，奏刀騞然，莫不中音”，文惠君大爲讚歎。庖丁釋刀曰：“臣之所好者道也，進乎技矣。始臣之解牛之時，所見無非牛者。三年之後，未嘗見全牛也。方今之時，臣以神遇，而不以目視，官知止而神欲行……彼節者有間，而刀刃者無厚，以無厚入有間，恢恢乎其于遊刃必有餘地矣，是以十九年而刀刃若新發於硎……”文惠君讚曰：“善哉！吾聞庖丁之言，得養生焉。”事見《莊子·養生主》。玅，同“妙”。蒙莊，即莊子。

⑮郭門：外城的門。

需次都門漸至饑寒約十月一日起戒不作詩叩門乞食或有得也初五日冒雪歸入夜風雪益大寒甚不能成眠憶家園圍爐團坐悵然有作

家園忽憶當雪夜，兒女團圞坐二更①。競下椒鹽煨礶肉②，謂陽城罐子，愛聽風火奏瓶笙③。東坡有瓶笙詩。如今老作騎驢客④，可奈長爲乞食行！賴有床頭堆破絮，吟詩擁坐到天明。

【注釋】

① 團圞：環繞貌，團聚貌。

② 礶：同“罐”。

③“愛聽風火奏瓶笙”句：風火，即風與火。瓶笙，古時以瓶煎茶，微沸時發音如吹笙，故稱。

④ 騎驢客：《新唐書·賈島傳》載：“當其苦吟，雖逢值公卿貴人，皆不之覺也。一日見京兆尹，跨驢不避，謼詰之，久乃得釋。”後因以“騎驢客”指苦吟的詩人。或指處境不佳的小官吏。

與客談石淙龍池九仙臺之勝詩以紀之[①]

晴日遊石淙[②]，見石不見水。谽呀豁閜開一門[③]，當日定應煩神鬼。雨中遊石淙，見水不見石。轉騰潎洌何處來[④]，飛流直下三千尺。水力冲激沙泥起，攪作黄雲盪潭底。潭光不定雲氣横，旋轉沸欝盤渦裡。龍尾跋浪蛟蛇隨，水氣幻作黄龍飛。至今壁上留爪迹，風急水漲黄龍歸。奇境却從客裡説，過眼雲山等一瞥。客亦起舞持巨觥，飲我頓覺中腸熱。君不見，陽阿之水何滔滔[⑤]，下流更有石臺高。沁水東注下臺腳，濤頭忽與陽阿遭。中有一潭狀忽變，仰口如甕藏龍驕。晴天白日灑飛雨，五銖之衣風飄搖[⑥]。九仙女，九仙臺，峭石百丈倚水隈，我昔捕魚坐石下，撲面一拂驚濤廻。抛却家山來京邸[⑦]，折腰乃求五斗米[⑧]。安得河伯借水來[⑨]，十丈紅塵爲我洗。客中切切話家山，卽今惟有夢中還。夢中分明覺後疑，豈必人間有跐離[⑩]。

【注釋】

① 九仙臺：即九女仙臺，位於山西省晉城市陽城縣，太行山沁河峽谷中，爲陽城古八景之一。沁河在此地段，蜿蜒曲折，水流平緩。九女仙湖有黑龍潭，形大如甕，深不可測。有雲蒸霞蔚，懸崖垂掛的白雲洞、娘娘廟等。九女仙臺乃九女仙湖中聳立的巨石奇觀，歷代文人墨客在此留下了許多膾炙人口的詩作。

② 石淙：石上水流，亦指石上水流聲。

③ 谽呀豁閜：谽呀，山谷空曠貌。豁閜，亦作“豁閑”。《史記·司馬相如列傳》“谽呀豁閜”司馬貞《索隱》引司馬彪曰：“豁閜，空虚也。”

④“轉騰潎洌何處來”句：《史記·司馬相如列傳》：“横流逆折，轉騰潎洌。”司馬貞《索隱》引 蘇林曰：“流輕疾也。”轉騰，回轉飛騰。潎洌，水流輕疾貌。

⑤ 陽阿：古代神話中的山名，朝陽初升時所經之處。

⑥ 五銖之衣：亦稱"五銖服""五銖衣"，傳説古代神仙穿的一種衣服，輕而薄。

⑦ 家山：謂故鄉。

⑧ 五斗米：《晉書·隱逸傳·陶潛》："郡遣督郵至縣，吏白應束帶見之，潛嘆曰：'吾不能爲五斗米折腰，拳拳事鄉里小人邪！'義熙二年，解印去縣。"

⑨ 河伯：傳説中的河神。《莊子·秋水》："於是焉，河伯欣然自喜，以天下之美爲盡在己。"陸德明釋文："河伯姓馮，名夷，一名冰夷，一名馮遲……一云姓吕，名公子；馮夷是公子之妻。"數説不同。

⑩ 趾離：夢神名。唐馮贄《記事珠·夢神》載："夢神曰趾離，呼之而寢，夢清而吉。"

銓得普安令旋改授萊陽賦此以誌

十年踪迹悵栖栖，鴻爪東來認未迷[①]。蜃氣自能成海市[②]，柳星原不照黔西[③]。傳家治譜留行篋，官驛飛花襯馬蹄。誰餞春明門外酒，何妨相約醉如泥。

【注釋】

① 鴻爪：宋蘇軾《和子由澠池懷舊》云："人生到處知何似，應似飛鴻踏雪泥。雪上偶然留爪印，鴻飛那復計東西。"後用"鴻爪"比喻往事留下的痕跡。

② "蜃氣"句：《夢溪筆談·異事》："登州海中，時有雲氣如宫室、臺觀、城堞、人物、車馬、冠蓋，歷歷可見，謂之海市。"晉伏琛《三齊略記》："海上蜃氣，時結樓臺，名海市。"舊稱蜃氣。

③ 柳星：二十八宿中南方朱雀七宿的第三星。

遊趵突泉

深院廻廊小住時，春波汩汩散平池。不關激石聲偏震，突作翻瀾理亦奇。淺草風恬來戲蝶，短碑苔蝕認題詩。故山王屋峰何處？空有鄉心寄水知。濟水發源王屋山[①]。

【注釋】

① 原注"濟水發源王屋山"句：濟水，古水名。《禹貢》載："導水東流爲濟，入於河，溢爲滎，東出於陶邱北，又東至於菏，又東北會於汶，又北東入於海。"濟水

發源於河南省濟源市王屋山上的太乙池，流經山東入渤海。現黄河下游的河道即是原濟水河道。今河南濟源，山東濟南、濟寧、濟陽，都從濟水而得名。清錢泳《履園叢話·古跡·趵突泉》載："趵突泉在山東濟南府西門外吕祖廟前，三窟突起，聲如殷雷。相傳此泉自王屋山來，爲濼水之源也。"

潭西精舍感懷明軒先生

七十三泉此地傳，水聲激激石欄邊。與君永訣成三載，遲我來遊正十年。春氣暖催楊柳色，曉風晴散薜蘿烟。惟餘談助亭前竹，疎葉蕭蕭倍黯然。

喜　雨

衙鼓聲聲向曉催，緑槐疎柳影初開。亂雲結隊隨風至，萬姓歡呼看雨來。問米定知能減價，招朋何惜倒深杯？還愁四野難霑足，扶杖登高望幾囬。

雨

竹外茶烟歇，堂前吏事稀。雨多防害稼，寒劇欲添衣。悍俗刑難化①，勞生願已違②。申韓何所學③，或恐古人非。

【注釋】

① 刑：法也。《墨子·非命上》："所以聽獄制罪者，刑也。"《論語·爲政》"齊之以刑"邢昺疏："刑，謂刑罰也。"

② 勞生：《莊子·大宗師》云："夫大塊載我以形，勞我以生，佚我以老，息我以死。"後以"勞生"指辛苦勞累的生活。

③ 申韓：戰國時期申不害、韓非的並稱。後世以申韓代表法家，亦以稱申韓之學。申不害之學本於黄老而强調駕御臣下之"術"，所著《申子》已佚，現輯録存《大體》一篇。韓非學説兼采商鞅、申不害、慎到，主張法、術、勢兼用，著有《韓非子》。

官舍雜詩[1]

一昨入官舍，官舍如破寺。礎柱蟲半傾[2]，屋茅風吹墜。我却無眷口[3]，頗類孤僧寄。夜來寒燈懸，風雨神魂悸。輸與老頭陀[4]，稳借蒲團睡。

屋前兩株柏，幻作龍蛇形。我榻設其下，與結歲寒盟。問誰種此樹，不能舉其名。細香搖午風，積翠開新晴。壽豈只百年，根作青銅青。何必萊公柏[5]，始免斧斤聲。

舍前五畝地，舊日爲丞廳。蓬蒿雜瓦礫，空曠無人耕。我於吏事餘，乃爲荷鋤行。得雨已種豆，破土芽怒生。他日飽官馬，端賴此豆成。在官如在家，彼此無兩情。東坡居黄州，始有東坡名[6]。

前月天不雨，田禾將槁死。禱雨龍女灣，往還五十里。村人謂我賢，辛苦肯至此。我實健要脚，豈爲好名耳？若果身孱弱，安坐不出矣。卽出乘安車[7]，未爲宰官恥。作僞心徒勞，亦各行其是。

雋三妙天才，詩文逈絶倫。我昔同遊幕，相依李載園。約我爲官日，設榻當待君。君果不我棄，來此作佳賓。困頓簿書中，久已失我眞。對君有愧色，面目皆生塵。何曾有一日，得與風雅親？貪吏不可爲，廉吏常苦貧。貪廉雖不齊，此中無雅人。

戴星事不理，何敢晷刻閒[8]？歌咏與筆墨，一切皆從删。日來麥秋至，農忙不到官。彼既有急務，我當稍自寬。庭前餘隙地，新種青琅玕[9]。何處可垂釣？我欲持一竿。

【注釋】

① 官舍：一指官署、衙門，一指官吏住宅。

② 礎柱：猶柱礎，謂柱下的基礎，承柱的礎石。

③ 眷口：指家屬。

④ 頭陀：亦作“頭陁”，意爲“抖擻”，即去掉塵垢煩惱。因用以稱僧人。亦專指行脚乞食的僧人。

⑤ 萊公：指宋代寇準，因寇準封萊國公，故稱。

⑥“東坡”二句：北宋元豐年間，蘇東坡因烏台詩案謫居黄州。黄州，在今湖北省黄岡市。東坡謫居黄州期間，留下了大量的詩詞文賦，如《念奴嬌·赤壁懷古》、前後《赤壁賦》等，以及著名的行書詩作《黄州寒食帖》。

⑦安車：古代可以坐乘的小車。古車立乘，此爲坐乘，故稱安車。供年老的高級官員及貴婦人乘用。高官告老還鄉或徵召有重望的人，往往賜乘安車。安車多用一馬，禮尊者則用四馬。

⑧晷刻：日晷與刻漏。均爲計時儀器。借以表示時間短暫。

⑨青琅玕：亦作“青瑯玕”，一種青色似珠玉的美石，又名緑青。常以形容竹之青翠，亦指竹。此處指竹。

十五夜宴集蓬萊閣留宿有作

到來舉手接飛鳶，始信人遊尺五天[①]。一樣中秋看明月，能登此閣即神僊。蜑船泊浪投孤嶼[②]，蜃氣盤空化白烟。回首重城下魚鑰[③]，厭聞鼉鼓攪清眠[④]。

【注釋】

①尺五天：杜甫《贈韋七贊善》詩“時論同歸尺五天”自注：“俚諺曰：‘城南韋杜，去天尺五。’”漢韋曲、杜曲皆三輔地，爲貴族豪門聚居地。後遂以“天尺五”極言與宫廷相近。此處謂離天甚近，極言其高。

②蜑船：蜑人用以爲家的船。蜑，古代南方少數民族。

③魚鑰：魚形的鎖。南朝梁簡文帝《秋閨夜思》詩有“夕門掩魚鑰，宵牀悲畫屏”句。

④鼉鼓：用鼉皮蒙的鼓，其聲亦如鼉鳴。

九日斗山村登高歸飲於宋西橋别業

蕭疏垂柳抹輕霜，澗草巖花自在香。尚欠旌旗山北去，手彎强弩射黄羊。俗以九日會獵于旌旗山北。

晚來風雨益蕭騷，歸騎匆匆路未遥。不是重陽尋菊至，何因得識宋西橋？西橋爲荔裳之裔。

入嵯東鄉至梁子口小憇李家山館山水佳處無殊故園喜而有作

水色山光映帶齊,雜花叢樹路應迷。便須鼓棹隨漁父,何異還鄉守會稽?衣薄涼生前日雨,燕歸秋落故巢泥。瓦鐺煮茗松林下,苦爲流連到日西。

宴潘少府署中醉後作此卽示

强項雒陽令[①],今人無此風。才疎前事驗,政拙兩人同。魯酒消孤憤,寒花艷晚叢。陸離腰下劍[②],横掣氣如虹。

【注釋】

① “强項雒陽令”句:指東漢光武帝時的洛陽令董宣。董宣爲洛陽令時,湖陽公主蒼頭殺人,匿於主家。後公主出行,用他爲驂乘。董宣候之於途,駐車扣馬,以刀畫地,大言數主之失,叱奴下車,因格殺之。主訴於帝,帝大怒,召宣欲箠殺之。宣曰:“陛下聖德中興,而縱奴殺良人,將何以理天下乎?”即以頭擊柱,帝令小黄門止之,使叩頭謝主。宣不從。强使頓之,宣兩手據地,終不肯俯。因敕强項令出。事見《後漢書·酷吏傳》。漢荀悦《申鑒·雜言上》:“光武能申於莽而屈於强項令。”强項,謂剛正不爲威武所屈。

② 陸離:長劍低昂貌。

九月廿一日重至梁子口

柿葉微丹桑葉黄,西風颯颯吹衣裳。登山蠟屐一雙少[①],舉網得魚尺半長[②]。溪水有情隨意曲,雲峰無際咲人忙。頻來父老俱相識,何必并州是故鄉!

【注釋】

① 蠟屐:塗蠟的木屐。

② 綱：網罟的綱繩。

雋三賞菊作五言古詩一章依韻和之

放衙無一事[①]，獨坐難有情。晴囱列盆菊，欣欣皆向榮。渠本一草卉，中實含金精[②]。譬如抱大節[③]，始得博重名[④]。雖不盡寒瘦，肉重骨則清。今年歲豐稔，穀豆千倉盈。諄囑催科吏，莫令村犬驚。貪則多敗類，公則能生明[⑤]。民康我亦樂，對花酒可傾。何必屈大夫，方解餐菊英[⑥]？

【注釋】

① 放衙：屬吏早晚參謁主司聽候差遣謂之"衙參"，退衙謂之"放衙"。
② 金精：指水晶。精，同"晶"。或曰日月之光。
③ 大節：高遠宏大的志節、品德操守，與小節相對而言。
④ 重名：盛名，很高的名望或很大的名氣。
⑤ "公則"句：《荀子·不苟》有"公生明，偏生暗"句。
⑥ "何必"二句：屈原《離騷》有"朝飲木蘭之墜露兮，夕餐秋菊之落英"句。

落　葉

落葉具死理，秋風爲埽除。氣涼空院肅，聲急夜囱虚。無酒可成醉，有人方讀書。只留階下柏，蒼翠逼吾廬。

與介三論詩

領略古人意，心虚眼轉明。草蛇行有迹[①]，土鼓擊無聲[②]。此理参元妙[③]，能詩付後生。隨州佳句在，人説是長城[④]。

【注釋】

① "草蛇行有迹"句：義同"雪泥鴻爪"，比喻事物留下的綫索和跡象。
② 土鼓：亦作"土鼓"，鼓的一種。《周禮·春官·籥章》"掌土鼓豳籥"句，鄭玄

注引杜子春云："土鼓以瓦爲匡，以革爲兩面，可擊也。"

③ 元妙：玄妙、奥妙。

④ "隨州"二句：言唐代詩人劉長卿。長卿字文房，唐河間人，一説宣城人，河間爲其郡望。玄宗天寶進士，肅宗至德中官監察御史，後爲長洲縣尉，因事下獄，貶南巴尉。代宗大曆中任轉運使判官，知淮西、鄂嶽轉運留後，又被誣再貶睦州司馬。德宗建中年間，官終隨州刺史，世稱"劉隨州"。工詩，長於五言，自稱"五言長城"。

飲酒詩柬何藹人兼示雋三

酒量加一分，愁懷減一縷。三杯五杯斟，愁竟無着處。早年夜檢書，春茶如潑乳。食久乃作祟，夢與華胥阻[①]。近來到官衙，酒客日相伍。我坐置一杯，每飲增少許。心雄欺小敵[②]，氣粗爭大户。始信世間事，困學力宜努。艱難獲厚報，計功如累黍。叵憶數年前，頗爲狂藥苦。一錢不得值，錯受灌夫侮[③]。蓋公無多酌，應是鮮嘲語。輸與伯倫賢[④]，死卽掬抔土。酕醄醉卽休，物我皆無迕。獨見酒兵神[⑤]，森然鉞與斧。藹人身孱弱，雋三貌奇古。莫恃大楚强，卑視我邾莒[⑥]。夜來看酒星，光注何處所？

【注釋】

① "食久"二句：用黄帝夢遊華胥國之典。《列子集釋》載："（黄帝）放萬機，捨宫寢，減廚膳，退而閒居大庭之館，齋心服形，三月不親政事。晝寢而夢，遊于華胥氏之國。華胥氏之國在弇州之西，台州之北，不知斯齊國幾千萬里；蓋非舟車足力之所及，神遊而已。其國無師長，自然而已。其民無嗜欲，自然而已。不知樂生，不知惡死，故無夭殤；不知親己，不知疏物，故無愛憎；不知背逆，不知向順，故無利害；都無所愛惜，都無所畏忌。入水不溺，入火不熱。斫撻無傷痛，指擿無痟癢。乘空如履實，寢虚若處床。雲霧不礙其視，雷霆不亂其聽，美惡不滑其心，山谷不躓其步，神行而已。黄帝既寤，怡然自得。"後以"華胥"指理想的安樂和平之境，或作夢境的代稱。

② "心雄"句：言劉秀。《後漢書》卷一上《光武帝本紀》載："劉將軍平生見小敵怯，今見大敵勇，甚可怪也，且復居前。"

③ "錯受"句：用灌夫罵座之典。灌夫爲人剛直不阿，任俠，好飲酒罵人。與丞相田蚡不和，後因在蚡處使酒罵座，戲侮田蚡，爲蚡所劾，以不敬罪族誅。事見《史

記·魏其武安侯列傳》。後用以指人借酒發泄心中的不滿。

④ 伯倫：晉劉伶字。劉伶與阮籍、嵇康等六人，稱"竹林七賢"。

⑤ 酒兵：《南史·陳暄傳》載："故江諮議有言：'酒猶兵也，兵可千日而不用，不可一日而不備，酒可千日而不飲，不可一飲而不醉。'"後因謂酒爲"酒兵"。

⑥ 邾莒：春秋二小國名。北魏楊衒之《洛陽伽藍記·正覺寺》載："羊者是陸産之最，魚者乃水族之長。所好不同，並各稱珍。以味言之，甚是優劣。羊比齊魯大邦，魚比邾莒小國。"

不眠有作

案牘如山積，空慙一鏡懸。智昏追事後，心激悔刑先。讀律從時輩，鳴琴自昔賢。所慙縻廪禄，輾轉不成眠。

冬日雜詩

事忙白日短，文書愁悉剖。所以仕宦人，廢學得藉口。不閒十日常，得閒一日有。閒卽讀我書，功倍九日後。霜霰下寒空，柏頂模糊久。不分朔風來，散落驚入牖。勁氣刷剛腸，寒威縮龜手。衰颯忽童顔，壯哉得杯酒。文字不壽世①，終或覆醬瓿②。且自携簡編③，一讀一昂首。

菊花漸凋殘，梅花無信息。接續事竟窮，天地少全力。在目無可娱，傾耳何所得？萬穴不自鳴，假聲向風伯。早起裼重裘，坐此堂皇側④。事解卽釋歸，安忍相羅織？汝歸家可寧，我退飯飽喫。依然抱膝吟，如與古人覿。何處來舵聲，仰首看屋脊。老樹得空庭，於此共晨夕。

作宦今無數，難得留清名。清名名自美，矯飾非眞清。設官有常禄，節用財則盈。持以養妻子，豈曰非人情？中歲羅世故，骨肉聚散輕。舐犢憐少子，頭角望崢嶸。家業盪已盡，縱歸不得耕。只此一卷書，寒夜對短檠。身煖腹不餒，朗誦爲我聽。更支一月俸，爲汝市六經。莫笑生涯拙⑤，吾生本無營⑥。

百藝何多端，精一神乃凝。基從積學始，學久心手應。吟詩與作字，人以小技稱。讀不破萬卷，下筆休自矜。此理喻者少，其妙如傳燈⑦。只應學者工，不許不學能。草聖惟張旭⑧，詩聖尊少陵⑨。師之滿天下，不肖哀雲仍。昨夜天雨雪，凍折虛簷氷。吟詩韻不叶⑩，作字形可憎。吁嗟吾失學，古人安可輘⑪？

不用心不靈，過用心轉窒。江淹才豈盡⑫，窒卽無妙筆。學問有淺深，功用閒疎密。操縱總由我，莫使靈機失。今日詩興豪，計篇已六七。辛苦嘔心血，傳否未可必。冥搜迴八荒，孤坐向一室。言咲兩俱忘，狀如得癡疾。

開門雪亂飛，灑空勢未竭。瑶光奪雙矑，陡覺清到骨。吏來押文書，申府報初雪。謂與麥苗宜，明歲期勃發。既荷皇天仁，應共閭閻悦⑬。何不謝滕六⑭，祀神禮勿缺。我欲騎馬出，却愁山徑滑。想見擊狐兔〔一〕，搏風下俊鶻。少年飛揚志，於今漸消歇。且可飲杯酒，圍爐燒榾柮。

【校記】

〔一〕兔：原刻作"免"，依義當作"兔"。

【注釋】

① 壽世：謂造福世人。

② 覆醬瓿：《漢書·揚雄傳下》："鉅鹿侯芭常從雄居，受其《太玄》《法言》焉，劉歆亦嘗觀之，謂雄曰：'空自苦！今學者有禄利，然尚不能明《易》，又如《玄》何？吾恐後人用覆醬瓿也。'雄笑而不應。"覆醬瓿，蓋醬罈。後用以比喻著作毫無價值，或無人理解，不被重視。

③ 簡編：指書籍。

④ 堂皇：指官吏治事的廳堂。

⑤ 生涯：語本《莊子·養生主》："吾生也有涯，而知也無涯。"原謂生命有邊際、限度。後指生命、人生，或指生活。

⑥ 無營：無所謀求。漢蔡邕《釋誨》云："安貧樂賤，與世無營。"

⑦ 傳燈：佛教語，指傳法。佛法如明燈，能破除迷暗，故稱。

⑧ 張旭：生卒年不詳，字伯高，唐吳郡（今江蘇蘇州）人。工書，精通楷法，以草書知名，世稱"草聖"。神龍初，與賀知章、包融、張若虛等吳越文士俱以文詞揚名

京師，合稱“吳中四士”。初仕爲常熟尉。天寶初，官金吾長史，又曾官左率府長史。旭嗜酒，與李白等合稱“飲中八仙”。相傳旭醉後呼叫狂走而後下筆，故又稱“張顛”。唐文宗時，詔以旭草書與李白歌詩、裴旻劍舞爲“三絶”。正書有碑刻《郎官石記》，草書散見歷代集帖中，墨蹟有《草書古詩四帖》。

⑨ 少陵：杜甫常以“杜陵”表示其祖籍郡望，自號少陵野老，世稱杜少陵。

⑩ 叶：同“協”。

⑪ 輘：《集韻》：“車轢也。”《漢書·灌夫傳》：“輘轢宗室。”《注》：“蹊踏也。”《史記》作“凌”。

⑫ 江淹才豈盡”句：用江郎才盡之典。南朝梁江淹，少有文名，世稱江郎。晚年詩文無佳句，時人謂之才盡。後用“江淹才盡”比喻才思衰退。

⑬ 閭：《説文》：“閭，里門也。”《爾雅·釋宮》：“閭，里也。”閻：《説文》：“閻，里中門也。”閭閻，即指里巷内外的門。此處借指民間百姓。

⑭ 滕六：指雪神。

至五龍口擬宿山寺不果

礫确杈枒小逕通，看山行色太匆匆。一林松橡兼紅緑，滿耳笙簧奏水風。隔岍月光初到地，踏橋人影忽凌空。幾囬搔首雲中望，孤負禪房借贊公。

寄懷陳金門

雨餘小院緑苔深，淨几明囱抱膝吟。中歲漸除名士氣①，宦場初冷讀書心。暖烟作態籠晴竹，春夢還家破曙禽。只有故山陳正字②，經年離別感知音。

【注釋】

① 中歲：即中年。

② 故山：舊山，喻家鄉。陳正字：當指陳金門。正字，官名，北齊始置，與校書郎同主讎校典籍，刊正文章。

從沐峪村至樞園頭

山勢展如畫，平鋪溪水流。亂花開野墅，孤鷺浴灘頭。緑轉春波媚，風廻蝶意留。樞園誰種橘，千樹比封侯。

晚歸示沐峪樞園兩村父老

父老知我來，爲我置酒漿。父老知我去，爲我挽馬韁。自言連日雨，喜得麥苗長。年豐盜賊少，各各安善良。使君旣無事，宿我浴蠶房①。牛宫作馬廐②，飼馬儲宿糧。我謝父老意，來日官事忙。有暇或能至，再見別何妨。元結隱洄谿③，朱邑老桐鄉④。父老不我棄，此心樂未央。爲政有張弛⑤，循良或未遑。莫笑著帽餳，錯認梁彦光⑥。

【注釋】

① 浴蠶：浸洗蠶子，古代育蠶選種的方法。

② 牛宫：專指牛欄。

③ "元結隱洄谿"句：元結（719—772），唐河南魯山人，字次山，自稱浪士，亦號猗玗子、漫郎、漫叟、聱叟。元延祖子，元德秀族弟。天寶十二載（753），登進士第。安史亂起，舉家南奔，避難於猗玕洞（在今湖北大冶）。乾元二年，蘇源明薦爲右金吾兵曹參軍、山南東道節度參謀，抗擊史思明。遷水部員外郎、荆南節度判官。代宗初，召爲著作郎，後出守道州，招撫流亡，頗有政聲。遷容州都督。卒。詩文兼擅，爲中唐古文運動與新樂府運動之先導者。編録沈千運等七人詩二十四首爲《篋中集》，今存。

④ "朱邑老桐鄉"句：朱邑，西漢廬江舒人，字仲卿。少時爲舒桐鄉嗇夫，廉平不苛，以愛利爲行，未嘗笞辱人，存問耆老孤寡，遇之有恩，所部吏民愛敬焉。遷補太守卒史，舉賢良爲大司農丞，遷北海太守，以治行第一入爲大司農。爲人淳厚，篤於故舊，然性公正，不可交以私。天子器之，朝廷敬焉。邑病且死，屬其子曰："我故爲桐鄉吏，其民愛我，必葬我桐鄉。後世子孫奉嘗我，不如桐鄉民。"及死，其子葬之桐鄉西郭外，民果然共爲邑起冢立祠，歲時祠祭，至今不絶。其事見《漢書》卷八十九《循吏列傳·朱邑》。

⑤ 張弛：《禮記·雜記下》："一張一弛，文武之道也。"

⑥ "莫笑"二句：用梁彦光之典。梁彦光，隋安定烏氏人，字修芝。西魏末入太

學習經史，以秘書郎起家。北周時以平北齊功累封華陽郡公，拜柱國。入隋爲岐州刺史，有惠政，奏課爲天下第一。及居相部，如岐州法。鄴都雜俗，人多變詐，爲之作歌，稱其不能理化。上聞而譴之，竟坐免。歲餘，拜趙州刺史，彥光言於上曰："臣前待罪相州，百姓呼爲戴帽餳。臣自分廢黜，無復衣冠之望，不謂天恩復垂收採，請復爲相州，改絃易調，庶有以變其風俗，上答隆恩。"上從之。及其復爲相州刺史，發奸隱，治豪猾，立鄉學教育民人，風俗大改。故詩人曰"錯認梁彥光"。其事見《隋書·循吏傳·梁彥光》。著帽餳：即戴帽餳，謂雖戴帽像個人，但柔軟如飴糖，比喻軟弱無能。餳，指用麥芽或谷芽熬成的飴糖。

三月晦日登蓬萊閣[①]

鈴喧鐸響顛風顛，遊人蝟縮思裝棉[②]。海市雜沓魚龍舞，氣肅不假東皇權[③]。君不見，蓬萊閣下水接天，逕尺鑿破春氷堅。日斜蛟蜃知何處，一氣凌空化白煙。

【注釋】

① 蓬萊閣：在蓬萊縣北丹崖山上。

② 蝟：同"猬"。刺猬遇敵則縮，蝟縮即蜷縮義。

③ 東皇：謂天神東皇太一。

四月三日復登蓬萊閣示王介三延賞

山勢廻環雉堞連[①]，踏空高閣倚雲邊。日蒸積氣全浮蜃，心挾飛濤欲上天。往事迹沉同石火[②]，背城聲沸雜人烟。神仙至竟無消息，笑說秦皇漢武年[③]。

【注釋】

①雉堞：指城牆。

② 石火：以石敲擊，迸發出的火花。其閃現極爲短暫。北齊劉晝《新論·惜時》云："人之短生，猶如石火，炯然以過，唯立德貽愛爲不朽也。"

③ 秦皇漢武：蓬萊山素有神山之名。秦始皇時，方士徐福上書言海中有蓬萊、方丈、瀛洲三神山，有仙人居之。始皇因遣徐福發童男女數千人，入海求仙，竟不返。今日本傳有徐福之墓。至漢武帝，亦屢屢遣人、船往海中尋蓬萊神人。

題三堂爲無一事堂本東坡三堂本來一事無句作無一事堂詩[①]

古之良有司[②]，或稱卧而治。能治卧何妨，非謂無一事。東坡曠達人，其才亦不器。政修百廢興，如以身使臂。心空照斯明，迹混神則秘。無事與有事，其理一而二。寄語後來人，勿泥無事意[③]。

誰謂無一事，文書堆印床[④]。視事如無事，此心自不忙。身能入事中，方得與事忘。所以一事無，興到開壺觴。新種碧桃花，扶持幸未僵。今已四月中，始露半面妝。酒闌風欲起，花墮沾衣裳。囬首吏人稀，我歸卧我堂。

【注釋】

① 詩題：蘇軾《送王伯敭守虢》詩云："惟有使君千里來，欲飲三堂無事酒。三堂本來一事無，日長睡起聞投壺。"三堂：唐虢州（今河南靈寶縣南）刺史宅中庭園名，以屢經文士題詠而著名。

② 有司：官吏。古代設官分職，各有專司，故稱。

③ 泥：拘泥。

④ 印床：放印章的文具。

小雪浪齋鼉磯石硯歌[①] 并序

東坡先生有雪浪石，因以名齋。余近得登州鼉磯島石硯，有金星雪浪之稱，因題所居曰"小雪浪齋"，並爲歌以紀之。

鮫人星散海市罷[②]，珊瑚木難光激射[③]。老鼉骨冷無人收，至今潛伏滄波下。阿誰大膽刳鼉腹[④]，淋漓血肉脱手乍。出水作石大奇事，勿乃亦從蜃氣化。土人得之製作硯，賤售不比連城價。我生好硯喜新奇，得此可作龍尾亞[⑤]。耕之耨之向石田[⑥]，眼見文房穫新稼[⑦]。露花初浣潤滑手，隃麋小試香添麝[⑧]。憶昔東坡雪浪齋，得石如友當門迓[⑨]。我硯亦有雪浪稱，事雖不同名可借。小齋結構頗楚楚，作詩復喜今朝暇。陽侯好事媢我輩[⑩]，何不留此補天罅？可知材用無處無，斧鑿終難邀一赦。君不見，金星錯落閃雙眸，雪浪如銀空際瀉。

【注釋】

① 鼉：《説文》："鼉，水蟲。"《續博物志》："鼉長一丈，其聲似鼓。"

② 鮫人：傳説中的人魚。《搜神記》："南海之外，有鮫人，水居如魚，不廢緝績，其人能泣珠。"

③ 木難：寶珠名。又作"莫難"。《文選·曹植〈美女篇〉》："明珠交玉體，珊瑚間木難。"李善注引《南越志》曰："木難，金翅鳥沫所成碧色珠也。"

④ 剚(zì)：用刀刺入。

⑤ 龍尾：謙稱自己乃附托于名人而成立者。亞：次於。

⑥ 石田：本指多石而不可耕之地，以喻無用之物。此處指石硯。

⑦ 穫：收割、收穫、收成。

⑧ 隃麋：古縣名。以産墨著稱，後世因借指墨或墨迹。引申爲文墨之意。

⑨ 迓：相迎。

⑩ 陽侯：古代傳説中的波濤之神。

以鼉磯石硯寄金門用前韵

楮頤拄笏看山罷[①]，小雪浪齋斜陽射。我硯一日三摩挲，十五女郎紅囱下。磨墨亂濺黑電飛，注目突見金星乍。鼉若有知應大咲，頑性忽被文人化。里門陳郎雅好古[②]，自註泉譜高身價。疏泉鑿井作山人，嫋嫋竹枝當門亞。聞説近日生理薄[③]，有地種花不收稼。辛苦勸君耘石田，細磨松煤雜香麝。見硯想當如見我，倉卒開門倒履迓[④]。頭巾久作鴻毛擲，書堂新向頭陀借。金門近日棲息海會寺。一生清福得來難，愧殺風塵無一暇。昨夜夢中歸故山，十丈飛泉穿石罅。燒笋飯我若平生，飽食不將籜龍赦。朝來寄硯君當知，中有相思淚痕瀉。

【注釋】

① 楮頤：以手托腮。

② 里門：閭里的門。古代同里的人家聚居一處，設有里門。亦用指鄉里。陳郎：即陳金門。

③ 生理：生計；産業。

④ 倒履：即倒屣，指急於出迎，把鞋子穿倒，形容熱情迎客。《三國志·魏書·王粲傳》載："時邕才學顯著，貴重朝廷，常車騎填巷，賓客盈坐。聞粲在門，倒屣迎之。粲至，年既幼弱，容狀短小，一坐盡驚。邕曰：'此王公孫也，有異才，吾不如也。'"

雋三入春無詩秋枰静對意甚得也余索和鼉磯石硯詩遲久不報再用前韵示之

長鎗濶斧戰未罷，餘勇尚能穿楊射。平生論文若論武，猛氣雄心未肯下。如何入春一詩無，耽棋手拈一子乍。疎簾清簟遣白晝，飛角侵邊叅變化。君詩原不等敝帚[①]，寶玉明珠有定價。我聞才藝難兩精，工棋定較工詩亞。中年課詩如課農[②]，勸君火速收禾稼。憶昔與君遊析城[③]，遠隨獵人逐麞麝[④]。挂崖珠濺雪龍奔，劈面石落奇鬼迓。吟詩不許鉢聲停，困眠㕭向僧樓借。當時苦索驚人句，卽欲手談眞無暇[⑤]。人生快意當高歌，七尺會見埋雲罅。君如東野本詩囚[⑥]，不成萬首天不赦。濡墨舐筆請君吟，願君詞作三峽瀉。

【注釋】

① 敝帚：破舊的掃帚，喻無用之物。

② 課詩：謂寫作詩歌。課農：謂學習務農。

③ 析城：指析城山，別稱聖王坪，在今山西省晉城市陽城縣西南 35 公里處，南與河南省濟源市交界，屬中條山森林公園一部分，與著名的中條山舜王坪東西相望，故又稱東坪。相傳爲當年湯王祈雨處。

④ 麞麝：麞與麝。麞，同"獐"，野獸名，像鹿，比鹿小，頭上無角，有長牙露出嘴外，皮可以做衣服，也叫"牙獐"。麝，形狀像鹿而小，無角，雄的臍部有香腺，能分泌麝香，通稱"香獐子"。《説文》曰："麝如小麋，臍有香。一名射父。"

⑤ 手談：指下圍棋。南朝宋劉義慶《世説新語·巧藝》載："王中郎以圍棋是坐隱，支公以圍棋爲手談。"南朝梁劉孝標注引《語林》曰："王以圍棋爲手談，故其在哀制中，祥後客來，方幅會戲。"

⑥ 東野：孟郊字。詩囚：唐孟郊、賈島耽於作詩，仿佛爲詩所拘囚，人稱詩囚。後泛指苦吟的詩人。

送賞鄉試

我有伯高祖，當年官廣文[①]。寒氊先業在，清俸一家分。汝志諒如此，余心望正殷。春盤堆苜蓿[②]，粱肉自紛紛[③]。

【注釋】

① 廣文：唐時，在國子監增開廣文館，設博士、助教等職，實爲清苦閑散之職。明清兩代之儒學教官，處境相類，因亦用作别稱，稱“廣文先生”。

② 苜蓿：植物名，豆科，一年生或多年生。原産西域各國，漢武帝時，張騫使西域，始從大宛傳入。又稱懷風草、光風草、連枝草。花有黄紫兩色，最初傳入者爲紫色。可供飼料或作肥料，亦可食用。

③ 粱肉：以粱爲飯，以肉爲肴。指精美的膳食。唐杜甫《醉時歌》曰：“諸公袞袞登臺省，廣文先生官獨冷。甲第紛紛厭粱肉，廣文先生飯不足。”

途中雜詩

又渡小沽水，盤渦伏下流。解鞍奔渴馬，浮鼻過村牛[①]。斷碣前朝寺，平林古戍樓[②]。十年困行役，驅馬思悠悠。

夢歸海會院[③]，身是小乘僧。無法何須説，飛欄獨自凭。飯抛神鴿下，杖擲赤龍騰。覺後空惆悵，熒熒古驛燈。

野店眞嘈雜，耳中無好聲。不能觧王粲，何事喜驢鳴[④]。有託留諧謔，古人無矯情。着鞭心事急，一飯束裝行。

量斗才難竭，捫胸氣獨眞。文能稱哲匠，譽豈盡私人。持此衡吾輩，張公妙入神。謂雋三。蓋棺他日事，莫更辨齗齗。

解鞍同二客，樸夫、子劼同行。説劍盡三更。藉此攄奇氣，非關有不平。壁燈盤紫焰[⑤]，庭竹變秋聲。安得猿公侣，空山掉臂行[⑥]。

鑿井得活水，清搖土脉香。摩挲書石碣，珍重護銀床。此事關何政，吾生信太忙。頭綱茶已到[⑦]，汲煮一杯嘗。萊陽署井水甘冽，甲於一邑，余題碣爲“萊陽第一井”。

昔讀精華録[⑧]，文章自一家。後人堅壁壘，使筆亦騰拏。遂摘先生短，眞成衆口譁。新城城外路，憑吊夕陽斜。

荷花一萬柄，乃在濟南城。濟水來吾土，看花别有情。雲歸龍洞黑⑨，日射鵲山明⑩。有約湖堤上，青鞋布襪行。

【注釋】

① “浮鼻”句：化用唐代陳詠“隔岸水牛浮鼻渡，傍溪沙鳥點頭行”。

② 平林：平原上的林木。《詩經·小雅·車舝》：“依彼平林，有集維鷮。”毛傳曰：“平林，林木之在平地者也。”

③ 海會院：即海會寺，在今山西省陽城縣北留鎮大橋村。

④ “不能”二句：王粲（177—217），東漢末山陽高平（今山東微山兩城鎮）人，字仲宣。博學多識，善屬文，乃建安七子之一。《世説新語》下卷上《傷逝》：“王仲宣好驢鳴。既葬，文帝臨其喪，顧語同遊曰：‘王好驢鳴，可各作一聲以送之。’赴客皆一作驢鳴。”

⑤ 熖：同“焰”。

⑥ 掉臂：自在行遊貌。

⑦ 頭綱：指驚蟄前或清明前製成的首批貢茶。此處指優質春茶。

⑧ 精華録：王士禎有《漁洋山人精華録》。

⑨ 龍洞：指天然的山洞。

⑩ 鵲山：在今山東省歷城縣北濼口鎮。

章邱道上

薄市肴蔬伴酒尊，匆匆行色共誰論。馬鈴車鐸紛成隊，雞栅牛欄自一村。陰匝槐街天正午，熱蒸山氣晝常昏。何人買夏園中住，萬柄紅蓮静閉門？

寄陳晴巖庶常

詩人例窮餓，不幸言多中。刻苦理不肥，郊島抱深痛①。我生文字交，屈指亦云衆。非無跋扈才②，往往忍饑凍。前年在京國，得識於陵仲。入貲爲廣文，養家望清俸。戚戚志不伸，授館課兒誦。我時與君談，西囱一燈共。眉間精幹色，語次忽飛動。此豈久下人，天驥誰能鞚？昨閲雁塔名，高舉隨鸞鳳。羽毛本豐滿，恰會長風送。我想蓬島仙，定厭凡骨重。豈復念故人，微官作玩弄。萊陽僻海隅，衣食差可供。餘事作詩人，頗喜筆力縱。魯縞勢易穿，弩發突成洞。從來臺閣體，婉媠春禽哢。絶少摩天刃，一掃浮雲空。君才追韓蘇[3]，下筆兼唐宋。要攄絶妙詞，成此玉堂貢。卓卓千秋業，翹首爲君頌。

【注釋】

① 郊島：唐代詩人孟郊、賈島。孟郊（751—814），唐湖州武康人，生於昆山，字東野。少隱居嵩山。性狷介，與韓愈友善。年四十五、六方登進士第。後調溧陽尉。鄭餘慶爲東都留守，署爲水陸轉運判官。後餘慶鎮興元，又奏爲參謀。卒，張籍私謚貞曜先生。北宋宋敏求編有《孟東野集》十卷行世。《全唐詩》編詩十卷。賈島（779—843），唐范陽人，字閬仙，一作浪仙，自稱碣石山人。初爲僧，名無本。後還俗，屢舉進士不第。文宗時，爲長江縣主簿，世稱賈長江。武宗會昌中，以普州司倉參軍遷司户，未受命卒。二人詩多愁苦淒清之境，作詩皆好苦吟，後人往往並稱之。

② 跋扈：驕横强暴。這裏借指才華出衆。

③ 韓蘇：唐代文學家韓愈、宋代文學家蘇軾之並稱。

濟南行館題壁

一帶嵐光過雨餘，滿簾花影午晴初。耐貧僕尚留銀鹿[1]，好事人猶丐墨豬[2]。泥壁舊題詩句在，繩床新下竹囱虚。翻愁清俸消鹽米，難購平生未見書。

【注釋】

① "耐貧僕尚留銀鹿"句：用顔真卿家僮之典。唐李肇《唐國史補》卷上載："顔魯公之在蔡州，再從姪峴家僮銀鹿始終隨之。"後用銀鹿以代稱僕人。明張煌言《僕還》詩曰："自是無銀鹿，猶勝形影單。"

② "好事人猶丐墨豬"句：丐，乞求、請求義。墨豬，比喻筆畫豐肥而無骨力的書法。舊題晉衛鑠《筆陣圖》曰："善筆力者多骨，不善筆力者多肉。多骨微肉者，謂之筋書；多肉微骨者，謂之墨豬。"

舊業一首卽題徐葆丞瑶泉圖

邋遢鄉居一事無，狀同野鶴養清臞[①]。賞春小製移花檻，癖茗親收調水符[②]。酒後偶然思舊業，眼中忽別見新圖。分明觸我還山念[③]，萬斛龍泉看噴珠。

【注釋】

① 清臞：即清瘦。

② 調水符：蘇東坡好茶，必取好水。昔東坡游玉女泉，極愛此水。遂令人取玉女洞水，恐被欺騙，於是破竹爲契，一片交予寺僧，一片交予取水之人。取水人每去金沙泉挑水，則可换回另一半竹片。東坡戲稱之爲“調水符”，并賦詩“誰知南山下，取水亦置符”云云。蘇轍有《和子瞻調水符》“多防出多慾，慾少防自簡”云云。明沈周有“未傳盧氏煎茶法，先執蘇公調水符”句。

③ 還山：指致仕、退隱。

趵突泉一首

濯纓不濯足[①]，水能先潔己。洗塵不洗心，人不善用水。水源在何處？王屋一千里。飲水思故鄉[②]，鄉味清如此。

【注釋】

① “濯纓不濯足”句：出自《孺子歌》：“滄浪之水清兮，可以濯吾纓；滄浪之水濁兮，可以濯吾足。”歌本先秦時期流傳在漢北一代的民歌。屈原《楚辭·漁父》亦載有此歌。濯纓，謂洗濯冠纓。濯足，謂洗去腳污。後以“濯纓”“濯足”比喻超脱世俗，清除世塵，操守高潔。

② “飲水思故鄉”句：相傳趵突泉水自王屋山來，詩人本山西晉城陽城人，王屋山在晉城、河南交接處，故有飲水思源意。

萊州海神廟戲題壁上

島外滄州望欲賒，廟前深樹緑重遮。山飛白雨歸龍女，電掣靈旗舞夜叉。便合此亭題一勺,廟有勺亭,爲翁潭溪學使所署。不逢有棗大如瓜。樂天舊在蓬萊住①,風馬雲車正到家。

【注釋】

① 樂天:即唐代詩人白居易,其詩多言"蓬萊",最著名者如《長恨歌》"忽聞海上有仙山,山在虚無縹緲間""昭陽殿裏恩愛絶,蓬萊宫中日月長"等。其《客有説》一詩曰:"近有人從海上回,海山深處見樓台。中有仙龕虚一室,多傳此待樂天來。"自題:"客即李浙東也,所説不能具録其事。"詩言浙東觀察使李師稷,向白居易轉述一名海商奇遇,謂其遭風飄蕩至蓬萊仙山,此間建有"白樂天院",專門等待白居易的到來。其又有《答客説》一詩曰:"吾學空門非學仙,恐君此説是虚傳。海山不是吾歸處,歸即應歸兜率天。"自注:"予晚年結彌勒上生業,故云。"

黄縣道中

班班聲歇小車停,漁唱樵歌取次聽①。過雨突翻溪漲白,際天平落海潮青。野人因樹成鷄栅,山鬼吹風話塔鈴②。我欲便依僧舍住,自疏泉水譜茶經。

途遠初無欲競心,炎天剛喜半晴陰。注山雨腳轟雷電,落澗風泉聽筑琴。擬割松腴和飯煮③,便尋村店隔林深。昨宵夢約烟蘿子④,許我歸田學洗葠。

【注釋】

① 取次:隨便,任意。

② 山鬼:《史記·秦始皇本紀》:"山鬼固不過知一歲事也。"山鬼,指山神。又《永嘉郡記》:"安固縣有山鬼,形體如人而一腳,裁長一尺許,好噉鹽,伐木人鹽輒偷將去。不甚畏人,人亦不敢犯,犯之即不利也。"此爲山精,一種獨腳怪。亦泛指山中鬼魅。

③ 松腴:指松脂。舊謂煉服之可以長生。

④ 烟蘿子:相傳爲古代學仙得道者,姓燕,名不詳,王屋(今河南濟源西)人,五代時道士。後晉天福間於陽臺宫得異參,舉家食之,皆中毒死,時傳爲闔家拔宅升仙。亦以烟蘿子泛指隱士。

立秋後一日南嵐道中作

殘暑欺人尚不支，野橋山店索茶宜。飛雲送客如張蓋[①]，晴雨隨風等散絲。中歲迹同浮梗泛[②]，感秋詩訴暮蟬知。鄉書昨報樊南屋[③]，栽菊叢叢欲滿籬。

【注釋】

① 張蓋：指張開傘蓋。

② 浮梗：漂流的桃梗，比喻飄流無定。蘇轍《和張安道讀杜集》诗云："漂泊終浮梗，迂疏獨釣鼇。"

③ 樊南：作者故鄉山西陽城縣東有樊山，樊水出其下，而作者居於樊水之南，故名。

日晡厓頭村飯畢便道訪姜欝生於城南姜家莊

計樹森森盡十圍，千層濃翠濕裳衣。爛枝園果當秋熟，脱網金鱗入饌肥。雨氣半收前嶺出，風聲橫挾晚雲歸。遥知有客城南卧，可許行人夜扣扉？

河北村題壁

烟散前林霽[①]，茅簷罷午炊。雨多收稼晚，鵶亂定巢遲。糝米田家飯，豳風壁上詩[②]。願將歸隱意，説與牧羊兒。

【注釋】

① 霽：《説文》："霽，雨止也。從雨，齊聲。"

② 豳風：《詩經》十五國風之一，爲先秦時代豳地華夏族民歌。豳同"邠"，古都邑名，在今陕西旬邑、彬縣一帶，是周族部落的發祥地。豳風共計七篇二十七章，其中多描寫豳地的農家生活，辛勤勞作的情景，是中國最早的田園詩。如"七月流火，九月授衣""七月食瓜，八月斷壺，九月叔苴，采荼薪樗"（《豳風·七月》）等。

遊蠶山有序

山在栖霞西六十里，卓如錐立，雨後烟斂峰頂，則山市出焉[①]。土人云，頂有鵰巢，緣之者輒以翅擊不得上。飯畢往遊，僅達其趾。

窅然溪谷逼深寒，村樹童童葉半丹[②]。過雨蠶山開市早[③]，撲風鵰翅奪巢難。願隨樵客尋幽逕，已約厨人辦午餐。七尺修藤雙不借，可能容我盡情看。

【注釋】

① 山市：此處指山中蜃景。清周亮工《書影》卷五載："然人知有海市，而不知有山市。東省萊濰去邑西二十里許，有孤山，上有夷齊廟。誌稱春夏之交，西南風微起，則孤山移影城西。從城上望之，凡山巒林木、神祠人物，無不聚現。踰數時，漸遠，漸無所覩矣。"

② 童童：茂盛貌，重迭貌。《三國志·蜀書·先主傳》云："有桑樹高五尺餘，遥望見童童如小車蓋。"

③ 開市：即謂雨後蜃氣所呈之景開始出現。

故　鄉

故鄉遠隔太行西，雲樹層層望欲迷。溪水冷淘秋豆葉，野田肥獵石英鷄。還家手板抽何日？掃壁龍泉有舊題。最憶山頭霜後柿，垂垂紅照夕陽低。

獨　往

獨往博孤趣，無言賞以心。秋光如此淡，吾意不求深。縮漲露灘石，爭巢喧野禽。城門休下鑰，帶月好幽尋。

桃花鄉示田父二首

寒塘曲曲插籬笆，籬角猶開扁豆花。今日漚麻昨種麥[①]，可憐忙煞野人家。

經行村落笑顔開，我本農夫莫浪猜[2]。一自賣完田百畝，纔謀升斗折腰來[3]。

【注釋】

① 漚麻：謂將麻莖或已剥下的麻皮浸泡在水中，使之自然發酵，達到部分脱膠的目的。

② 浪猜：胡亂猜測。

③ "纔謀升斗折腰來"句：《晉書·隱逸傳·陶潛》載："吾不能爲五斗米折腰，拳拳事鄉里小人耶！"後以"折腰"爲屈身事人之典。

鳳山鄉二首

張蓋入村墟，前卒呼聲起。破夢拭兩眸，問此爲何里？我實未跋涉，胡乃僊至此[1]？却念十日來，擾擾戒行李[2]。黄紬被一條，拉雜壓囊底。五更起盥漱，暖風不周裡。既失飲食節，遑問調攝理[3]。所以鼾睡聲，每聒輿臺耳[4]。我有褁來糧，期於食可止。寄語此鄉人，只飲此鄉水。

食飽出門走，頗於睡未宜。心既無所用，亦復無所思。此鄉富邱壑[5]，水清山復奇。秋霜下西嶺，溪樹摇紅枝。借此眼前景，發我性中詩。不必有警句，自然無浮詞。明日當歸去，文書如亂絲。却復羨此日，看山坐支頤。嗟嗟既在官，那得有閒時。

【注釋】

① 胡乃：何乃，何故、爲何義。

② 擾擾：紛亂貌，煩亂貌。

③ 調攝：調理保養。

④ 輿臺：本指古代十等人中兩個低微的等級，輿爲第六等，臺爲第十等，泛指操賤役者、奴僕。用以比喻爲之服務的工具。此處形容鼾睡聲雖然聒噪，亦是爲我服務的工具。

⑤ 富：多。

由鳳山抵小灘海岍作

秋雲有遠心，極天不依山。獨讓受霜樹，紅殷巖谷間。柴門鎖流水，樵者尚未還。時見饑烏下，啄此石上斑。

小灘白石河，細響鳴玦環①。南望一千仞②，詫此海上山。疎翠撲空來，落我衣帶間。安期倘可遇③，遊戲不知還。

【注釋】

① 玦環：玉玦與玉環，并爲佩玉，玦如環而缺。《荀子·大略》："聘人以圭，問士以璧，召人以瑗，絶人以玦，反絶以環。"

② 仞：《説文》："仞，伸臂一尋，八尺。從人，刃聲。"按，諸説不一，《字詁》："但伸一臂則謂之仞。仞，四尺也。"《廣韻·震韻》："七尺曰仞。"古多以八尺爲仞，千仞形容極高或極深。

③ 安期：亦稱"安期生"，仙人名。秦、漢間齊人，一説琅琊阜鄉 人。傳説他曾從河上丈人習黄帝、老子之説，賣藥東海邊。秦始皇東遊，與語三日夜，賜金璧數千萬，皆置之阜鄉亭而去，留書及赤玉舄一雙爲報。後始皇遣使入海求之，未至蓬萊山，遇風波而返。一説，生平與蒯通友善，嘗以策干項羽，未能用。後之方士、道家因謂其爲居海上之神仙。事見《史記·樂毅列傳》、漢劉向《列仙傳》等。

東田村

海面鋪雲一尺厚，海水在下雲不知。岍上秋樹搖微風，牽引雲氣飄絲絲。海上神山千瓏玲①，雲抹只留佛髻青。海水一泓平於鏡，與天摩蕩生空明②。漁庄蝦舍紛無數③，斷雲拖西截歸路。再來或恐不得閒，日暮東田村裡住。

【注釋】

① 瓏玲：形容精緻奇巧，孔穴明晰。

② 摩蕩：謂相切摩而變化。

③ 漁庄蝦舍：指漁村、漁家。

去歲九日同何藹人張儁三劉玉如輩觀獵於旌旗山歸飲宋西橋别墅今爲九月五日重過飲西橋感玉如物故作詩弔之玉如湖南相國猶子也

旌旗秋獵自年年，騎馬城西意惘然。溪篆平沙廻硬筆，風彈落葉奏哀弦。豈能更飲黄麞血[①]，無復相逢白雁天。一昨相公來手札，歸柩已買洞庭船。

【注釋】

① 更飲黄麞血：用曹景宗之典。曹景宗（457—508），南朝梁新野人，字子震。少善騎射，以膽勇聞。《南史·曹景宗列傳》載："景宗謂所親曰：'我昔在鄉里，騎快馬如龍，與年少輩數十騎，拓弓弦作霹靂聲，箭如餓鴟叫，平澤中逐麞，數肋射之，渴飲其血，饑食其脯，甜如甘露漿。覺耳後生風，鼻頭出火，此樂使人忘死，不知老之將至。今來揚州作貴人，動轉不得。路行開車幔，小人輒言不可。閉置車中，如三日新婦，此邑邑使人氣盡。'"當年豪氣，可見一斑。明代高啟《憶昨行寄吳中諸故人》詩曰："歸來笑學曹景宗，生擊黄獐飲其血。"

郊　行

秋樹緑兩行，荻花白一道。風來勢易舞，錯認波浩浩。寒鴉集空戍，散牧依孤堡。病愁風露侵，日落投村早。

霜　樹

霜樹炫紅紫，朽腐化神奇。秋心不得冷，况復當午曦。大沽集鴻雁[①]，小沽飛鸊鵜。儘此流連意，收入奚囊詩[②]。

【注釋】

① 沽：水。

② 奚囊：用李賀之典。（長吉，李賀字）"每旦日出，與諸公遊，未嘗得題，然後

爲詩，如他人思量牽合，以及程限爲意。恒從小奚奴騎距驢，背一古破錦囊，遇有所得，即書投囊中。及暮歸，太夫人使婢受囊出之，見所書多，輒曰：'是兒要當嘔出心始已耳！'上燈與食，長吉從婢取書，研墨疊紙足成之。投他囊中。非大醉及弔喪日，率如此，過亦不復省。"後因稱詩囊爲"奚囊"。

今日行

今日亦已來，昨日不再至。如何捫此胷，尚留昨日事？昨日所讀書，不能憶一字。想復到明日，不與今日異。讀書須是住深山，今日昨日門常關。山中猿鳥遥相念，知否先生何日還？

歸　渡

鼓櫂人乘筏[1]，解鞍馬渡水。蹴踏波浪中[2]，時時露馬耳。老人爲我言，秋漲僅見此。昨日板扉破[3]，躍入一尺鯉。

【注釋】

① 鼓櫂：划槳，划船。

② 蹴踏：亦作蹴蹋、蹴蹹、蹵蹋等，踩踏義。《説文》："蹴，躡也。"段玉裁注："蹴，蹋也。以足逆蹋之曰蹴。"

③ 板扉：即板門。

初　雪

冷雲飛不高，釀此數點雪。作態尚未工，忽被風力掣。霜葉燦寒蕪，苔花繡石碣。流水亦變聲，嗚嗚復咽咽。

題欝生畫蓬萊閣圖

我謂丹青家，作圖不與作畫比。作圖當寫眞[1]，不似仍猶作畫耳。欝生風雅人，胷中羅經史。爲寫蓬萊圖，手裁三尺紙。天蔚藍，雲靉靆[2]，石色青，日光紫。帆渺渺，島齒齒[3]。女墻一帶勢迤邐[4]，陡見高閣百尺起。蓬萊閣,近可指,鄂渚黄鶴洞庭岳陽皆不似[⑤]。只畫海山,不畫海市。多事然犀[⑥],恐驚神鬼。市豈在海,積氣而已[⑦]。君不見,蓬萊閣上海市生,當時我亦拭目視。倏樓臺,倏壁壘。旗五色,城百雉。人摩肩,車並軌[⑧],畢竟何人役海神,風捲茫茫惟見水。

【注釋】

① 寫眞:謂如實描繪事物。南朝梁劉勰《文心雕龍·情采》曰:“爲情者要約而寫真,爲文者淫麗而煩濫。”

② 霼霺(yǐ xì):也作“依稀”。仿佛、不明貌。

③ 齒齒:排列如齒狀。比喻一個接一個,連續不斷。

④ 女墻:指城墻上呈凹凸形的小墻。劉禹錫《石頭城》詩有“淮水東邊舊時月,夜深還過女墻來”句。

⑤ 鄂渚:相傳在今湖北武昌黄鶴山上游三百步長江中。隋置鄂州,即因渚得名。世稱鄂州爲鄂渚。黄鶴:即黄鶴樓,故址在今湖北省武漢市蛇山的黄鶴磯頭。相傳始建於三國吳黄武二年(223),歷代屢毀屢建。中華人民共和國成立後建長江大橋時已拆除,樓前塔已遷至附近的高觀山。1985 年在今址(蛇山西端高觀山西坡)重建落成。古今詩人題詠者甚眾,以唐崔顥、李白之作最著名。洞庭:即洞庭湖,在湖南省北部、長江南岸,素有“八百里洞庭”之稱。湘、資、沅、澧四水匯流於此,在岳陽縣城陵磯入長江。湖中小山甚多,以君山最爲著名。沿湖有岳陽樓等名勝古跡。岳陽:即岳陽樓,湖南省岳陽市西門古城樓。相傳三國吳魯肅在此建閱兵臺,唐開元四年(716)中書令張説謫守巴陵(即今岳陽市)時在舊閱兵臺基礎上興建此樓。登樓遠眺,八百里洞庭盡收眼底。唐代著名詩人李白、杜甫、白居易、李商隱等都有詠岳陽樓詩。宋慶曆五年(1045)滕子京守巴陵時重修,范仲淹爲撰《岳陽樓記》,名益著。其後迭有興廢。1977 年間又對此樓進行了全面修葺。

⑥ 然犀:“然犀角”之省稱。傳説點燃犀牛角可以照見水中之怪物,後以喻洞察幽隱。

⑦ 積氣:指雲霧之氣相積。

⑧ “人摩肩”二句:《戰國策·齊策一》:“臨淄之途,車轂擊,人肩摩,連衽成帷,舉袂成幕,揮汗成雨。”

二月二十八日遊春至城西小寺題壁

郭門春樹鳥聲聞[①],小作遨遊到日曛。渡口草翻雙蛺蝶[②],馬前人識故將軍[3]。韶華淡蕩隨流水,心事紛拏比亂雲。獨有頭陀披破衲,煮茶留我話慇懃。

【注釋】

① 郭門:外城的門。

② 蛺蝶:亦作"蛺蜨",即蝴蝶。

③ 故將軍:指舊時之將軍,或喻失勢之人。

滿　耳

滿耳來虛譽,傳聞恐未真。明知强慰我,且復咲隨人。壁影題詩舊,衫痕涴酒新。庭前小桃樹,開到十分春。

過聽柁山房

山房十笏舊時寬,浪說瑤琴一再彈[1]。貰酒可成今日醉[2],栽花留與後人看。雲迷蓬島仙難覓,飯熟黃粱〔一〕夢已闌[3]。不信柁聲還入耳,一回聽罷一辛酸。

【校記】

〔一〕粱,底本作"梁",據文意徑改。

【注釋】

① 浪說:漫說,别說。

② 貰:賒、借。《說文》:"貰,貸也。"

③ 黃粱夢:盧生在邯鄲道遇道士呂翁,生自歎窮困,翁探囊中枕授之曰:"枕此當令子榮適如意。"時主人正蒸黃粱,生夢入枕中,享盡富貴榮華。及醒,黃粱尚未熟,怪曰:"豈其夢寐耶?"翁笑曰:"人世之事亦猶是矣。"事見唐沈既濟《枕中記》。後因以"黃粱夢"喻虛幻的事和不能實現的欲望。

短　歌

朅來一月休縣令[1]，拜跪頓覺腰支硬。始信從前謁上官，何異鬻身作妾媵[2]。萬金之債無一錢，署券貸人人不應。洛陽途遠路未諳[3]，倉卒那能見劇孟[4]。愁來擊劍歌正長，旁觀拍手咲我狂。此生準倫作餓死，誰識人間報恩子。揎袖持桴擊鼉鼓，氣激聲震驚童豎[5]。罵人何假岑牟衣，齷齪曹瞞久塵土[6]。英雄失路古已然，趙壹乃受衆目憐[7]。囊中有衣當質錢，寄家爲我買墓田。七尺昂藏可一痛[8]，蛇行鴟顧終何用[9]？

失勢安知不終貴，李廣公然殺醉尉[10]。吁嗟將軍太多忌，此輩何介而翁意。長袍短笠陌上行，半夜踏月歸山城。守門老卒酒半醺，拭目來認故將軍。

擁鼻不能辨香臭[11]，塞竇不能識昏晝[12]。侏儒長飽東方饑[13]，劣衛苦肥驊騮瘦[14]。衣帽都麗街上兒，至死不自憐行尸。道旁襤褸誰家郎，望之趨走形倉黄。吁嗟貧富何足道，市兒且莫矜衣帽。

目短曹劉無前古，縱得萬言何所補。古人欺我三十年，持以涉世多齟齬。功名不能出人頭，文字請君且暫休。譬當身後鬼不知，曷不且作衣食謀。妻兒枵腹望我歸，今日覺是昨日非。

【注釋】

① 朅來：句首語氣詞。猶言爾來或爾時以來。

② 妾媵：古代諸侯貴族女子出嫁，以姪娣從嫁，稱媵。後因以泛指侍妾。

③ 未諳：不熟悉。

④ 劇孟：西漢河南洛陽人，以俠聞。《史記·游俠列傳》載："周人以商賈爲資，而劇孟以任俠顯諸侯。吴楚反時，條侯爲太尉，乘傳車將至河南，得劇孟，喜曰：'吴楚舉大事而不求孟，吾知其無能爲已矣。'天下騷動，宰相得之若得一敵國云。劇孟行大類朱家，而好博，多少年之戲。然劇孟母死，自遠方送喪蓋千乘。及劇孟死，家無餘十金之財。"

⑤ 童豎：小孩。

⑥ “駡人”二句：見前《失題》詩“禰衡”注。

⑦ 趙壹：東漢漢陽西縣人，字元叔。耿直倨傲。靈帝光和初，舉郡上計至京師，爲司徒袁逢所重，名播京中。後十辟公府，並不就。善辭賦，有《刺世疾邪賦》。

⑧ 七尺昂藏：指軒昂偉岸的男子漢。昂藏，氣度軒昂，超群出衆貌。

⑨ 蛇行：像蛇一樣伏地爬行。鴟顧：身不動而回顧，古代養生術中的一種動作。

⑩ “李廣公然殺醉尉”句：用李廣殺霸陵尉之典故。漢飛將軍李廣失官時，嘗夜從一騎出，從人田間飲。還至霸陵亭，霸陵尉醉，呵止廣。廣騎曰：“故李將軍。”尉曰：“今將軍尚不得夜行，何乃故也！”止廣宿亭下。後天子召拜李廣爲右北平太守，廣即請霸陵尉與俱，至軍而斬之。事見《史記·李將軍列傳》。後遂以“霸陵醉尉”形容失官之後受人侵辱。

⑪ 擁鼻：掩鼻。

⑫ 塞竇：閉門堵洞，謂斷絶一切通道。《説文》：“竇，空也。”段玉裁注：“空孔古今語。凡孔皆謂之竇。”竇，指門旁小户，泛指簡陋門户。

⑬ “侏儒長飽東方饑”句：用東方朔之典故。東方朔(前 154—前 93)，字曼倩，西漢平原厭次人。武帝初即位，徵天下舉方正賢良文學材力之士，待以不次之位，四方士多上書言得失。東方朔亦上書自薦，曰：“臣朔少失父母，長養兄嫂。年十二學書，三冬，文史足用。十五學擊劍，十六學詩書，誦二十二萬言。十九學孫吳兵法戰陣之具鉦鼓之教，亦誦二十二萬言。凡臣朔固已誦四十四萬言，又常服子路之言。臣朔年二十二，長九尺三寸，目若懸珠，齒若編貝，勇若孟賁，捷若慶忌，廉若鮑叔，信若尾生，若此可以爲天子大臣矣！”武帝以其文辭不遜，高自稱譽，令待詔公車。公車令奉禄薄，久不得見天子。於是，東方朔嚇唬爲武帝養馬的侏儒，曰：“上以若曹無益于縣官，耕田力作固不及人，臨衆處官不能治民，從軍擊虜不任兵事，無益於國用，徒索衣食，今欲盡殺若曹。”侏儒大恐，啼泣。朔教曰：“上即過，叩頭請罪。”居有頃，聞上過，侏儒皆號泣頓首。武帝問明緣由，遂召問朔：“何恐侏儒爲？”朔對曰：“臣朔生亦言，死亦言。侏儒長三尺餘，奉一囊粟，錢二百四十。臣朔長九尺餘，亦奉一囊粟，錢二百四十。侏儒飽欲死，臣朔饑欲死。臣言可用，幸異其禮；不可用，罷之，無令但索長安米。”上大笑，因使待詔金馬門，稍得親近。事見《漢書》卷六十五《東方朔傳》。

⑭ 驊騮：《玉篇》：“驊騮，駿馬。周穆王八駿之一。”《穆天子傳》：“天子之駿，赤驥、盜驪、白義、踰輪、山子、渠黄、驊騮、緑耳。”《莊子·秋水》：“騏驥驊騮，一日而馳千里。”亦作“驊騂”。

小　屋

小屋憐蛾不點燈，月明雙檜影層層。隻身何異喪家狗[①]，兩月還同退院僧[②]。抵債倒囊留破硯，煮茶添竈折枯藤。秋風倘許還鄉國[③]，十二芙蓉著屐登。

【注釋】

① 喪家狗：孔子適鄭，與弟子相失，孔子獨立郭東門。鄭人或謂子貢曰："東門有人，其顙似堯，其項類皋陶，其肩類子産，然自要以下不及禹三寸，纍纍若喪家之狗。"事見《史記·孔子世家》。後因以比喻失去依靠、無處投奔或驚慌失措的人。

② 退院僧：指脱離寺院的僧人。

③ 鄉國：家鄉。

城　濠

小作城濠曳杖遊，水光樓影暫忘憂。藤牽老木分餘力，沙衍晴溪散弱流。豪氣昨宵猶擊劍，狂瀾前日竟沉舟。浮鱗撥剌萍花亂[①]，更有何人下直鈎[②]？

【注釋】

① 撥剌：亦作"撥喇"，象聲詞，魚尾撥水聲。

② 直鈎：傳説姜太公出仕前釣於渭濱，所用釣鈎是直的且不設餌。後因以"直鈎"借指歸隱生活。

送賞從欝生學畫

我於諸子中，各欲執一藝。詩筆重淩空，汝才難我替。惟畫豈不然，文事原一例[①]。送汝從欝生，或可得其細。筆墨關性靈，絶境當孤詣。意到筆能隨，古法匪可泥。故鄉推蕭照[②]，千載敢睥睨。藐山有佳兒，張履璇工畫，藐山先生子。仿佛云善繼。秀厓差强意，謂田克岐。早逝傷侘傺[③]。百年作者稀，塗抹俗手敝。努力追前人，一埽浮雲翳。

【注釋】

① 文事：文章之事。

② 蕭照：字東生，濩澤（漢縣名，今山西陽城）人。欽宗靖康中淪落太行山爲盜。遇畫家李唐，隨之南渡，盡得其藝。高宗紹興中補迪功郎，畫院待詔。事見《圖繪寶鑒》卷四。

③ 侘傺：失意而神情恍惚的樣子。

寄禮垣

曉夢空堂種白櫻，不知何事滯歸程。溪山也要人管領，案牘原非我性情[①]。寒玉七條春叩月[②]，急流三面夜圍城。商量只合青羅住[③]，蕙帶荷衣過此生[④]。

【注釋】

① 案牘：本指官府文書，此處代指繁雜的公務。

② 寒玉：本指玉石，因玉質清涼故稱。此處比喻清冷雅潔的東西，如水、月、竹等。

③ 青羅：青色絲織物，比喻曲折環繞的碧水。

④ 蕙帶荷衣：荷葉爲衣，蕙草作帶，指仙人的衣服。

績麻吟爲髴生賦

婦績麻，夫讀書。讀書識字教兒子，績麻作線補袴襦[①]。全家衣，完婦力[②]，不可誣兒讀。腹餒索食挽爺鬚，啟視飯籮一粒無。婦掩泣，夫長吁。商量褫兒袴與襦[③]，街頭易米充晚厨。婦搖手不忍凍兒軀，妾自努力績麻飽我雛。一日一束當有餘，他日我雛定作反哺烏[④]。

【注釋】

① 袴：亦作"绔"。《玉篇·衣部》："袴，脛衣也。"襦：《説文·衣部》："襦，短衣也。"袴襦，指衣褲。

② 完：全也。

③ 褫(chǐ):奪衣也。

④ 反哺烏:烏雛長成,銜食喂養其母,以喻報答親恩。

讀畫 王惕元家藏

閉目作心遊,舊歷神皆到。神亦有時煩,心復喜生造。五岳不一遊,每聽旁人道。我卽能仿佛,實境終難冒。畫册假王生,衆繪羅精奥。右丞蜀山尖[①],大癡風雅噪。王蒙張擇民[②],墨氣潤如膏。下迨唐解元[③],孤岫楓葉埽。所惜覽未盡,頗覺目力眊[④]。掩册捫此胷,兀兀心氣傲。某山與某水,秘不欲人告。堦前横石鼎,呼兒撥茶竈。

【注釋】

① 右丞:王維官終尚書右丞,故稱。

② 王蒙:字叔明,號黄鶴山樵,又號香光居士,元明間浙江湖州人。趙孟頫外孫。工畫山水人物,與黄公望、倪瓚、吴鎮爲元末四家。芒鞋竹杖,居山中幾三十年。洪武初,因胡惟庸案受牽連下獄而死。

③ 唐解元:唐寅(1470—1523),字伯虎,號六如居士、桃花庵主等,明蘇州府吴縣人。嘗從周臣學畫。山水、人物、花鳥,無所不精。明弘治十一年以第一名中舉,世稱"唐解元"。

④ 眊:眼睛渾濁,看不清楚。

城南詩屋 并序

城南樓側有屋三間,余曾遊讌賦詩於中,雋三題爲"六硯先生詩屋"。今邑人復榜其前楹,遊屐所至,題於壁間。

城南一角留詩屋,罷後陶潛過往頻。入坐樽盂無俗物,隨緣花鳥配閒身。字消粉蠹題詩舊,心激冰壺得句新。却咲黄冠能好事,尚儲茗椀款遊人。

仰 卧

仰卧空梁目上瞪,翻雲覆雨太無情。終當一醉邀黎倩[①],何用長貧咲長卿[②]。溝壑自須憐賤骨，芙蓉誰爲築專城？只餘如海心腸濶，碧落長空散步行。

【注釋】

① 黎倩：宋代妓女，曾侍胡銓。銓貶海外十年，北歸之日，飲於湘潭胡氏園，因戀倩，題詩留壁間。

② 長卿：漢辭賦家司馬相如字。相如未遇時家徒四壁，無以爲業，後爲武帝所賞識，以辭賦名世。詩文中常用以爲典。

馮生行

馮生少讀書，其師爵生名姜聞，聞也貞毅之子孫。爲人介介不苟得[①]，五十飽腹羅典墳[②]。馮生事師如事父，聞也遇生如弟昆[③]。馮生入城，白事師前[④]。師曰汝去，日夕還旋。歸過師門，師卧青氊。入内索飯向師母，誰知三日無厨煙。馮生歸家，倒頭長眠，不食不語，涕淚泫然。母與兄視，針灸相連，一日兩日，隣里傳宣，來視生病，雜沓連肩。馮生忽道："我師家貧，師既餓死，我當從地下黄泉。"母急呼兄，火速開囷[⑤]，十石五石，驢負車牽。聞也大怒，嗔婦多言。指視米盈甕，復陳酒滿樽。我亦男子耳，何事受人恩。驅之門外急合闔，隣里紛紛來相勸，石受一斗聊與存。嗚乎馮生，此事可傳。凡今之士，食肥衣鮮，乃顧所生，或至饑寒。以視馮生，亦何相懸。我生相士有巨眼[⑥]，馮生馮生汝眞賢。

【注釋】

① 介介：孤高耿直，有節操。

② 典墳：亦作"典賁"，三墳五典的省稱，代指文籍。

③ 弟昆：亦作"弟晜"，弟兄。

④ 白事：陳説事情。

⑤ 囷：《説文》："囷，廩之圜者。從禾在口中。圜謂之囷，方謂之京。"古時的一種圓形穀倉。

⑥ 相士：鑒别人才。巨眼：喻指鋭利的鑒别能力。

九月廿二日過訪欝生看植籬菊甚茂留宿有作

寂寞深叢玉露寒，尚勞詩酒爲追歡。瘦枝不假官梅格，冷面難邀俗客看。黄白色兼秋氣足，東西籬混野田寬。今宵支榻君家宿，殘月疎香話未闌。

西橋饋菊

税地種黄花，質衣宴衆賓。吾子太不俗，安得不常貧。我堅不赴約，子意無由伸。遣人饋菊來，向我庭中陳。客裡無一事，日與蠹簡鄰。雜花古香中，益覺花精神。煎膠能續漆[①]，氣味固相親。作詩聊與報，慰此窮巷人。

【注釋】

① 煎膠能續漆：喻交情密切或再續舊情。

左德巖亮公秋潭兄弟讀書圍夼山别業邀余往遊歸得五律四首卽柬索和

秋光忽到眼，不覺感人深。心氣寬巖壑，泉聲奏筑琴。沙平霜影合，樓敞野雲侵。便作高空想，臨風一振襟。

蘿石先生去[①]，今幾二百年。子孫能澹泊，稼穡向山田。飲犢晴溪響，看書夜燭然。所慙舊令尹，無政繼前賢。

兄弟才皆妙，亮公猶好奇。有時捫蝨坐[②]，可悔出山遲。古澗堆黄葉，寒雲護碧池。倘能傳劍術，吾道更何之。

搔頭多此髪，久欲住名山。自笑攜囊往，依然策蹇還[③]。客愁消濁酒，風勢下蘆灣。眼底人烟接，歸來且閉關。

【注釋】

① 蘿石：左懋第（1601—1645），明山東萊陽人，字仲及，號蘿石。清兵破南京

後拒降遇害，有《左忠貞公集》。

② 捫蝨：東晉大將桓温兵進關中時，王猛前往謁見，一邊侃侃而談天下之事，一邊捫蝨，旁若無人。後以"捫蝨"形容放達從容，不拘小節。王猛(325—375)，十六國前秦北海劇人，字景略。少貧賤，博學，好兵書，隱居華山。後苻堅用之，云"如玄德之遇孔明"。

③ 策蹇：乘跛足驢，喻工具不利，行動遲慢。蹇，此處指劣馬或跛驢。

一　庭

一庭秋雨晚涼天，紫蓼黄葵取次妍①。無可寄顛思畫石，欲舒幽憤學調絃。未歸從我稱羈客，不死憑人唤地仙②。草屋兩間容坐卧，更何消受買山錢③。

【注釋】

① 蓼：蓼屬植物的泛稱，一年生或多年生草本植物，花小，白色或淺紅色，生長在水邊或水中。葉味辛，可用以調味。

② 地仙：方士稱住在人間的仙人。

③ 買山錢：指爲隱居而購買山林所需的錢。據南朝宋劉義慶《世説新語·排調》載："支道林因人就深公買印山，深公答曰：'未聞巢、由買山而隱。'"後以"買山"喻賢士的歸隱。唐劉禹錫《酬樂天閑卧見憶》詩曰："同年未同隱，緣欠買山錢。"

草　履

草履聊温足，羊裘尚暖身。暫能行我樂，不自罷官貧。風樹喧乾葉，厨烟爆濕薪。誰憐浣花叟，併力作詩人。

途中遇雪晚至碧閣村陳生伯相邀宿别館

早行十里又五里，急雪灑空去馬遲。過潔竟無藏垢地，矜才猶有撒鹽詩①。亂山風齾啼饑獸，破店人稀罷晚炊。不道有人能好客，夜闌爲我勸深卮。

【注釋】

① 撒鹽詩：典出南朝宋劉義慶《世説新語·言語》："謝太傅寒雪日内集，與兒女講論文義。俄而雪驟，公欣然曰：'白雪紛紛何所似？'兄子胡兒曰：'撒鹽空中差可擬。'兄女曰：'未若柳絮因風起。'公大笑樂。"

雋三小像

臞鶴無君瘦①，貌君君可憐。才空天馬並，窮極布袍穿。多病苦耽酒，散遊慵學仙。午亭詞賦在②，未便讓前賢。

【注釋】

① 臞：消瘦。

② 午亭：陳廷敬號。

臘月二十一夜示兒子賞

一載遲留到歲寒，慰余憔悴勸加餐①。絶同嶺表偕蘇過②，慙説東山起謝安③。時紳民有赴京保留予者。糴米價增年事近，攤書吟徹漏聲殘。梅花消息來幾許，還我春光細細看。

【注釋】

① 加餐：慰勸之辭，謂多進飲食，保重身體。

② 蘇過(1072—1124)：宋眉州眉山人，字叔黨，號斜川居士。蘇東坡子。以蔭任右承務郎。東坡帥定武、謫嶺南，唯有蘇過隨行侍奉。東坡卒，葬汝州郟城小峨眉山，遂家潁昌小斜川，因以爲號。能文，善屬畫，人稱"小坡"。有《斜川集》。

③ 謝安(320—385)：東晉陳郡陽夏人，字安石。初無處世意，累辟不就。年四十餘始出仕，爲桓温司馬。時前秦强盛，晉軍屢敗。自謝安出，指揮作戰，終獲大勝。《世説新語》載："謝公在東山，朝命屢降而不動。後出爲桓宣武司馬，將發新亭，朝士咸出瞻送。高靈時爲中丞，亦往相祖。先時，多少飲酒，因倚如醉，戲曰：'卿屢違朝旨，高臥東山，諸人每相與言："安石不肯出，將如蒼生何？"今亦蒼生將如卿何？'謝笑而不答。"

雙蒲園精舍雜詩

我生寄天地，當作蜉蝣觀[①]。七尺尚贅瘤[②]，何況雙蒲園。一椽得精舍，容膝吾已安。颯颯過朔風，惻惻傷心肝。

佛不庇英雄，亦不私庸人。佞之見不達，毁之認太眞。坦懷而遇物，無喜亦無嗔。日與熱客對[③]，不如山僧鄰。晨鐘與暮鼓[④]，聊以洗心塵。

爵生能劇談，所見苦偏執。我日與之言，齟齬多難入。君不阿我意，我亦不君襲。懷此友直心[⑤]，末俗已難及。蘿石有仙人，拍手咲褊急[⑥]。

富貴能螫人，攘攘無古今。我初一相試，中毒幸〔一〕未深。籠鳥與檻猿[⑦]，終有山林心。安得縱之去，感歎聲爲瘖。

洪邁著泉譜[⑧]，一一羅貨泉[⑨]。此邦趙北嵐，嗜好與同焉。搨譜出相詑，失床客齊肩。契刀直五百[⑩]，一刀平五千。歷山鑄金始[⑪]，下迨元明年。我不耐考核，過眼同雲烟。君如愛劉寵[⑫]，容我選大錢。

世無魯東家，不當稱弟子。今人聞應咲，妄自尊大耳。謙以遇哲人，傲以策下士。逢人稱門生，可歎亦可鄙。習之師昌黎，文字只稱弟。

竇氏號五龍[⑬]，人間重登科。貴者口角慣，出話同年多。旁有布衣人，色咲作微哦。宦成歸鄉里，行李載橐駝。諱言下下考，自述五袴歌。旁有田舍子，腰鐮收田禾。二者且勿宣，聽我彈鼙婆[⑭]。

竗者養心源，流水不得腐。取勢赴溝壑，作氣爲舟櫓。當其取用時，疋練從空吐[⑮]。瀦之等澄潭，蘋藻紛可數。此秘語時人，不徒在師古。古人心活潑，文字燦織組。

爵生歲暮貧，我裘爲君解。質得一萬錢，持以歸積債。今忽反裘來，自喜田已賣。君賣一畝田，少收一石稗。穇子米即梯稗。田終有盡時，債期忽又屆。爵生撚髭咲，聞言耳若聵。收我一襲裘，成君百年介。

羊祜有功業[⑯]，不借峴山碑[⑰]。名心不易死，古人已可悲。城南留詩屋，當門霜樹枝。霜樹不改色，青到歲寒時。

立談即痛哭，交淺無此理。廣坐説窮愁，先逆富人耳。西橋窮徹骨，日日大歡喜。忍餓不讀書，肯死章句裡。君看富家翁，不若貧家子。奴輩利吾財，嗟嗟石崇死⑱。

【校記】

〔一〕幸，原刻作“辛”，民國本作“幸”。山西省圖書館藏清刻本亦作“辛”，紅字描補作“幸”。據文意當作“幸”。

【注釋】

① 蜉蝣：蟲名。幼蟲生活在水中，成蟲褐緑色，有四翅，生存期極短。比喻微小的生命。蘇軾《前赤壁賦》曰：“寄蜉蝣於天地，渺滄海之一粟。哀吾生之須臾，羨長江之無窮。”

② 贅瘤：猶贅疣。比喻多餘而無用之物。

③ 熱客：冒暑而來的賓客，後以指趨炎附勢之人。亦指常來常往之客。

④ 晨鐘暮鼓：佛寺中晨撞鐘暮擊鼓以報時。

⑤ 友直：正直之友。《論語·季氏》曰：“益者三友，損者三友。友直，友諒，友多聞，益矣。友便辟，友善柔，友便佞，損矣。”

⑥ 急：謂氣量狹隘，性情急躁。

⑦ 籠鳥檻猿：籠中鳥與檻中猿，比喻受拘禁而不得自由的人。

⑧ 洪邁（1123—1202）：宋饒州鄱陽人，字景盧，號容齋。高宗紹興十五年中博學宏詞科。累遷中書舍人、直學士院、同修國史。出使金國還，知贛州，徙知婺州。孝宗淳熙十三年，爲翰林學士，上《四朝國史》。寧宗時，以端明殿學士致仕，卒謚文敏。學識博洽，論述弘富，尤熟於宋代掌故。有《容齋隨筆》《夷堅志》《野處類稿》《史記法語》等。泉譜：記載錢幣的書録。

⑨ 貨泉：王莽時貨幣名。

⑩ 契刀：古錢名。漢王莽於居攝二年（7）所造。

⑪ 歷山鑄金：《管子·山權數》載：“湯七年旱，禹五年水，民之無糧有賣子者。湯以莊山之金鑄幣，而贖民之無糧賣子者；禹以歷山之金鑄幣，而贖民之無糧賣子者。”鑄金：指以銅、錫等金屬鑄物。

⑫ 劉寵：東漢東萊牟平人，字祖榮。少受父業，以明經舉孝廉，除東平陵令，治政仁惠，爲吏民所愛。累遷豫章太守、會稽太守，簡除煩苛，禁察非法。將内遷爲大臣，山陰縣眾老叟人持百錢以送，劉寵 難拂眾意，只受每人一錢。後稱“劉寵一錢”，用爲稱譽廉吏的典實。

⑬ 竇氏五龍：指宋竇儀兄弟五人。《宋史·竇儀傳》：“儀學問優博，風度峻整，

弟儼、侃、偁、僖，皆相繼登科……當時號爲竇氏五龍。”

⑭ 鞞婆：一種樂器。鞞，即古代軍隊中用的小鼓。《搜神記》：“琵琶作鞞婆。”

⑮ 疋練：一匹白絹。喻瀑布。疋，同“匹”。

⑯ 羊祜（221—278）：字叔子，三國魏末西晉初泰山南城人。蔡邕外孫。司馬師之妻弟。初仕魏，後入晉，官至征南大將軍，封南城侯。在官勤儉。臨終，舉杜預自代。卒謚成。

⑰ 峴山：在湖北襄陽縣南，又名峴首山。羊祜鎮守襄陽時，常登此山，置酒吟詠。《晉書·羊祜傳》載：“襄陽百姓於峴山祜平生遊憩之所建碑立廟，歲時饗祭焉。望其碑者莫不流涕，杜預因名爲墮淚碑。”亦稱峴首碑。

⑱ 石崇（249—300）：西晉渤海南皮人，字季倫，小名齊奴。年二十餘爲修武令，遷城陽太守。以伐吴功，封安陽鄉侯。晉惠帝元康初，出爲南中郎將、荆州刺史。以劫掠遠使商客致富，於河陽置金穀别館。拜衛尉，諛事賈謐，爲“二十四友”。性奢靡，嘗與貴戚王愷鬥富，晉武帝雖助愷，每不敵。賈謐被誅，以黨與免官。時趙王司馬倫專權，崇有妓緑珠，中書令孫秀求之不與，秀怒而勸趙王倫矯詔殺崇，全家被害。

晴

五柳先生尚未還，量晴課雨到人間。未妨稼穡今年晚，已放轆轤十日閒。香氣暖蒸開甕酒，嵐光青露隔城山。年豐每作浮家想，肯啟深籠放白鷴。

遣懷六首卽别萊陽士民

茅屋槿籬畫不如[1]，竹籠泥竈卜幽居。從荔裳先生二鄉亭移至雙蒲園精舍。索書坐客親磨墨，輸麫隣人願假驢。藜杖一枝鐫字日，繭衣三襲上身初。朝餐夕飲都從儉，只有清狂病未除。

雨歇初聞布穀啼，緑楊城郭草萋萋。尚留薄地招佃户，署東墾荒田五畝，今猶納租如故。稍悔當時遣小妻。私佩印章鐫琥珀，滿收花露貯琉璨。升沉休問成都卜[2]，此後行藏應不迷。

倦卽高眠醒放歌，三杯已覺醉顏酡。僕能作畫差不俗，僕李洲能作山水。兒戒吟詩爲赴科。選硯頗憎龜石硬，栽盆新購木芝多[3]。鮰鯕魚美擬垂釣，又買東村白鷺蓑。

每當睡起日高春，無復浮雲芥此胷。豈意恩能施拾博[4]，擲錢賭物各爲拾博。驚聞錢忽餽隣封。寧海、栖霞、招遠、海陽、即墨，多有列名輸貲者。激昂文字能傳我，爵生爲作送行序。遲鈍鉛刀久退鋒。後此憑誰徵故事，城南詩屋有遺踪。

失咲無端夢放衙，退閒今又閱年華。有情乳燕仍穿幙，無主緗桃嬾作花。聽柁山房手植碧桃，今歲無花。裁畫幀餘留故印，豢鷄聲唱荅鄰家。此間儘有消閒法，紙帳蘆簾事未奢。

故鄉遥指認桑乾[5]，千里歸程路爵盤。鑄銕已傷成往錯，輸金翻欲贖前官。邑人請開復不凖，始有爲予捐復之議。浮生算到投閒好，縱飲何妨十日歡[6]。父老不須相送遠，臨岐轉覺别離難。

【注釋】

① 槿籬：木槿籬笆。

② 升沉：升謂升進，沉謂黜退，以喻升降得失。

③ 木芝：生於木上的真菌類植物。一説爲紫芝的别名。

④ 拾博：即跌成，古代賭博戲的一種。以錢爲賭具，擲錢爲戲，以字（錢上有字的一面）幕（錢上無字的一面）定輸贏。

⑤ 桑乾：河名，今永定河之上游，發源於山西省北部。相傳每年桑葚成熟時河水乾涸，故名。

⑥ 十日歡：亦作"十日飲"。《史記·范雎蔡澤列傳》載："秦昭王聞魏齊在平原君所，欲爲范雎必報其仇，乃詳爲好書遺平原君曰：'寡人聞君之高義，願與君爲布衣之友，君幸過寡人，寡人願與君爲十日之飲。'"後因以"十日飲"比喻朋友連日歡聚。

排　悶

集少南園記[1]，囊無諛墓金[2]。文章眞負累，災眚若爲侵[3]。病樹摇枝秃，冬蟲蟄地深。哀絃和急管，凄絶旅人心。是日寓中合樂爲戲。

我有盤龍鏡，分明月在天。照人纔幾日，養晦又經年[4]。種菜分畦灌，題詩選石鐫。客來多昵我，無處著周旋。

末路王夷甫[5]，方知少宦情。幾人持印綬，能不負生平？徵曲横箏坐，看雲杖策行。昨來聞故舊，又復令專城[⑥]。

熱客皆爭避，錢神久不靈[⑦]。鋪沙留鳥篆[⑧]，種水習魚經。物象留眞契，人情忌獨醒。屈平如可弔，我願一揚舲。

【注釋】

① 南園記：陸遊曾應韓侂胄之邀作《南園記》。韓侂胄曾任宋寧宗宰相，任内追封岳飛爲鄂王，追奪秦檜官爵，力主北伐抗金，因將帥乏人而功虧一簣。後在金國操縱下，被楊皇后和史彌遠設計所害。韓侂胄因禁絶朱熹理學與貶謫宗室趙汝愚，被理學家視爲奸臣。《齊東野語》評曰："昔陸務觀作《南園記》於平原（韓侂胄被封平原郡王）極盛之時，當時勉之以仰畏退休。"《鶴林玉露》曰："《南園記》唯勉以忠獻之事業，無諛辭。"

② 諛墓：唐李商隱《劉叉》云："後以爭語不能下諸公，因持愈（韓愈）金數斤去，曰：'此諛墓中人得耳，不若與劉君爲壽。'"韓愈爲人作墓誌，多溢美之辭。後謂爲人作墓誌而稱譽不實爲"諛墓"。

③ 災眚：災殃，禍患。《易·復》曰："上六，迷復，凶，有災眚。"孔穎達疏："'有災眚'者，闇於復道，必無福慶，唯有災眚。"

④ 養晦：謂隱居匿跡。

⑤ 王夷甫：王衍（256—311），字夷甫，西晉琅琊臨沂人。王戎從弟。妙善玄言，唯談《老》《莊》，義理不安，隨即更改，時人稱爲"口中雌黄"。後爲石勒所俘，因勸其稱帝，欲求自免，爲石勒所殺。

⑥ 專城：指主宰一城的州牧、太守等地方長官。

⑦ 錢神：謂金錢之力，如同神物。晉元康之後，綱紀大壞，魯褒著《錢神論》一文，刺世風之貪鄙。

⑧ 鳥篆：指形如篆書的鳥的爪跡。

偶然作四首

十年讀書史，一年遊名山。以讀証所遊，一一得詩還。此志竟不遂，坐令凋朱顏。再世願化蠹，亦復願化猿。山水與縹緗[①]，可以老其間。

嬰兒墮地生，舉室大歡喜。卽推嬰兒心，亦無痛哭理。初生便哭生，臨死復哭死。嗟嗟古今人，了了無數子[②]。造化鼓掌咲，聊與遊戲耳。

三旬纔九食，腹中自不飽。不知更三旬〔一〕，此命何以保。造化既生人，毋乃太顛倒。茅容僅養母，蘇秦忽驕嫂。隻雞尚可烹，六印何足寶[3]。

從善如轉環，獨狂不受評。長謠手拂鬚[4]，數莖等戟硬。百骸非眞吾[5]，舍之一心剩。飼狗尾即搖，縶驥氣猶横。有酒且沽我，無勞較賢聖。

【校記】

〔一〕旬，原刻作"句"，民國本作"旬"，當爲"旬"。首句言"三旬纔九食"，腹中不飽，可見詩人困頓。此句問"不知更三旬"，即是説三旬復三旬，終不飽腹，何以保命。

【注釋】

① 縹緗：指書卷。縹，淡青色；緗，淺黄色。古時常用淡青、淺黄色的絲帛作書囊書衣，因以指代書卷。

② 了了：謂聰明伶俐。

③ 六印：指六國相印。《史記·蘇秦列傳》載，戰國時蘇秦遊説六國，爲合縱長，受六國相印。

④ 長謠：放聲高歌。

⑤ 百骸：指人的各種骨骼或全身。

麈　尾[1]

麈尾眞多事，爐香不奈何。沉思心有注，荅客語時訛。日氣蒸霜瓦，秋聲警敗荷。盡將蕭索意，迸入醉時歌。

【注釋】

① 麈尾：古人閑談時所執以驅蟲、撣塵的一種用具。

夜　静

夜静耳司命，蟻鬬罔不聽。此時手哀絃，一拂覺神驚。所以董生琴，竊聽來妖精。鬼神借人氣，誠感必生靈。如我先有我，鏡中始呈形。佛氏作强制，寂滅以爲生。投之水火中，幾無臭與聲。異端與曲學[①]，哀哉非人情。

天池論讀詩，能中讀者情。冷水潑背上，陡然神一驚。興觀羣怨旨[②]，卽從一驚生。彼卽有至文，我却少性靈。兩木合魚膠，終作兩木形。心源如流水，常作汩汩聲。漱壑靜澄沙，水性終古清。君看心死人，畢世何所營？

【注釋】

① 異端：凡自居正統者對異己的觀點、學説或教義稱之爲異端。曲學：猶邪説。

② 興觀羣怨：《論語·陽貨》："子曰：'小子，何莫學夫《詩》？《詩》可以興，可以觀，可以羣，可以怨；邇之事父，遠之事君。多識於鳥獸草木之名。'"興者，謂其引譬連類，感發人之志趣。觀者，謂學《詩》可觀閭巷瑣細，風俗興衰。羣者，孔安國注："羣居相切磋。"怨者，孔安國注："怨刺上政。"

萊　陽

萊陽春氣劇深秋，四月風寒尚攬裘。尊酒不開婪尾宴[①]，冷雲偏結海中樓。牽鹽久已無良馬[②]，求劒如今又刻舟。髀肉漸生頭漸白，可堪老此作勾留。

【注釋】

① 婪尾：酒巡至末座。唐蘇鶚《蘇氏演義》卷下曰："今人以酒巡匝爲婪尾。"

② 牽鹽：據《戰國策·楚策四》載，汗明向春申君講述，有匹年老的駿馬"服鹽車而上太行"，結果"蹄申膝折，尾湛胕潰，漉汁灑地，白汗交流，中阪遷延，負轅不能上"。伯樂見之，爲它卸下車轅而哭，馬亦"俛而噴，仰而鳴，聲達於天"。後遂以"牽鹽"喻懷才不遇。

鵲巢行

室屋未興時[①]，人鵲各營巢。人聲鵲聲雜木末[②]，雛啼兒啼紛四郊。後世漸能築屋住，鵲來巢依主人樹。列炬開筵夜宴賓，驚墮雛兒鵲心怖。鵲心怖，鵲啼哀，明歲春風不復來。當年頗類同枝鳥，今日赫赫朱門開。深山十年不更歸，昨日偶從故巢飛。有烏栖樹聲啞啞，樹下縱横堆破瓦。

【注釋】

① 室屋：指别人看不見的地方，隱私之室。

② 木末：樹梢。

旌旗山破寺

拂袖旌旗翠色開，上方踪跡記重來。潭雲暖護春螭睡，獵火虚明戇獸猜①。無焰荒燈還照佛，得沽村酒且銜杯。我來已盡遊山樂，何用逢僧話刼灰②。

【注釋】

① 戇(gàng)：傻、愣、魯莽。《説文》："戇，愚也。"

② 刼灰：本謂劫火的餘灰。慧皎《高僧傳·譯經上·竺法蘭》："昔漢武穿昆明池底，得黑灰，問東方朔。朔云：'不知，可問西域胡人。'後法蘭既至，衆人追以問之，蘭云：'世界終盡，劫火洞燒，此灰是也。'"後因謂戰亂或大火毁壞後的殘跡或灰燼。

七月初六日

門外泥深不可行，匡床孤坐盡餘更。雨多當夏行秋令，月黑聽風雜鬼聲。庭草荒涼螢火亂，天河清淺鵲橋横。盧仝七椀茶酣後①，肯向人間借酒兵。

【注釋】

① 七椀茶：唐盧仝《走筆謝孟諫議寄新茶》曰："一椀喉吻潤；兩椀破孤悶；三椀搜枯腸，唯有文字五千卷；四椀發輕汗，平生不平事，盡向毛孔散；五椀肌骨清；六椀通仙靈；七椀喫不得也，唯覺兩腋習習清風生。"言飲茶不須七碗即"通仙靈"，極贊茶之妙用。後即以"七椀茶"作爲稱頌飲茶的典實。盧仝（約 796—835）：

唐濟源人，祖籍范陽。

夕雨示欝生

雲罅透斜陽，百道金光鋪。晚風送涼雨，顆顆飄明珠。囱前秋樹林，濕翠搖扶疎。坐中有畫師，此景摹得無？

得賞書云於六月廿九日到家奉學使檄赴太原備西巡召試兼入闈秋場

家事不一白，恐增老子憂。但言應召試，騎馬入并州。戰合魚龍混，擊高鷹隼秋。晋祠祠外水，碧玉下寒流。

書　事

折盡千夫力，眞同上瀨船。蛇偏工畫足，夔自不憐蚿①。幻識莊周馬②，嗚嗤祖逖鞭③。黄精蒸飯熟④，一飽且欣然。

【注釋】

① “夔自不憐蚿”句：典出《莊子·外篇·秋水》：“夔憐蚿，蚿憐蛇，蛇憐風，風憐目，目憐心。夔謂蚿曰：‘吾以一足跉踔而行，予無如矣。今子之使萬足，獨奈何？’蚿曰：‘不然。子不見夫唾者乎？噴則大者如珠，小者如霧，雜而下者不可勝數也。今予動吾天機，而不知其所以然。’蚿謂蛇曰：‘吾以衆足行，而不及子之無足，何也？’蛇曰：‘夫天機之所動，何可易邪？吾安用足哉？’”憐，愛也。

② 莊周馬：《莊子·齊物論》曰：“天地一指也，万物一马也。”以言宇宙、世間一切萬物，都應當同等看待。

③ 祖逖鞭：見前《世態》詩“祖生鞭”注。

④ 黄精：藥草名。多年生草本，中醫以根莖入藥。

骨　健

骨健秋涼後，惜無山可登。脱風籬翠減，卧雨客愁增。觸事皆成夢,剜方漸失稜。汗牛累書卷,心羡打包僧。時治裝將之濟南。

淹　留

淹留堪一咲,迹似戀桐鄉。書借離騷讀,茶和阿魏嘗[1]。寒蟲啼雨急,秋簟著膚涼。種種看吾髮[2],新添昨夜霜。

【注釋】

① 阿魏:一種有臭氣的植物。根莖的漿液乾燥後,中醫用爲幫助消化、殺蟲解毒的藥物。

② 種種:頭髮短少貌。形容老邁。

遊仙詞

指點仙人話夙緣,茫茫塵海總堪憐。平章老去王曾泰,小作輪迴五百年。

死別生離太愴神,幻中何處覓前身?如今訪得閒消息,紫府分明有故人[1]。

琵琶閟撥紫檀槽[2],一院秋蟲月正高。摩詰亦知能悔過,不傳前世鬱輪袍[3]。

杏雨樓頭卧病時,將歸先索悼亡詩。碧波渺渺湘九轉,敢向娥皇乞侍兒。

【注釋】

① 紫府:道家稱仙人所居之處爲紫府。

② 槽:琵琶一類樂器上架弦的格子。

③ 鬱輪袍:古曲名。相傳爲唐王維所作。王維年未弱冠,文章得名。性閑音律,妙能琵琶。遊歷諸貴之間,尤爲岐王之所眷重。時維方將應舉,言於岐王,求其庇借。岐王遂引之至公主第,令獨奉新曲《鬱輪袍》,聲調哀切,滿坐動容,公主大奇之,遂召試官至第,遣宫婢傳教,維遂作解頭,而一舉登第。事見《太平廣記》卷一百七十九《貢舉二·王維》。

華嚴菴

緣海尋幽刹，入山又幾重。樓空歎魑魅，潮退偃魚龍。灑面竹風冷，沾裳嵐翠濃。禪心何處証，聽打夜闌鐘。

從華嚴菴至上清宫途中作

轉轉依山脚，行行騎正連[1]。松根盤到海，峰翠曲遮天。擬酌青泥飲冠[2]，還將白石煎[3]。茅簷村落好，幾處上炊烟。

【注釋】

① 行行：前行貌。
② 青泥：相傳爲神仙服食的一中泥漿。
③ 白石：傳説中神仙的糧食。

晚　宿

小院背深澗，幾枝紅耐冬。支床攤布被，洗筆畫山容。霜白明殘瓦，雲荒破遠鐘。余生空浪迹，筋力漸龍鍾。

途中遇雨

傴僂跨驢背，崎嶇陟翠微[1]。晚風隨雨至，曲嶂礙雲飛。蝦舍黄茅覆，人家青竹圍。商量宜小住，濕盡客中衣。

【注釋】

① 陟：登也，向高處走。翠微：指青翠掩映的山腰幽深處，泛指青山。

秋　樹

秋樹亦無數，木梨生遠香。雲流嵐翠合，石濺水波涼。三字留鴻爪，"藏經閣"，余去年所書。十年夢鹿隍[①]。羈遊隨地好，不敢望還鄉。

【注釋】

① 夢鹿隍：《列子·周穆王》載："鄭人有薪於野者，遇駭鹿，禦而擊之，斃之。恐人之見之也，遽而藏諸隍中，覆之以蕉，不勝其喜。俄而遺其所藏之處，遂以爲夢焉。順塗而詠其事，傍人有聞者，用其言而取之。"後因以"隍鹿"喻夢幻虛無，亦作"隍下鹿"。

別萊陽之先二日賓谷索詩走筆賦此三首留贈

論人如論馬，相骨不相皮。人不抱眞氣，雖生等行尸。肝膽匪不呈，不於縱飲時。啼笑得天隨[①]，百歲同嬰兒。

快刀砍堅陣，不破誓不還。讀書理亦同，鼓氣能撼山。臨場取科第，昌黎爲汗顔。進士今未成，制藝且莫删[②]。

好友當離别，凄然淚沾襟。凄然常人意，毅然壯士心。旦暮同一室，未必能知音。千里如不隔，魂夢常相尋。

【注釋】

① 天隨：隨順天然，純任自然。
② 制藝：亦作"制義"，即八股文。

留别萊陽

電影泡光認幻眞[①]，飛鴻初印雪泥新。此行何異抛家去，除却田廬盡故人。

兩年敢道是清官，放浪形骸易挂冠[②]。不用琵琶催送客，道旁人有淚珠彈。

【注釋】

① 電影泡光：《金剛經》："一切有爲法，如夢幻泡影，如露亦如電，應作如是觀。"泡影、露、電，皆借以比喻事物的虛幻不實，生滅無常。

② 挂冠：亦作"掛冠"。《後漢書·逢萌傳》載："時王莽殺其子宇，萌謂友人曰：'三綱絶矣！不去，禍將及人。'即解冠掛東都城門，歸，將家屬浮海，客於遼東。"又，南朝梁陶弘景，於齊高帝作相時，被引爲諸王侍讀，除奉朝請。其家貧，求作縣令不得，乃脱朝服掛神武門，上表辭禄。事見《南史·隱逸傳下·陶弘景》。後以"挂冠"指辭官、棄官。

六硯草堂詩前集下

題儁三近作詩藁

晴空摇曳春雲姿，絶壑瘦剥枯松枝。落筆初如不經意，冥穿幽索無人知。有時掉尾如龍嬉[①]，珠光閃爍鱗之而[②]。忽復麻姑作狡獪，撒米顆顆同牟尼[③]。吾兄閉門常苦饑，甕盎食盡酸黄齏[④]。賒酒不得且僵卧，騰身忽有蝴蝶騎。人間烟火非相宜，醒來吐詞多瑰奇，不許穢氣歸詩脾[⑤]。

【注釋】

① 掉尾：搖尾。《淮南子·精神訓》曰："我受命於天……視龍猶蝘蜓，顔色不變，龍乃弭耳掉尾而逃。"

② 鱗之而：王引之《經義述聞》九："今按：而，頰毛也；之，猶與也。作其鱗之而，謂起其鱗與頰毛也。"

③ "忽復"二句：麻姑，神話中仙女名。傳説麻姑高壽，又有種種變化之術。東漢桓帝時，麻姑應仙人王遠（字方平）召，降於蔡經家。麻姑在蔡家撒米擲地，皆成珍珠。王遠笑曰："麻姑年少，吾老矣，了不喜復作此狡獪變化也。"狡獪，即玩笑、遊戲之意。

④ 齏：亦作"韲"。《説文》："韲也。又膾酢也。"《周禮·天官·醢人注》："凡醯醬所和細切爲齏。一曰擣辛物爲之。辛物，薑蒜之類。又碎也，和也，亂也，制也。"

⑤ 詩脾：即詩思。

支　榻

支榻僧寮近，開簾日脚牽。懣偏增飯後[①]，愁早結生前。梔蠟賈何益[②]，蝸牛鬬可憐。今朝與昨日，無事但高眠。

【注釋】

① 懣：《説文》："煩也。"《廣韻》："懣，煩悶。"

② 梔蠟：指用梔、蠟塗飾。柳宗元《鞭賈》載，賣鞭人爲謀取暴利，裝腔作勢，無所不用，有富家子以五萬錢購一鞭，爲愛其色黄而有光澤，持以誇示與柳。柳命僮僕燒湯洗之，則鞭之色澤盡失，現出枯幹蒼白的本色，乃知"向之黄者梔也，澤者蠟也"。因曰："今之梔其貌，蠟其言，以求賈技於朝，當其分則善。一誤而過其分，則喜；當其分，則反怒，曰：'余曷不至於公卿？'然而至焉者亦良多矣！"後因以"梔貌蠟言"指僞飾的面貌與言辭。

寄雋三禮垣

總角論文數往還[①]，如今各各退朱顔。作龍老我難爲尾[②]，窺豹兩君先得斑。客裡裁詩懷舊雨[③]，夢中扶杖看秋山。青蘿書屋知無恙，遲我騎驢夜叩關。

【注釋】

① 總角：古時兒童束髮爲兩結，向上分開，形狀如角，故稱總角。"此處借指童年。

② "作龍老我難爲尾"句：漢末魏初，華歆與北海邴原、管寧俱遊學，三人相善，時人號三人爲"一龍"，華歆爲龍頭，邴原爲龍腹，管寧爲龍尾。龍尾，謙稱自己乃附托於名人而成立者。

③ 舊雨：杜甫《秋述》："常時車馬之客，舊，雨來；今，雨不來。"謂過去賓客遇雨也來，而今遇雨卻不來了。後以"舊雨"作爲老友的代稱。

寄勞山僧續鶴

山靈不在佛，僧好頗生顛。破笠裝行脚，修藤落瘦拳。鶴鳬難斷續，山海得因緣。記否華嚴月，佳遊正一年？

題同遊王屋山詩卷後

舊遊忽忽感年華，尚記雲門坐喫茶。雨暗石林麋養角，雪晴春渚雁移家。佃田客去留遺井，持帚人歸又落花。獨有雋三詩句好，至今入眼璨明霞。

兒歸行並序

鄉人王南村有兒歸鳥詩，近閱宋人孔武仲亦有是作。以余所聞，情事稍殊，里人云兒歸鳥啼時，又有錯錯鳥啼聲更悲，即其母所化也，頗不足信。然二鳥惟澤州屬有之，因作此以廣前人。

前母生兒母卽死，後母入門亦生子。母視前兒如讐仇，何用多此作贅疣。春風種麻時，以麻付兩兒。種麻出土當歸來，若不出土無還期。却煮熟麻付大兒，大兒小兒皆不知。各各負之出門走，十里五里登隴首。神驚鬼泣易兩麻，一時顛倒生人手。大兒種麻當山坡，小兒種麻臨溪河。五風十雨日傍午，大兒視麻已破土。小兒視麻麻不生，撫膺一痛淚如雨。小兒不返大兒來，母聞得故心疑猜。急走隴頭天未曉，兒已化作兒歸鳥。夜夜五更啼兒歸，思母却傍家園飛。母憒潸然雙淚落，我當一死尋兒魄。從此深山啼兒歸，兒歸啼罷啼錯錯。

月下作

常欲將明月，照我心與肝。要令方寸間①，頓作天地寬。一身不七尺，世故羅百端。心瀝苟未盡，難作僵尸看。昨日進一杯，今日進一餐。弱力挽强弓，一寸不可彎。向晚哭明月，淚下如金湍。

【注釋】

① 方寸：指心。心處胸中方寸間，故稱。

寄懷欝生

聞説龐公不入城[1]，三間矮屋紙窻明。茶香細驗水滋味，菊冷常留秋性情。老我懷鉛來日下[2]，更誰載酒過先生。碧桃仙館勞相望，鷗鳥當年有舊盟。

【注釋】

① 龐公：指龐德公，東漢南郡襄陽人。居峴山南，躬耕壟上。劉表數次延請，不至，乃就候之，問曰："先生不受官禄，何以遺子孫乎？"德公曰："人皆遺之以危，今獨遺之以安。"後攜妻子登鹿門山，因采藥不返。

② 懷鉛：攜帶筆墨，謂從事著述。鉛，石墨筆。古時有"懷鉛提槧"成語。槧，木簡。

雨　中

三間兩架紙窻明，辛苦攤書學老生。雨落益堅孤坐意，風疎時遞暮砧聲。初無伎倆難云售，薄有詩文患未精。衣篋不空籠飯熟，不知此外更何營。

寄題雲峯寺

一轉一峯雲氣浮，逕如遺索尾村牛。柏生石罅初無地，風折嵐頭忽下樓。背嶺雨晴開晚日，前灘秋漲泊蘆舟。蹇驢何日馱歸客，竹杖銅瓶作再遊。

朝夕絶句

腸空不信愁難貯，閒極翻疑仙可登。一院秋苔兩行樹，琉璃燒盡佛前燈。

凌晨起沐自吟詩，畏冷逡巡出户遲。風送寒鴉聲作鬧，日蒸霜瓦氣如炊。

雜　詩

嘲謔雜衆賓，安得詐耳聾。紛紛已登場，我亦竿木從[①]。狎暱古所戒[②]，誰眞滑稽雄。正言未出口[③]，察彼意已慵。閴然作星散，冷燭摇窻紅。

歲暮各歸里，陳生偶一過。知我近病肺，出話亦不多。几案羅瓶盂，一一手自摩。此心苟不昧[④]，前路無平頗[⑤]。向來人世事，付與春夢婆[⑥]。

投刺不一見[⑦]，勿乃自取辱。無所求徐公[⑧]，何不竟褰足。罄折爲周旋，肴酒强連屬。祖約亦可人，胡爲身障簏[⑨]。瑣瑣且勿宣，一醉杯中緑。

讀律同讀書，所貴曉律意。任人不任法，非必法不備。舍法無遵循，失人有軒輊。政事與文章，其理一而二。聖人今在上，無爲天下治。

【注釋】

① 竿木：比喻偶爾湊熱鬧的人。

② 狎暱：親近、親暱而不莊重。

③ 正言：正面的話，合於正道的話。

④ 不昧：明亮，不晦暗。

⑤ 平頗：亦作平波、平陂，指平地與傾斜不平之地。語本《易·泰》："無平不陂，無往不復。"後亦常指事物的變遷不定或世道的盛衰興亡。

⑥ 春夢婆：相傳蘇軾貶官昌化，遇一老婦，謂蘇軾曰："内翰昔日富貴，一場春夢！"里人因呼此婦爲"春夢婆"。蘇軾《被酒獨行遍至子雲威徽先覺四黎之舍》詩之三曰："投梭每困東鄰女，换扇惟逢春夢婆。"後因用爲感歎富貴榮華變幻無定的典實。

⑦ 投刺：投遞名帖。

⑧ 徐公：三國時潁川人，字元直。東漢末客荆州，薦諸葛亮於劉備。此處借指識才引薦之人。

⑨ "祖約"二句：祖約，祖逖弟。《晉書》卷四十九列傳第十九《阮籍·（瞻弟）孚》載："初，祖約性好財，孚性好屐，同是累而未判其得失。有詣約（即祖約），見正料財物，客至，屏當不盡，餘兩小簏，以著背後，傾身障之，意未能平。或有詣阮，正見自蠟屐，因自歎曰：'未知一生當著幾量屐！'神色甚閑暢。於是勝負始分。"簏：藏書所用的竹箱子。

臘月晦日雪中作①

本不出户行，雪落心益喜。掬得甕頭米，煮此鐺中水。飽食亦欣然，趺坐得禪理②。推户轉飛揚，漸没來人履。

長男常抱病，老妻添愁腸。聞説市葯餌③，已典嫁時裳。我亦一男子，落拓離故鄉。前日寄家書，秪寄淚兩行。

向晚雪忽止，廣庭鋪白玉。朗懷相激射，獨立清於鵠。隣家簫管聲，風遞雜爆竹。强卧不成眠，炯炯鰥魚目。

雋三工爲詩，平生遭際窮。我詩實不逮，所遇胡乃同？傳聞韓與蘇，磨蝎入命宫④。卽使減著作，未必登三公⑤。

小時見泥佛⑥，官骸如生人⑦。咿唔作何語，傾耳聽難眞。此余五六歲時所見。我或西土來，輪廻昧夙因。再世方爲僧，恐爲佛所嗔。余曾有句云：此生得禄休嫌晚，再世爲僧尚未遲。

【注釋】

① 晦日：農曆每月最後的一天。

② 趺坐：盤腿端坐。

③ 市：賣。葯餌：葯物。

④ 磨蝎：星宿名，磨蝎宫的省稱。舊時迷信星象者，謂生平行事常遭挫折者爲遭逢磨蝎。蘇軾《東坡志林·退之平生多得謗譽》："退之詩云：'我生之辰，月宿南斗。'乃知退之磨蝎爲身宫，而僕乃以磨蝎爲命，平生多得謗譽，殆是同病也。"清李慈銘《越縵堂日記·南濠詩話》："韓詩曰：'我生之初，月宿南斗。'東坡謂公身坐磨蝎宫，而己命亦居是宫。蓋磨蝎星紀之次爲斗宿所纏，星家言身命舍者是，多以文顯。"

⑤ 三公：古代中央三種最高官銜的合稱。周以太師、太傅、太保爲三公。西漢以丞相（大司徒）、太尉（大司馬）、御史大夫（大司空）爲三公。東漢以太尉、司徒、司空爲三公。唐宋沿襲東漢之制，但已非實職。明清沿周制，僅用作大臣的最高榮銜。

⑥ 泥佛：泥塑的佛像。

⑦ 官骸：指身軀、形體。

初七日作

何用長歌擊唾壺，曼膚今漸作清臞[①]。揶揄狹路來窮鬼，附會前生半腐儒。乩神謂予前身爲宋儒王柏之弟王果。買醉宵分春甕倒[②]，打窻人日雪花粗[③]。幾曾騎馬長街去，零落黄公舊酒壚[④]。

【注釋】

① 曼膚：肥澤貌。

② 宵分：夜半。

③ 人日：舊俗以農曆正月初七爲人日。

④ 黄公酒壚：魏晉時王戎與阮籍、嵇康等竹林七賢會飲之處。後詩文常以"黄公酒壚"指朋友聚飲之所，抒發物是人非的感歎。

到家之次日曉至西坪浮嵐暖翠閣示兒子賞常棠有作

風外聽書聲，到來慰此情。買春村酒賤，敲竹曙樓清。衣袂涼新雨，文章屬後生。且須安筆硯，垂老一經横。

賓積之以新詩見示卽書卷尾

味厚在讀書，力厚在養氣。抽繭緒或紛[①]，搏象力尚未。功用妙於果，致果則爲毅。十斗嘔心血，莫便云太費。

【注釋】

① 緒：絲端也。

西坪頹廢久矣今春歸里白牡丹開放獨盛與諸弟及兒子輩各紀以詩

艷色重天下，名花獨縞裳。無風留舞袖，有月過頽墻。深夜邀誰看，塵緑涴此香。還山今一月，爲爾進壺觴。

舉家清到骨，炊斷尚吟詩。花意若有會，晴光放晚枝。風流原未礙，紅紫漫相嗤。失咲憑欄問，清修到幾時。

卽　事

百不能施設，垂垂一枕支。語添留客夜，𦊅拓闢園時。避雨親梁燕，搖風惱竹枝。新愁和舊恨，只許託深巵。

老　學

老學如作客，少留便欲歸。華胥客易到①，朋從過來稀②。硯洗澄泥舊，書臨棗木肥。今年花事歇，將次放薔薇。

【注釋】

① 華胥：傳説中遠古時人。云有巨人足跡，出現於雷澤之中。華胥以足踏之而有孕，遂生伏羲氏。又《列子・黄帝》載："（黄帝）晝寢，而夢遊於華胥氏之國。華胥氏之國在弇州之西，臺州之北，不知斯齊國幾千萬里。蓋非舟車足力之所及，神遊而已。其國無帥長，自然而已；其民無嗜慾，自然而已……黄帝既寤，怡然自得。"後用以指理想的安樂和平之境，或作夢境的代稱。

② 朋從：同類相從，朋從即朋輩之指。《易》曰："憧憧往來，朋從爾思。"晉張華《上巳篇》："朋從自遠至，童冠八九人。"

水之不流爲奴鑿土池蓄水以奴池名之

鑿地深如許，滂沱會有期。此間無活水，辱爾作奴池。洗屐客頻藉，澆花丁可資。東峰好明月，未許過墻遲。

郭峪張子敬譚叔志張捷三翟樹佳譚克亭賓積之張寧一邀過海會院屬作重修午亭先生東山碑記卽席有作

谷雲屯曉晴，屹立如堵墻。一角忽崩壞，露日搖金光。溪影擲修蛇[1]，嶺勢連前岡。行行手策藜，踐約尋上方[2]。簷風下庭隅，響振金琅瑺。稍坐衆賓至，臨水開壺觴。中有白鬚人，謂子敬，挽我爲文章。午亭去人遠，提筆歌慨慷。剩有東山樹，高嶺排蒼蒼。池水跳蝦蟇，老竹飛鳳皇。飲茶不盡器，翻[一]覺涼風涼。落日且歸去，清露沾衣裳。

【校記】

〔一〕"翻"，原刻本少起筆一"丿"，後文亦同。

【注釋】

① 修蛇：長蛇、大蛇。

② 上方：住持僧居住的內室，借指佛寺。此處指海會院。

五月廿九日移竹三首

主人不食肉，饞竹那得肥？可憐瘦腰支，同我緩帶圍。面勢擇沃壤，一一青鳳飛。明年賀生孫，引鞭理莫違。

雨亦作意來，賀竹初移家。惜哉立未齊，受之太横斜。竹醉日移竹[1]，五月十三爲竹醉日。頗見前人誇。今日酒醒否，一杯斟流霞[2]。

種竹意云何，供我斬釣竿。直鈎魚不吞，日暮持竿還。主人計太拙，撫竹發長歎。且須伴書窻，青青到歲寒。

【注釋】

① 竹醉日：種竹之日。宋范致明《岳陽風土記》："五月十三日謂之龍生日，可種竹。《齊氏要術》所謂'竹醉日'也。"

② 流霞：神話中的仙酒。泛指美酒。

夜聞沁水聲甚壯枕上有作

濤聲背嶺來，夜静殷床席。寸心然死灰[1]，脉脉感今昔。十年湖海遊，一朝作歸客。誰知破浪心[2]，忽復萌今夕。吾鄉踞上黨[3]，傳聞天下脊。諸水等銀河，倒注從空碧。水漲當盛夏，渡頭船一隻。頗疑泛牛斗④，今或未絶迹。平生好奇誕，設境每荒闢。濯足萬里流，投之苦無隙。溟渤有三千⑤，何時快一擊。

【注釋】

① 然：同"燃"。

② 破浪心：《南史·宗慤列傳》："宗慤字元干，南陽陽涅人也。叔父少文高尚不仕，慤年少，問其所志，慤答曰：'愿乘長風破萬里浪。'"王勃《滕王閣序》有"無路請纓，等終軍之弱冠；有懷投筆，慕宗慤之長風"句。李白《行路難》詩有"長風破浪會有時，直掛雲帆濟滄海"句。

③ 上黨：山西東南部，是對古潞、澤、遼、沁四州一帶的雅稱。東部依太行山與華北平原爲界，西部依太嶽山和中條山與晉南(也稱河東)接壤。《荀子》稱"上地"。《釋名》："黨，所也，在山上其所最高，故曰上黨也。""上黨"即高處的、上面的地方，即"居太行山之巔，地形最高與天爲黨也"。

④ 牛斗：指牛宿和斗宿。傳説吳滅晉興之際，牛斗間常有紫氣。雷煥告訴尚書張華，説是寶劍之氣上衝於天，在豫東豐城。張華派雷爲豐城令，得兩劍，一名龍泉，一名太阿，兩人各持其一。張華被誅後，失所持劍。後雷煥子持劍過延平津，劍入水，但見兩龍各長數丈，光采照人。見《晉書·張華傳》。後常用以爲典。

⑤ 溟渤：溟海和渤海，多泛指大海。

漫　興

補栽黄竹種青桐，尚欠池荷醉碧筩①。洗嶂雨晴收薄暑，捲簾樓小貯歸風。莓苔迹斷來人少，詩酒緣疎過客空。却咲山居眞邋遢，破書堆積滿筠籠②。

晚霽行雲作態妍，哀箏初撥十三絃。清風明月不須買，紗帽隱囊相對眠。已覺窮通歸造化，尚餘荒誕慕神仙。匣中六硯今無用，擬贖淵明種秫田③。

【注釋】

① 碧筩：亦作"碧筒"，即碧筩杯，一種用荷葉製成的飲酒器。

② 筠籠：箱篋之類的盛器。《説文》："筠，竹皮也。"

③ 秫田：種植黏粟之田。

太行山僧豢虎行

老僧袈裟日登座，蓮臺腳下黄斑卧[①]。人傳伏虎佛再生，膜拜紛紛遊客過。一朝偕虎登前岡，鼻血下注導虎嘗。虎食人血虎心變，此時已不認僧面。初來於菟小於狗[②]，豢養豈防脱虎口。深山雨霽月吐稜，雙睛閃閃明於燈。人情轉眼不相能，何怪虎忽殺老僧。嗚乎！老僧伏虎虎不許，虎殺老僧僧自取。當時何不學支公，養馬養鷹不養虎。

【注釋】

① 黄斑：借指虎。

② 於菟：古時虎的别名。《左傳·宣公四年》："楚人謂乳穀，謂虎於菟。"陸德明釋文："於，音烏。"

八月初六夕

葯臼茶鐺尚未收，盆魚籠雀暫時留。月臨花院霑清露，風叩桐窻得早秋。抱疾又成三日卧，計餐如爲一身謀。蒼鷹不擊龍媒老[①]，嬾向時人語舊遊。

【注釋】

① 龍媒：指駿馬。

九月廿一日偕賞棠二子出看霜葉從南峪步歸

九日値風雨，一嶺不可達。浩浩捫此胷，何由露軒豁。數夕霜娥飛，殷紅綴木末。想見村南北，如火燒嵂嵲[①]。二子從我遊，逕窄行蹩躠。秋風下丹林，病葉聲擊戛。理固無可留，勢亦未盡脱。一水等蛇盤，風動鱗欲活。時見拾魚人，掉尾筐鱍鱍。循水望南峪，石勢漸隆凸。誰種紫菊叢，簪帽偶一擷。南峪吾家田，石耕鋤屢缺。惟有栢千株，矗矗勢挺拔。廻飇震壑來，極宇清如刷。遠樹幻頳虬，杈枒遭鞭血。長袖拂巖花，横腰吹劍吷。落日且歸來，注目看滲泬。

【注釋】

① 峬峼：山高貌。

西坪落成

秋雨下梧桐，積煙不可開。此時洗梧亭，孤坐銜一杯。杯空驚葉墮，陡覺涼風來。風來雨忽止，梧葉飛滿堦。

文字妙結構，不幸落庸手。林園理亦然，用意貴不苟。造次時花妍，屈强老石醜[①]。借問築園人，兩者君何取。

【注釋】

① 醜：《説文》："醜，可惡也。從鬼，酉聲。"又猶恥也。又貌惡也。

子椿生日

我生年九歲，見汝初生時。忽忽四十年，白我鬢邊絲。汝年正四十，纔有三月兒。一兒尚如此，他事遲可知。西風綻黄菊，燦燦滿東籬。何以爲汝壽，舉手進一巵。身世劇艱辛，家室遭陵夷[①]。慙愧兩男子，門户未能持。請假汝歸來，再出尚無期。渺渺清江水，酌之不療饑。我欲化黄鵠，飲啄與汝隨。天門倘可通，此志諒不違。

【注釋】

① 陵夷：由勝轉衰，衰頹、衰落。

南　峪

心境迫人事，假以巖壑寬。狀如出籠鶻，刮癢舒羽翰[①]。時見獵人歸，悍氣不可干。飛鳥亦知機，接翅過林端。

懸厓置屋牢，審方此地宜。惜哉貧所累，百事約後期。苔髮脱夜霜，園果搖風枝。幾時鑱石嶂，刻我南峪詩？

【注釋】

① 羽翰：指翅膀。

暮　色

暮色上樓臺，畫工不可摹。遠峰盤高髻，睇之欲漸無。脱風霜柿稀，剥石苔花粗。新月爾何來，驚我棲林烏。

秋　懷

壓霜顆顆柿林稀，九月天寒見雁飛。幾度遲眠看夜月，一家愁坐話秋衣。雕梁巢燕春何在，錦帶圍腰事已非。秖有滿園荒草色，與余相伴盡餘暉。

再至南峪

溪光林影望中收，澗草巖花不外求。投老尚思專一壑，再來今正及三秋。絡雲瘦石青於染，埽壁長松翠欲流。尊酒未消清興在，不知何日話歸休？

簷　外

簷外驚聞鐵騎聲，睡餘殘月上窻明。古來毉俗無名手，近世論人少定評。好句尚煩假沉約，白麻終竟懷陽城。朔風漸逼蝸廬窄[1]，造次同誰鬭酒兵？

【注釋】

① 蝸廬：蝸牛廬省作蝸廬。指形狀似蝸牛的簡易廬舍，泛指簡陋的房屋。常用以謙稱自己的居處。《魏略》："先等作圜舍，形如蝸牛蔽，故謂之蝸牛廬。"

儁三歸自太原

朔吹并門雪片粗，暫歸蓬户養清臞。諸侯賓客古時有，健筆縱横今世無。著體短衣仍敝褐，倒囊詩句燦明珠。梅花消息南枝近，收取寒香入酒壺。

贈陳雲珊

手檢蟲魚細細箋，十年人羡在家禪。文成溷厠古非誕[1]，涎墮麯車飲可仙。每偕二子耕春隴，只辦一床供晝眠。我欲邀之登王屋，芒鞋竹笠穿雲烟。

【注釋】

① 溷厠：即厠所。

儁三歌行體詩遺山嗣響也時從太原歸里作短歌贈之

遺山先生才力悍[1]，健筆能截蛟蜃斷。五百年如叔夜琹，人間已作廣陵散[2]。我友入夢搜秘宫，偷發銀鑰開金籠。先生大咲延後輩，桑落傾倒玻璃鍾[3]。人才今古何不有，得此可關今人口。今人豈便信吾言，且讀君詩飲君酒。君行昨自并州回，秀容古縣城朝開[4]。文章衣鉢原非謬，應奠遺山酒一杯。

【注釋】

① 遺山：元好問(1190—1257)，字裕之，號遺山，金代忻州秀容人。有《遺山集》。

② 廣陵散：嵇康（223—262？），字叔夜，三國時魏國人。竹林七賢之一。崇尚老莊，主張“越名教而任自然”。精通音律，擅長鼓琴。友人吕安被誣陷，嵇康爲之申辯，遭鍾會構陷，爲司馬昭所殺。《世説新語箋疏》中卷上《雅量》載：“嵇中散臨刑東市，神氣不變，索琴彈之，奏《廣陵散》。曲終曰：‘袁孝尼嘗請學此散，吾靳固不與，《廣陵散》於今絶矣！’太學生三千人上書，請以爲師，不許。文王亦尋悔焉。”

③ 桑落：酒名。北魏酈道元《水經注·河水四》載：“（河東郡）民有姓劉名墮者，宿擅工釀，採挹河流，釀成芳酎……排於桑落之辰，故酒得其名矣。”

④ 秀容：今山西省忻州市的舊稱，始建於東漢末年，史稱臥牛城。現存城址爲明清格局，城高三丈六尺，周長九里二十步，城門四座，城内有關帝廟、秀容書院、遺山祠等古跡。

寄題姜爵生畫山亭賞雪圖爲張隣宣廣文作

谷樹幻玉龍，風動振修鱗。亂山如插笏，頭白骨嶙峋。亭窻敞週遭，雜坐歡衆賓。凝眸若有待，橋上緋衣人。負琴從平頭，帽縮形不伸。安知不腹誹，賞雪何太頻。姜君老畫師，腕力能摧陳。不用黄鶴翁，彈粉始通神。頗嫌空山中，寂寞少四隣。孤墖隱梵宇，中或藏修眞。人生貴行樂，十丈墮紅塵。何冬無白雪，此例恐難循。爲語圖中客，莫負酒味醇。山陰夜鼓棹，佳遊已千春。

鄉俗於元夕爇壚火於門外戲爲賦此

斷甓泥封石炭堆，當門齊放火蓮開。誰知昨日張羅處，忽得今宵觸熱來。焰奪虹霓驚過客，暖回天地破春雷。倘能再鼓并州銕，敢道餘生盡死灰。

過郭峪感懷明軒金門

擇勝當年舊有亭，野烟衰草落回汀。尚餘一塢茶堪煑，少此兩人山不青。種秫有田成薄釀，讀書無子授遺經。高樓誰弄春風笛，秖恐行人未忍聽。

石淙龍池

山作旋螺紋，水成折帶勢。十丈快一奔，渴龍匪力制。地形出荒怪，天心破積滯。神物豈常留，泥盤久失計。附會不足徵，村釀聊可貰。

晨起得詩一首

典盡春衣付米錢，一家生怕説災年。煮殘豆葉供晨饌，夢踏雷車救旱田。肯信鵾鵬程九萬，尚思溟渤擊三千[①]。浮生笑煞蝸牛鬭，可勝繩床自在眠。

【注釋】

① 击三千：《莊子·逍遥遊》："鵬之徙於南冥也，水擊三千里，扶搖而上者九萬里，去以六月息者也。"

遣懷一首遥寄爵生

翦碎銅荷燭淚流，誰憐無地可埋憂？半生夢欲騰元鶴，一榻身疑化土牛。薄酒未成今夕醉，名山都約後期遊。故人海上無消息，再見還應詫白頭。

字常曰彝九字棠曰召遲並示以詩

屠狗與販夫，紛紛立名字。朱亥應大咲，未免太多事。讀書能釋褐，好名心益熾。名或作兩存，字亦匪僅二。豈信曹劉輩，暗中已可識。生前得佳名，不如死加謚。古人稱史册，厥名在自致。回首看汝曹，童騃年尚穉。力學苟不勤，字之使内愧。家業蕩全空，晨炊或不備。可憐老夫妻，頗下牛衣淚。昨來懷袖間，漫滅剩一刺。我名尚不彰，汝曹安足記？勗哉好自爲，莫忘而翁意。

杏花絶句六首

平生尚欠杏花詩，十日春晴半放時。不論花香只論格，未應輸與嶺梅枝。

香車寶馬幾遊春，小著胭脂染未匀。解道看紅不看白，遺山纔是賞花人。

山前依約曉霞收，溪上晴烟澹澹浮。我欲水邊栽一樹，看他臨鏡學梳頭。

何須辛苦倚雲栽，紫陌分明處處開。領略若無香氣息，不應蝴蝶過墻來。

疎枝尚怯曉雲涼，映帶清波間緑楊。比似梨花開較早，東風先要試紅妝。

曉日紅窻罩碧烟，賣花深巷雨餘天。燕泥不埽梁塵墮，淒絶樓頭十五年。

送賞拔貢之太原兼寄雋三

讀書處暗室，時覩一隙光。乘隙刮金篦，兩眼破八荒。奈何以病廢，燒鼎煮葯湯。忽忽憶舊獲，依然如面墻。我因勸廢學，且與鬪身强。科第掇未得，苜蓿終可嘗。尚記伯高祖，遺澤有鱣堂①。子能繼先業，其他非所望。昨日郡中試，箭偶穿垂楊。宿心益可慰，爲子眉一揚。今年入并州，明年入帝鄉。不敢望切玉②，汝才非干將③。我罷縣令時，歸來咲空囊。八口尚難飽，積逋安得償？近復爲汝謀，補綴辦行裝。老妻初嫁時，尚有黄竹箱。發之空無物，準錢糴晨糧。貸隣既不足，告友難發藏。可憐廹行期，舉足猶傍徨。西坪一畝地，春雨栽紅薑。樓外百竿竹，尾亂青鳳凰。夙夜課子讀，併及常與棠。方慶貧賤樂，翻怪行踪忙。到日見雋三，爲我訴離腸。倘遇南下雁，莫惜書數行。

【注釋】

① 鱣：《説文》："鱣，鯉也。"《後漢書·楊震傳》："後有冠雀銜三鱣魚，飛集講堂前，都講取魚進曰：'蛇鱣者，卿大夫之象也。數三者，法三台也。先生自此升矣。'年五十，乃始仕州郡。"後因稱講學之所爲"鱣堂"。

② 切玉：形容刀劍鋒利。《列子·湯問》："周穆王大征西戎，西戎獻錕鋙之劍，火浣之布。其劍長尺有咫，練鋼赤刃，用之切玉如切泥焉。"

③ 干將：古劍名。相傳春秋吳有干將、莫邪夫婦善鑄劍，爲闔閭鑄陰陽劍，陽曰"干將"，陰曰"莫邪"。事見趙曄《吳越春秋·闔閭内傳》。本詩中用"切玉""干將"以指才識。

李松溪手詩來謁作長歌卽題卷後

李生久負狂生名，近復因狂騰謗聲。急索所著忽詫絶，何怪人多謗李生？虬潛無聲江潮平，鵬息六月海雲晴。一朝垂翼奮鱗鬣，渠自不覺旁人驚。君不見，少陵詩法人所師，據床大呼嚴挺之[①]。君不見，禰衡醉中怒擊鼓，豈知江州有黄祖。作詩吐氣垂光芒，雙瓶注酒澆詩腸。君明臣良四海一，今時著得狂生狂。出門人避狂生走，狂生氣阻自關口。閉户著書等身高，頭顱老去氣不驕，不飲而狂葢寬饒。我與李生忽相遭，且放健筆追風騷。

【注釋】

① 嚴挺之（約673—約742）：唐華州華陰人，名浚，以字行。少好學，舉進士。中宗神龍元年進士，制舉擢第，授宜興尉。姚崇執政，引爲右拾遺，屢有疏諫。玄宗開元中，爲考功員外郎，累進給事中，典貢舉，選人頗平允。遷給事中，忤宰相李元紘，出爲登州刺史，尋遷濮、汴。二十年，擢爲刑部侍郎，深見恩遇，改爲太府卿。張九齡入相，爲尚書左丞，知吏部選。爲李林甫排擠，出爲洺州刺史，後移絳郡太守。天寶元年，詔歸東都養疾，遂鬱鬱而卒。

吾山聖公寺月夕呈栗陶村

疲馬盤折山廻紆，林間磔磔春禽呼。吾山松石兩不辨，遠視一片青模糊。我行漸逼松漸長,量試大與腰圍俱。天風陡下振鱗甲,雷雨晝晦羣龍趨。我友支床留我宿,午夜月吐明光珠。萬松漏月亂釵股,併我七尺投氷壺。發興題句向寺壁,山鬼似詑椽筆粗。一夕千載事非誣,吾山今日當歸吾。

漫　興

袖石人從海上歸,頗憐今是昨朝非。曉廊煮茗披風坐,午夢逃逋化蝶飛。領畧窮愁滋味盡,消除詩酒友朋稀。煩誰更畫蓬萊閣,一問當年舊釣磯。

析城山銕盆嶂詩同王介三作

太華峰頂上,玉女池水清。名山羞雷同,此以銕盆名。石嶂一萬丈,壁立如堅城。鼃初無罅漏,滴水盆日盈。側耳向〔一〕石上,中作洪濤聲。壅之不令出,雖怒難與争。造化留缺陷,要待人力成。倘鑿一尺孔,百萬珍珠傾。我輩非好奇,觸物理則明。不信携錐往,定有渴龍迎。平生蠟兩屐,愛作空山行。君倘能從我,于此樂餘生。種葯冒春雨,晒〔二〕葯當秋晴。佇看十丈瀑,下灌千黄精。

【校記】

〔一〕向,民國本作"句",疑是版漶所致,當作"向"。

〔二〕晒,民国本作"哂",當作"晒"。

園中詩三首

瑣屑注蟲魚①,自非磊落人。細碎賦草木,豈足報東君②。天旱物運厄,不獨黄楊然。一一贈以詩,如爲洗愁顔。果實壓繁枝,不許童稚攀。君看劉秀之③,從人呼老慳。

櫻桃珊瑚珠,杏子黄金丸。我尚未一摘,肯被鳥啄殘。力憊困朝食,手中猶持竿。在事思盡職,非我太認眞。精力能周至,豈遂生憚煩。他日報朝廷,魚官或橘官。

北地不宜竹,一枝等琅玕。未審種竹法,騰口先作難。秋陽晒馬矢,十擔和土攢。偎根布使匀,經此三冬寒。春雨一夜至,嶷嶷生百孫。我願醉其下,家有老瓦盆。

【注釋】

① 注蟲魚:唐韓愈《讀皇甫湜公安園池詩書其後》詩曰:"《爾雅》注蟲魚,定非磊落人。"

② 東君:太陽之神,亦指太陽。《廣雅》:"東君,日也。"一指司春之神。

③ 劉秀之:南朝宋武帝狎侮群臣,隨其狀貌,各有稱目。劉秀之儉吝,呼爲老慳。後亦用爲譏人吝嗇之詞。

戲桐枝叔香

老妻心過慈,偷惰到婢妾。縱横亂箕帚,一室任邋遢。偶然怒詈之,背面口嚅囁。可憐聾兩耳,依然咲言接。從旁入我眼,嚇之氣稍懾。此豈足計較,强繩禮與法。小園暖風吹,呼之隨步屧。草深一尺許,兩兩飛蝴蝶。箕踞我且休,各授手中箑。撲蝶策功勳,鬬草争敏捷。晒書與洗硯,一一能妥貼。誰憐彈琴手,絃音久不協。來與兒女子,燕昵遭一狎。家居事多閒,心怛情益愜。莫咲耕老貧,尚有老蓮葉。

讀陳午亭先生半日邨寄張麋田詩題後

張名文炳有仙人洞門前芝草鹿麋田句

宰相友布衣,合之成兩賢。不然鄉井中,誰識張麋田。我遊仙人洞,不見有神仙。門外卧樵牧,春草空芊芊。安怪少鹿麋,本自無芝田。乃知前人詩,妙是想當然。我握照乘珠,不借東薪燃。欲出詫前輩,午亭已長眠。空留半日邨,一爲歌短篇。

歸自計樹園介三有西坪看雨詩用其前遊榼山題壁韻和之

昨日雨勢撼林麓,羣峰截雲峰頂禿。晚來鋪床拂枕簟,一點一聲清到骨。老農憂旱淚縱横,此雨聊慰老農情。晨興作别跨瘦馬,泥深馬滑塗難行。西坪正對青山面,霽後微皴能畢現。多君袖裡出新詩,老我尚堪邀一戰。淡淡山光遠遠天,嘘風引氣疑登仙。躡雲登仙亦可喜,俯視大地不盈咫。蒼生霖雨旦夕間,肯信驚雷還震耳。一樽同君酌流霞,眼前人事紛如麻。罷官已脱舊印綬,入山近辦新袈裟。山田鬻盡山難住,辜負雨師又一度。東坡陽羡安在哉,苦心却向江神訴。青山日日作卧遊,疎簾正對天外樓。山雲作態如欲雨,看雨看山肯掉頭。東西跳盪兩丸快[①],且須放浪形骸外。

【注釋】

① 兩丸:指日月。日月東西升降,形容時間運行之快。韓愈《秋懷詩》有"憂愁費晷景,日月如跳丸"句。

同介三並家弟子椿陟東嶺尋玉桃泉歸至西坪作

背嶺覘泉脈,微瀾倒石渠。力能穿地穴,水可入吾廬。一曲碧玉帶,百頭紅鯉魚。奴池秋旱涸,蓬艾不曾除。

秋月雜咏

金氣乘秋入,捫胷壘塊生[①]。愁何干鬢事,心欲碎砧聲。芻狗留書簏,豨苓陋藥名。昨宵夢天上,不見玉樓成。

洗髮竹雲涼,侵肌露草香。縱横眠石穩,尻背看山狂[②]。雨氣生前閣,鐘聲出上方。時艱身世拙,獨立轉蒼茫。

夙有買山志，園林心所耽。减糧憐鶴瘦，舐掌怪熊貪。地瘠田高下，風晴天蔚藍。墻頭霜柿熟，端合勝黄柑。

【注釋】

① 壘塊：胸中鬱結不平。

② 尻：《説文》："尻，脽也。從尸，九聲。"《玉篇》："尻，髖也。"指臀部。

元遺山有至今陽城山衡華兩邱垤句謂析城王屋也爰賦陽城山一首

昔讀禹貢懷名山，析城王屋陽城間。朝來百里墮我側，挹之頗怪秋顔孱。百里望山山已好，何况入山拾瑶草。峯巒洞壑翠相連，長風快覩晴嵐埽。平生兩作入山行，至今心識山中道。鐘鳴峽口風蕭蕭，鰲背峯頂明月高。深龕邃谷秘靈葯，尚記手劚黄精苗。廻峰更指銕盆嶂，鬼鑿神剜不相讓。醉中飲踏銕盆翻，狂死終須雲罅葬。主峰却在聖王坪，成湯禱雨當其上。一千億萬雉堞連，三百六十龍窠創。斬龍龍血浸石頭，事或有之傳則妄。聖王坪有湯王斬龍臺古蹟。蹇驢馱客邐西來，天壇王屋高崔嵬。一峯拔地四萬丈，黄屋左纛眞雄哉。山後小有清虚洞，著枕便成遊仙夢。腹餒如聞仙飯香，歸遲更有神燈送。仇池小洞尤玲瓏，不肯低眉作附庸。千年眞魄返空谷，豈得更侍眉山公。平生恨未登衡華，家住析城王屋下。遺山先生豈欺人，邱垤五嶽休驚詫。五岳以外名山多，匡廬天目曾經過。何山不好皆生羡，只覺鄉關尤可戀。百里移家路匪遥，縱貧可作烟羅佃。人生看山豈戒貪，秋光照眼下峯嵐。山靈昨日聞招我，不厭探尋至再三。

中秋以月明爲韵二首

去年逢中秋，舟生生母殁。先子見背時，舟生襁抱物。忽忽十餘年，今已十六七。今年逢中秋，四壁風瑟瑟。天自不炎凉，送此一輪月。尚嫌月太明，照我生白髪。白髪胡爲來，青山幾時出。得俸封墓碑，人子事粗畢。明月汝在上，此願或可必。

賞兒當今夕，文戰并州城。不得實非患，吾心别有營。明年入京師，學博繼家聲。我縱不冀養，汝母諒可迎。分我薪水憂，卽是敦孝行。豈必一賢書，便勝一明經①。飛騰苟不速，翻覺蹭蹬生②。例載拔貢朝考畢可卽用教諭，若舉人三次會試後，方準注選。家人豈解此，咲我言不情。且盡一樽酒，無負明月明。

【注釋】

① 明經：漢代以明經射策取士。隋煬帝置明經、進士二科，以經義取者爲明經，以詩賦取者爲進士。宋改以經義論策試進士，明經始廢。明清時，對貢生尊稱爲“明經”，指通曉經書之人。

② 蹭蹬：險阻難行。《洛陽伽藍記·正始寺》：“若乃絶嶺懸坡，蹭蹬蹉跎，泉水紆徐如浪峭，山石高下復危多。”亦指困頓、失意。陸遊《秋晚》詩有“一生常蹭蹬，萬事略更嘗”句。

陳雲珊馬維嶽十六夕見過西坪

昨日介三去，負此月輪高。兩兒筆力弱，謂常棠。豈是當吾豪。只有寫懷詩，慘澹濡霜毫。今日期介三，憑欄望眼勞。舊雨復不至，新雨忽相遭。白月爾何來，光散青林梢。翻較昨夜明，能鑑髪與毛。樽酒出新沽，盤盂雜宿餚。二生談轉劇，月落繼以膏。向我問出處，路遠長安遥。君寒不自救，敢望贈綈袍。人生如寄耳，未可徒煎熬。狂態手拍張，興極酌大瓢。遮莫聽隣鷄，啁哳已三號。

十七日二生去介三歸館午後雲珊復至用前韵

王郎貧澈骨，氣薄霜天高。我亦傲憂患，對之成兩豪。妻孥豈累人，脱棄如秋毫。只惜看細字，老至目力勞。兩人已自嗤，不謂陳生遭。陳生酒一壺，醉倒挂林梢。鰥夫十三年，髪邊無二毛。當應置蒲團，未可設珍餚。有壁原可面，然燈何須膏。君家有希夷，前修路未遥。我昔曾爲吏，七尺服錦袍。持此氷霜性，而與粱肉熬。卽今卧陋巷，依然甝一瓢。砌蟲不解事，爲誰號寒號。

十八日雲珊去介三向余云雲珊近欲納室先生初不知耳爲之粲然然雲珊貧甚再娶則無以爲養戲用前韵

我有兩侍兒，妝束雲髻高。叔香心頗黠，桐枝性復豪。秋霜不我貸，漸白頰上毫。頭陀蓄梳篦，無用安得勞。用宋人李清臣事。感此欲開閣，放之任所遭。前宵月三五，金波瀉林梢。雙雙階下樹，兩兩棲羽毛。陳生顧之歎，撥盞兼停餚。記得射雉歸，華堂燃明膏。伯鸞今人間，德曜去已遥。會買赤腳奴，爲我補袴袍。山田收菽豆，晨粥一鐺熬。我終愛吾子，隻身守簞瓢。不見杜陵叟，家貧妻常號。

讀東坡和陶貧士詩時同常棠讀書西坪用韵示之

兩兒讀書暮，掩帷相依依。白日爾何短，不留一寸暉。虚檐巢羣雀，哺雛雛學飛。啣〔一〕食入巢裡，不忍先飽歸。勞人多不寐，志士恒苦飢。兀坐推物理，身世那不悲？

驅虎令入圈，寵鶴或乘軒。物運本不齊，多事爲漆園。俯仰古今中，一擲等飄烟。豈直拋心力，與之爲究研。一日飽三餐，放筆著千言。吁嗟葢棺後，誰爲分愚賢。

百物皆可鬻，不及壁間琹。市人自不售，非謂俟知音。尺繒補緼袍，分給忽丈尋。漏巵本難滿，況以勺水斟。昨夕呼長恩①，古籍我所欽。莫更遣蠹魚，蝕盡前人心。

古來貧賤士，吾獨悲黔婁。短衾不褁尸，清德夫誰酬。溝壑心自甘，豈必望人周。即令飽二旬，後此復可憂。從來緼袍人，原非狐〔二〕貉儔。晨炊苟可繼，外此何所求。

陶公淡蕩人，身外無所干。督郵即不至，當不戀一官②。歸來守三逕，尚足營盤餐。乞食偶然耳，未必常飢寒。今世若蹈此，世俗嗤厚顔。淮上有漂母③，所嗟路間關。

下士厲名節，出入蒿與蓬。持己或有餘，涉世殊未工。披籍緬往哲，時時見兩龔。兩龔去人遠，出處羞雷同。鄉里有顔回，豈不知王通。汾水流湯湯，溯洄擬相從。

東坡老居士，晚歲留儋州。心識陶淵明，曠世爲朋儔。晞髮傍修竹，漱齒激清流。尊俎忽蕭然，廼作重九憂。我交無顔生，二萬誰肯酬。百年旦暮耳，戚戚夭與修。

【校記】

〔一〕啣，民國本作“銜”。

〔二〕狐，原刻作“孤”，民國本作“狐”。當作“狐”。

【注釋】

① 長恩：傳説中的書神。《説郛》卷三一引《致虚雜俎》：“司書鬼曰長恩，除夕呼其名而祭之，鼠不敢嚙，蠹魚不生。”

② “督郵”二句：見前《與客談石淙龍池九仙臺之勝詩以紀之》“折腰”注。

③ 漂母：漂洗衣物的老婦。《史記·淮陰侯列傳》載：“（韓）信釣於城下，諸母漂，有一母見信飢，飯信，竟漂數十日。信喜，謂漂母曰：‘吾必有以重報母。’母怒曰：‘大丈夫不能自食，吾哀王孫而進食，豈望報乎？’……信至國，召所從食漂母，賜千金。”後因以喻施恩之人。

送介三偕舟生常棠往觀石淙龍池水漲二首

鍵户令讀書，開户縱遊山。我自作解事，張弛於其間。山勢秘靈異，文心喜屈盤。歸來得傑句，洗我儒生寒。

東皙數近遊，我已一而再。介三我好友，往往震荒怪。諸生與之俱，不作垂堂戒。鰍鯢有化機，咄咄風雲會。

題諸子石淙詩後

石作犬牙錯，水盤蛇影來。九秋過新雨，十丈下驚雷。延客孤亭窄，回眸列嶂開。春風修禊處[①]，猶記坐啣杯[②]。

【注釋】

① 修禊：古時農曆三月上旬的巳日（三國魏以後固定爲三月初三）爲上巳節，人們到水邊嬉戲以祓除不祥，稱爲修禊。王羲之《蘭亭序》："永和九年，歲在癸丑。暮春之初，會於會稽山陰之蘭亭，修禊事也。"

② 啣杯：即口含酒杯，謂飲酒。亦作"銜杯"。

題常棠遊九仙臺詩後 有序

九仙臺，絶類小孤山，當陽阿沁水之衝。羣峰週匝，臺根有獺穴，白晝捕魚，飛鱗入户，亦奇景也。土人營屋遍頂，雜祀諸神，水上亦無舟楫之具。因作是詩，存之集中，以俟後之好事者。

百年穴獺白晝遊，結隊驚魚欲上樓。翠壁丹崖圍四匝，碧雲紅樹釀深秋。秪須一築迎仙館，會辦三篙載月舟。疑是小孤廻棹日，醉中稍覺亂山稠。

姜麟生從萊陽來訪行至滑縣值兵紆道涉縣至黎城爲關卒所阻來書備述困苦遣人往迎今已八日將次可到成二詩待之

横戈忽相向，書劍紆山行。復爲巖關阻，還歸涉縣城。一行秋雁到，百感旅人驚。我僕匆匆遣，歸來又幾程？

著體羊裘暖，僕去寄羊裘一襲。熏爐斗室温。檢詩餘别淚，儲酒壓驚魂。畫手今無匹，窮塗道益尊。昨來風信急，疑是欵柴門。

遣人迎麟生却已東歸戚然不寧者數日作此寄之

書生半迂腐，舉動輒大錯。先已遺書來，苦爲關吏格。平生急友難，不啻救湯鑊。子果不信余，而肯遠如約。蜂屯雜蟻聚，聞薄曹州郭。子行豈達家，有力胡不度。况聞山東人，大爲中州索。時山東人不許濫入河南。誰爲遊子訟，解此老兵縛。追之勢莫及，念之淚空落。倘可得生還，歸雁幸相託。

别家人二首

亟知往無益，荏苒盡兩年。亟知去無益，勉强著一鞭。略無丈夫氣，頗受衆目憐。當食不下咽，促裝騾夫喧。回頭别妻子，結舌無一言。

妻子愛我深，謂我慮太過。豈知盡四海，知音無一箇。獷悍未是强，遜退匪爲愞。一聞呼嗟來，廉恥事仍大。請莫竟此曲，餘聲已入破。

晚　宿

燈影明復滅，溪聲咽更流。離家七十里，已隔亂山稠。屋小纔容榻，顔衰不載愁。浮生羨鴻雁，猶有稻粱謀。

寓張此亭樂山書屋

水上閒鷗莫浪猜，幅巾藜杖是重來。纔謀春甕淺深酌，便有庭花次第開。留客一宵添燭話，借驢前日看山回。老懷消遣眞容易，又寫新詩洗石苔。

送欝生遊勞山 並序

欝生論山甚奇，信仙尤篤，登泰山歸而陋之羣目爲狂，今來索詩送行，作此調之。

欝生讀書斗室中，奇奇怪怪羅胷裡。從心生幻幻皆虛，不必人間有是理。泰山豈得毁，狂應不至是。倘使天門蕩蕩八千丈，削成直從人面起。鼪鼯不度猿失援，遊跡安得更至此。滄海浸腳勞山高，我昔登覽心膽豪。九水夜雨石齒齒，華樓明月風蕭蕭。忽念安期生，食棗大如瓜。不應李太白，秪解餐落霞。不可必得頭屢掉，豈必眞有如瓜棗。當時倘與欝生偕，定當披髮投窮島。泰山君已遊，勞山君未至。作詩送君行，聊與君一戲。君家妻饑兒復啼，獨作神仙亦寡味。

况復飛昇必有侶[①]，不待君來始把臂。勞山秀發海内稀[②]，遊約一月當來歸。此行定可飽君欲，請於君行爲君卜。

【注釋】

① 飛昇：謂羽化而昇仙。《論衡·道虚》："物無不死，人安能仙？鳥有毛羽能飛，不能昇天。人無毛羽，何用飛昇？使有毛羽，不過與鳥同，況其無有，昇天如何？"

② 秀發：本謂穀物生長茂盛，後常用以形容人的才具和器宇，轉指詩文俊逸或山勢挺拔。

欝生歸

欝生昨歸來，入門呼咄咄。平生數遊屐，勞山實第一。長松顛倒生，震雷裂崖骨。至今石破碎，盤根懸一髮。濤聲雜晚潮，狀如萬弩發。身伍魍魎羣，室接蛟蜃宅。忽呼海日生，夜半覓袴韈。燒霞翻龍宫，一輪乍推出。踏波舞夜叉，攫生下蒼鶻。不見有神仙，終恐遭怪物。我笑拍君肩，此遊志可畢。且自鋪麥光[①]，一掃丹青筆。

【注釋】

① 麥光：紙名。宋蘇軾《和人求筆跡》"麥光鋪几净無瑕，入夜青燈照眼花"趙次公注："麥光，紙名，蓋南中竹紙之流。"

鶯闌庄逢張隣宣廣文話舊

縣令與廣文，百不一水乳。體制不兩下，舉動輙小迕。遂致同城居，一一分門户。與君殊不然，在昔曾賓主。隣宣曾授館署中。迨余解組後，過從無寒暑。君略我粗豪，我寛君迂腐。城南六硯齋，我舊吟詩處。酒酣兩耳熱，君歌我起舞。亭古尋二鄉，二鄉亭，宋荔裳先生故宅。詩好覓雲廡。雲廡書屋，趙絜平大令故宅。坐君雙蒲團，枯寂罷揮麈。耳目停視聽，心印無片語。捲簾胡蝶飛，草深一尺許。生意不須除，憐此依客土。君作田家飯，飽我惟雞黍。略見樽罍空，間採瓜蔬煑。情愜意復深，交道追前古。兩年如一日，與君相爾汝。前年我還家，分袂各酸楚。君亦返膠西，菽水養慈父。迢迢瞻道路，默默增離緒。時或夢見之，恍惚覩眉宇。鶩闌左家庄，風景類田墅。我來訪秋潭，謂左澄。忽得聯舊雨。秋潭君子壻，才氣猛於虎。生兒且後期，嫁女已得所。入夜秉燭談，贈我出阿堵[①]。云是膏車費，未嘗無小補。吁嗟故人心，相憐在羇旅。分財有鮑叔[②]，此意豈得拒？沽水金鯉魚，未忍佐樽俎。放之撇波去，兼戒漁者取。後此託寄書，千言可覼縷。

【注釋】

① 阿堵：六朝人口語，猶這、這個。亦指錢。《世説新語·規箴》："王夷甫雅尚玄遠，常嫉其婦貪濁，口未嘗言'錢'字。婦欲試之，令婢以錢繞床，不得行。夷甫晨起，見錢閡行，呼婢曰：'舉卻阿堵物。'"

② 鮑叔：鮑叔牙，春秋時期齊國大夫。少與管仲友善。管仲家貧母老，叔牙常資助之，成莫逆之交。齊襄公時，叔牙爲公子小白傅。後因齊亂，遂隨公子小白出奔莒。管仲則隨公子糾出奔魯。及襄公被殺，糾與小白爭君位，管仲襲小白歸路，射中小白帶鉤，小白佯死，得先回國即位，即齊桓公。桓公欲任叔牙爲宰，叔牙推辭不就，力勸桓公釋管仲之囚，使代己位，而以身下之。桓公從之。

到萊陽今已三閱月鄉人攜榼挈錢過我存問幾無虚日感而賦此[①]

水色山光作態妍，當時風景尚依然。陶潛已自先歸里，劉寵何堪再選錢。極信牢愁來慰藉，意同親串作周旋。床頭阿堵盤中食，可許勾留盡歲年。

【注釋】

① 閱月：經一月稱閱月。三閱月，即三個月。

李栢邨指畫四首

老幹堅於銕，妙不以筆傳。莫作繞指柔，坐令失其天。梅

森然一竿玉，能成多少陰。作簡事已晚，中有蠹魚心。竹
一埽苔蘚空，突見之而起。春雷鞭孤根，此樹不得死。松
夢登太華山，亭亭開玉井。采葉不采花，葢頭防雨打。蓮

蘇子由硯歌 並序

余曩得米海岳硯于陳午亭相國家，海岳銘云："彤池紫霧魚龍起，碧落五星共月明。"午亭有銘載文編中。硯櫝爲潛齋學士所記，學士名壯履，相國子也。張雋三時在周石芳學使幕中，書來索觀，兒子賞爲學使門生，余復素不工書，遂以硯歸。學使今來萊陽，門生趙旸索書，以蘇子由硯見貽，睇視之，與海岳硯石無二。銘云："馬肝之質，雲錚之文。斯爲端明，永磨不磷。"石爲歙，紫斑歷歷，池有天馬，寶物也。因牽連前硯爲詩志之。

昔有硯石光陸離，海岳所銘吾寶之。"彤池紫霧"十四字，筆力雄邁兼清奇。午亭山人有文藁，得硯始末尚可考。潛齋學士櫝背銘，四十年隨相國老。此硯今歸周石芳，先生掛帆來瀟湘。碧落五星照湘水，山鬼夜歗驚魚翔。朅來一硯入吾掌，形製差小石無兩。天馬産自渥洼池，霧鬣風鬃騰欲上。子由之硯姓名眞，驚喜拂拭彤雲新。如何纔見抛海岳，眼中又得來潁濱。趙生吾門佳弟子，丐我作書爲致此。我書不工硯何求，脱手彤池可知矣。村嫗自來身手粗，奩鏡謝絶無粧梳。卽教補綻應隣里，報之不應來明珠。馬肝之質剖石胎，"雲錚"二字生疑猜。銘中"雲錚"字不知所出。塗鴉幾日開笑口，原自無心得硯材。得硯作字亦何有，登門丐我我好友。窺渠豈竟不知書，要貴出自六硯手。六硯先生老可憐，虚賺君家好硯田。

初十綺園贈鼉磯石硯較往日所得獨佳戲作數語以報

我昔所得鼉石硯，其質乃與瓦礫同。寒窻作字性褊急，行草直下何由工。硯材麤澁吾不省[1]，斗墨磨來得俄頃。卽此便佳豈更求，石性文機併一猛。朅來把袂初綺園，出硯贈我爲我言。留此一硯作

雞口，君家餘硯等牛後。君言雖善吾則否，吾硯與吾周旋久。後來居上古所悲，何忍從今棄石友。月明入海斷老鼉，累累前已載橐駝[2]。新硯舊硯作玩弄，世少鍾王皆無用。室列棐几香燒芸[3]，試硯細膩生墨雲。我生麤豪君蘊藉，見硯分明是見君。

【注釋】

① 麤：同"粗"。澁：同"澀"。

② 槖駝：亦作"橐駝"。《史記·匈奴列傳》："其畜之所多則馬、牛、羊，其奇則橐駝、驢、贏、駃騠。"柳宗元有《種樹郭橐駝傳》，述一善於植樹者，駝背，人因號之曰"橐駝"。後以代指善於植物者。

③ 棐几：即用棐木做的几桌。亦泛指几桌。

梁子口

嶺狐穴古墳，日夕怪聲聞。門隔一溪水，心期數片雲。石苔侵廢井，長劍動秋雯。昨夜還家夢，山多路不分。

示張此亭

君看梁子口，何異我家山。此亭去年曾至余家。渺渺雁雙下，青青蒲一灣。林荒歸牧早，石亂捕魚艱。錯認青蘿北，柴門日閉關。

九日在初渭園宅渭園與客會獵憩余於于時亭晚歸設宴卽席有作

烏衣門巷舊堪尋[1]，雨後秋苔屐齒侵。留客正逢投轄日[2]，買鷹猶有擊高心。燈張華屋人聲沸，月上横欄菊影深。醉後茱萸猶在把，漸傷筋力罷登臨。

【注釋】

① 烏衣巷：在今江蘇省南京市秦淮河南。三國吴時在此置烏衣營，以士兵着

烏衣而得名。東晉時王謝等望族居此,因著聞。

② 投轄:《漢書·陳遵傳》載:"遵耆酒,每大飲,賓客滿堂,輒關門,取客車轄投井中,雖有急,終不得去。"轄,車軸兩端的鍵。後以"投轄"指殷勤留客。

潮果寺在鳳山鄉前臨海有石佛五座浮潮而至寺因以名

往事從何話刧灰,蕭條古佛坐蓮臺。投之滄海仍無恙,再至人間亦可哀。秋樹半凋霜信早,島門横蹙夜潮廻。憑誰剔蘚鐫肩背,認取今時舊尹來。

萬　一

出處艱虞不自今,歲年去我太駸駸。覓林絶少逃逋藪,試馬猶存换妾心。夢到北邙抛白骨,丹銷爐火爍黄金。巖耕瀨釣終吾事,萬一還能返故岑。

贈左澄

秀才殊不俗,家住在鷲闌。地垢懶施帚,頭蓬時戴冠。紆廻文氣古,飛突劍光寒。此豈久人下,爲君拭目看。

一　是

古人有鮑叔,通財不封己。又復有王戎,鑽核方賣李[①]。廣庭羅杯斝,論議一時起。有客撚髭笑,吻翕忽復止[②]。叩之不肯言,意中有一是。一是不須猜,我心嗒然死。

【注釋】

① "又復"二句:王戎(234—305),西晉琅邪臨沂人,字浚沖。竹林七賢之一。善清言,不務政事。襲父爵,辟相國掾。歷任河東太守、荆州刺史、豫州刺史。在職無殊能,苟媚取容。性貪吝,廣收田園,常晝夜算計。家有好李,出貨,恐人得種,恒

鑽其核，爲時人所譏。

② 翕：《説文》："翕，起也。從羽，合聲。"

吕松友王惕元張此亭送至馬山埠前岡别後行五十里微雨宿水溝頭賦此卻寄

勉爲諸君盡一巵，愁心懶寫别離詩。野烟籠樹尋村遠，寒雨留人出境遲。吠日豈須憎蜀犬[①]，發棠終不救齊饑[②]。歸心只寄樊南屋，雙樹桃花紅滿枝。

【注釋】

① 吠日：喻少見多怪。語本柳宗元《答韋中立論師道書》："僕往聞 庸蜀之南，恒雨少日，日出則犬吠。"清薛雪《一瓢詩話》三十："若一味率執己見，未免有吠日之誚。"

② 發棠：《孟子·盡心下》："齊饑。陳臻曰：'國人皆以夫子將復爲發棠，殆不可復。'"棠，齊地名。孟軻爲推行仁政，曾就齊饑勸齊宣王發放棠城積穀賑濟貧民。後因謂開倉賑濟爲"發棠"。

相衛圖爲家弟子椿賦[①]

囊中無錢能買驢，篋中乃有相衛圖。爲君浮白發狂叫，此事易償姑徐徐。作畫者誰欝生子，家貧糞田拾馬矢。半生飽讀相牛經，捉使畫驢恐不似。春風使筆一座驚，紙上嶄然見長耳。雄姿逸態馬與同，狀如渴驥奔泉水。此時若跨走通衢，一日安知不千里。吾弟説衛腹便便，不必相衛果能賢。驢鳴馬默工戲謔，騎驢覓驢亦可憐。昨日捲圖並馬馳，買衛乞我塗中貲。我貧倉卒不得辦，却先爲作相衛詩。君不見，朝天借驢少陵騎[②]，君不見，西湖策蹇蕲王悲[③]。英雄名士各有態，粉墨憑誰付畫師。還君之畫三歎息，嗤君相衛還自嗤。鬢毛摧白壯心老，誰記當年相馬時？

【注釋】

① 相衛：喻互相援救。

② “朝天”句：杜甫《逼仄行贈畢曜》詩：“自從官馬送還宫，行路難行澁如棘。……東家蹇驢許借我，泥滑不敢朝天騎。”

③ “西湖”句：韓世忠（1089—1151），宋延安人，字良臣。宋朝名將，屢破金兵。秦檜迫害岳飛，舉朝無人敢言，獨韓世忠面詰秦檜誤國，爲岳飛伸張。後罷爲醴泉觀使。自此臥閑居家，自號清涼居士。時跨驢攜酒，縱遊西湖。孝宗時追封“蘄王”，謚忠武。

决　計

决計歸山去，桃花艷夕曛。家仍餘白屋，身欲隱紅雲。溪邃春流合，巒深晚翠分。妻孥知性僻，不厭歔歌聞。

連日天暖今晨風雪大作晚至濟南客舍有作

陽光爭不定，雪片犯春來。籠袖孤懷冷，穿雲夕照廻。幾家延上客，何處勸殘杯？失喜明湖柳，青青嫩葉開。

夕　坐

何意更聽城上漏，豈能重理壁間琴。諸愁集髩容顏老，一卷對燈心力深。洛詠定難追往日[①]，楚咻原不自如今[②]。溪山曲折花疎密，都待歸人仔細尋。

【注釋】

① 洛詠：即洛生詠，指洛下書生的諷詠聲，東晉士大夫多中原舊族，故盛行爲“洛生詠”。

② 楚咻：即楚人咻，謂周圍楚音喧嚷，比喻所處環境不好，做事不能有所成就。

夢中已達太行得前二句次夕復夢又得二句醒遂不復足成留爲絶句

猿識心間清歗共，僮驚脚健瘦筇偕。暖雲客噉桃花飯，香雨夢尋梨樹街。

過滑縣

荒城瓦礫亂紛紛，風急猶疑結陣雲。深塹鳥蘿纏白骨，後堂鬼妾鬭紅帬。争傳人口殊堪駭，敢信天高竟不聞。回首定陶眞一轍，可堪揮淚對斜曛。

又　題

竟插靴刀走，難將馬革還[①]。晚功收白練，完骨葬青山。冷落彈琴手，飄零過客顔。祠堂今建否，愁聽水潺湲。

【注釋】

① 馬革：即馬皮。馬革還指用馬皮將屍體包裹起來而歸，謂英勇作戰，死於戰場。

一　室

一室不兩弓，鑿牖送昏曉。七尺藉孤枕，隙明啓兩瞭。逼此浩蕩懷，栖神到幽杳。有時不受羈，奪關透八表。汗脚未是狂，繩床初非矯。且同兒女子，留連課花鳥。

十二萬年中，一朝暫有我。三百六十日，此日此室坐。何以消此日，自顧無一可。蕩蕩天門開，神物如觀火。徑攀赤龍脊，仍奪天河舸。苟消一腔血，豈惜粉身墮。癡肉竟不飛，鼓筴笑一簸。嗟哉視兩足，著地傷微跛。

天地有清氣[①]，静者得偏多。時見徙穴蟻，又睹盤壁蝸。形凝物亦恬,體頑責不苛。隱隱眞性中,自然感天和。頗怪少年日,中流擊楫歌[②]。爾豈有壯懷,唐突到黿鼉[③]。人生無百歲,萬事蓬一窠。呼兒莫燃火,憐此投燈蛾。

古人有數子,歷歷心目間。豈但識姓字,如或親容顏。客來驚問訊,此故胡以然。落落數張紙,累累千百言。七尺就黄壤,此物不同捐。是名眞不死,壽逾彭祖年[④]。就中蘇長公,吾尤欽豪賢。

一卷亦不攜,默誦效兒童。要借詩書氣,滌蕩烟火胷。賓主有海石,揖讓得盆松。可憐耳目玩,不出一室中。既夕誦亦輟,瞌睡嗟老翁。囈語通周易,吾其慙阿蒙。

不能斷癡根,尚吟數首詩。意豈望時輩,爲我加譽辭。著書等身高,重爲鄉里嗤。赴市糴柴米,可及腰中貲。温公通鑑成,讀者王勝之。外此無人問,翻爲梨棗悲[⑤]。文章無蹊徑,靈氣之所司。獨闢不自力,乃向途人咨。請君坐一室,穿膝君莫辭。但看百歲後,誰智復誰癡。

【注釋】

① 清氣:清明之氣。《楚辭·九歌·大司命》"高飛兮安翔,乘清氣兮御陰陽"王逸注:"言司命常乘天清明之氣,御持萬民死生之命也。"

② 擊楫:亦作"擊檝"。晉祖逖統兵北伐,渡江中流,拍擊船槳而誓曰:"祖逖不能清中原而復濟者,有如大江!"辭色壯烈,衆皆慨歎。見《晉書》卷六十二《祖逖列傳》。後亦用爲頌揚收復失地統一國家的壯志之典。

③ 黿:《説文》:"黿,大鼈也。"《國語·晉語九》:"黿鼉魚鱉,莫不能化。"鼉:俗稱豬婆龍,也叫揚子鰐。《清稗類鈔·動物·鼉》:"鼉,與鱷魚爲近屬,俗稱鼉龍,又曰豬婆龍。長二丈餘,四足,背尾鱗甲,俱似鱷魚,惟後足僅具半蹼。生於江湖,我國之特産也。"

④ 彭祖:傳説中遠古時人。相傳堯時舉用,歷夏至殷末,約八百餘歲,常食桂芝,善導引行氣。封於彭城,故稱彭祖。

⑤ 梨棗:舊時刻版印書多用梨木或棗木,故以"梨棗"爲書版之代稱。

張叔存表叔偕王約齋原豫中過訪西坪

蛺蝶翻飛西復東,小園吹面得和風。家貧不道留賓慣,肉少深慙下箸空。屈指故交零落盡，惱人春樹淺深紅。惟餘山色牽簾額，到眼崚嶒氣獨雄。

霜紅龕追懷傅青主先生[1]

萬木圍深龕，境等諸天中。青女夜來過[2]，散作霜花紅。龕中卧何人？黑醜如老松。有時一吐氣，光奪長天虹。於唐李鄴侯[3]，在漢郭林宗[4]。豈與天隨子[5]，而争文筆雄。遺詩在人間，奥義不可窮。同時三數子，略數翁山翁。世人重方技，稱與俞跗同[6]。或謂閻立本[7]，心竊耻畫工。凡此皆皮相，未足知此公。地下豈更聞，生前耳久聾。并州秋氣早，激響來天風。荒龕在何處，長歗東城東。先生倘可作，舍此吾誰從？

【注釋】

① 傅青主：傅山，字青主，山西陽曲人。著名文學家、書法家、醫學家。明諸生。康熙己未召試博學宏詞，不試。有《霜紅龕集》。

② 青女：傳説中掌管霜雪的女神。《淮南子·天文訓》："至秋三月……青女乃出，以降霜雪。"高誘注："青女，天神，青霄玉女，主霜雪也。"亦借指霜雪。

③ 李鄴侯：李泌（722—789），唐遼東襄平人，字長源。少聰穎，及長，博涉經史，擅屬文，尤工詩。天寶間待詔翰林，供奉東宫，太子厚之，爲楊國忠所嫉。肅宗即位，入議國事，出陪輿輦，爲李輔國所嫉，去隱衡山。後歷代宗、德宗朝。貞元三年（787）拜相，累封鄴侯。

④ 郭林宗：郭泰（128—169），名或作太。東漢太原介休人，字林宗。博通典籍，善談論。嘗遊洛陽，與河南尹李膺相友善，名震京師。後歸鄉里，官府徵召，不就。善品評海内人士，然不爲危言刻論。黨錮之禍起，泰獨得免，閉門教授，弟子數千。及卒，蔡邕爲撰碑文。

⑤ 天隨子：唐詩人陸龜蒙號天隨子。天隨，聽任自然，出自《莊子·在宥》："神動而天隨。"

⑥ 俞跗：或作俞拊。傳説中遠古時人，黄帝之臣，爲良醫。治病不用湯藥、石針、按摩，而以割皮解肌、洗滌腸胃五臟等法治之。

⑦ 閻立本（?—673）：唐雍州萬年人。閻立德弟。高宗顯慶中累遷將作大匠，後代立德爲工部尚書。總章元年遷右相，賜爵博陵縣男。咸亨元年遷中書令。工於畫，《秦府十八學士圖》及《凌煙閣功臣圖》等皆其手迹。惟善圖畫，非宰輔器。時姜

恪以戰功擢左相，故時人有“左相宣威沙漠，右相馳譽丹青”之嘲。卒謚文貞。

吴天章雲來松際陰泉到竹根散勝於泉繞漢祠外雪明秦樹根作此示常棠

泉到竹根散，宛似柳州柳。惟似實不似，解説費心口。漢祠與秦樹，頗覺恒人有。於此冒新奇，依然落窠臼。健者論往哲，奪關破鎖鈕。彼自張藩籬，我當鑿户牖。正如鬬心兵，不在弓刀手。收得汗馬歸，肯戴兜鍪走[①]。汝輩學吟哦，當先論尚友。斟酌意象間，剖悉文字藪。離則虞背古，合又難自壽。雕龍繪彩鳳，一一記誰某。遽知才轉瞬，悉已化塵垢。慎哉師古人，珍此千金帚！

【注釋】

① 兜鍪：亦作“兜牟”。兜，同“兜”。古時戰士所戴的頭盔。秦漢以前稱胄，後稱兜鍪。

短歌一首答張儁三並柬劉文沚

喫飽僻思生，忍餓空腸唤。礱硯一方飽一月，新詩百首珠同燦。平生不解效脂韋[①]，作人亦頗立崖岸[②]。剛營一室才布席，豈陋單衣適至骭。劉琨夜夜舞鳴鷄，汝南時時有月旦。自憐與我胡得喪，何怪於人成冰炭。貧中度日如度年，誰道光陰不容玩。每日晨起即披書，侍妾屢促厭沃盥。齒牙稍脱舌本存，誦讀尚可如珠貫。天高地厚作詩囚，不聞東野罪可逭。昨日遠得故人書，敦促出門騎欵段[③]。當待秋凉詠授衣[④]，未可觸熱張火傘[⑤]。祖約慙障身後簏，嵇康酷好柳下鍛[⑥]。爲報武安賢大尹，黄花節候館别館。

【注釋】

① 脂韋：指油脂和軟皮。《楚辭·卜居》：“寧廉潔正直以自清乎？將突梯滑稽如脂如韋以絜楹乎？”後以脂韋比喻阿諛或圓滑。

② 崖岸：山崖，堤岸。比喻高傲。

③ 欵段：即款段，馬行遲緩貌。

④ 授衣：謂置備寒衣。《詩經·豳風·七月》有"七月流火，九月授衣"句。古代以九月爲授衣之時。

⑤ 火傘：喻烈日。

⑥ "嵇康"句："嵇康性絶巧，能鍛鐵。家有盛柳樹，乃激水以圜之，夏天甚清涼，恒居其下傲戲，乃身自鍛。家雖貧，有人説鍛者，康不受直。唯親舊以鷄酒往與共飲啖，清言而已。"見《世説新語·簡傲》。

改　詩

新詩初入編，狀如得快友。交久兩意孚，敢進葯石口。我既以誠求，彼或以虚受。他日成偉人，樹立定不朽。又或如少年，良宵獲佳耦。銀燭夜高燒，回環睇美醜。秀骨發天然，粉飾復何有？後人來把卷，不知爲誰某。陡見嵇侍中，正逐羣鷄走。論文如論兵，戎馬貴深蹂。抽絲繹獨繭，剥蕉矜隻手。刈艾乃長蘭，珍苗必去莠。烟火絶未能，洗伐功當首[①]。古人吾不知，鄉國多不苟。他日抱遺集，一正遺山叟。

【注釋】

① 洗伐：源於成語"伐毛洗髓"，原謂滌除污穢，猶言脱胎换骨。出自《太平廣記》六《東方朔》引《洞冥記》。

用賞示常棠韵

割肉不聞聲，豈識瘖者痛。瘡瘢尚未痊，刀豈堪再用。古之英雄人，閉門菜可種。非無駕馭才，落魄夫誰共。我非陶淵明，酒少白衣送。荒園枕斷磚，且夢莊叟夢。

當年謁上官，拜跪腰脚痛。可知魚鬚笏，不爲閒人用。櫻桃我所嗜，自擕鴉觜種[①]。何用彈來禽，饑啄與我共。年華驚逝水，歲月賔鴻送。符牒莫更催，破我孤枕夢。

【注釋】

① 鴉觜：即鴉嘴鋤，形似鴉嘴的輕便小鋤頭。

柬禮垣時初從豐縣歸里

蹭蹬猶艱五斗謀，謬言他日有千秋。期君可盡一宵話，此外眞難片語投。後輩文章推白巷，謂介三松溪。詩人龍虎感黃樓。新豐酒賤攜歸否，載向沙頭看洗鷗。

六月十日

每有遊春作，曾無買夏詩。看花尋寺遠，種藕載船遲。客去封塵榻，池荒等漏巵。稍欣雲氣幻，天半蕩奇姿。

午炎侵石理，磨硯墨頻乾。微雨忽生潤，新詩寫漸完。捲風雲上下，踏水客蹣跚。忽漫懷樊上，飛泉夏正寒。

西坪

西坪樹小不宜夏，赤日眞驚火傘同。詭作一峯雲到眼，猝收羣籟谷呼風。灌園力已窮眢井[1]，傷臂弓難落塞鴻。昨日入山尋舊侶，分明還見白猿公。

【注釋】

① 眢井：《左傳·宣公十二年》："目於眢井而拯之。"陸德明釋文："廢井也。《字林》云：'井無水也。'"眢，《唐韻》一丸切，《説文》："目無明也。"井枯無水謂之眢。

俗事

屐笠東坡饒雅趣，錦袍太白劇風流。古人不見應仙去，後世無端以迹求。松菊競栽元亮宅[1]，月明争上庾公樓[2]。紛紛俗事眞堪笑，又見黄泥坂下舟。

【注釋】

① 元亮:陶淵明(365—427),一名潛,字元亮。陶侃曾孫。東晉隱士,多松菊詩。
② 庾公樓:在江西九江,傳説爲晉庾亮鎮江州時所建。

秋　詠

又見西風入,添衣開破箱。尚能纏老骨,不敢怨天涼。野菊黄一色,山梨紅半霜。阮孚頻蠟屐[①],翻較賞春忙。

秋柿不全摘,疎疎綴赤珠。眞能慰老眼,亦足飽饑烏。玩物誰窮始,生人累此軀。晚羹與早粥,果腹笑賢愚。

處處歌豐歲,今年慶有年。老妻掀敝篚,糴米尚無錢。遣使雲山遠,還家日月遷。空函昨見覆,不得故人憐。

生喫飯三頓,死埋土一邱。詩憑秋鬼唱,魂逐野烟浮。白骨原難惜,黄金豈易酬。老妻近解事,不止買臣謳。

團影薜荔黑,搖風枸杞紅。似聞歗山鬼,不復揖猿公。粲數溪頭石,愁聽塞上鴻。初心囬萬里,羞説是塗窮。

秋筍瘦如許,抽心苦不長。艱難剛破土,勉强學凌霜。得氣寧嗟晚,過時皆可傷。老夫支枕看,清淚滿衣裳。

黄葉間緑葉,青苔雜紫苔。曉寒霜氣重,不放日光來。錯莫春猶在,瞢騰夢乍廻。鄰家秋釀熟,容我酌深杯。

拔箭鋒三脊,燃脂夜獵狐。看人誇膂力,老我笑頭顱。大布裝難束,長謡興不孤。當年東海上,曾繪擊生圖。

飲啖猶能活,艱危豈再生。心同秋草瘦,眼入遠山明。薪積從高下,溪流混濁清。因風寄銕馬,休更不平鳴。

不自鬪精力,此身日告疲。卽今飽蠹簡,終不似男兒。道契攤書候,心雄握槊時。古來行地馬,風鬛已前馳。

杜牧文章士,論兵邁古風。折衝無我輩,詩酒已衰翁。馬革歸尸遠,駝蹄出塞雄。如今俱夢裡,一笑謝征鴻[②]。

秋山唤不醒，得雨睡偏濃。沙漲埋幽草，雲荒破遠鐘。吟詩眞得癖，行樂竟無從。終乏神仙術，投身伴赤松[③]。

樂尚未成樂，哀何可更哀。燒船鬼不去，窺鏡老偏來。璞漫藏良玉，樗原是廢材[④]。昨朝霜露降，争道菊花開。

造化從來秘，不容昏者窺。雲霞供老眼，山水要清詩。覆瓿終何益，災梨尚未遲。垂垂看素髮，一任朔風吹。

【注釋】

① “阮孚”句：晉阮孚，性好屐，嘗自蠟屐，并慨歎説：“未知一生當著幾量屐！”見《晉書·阮孚傳》。蠟屐：以蠟塗屐。

② 征鴻：亦作征雁，遷徙之雁，多指秋天南飛的雁。

③ 赤松：赤松子，傳説中的仙人。

④ “樗原”句：《莊子·逍遥遊》：“吾有大樹，人謂之樗，其大本臃腫而不中繩墨，其小枝捲曲而不中規矩，立之塗，匠者不顧。今子之言，大而無用，衆所同去也。”《説文》：“樗，木也。從木，雩聲。丑居切。”無用之木，以喻不材之人，亦用作自謙之辭。

舊時有八月十一夜西坪看月之作今二十年矣因次前韵時乙亥八月十一夜也

疎桐隕葉下秋井，砌蟲聒耳幽夢醒。北山忽與白晝同，半輪月在南峰頂。誰家擣衣心力碎，涼意已生熱早退。廣寒今夕宴未開，夢魂已跨蟾蜍背。縱能入月有何好，此事難與外人道。風露凄涼衣裳單，人間纔作一丸看。

飯後同兒子賞常棠遊南峪下循溪水得紫石一塊大可如斗抱持以歸得詩二首

出遊多舊跡，百遊不一同。不同從心生，不是從外通。外通亦有時，實由中氣充。觸處不自禁，吐語奪化工。昨日濃雲西，今日濃雲東。反詫山有異，豈知雲無蹤。且隨我杖履，一歗空山空。

溪石大如斗，色作猪肝紅。抱持置案上，佐我小玲瓏。老夫頑如石，要汝作磨礱。汝雖不能言，問心當願從。疾雷下空山，溪漲浪排空。擊石石破碎，汝不在刼中。莫嫌草堂貧，且沐風天風。

半　坡

已據巉巖上，曾無石一拳。屐痕侵土細，河影落天圓。蹟想名園記，碑尋東漢年。原陵西望近，松柏正蒼然。

元旦在劉文沚明府席上呈張雋三

凄凄復凄凄，風吹裘不暖。豈敢怨北風，自傷敝裘短。誰肯當歲盡，遠來館客館。絲竹雖滿堂，不能解愁懣。雋三大笑拍我肩："吾子且勿悲向天。君不見，今日元日主人賢，凌晨早已張華筵。當筵舞女兩嬋娟，青絲覆額歌喉圓。送行大馬高鬃纏，壓裝白鏹兼青錢。足爲祖生壯顏色①，何事戚戚徒熬煎。""小子再拜，捧君之酒。先生所云，慰我良厚。人生事業，鷄口牛後②。天上浮雲，白衣蒼狗。汝奇而奇，汝偶而偶。孰縛之臥，孰鞭之走。萬金之債，千金之帚。吁嗟五十，顏容老醜。長安九衢風沙昏，何者乃爲平津門，不才生怕受人恩。"

【注釋】

① 祖生：東晉名將祖逖，率部渡長江時中流擊楫，誓復中原。所部紀律嚴明，得到沿途各地人民擁護，收復黄河以南地區。由於東晉内部迭起糾紛，對他不加支持，他大功未成，憂憤而死。後世詩文常用此典故，稱祖逖爲祖生 。

② 雞口牛後：《史記·蘇秦列傳》："臣聞鄙諺曰：'寧爲鷄口，無爲牛後。'今西面交臂而臣事秦，何異於牛後乎？"張守節正義："鷄口雖小，猶進食；牛後雖大，乃出糞也。"謂寧居小者之首，不爲大者之後。

家人敦促來京比至選期尚早作此題家書後兼簡郭吏部松崖常庶常芸閣

來非恰好去非宜，客邸寒家兩斷炊。鬢入關河垂白日，事同腹背受攻時。纔逢吏部難謀醉，却借僧房爲校詩。時與芸閣同寓玉極菴。一枕蘧蘧清夢覺，可能還悔出山遲。

夜　卧

夜卧一窻黑，朝醒一窻明。黑卽如死去，明復如得生。頗信漆黑中，此心光晶瑩。多事化蝴蝶，辛苦勞我形①。日出萬慮起，門外車馬聲。心卽不外馳，耳則難塞聽。吁嗟白日忙，不如夜氣清。

【注釋】

①“辛苦”句：語出《莊子·大宗師》：“夫大塊載我以形，勞我以生，佚我以老，息我以死。故善吾生者，乃所以善吾死也。”

常芸閣庶常弟子祁竹延自云文機滯澁作此廣之

百骸聽之心，發蒙等結胎。心到出手快，耳目皆奴才。誘心亦有法，當如誘嬰孩。啼笑無滯機，眞性從中來。氣出貫虹蜺，筆落破風雷。一一誰管領，而能溯之回。君師講文字，懸口溢湖淮。妙於反約時，能以寸心該。君試一濡毫，此論殊不乖。

唵道人李柘邨畫鶴歌

一鶴軒舉石頭高①，五鶴刮羽復舒毛。七松拔地一溪水，掃壁如聽風蕭騷。畫手者誰唵道人，七十家住東海濵。夢中見鶴化道士，覺後使臂如有神。以身使臂臂使指，一斗墨傾一張紙。空堂欲呼鶴歸來，蹁躚眼底乃如此[②]。我朝指畫高且園，論者斂袵無閒言。操戈入室能者能[③]，百餘年來得未曾。長安飄零一杯酒，醉倒六街拍銅斗。莊周豈便應馬牛，董龍眞是何鷄狗[④]。鶴聲一一飛上天，家在天壇王屋間。黄河東去日西下，只欠巢松伴鶴眠。題君畫，爲君歌，今我家貧繁食指，鶴糧料理亦無多。爾鶴飛去吾何求，不舞終爲羊公羞[⑤]。

【注釋】

① 軒舉：高揚，軒昂貌。

② 蹁躚：旋轉的舞姿。元稹《代曲江老人百韻》："掉蕩雲門發，翩躚鷺羽振。"

③ 操戈入室：《後漢書·鄭玄傳》："時任城何休好《公羊》學，遂著《公羊墨守》《左氏膏肓》《穀梁廢疾》。玄乃發《墨守》，鍼《膏肓》，起《廢疾》。休見而歎曰：'康成入吾室，操吾矛以伐我乎！'"後以操戈入室比喻深入瞭解對方，找出其紕漏，又以對方的論點來批駁對方。

④ "董龍"句：《晉書·王墮傳》："（王墮）性剛峻嫉惡，雅好直言。疾董榮、强國如仇讎，每於朝見之際，略不與言。人謂之曰：'董尚書貴幸一時，公宜降意。'墮曰：'董龍是何鷄狗，而令國士與之言乎！'榮聞而慚恨，遂勸生誅之。及刑，榮謂墮曰：'君今復敢數董龍作鷄狗乎？'墮瞋目而叱之。龍，榮小字也。"

⑤ "不舞"句：《世説新語·排調》："劉遵祖少爲殷中軍所知，稱之於庾公。庾公甚忻然，便取爲佐。既見，坐之獨榻上與語，劉爾日殊不稱。庾小失望，遂命之爲羊公鶴。昔羊叔子有鶴善舞，嘗向客稱之。客試使驅來，氃氋而不肯舞，故稱比之。"後以羊公鶴比喻名不副實的人。

城中二首

城中有花柳，都在貴人家。城外有花柳，十里踏塵沙。探囊無一錢，難買青油車。卽令逐俠少，亦厭攬箏琶。不如一推枕，夢見樊口花。誰抱幺鳳〔一〕來，學語聲呀呀。

不能出看花，閉門讀書史。一卷尚未終，嗒然我心死。辟戟東方雄，傳者滑稽耳。劉備取劉璋，又爲坡公恥[①]。千年無是非，淆亂有如此。賣花聲忽來，一枝浸瓶裏。莫怨地不寬，風雨隔窻紙。倘有笑顔開，照我硯池水。

【校記】

〔一〕幺鳳，原刻作“么鳳”。《説文》曰：“幺，小也，象子初生之形。俗字作‘么’。”《通俗文》曰：“不長曰幺，細小曰么。”後文亦有“今春既殤幺鳳……雖幼女也”可証，故當作“幺鳳”。後文皆徑改作“幺鳳”。

【注釋】

① 坡公：指蘇東坡，又有坡老、坡仙之稱。東坡有《嚴顔碑》詩：“先主反劉璋，兵意頗不義。孔明古豪傑，何乃爲此事。”

和雋三寄懷

惟君能知我，昨日一詩枉。罵眞可奪氣，讚亦能著癢。抗志有千古，往往作此想。我輩若不傳，何以作勸奬。天上郎官星，原爲人間仰。斗筲或眞似，列宿焉可象。春草白傅詩，偶爲吕温賞。今又無吕公，好句安足倣。米貴長安市，難望富者餉。且自抱敝帚，聊作千金享。

松溪曾爲雋三題攜孫種樹圖正月在武安索予爲詩畫筆殊劣故未作也五月十八日客邸悶甚成短歌卽寄

十年種樹我有園，可惜提攜我無孫。却有女孫三兩人，蒔花歲歲打烏盆。種花不如種樹好，女孫何若男孫早。我生百事常輸君，不獨詩先付梨棗。三十六種花圃開，手植一一破蒼苔。可憐拓地不得廣，鄰家肯讓數弓來。花樹扶疎覆小廡，斑兒對樹歡學舞。小時作事勝衰翁，策勳歸孫不歸祖。圖中餘紙盻烏絲，秪有門生一首詩。圖不必工詩則妙，故事百年迹未埽。君不見，杜陵野老還蜀門，草堂尚有四松存。

偶筆

鎩墮眞堪笑[1],八年袖手閒。馬原能换妾,夢不替尋山。批頰前行錯,捐書舊習删。心兵今懶鬭,惆悵此名關。

【注釋】

① 鎩:長矛。

邀蘇蓮洲孝廉楊芝田上舍楊閬仙明府荔燮堂指揮常芸閣庶常祁竹延明經張子實教習宴集戲成俳語

剛得此亭寄白銀,萊陽張汝壽昨寄旅費三十金。又逢子實假庖人。更杯洗盞樂今日,炰鼈烹魚宴我賓。旅困自傷難作繼,衰顔陡覺欲回春。誰家簫管吹深院,一例豪華蠟代薪。

雜感二首

士有憫人意,生於自憫心。可惜得志後,汩没世情深。馬肥突練影,車澤鳴雷音。憫人與自憫,如夢不可尋。紅袖撥銀筝,惟見夜沉沉。

王屋太乙池,泠泠水一泓。不叩哀玉響,恐使山鬼驚。力沉十萬丈,氣注千里程。佳士顧之嘆,欲與之要盟。肯學空山泉,日出嗚咽聲。

寄李石儕

雋三兩弟子,一狂而一狷[1]。松溪狂固佳,石儕狷亦善。時介亦時通,我生頗自衒。通卽狂之流,介實狷之變。所以於二生,未嘗加斥擯。吾子文嗜奇,慣作背水陣。學士許發解,主司斥不薦。從來不世才,矯矯一敵萬。豈謂一刖足,抱玉終不獻[2]?聞子客中州,與子師同館。楊雄識奇字,不勞載酒問。秋風看飛騰,一寄北來雁。

【注釋】

① “一狂”句:《論語·子路》:“子曰:‘不得中行而與之,必也狂狷乎!狂者進取,狷者有所不爲也。’”三國魏何晏《集解》引包咸曰:“狂者進取於善道,狷者守節無爲。”宋邢昺注:“狂者進取於善道,知進而不知退;狷者守節無爲,應進而退也。”

② 抱玉:傳説春秋時楚人卞和發現了一塊玉璞,先後獻給楚厲王、武王,都被認欺詐,被截去雙脚。楚文王即位,卞和又抱玉璞哭於荆山下,楚王使人剖開玉璞,果得寶玉,遂稱爲和氏璧。見《韓非子·和氏》《新序·雜事五》。

玉極庵槐兩章之屋

鼻中香沁瓦瓶花,忽忽孤吟日半斜。支榻又來尋佛閣,戲禽初訪到仙家。老年歲月愁偏重,晚葢文章望頗賒。兩樹庭槐棲鳥亂,不知誰是後歸鵶。

題粤東郭駕舫明府從軍圖後

嘉慶十八年,九月滑賊亂。毗連及山東,萬姓遭塗炭。我本山東吏,頓袖扼兩腕。束馬下太行,賊滿黄河岸。曹州不得達,歸聞啼鳥唤。可憐冬至月,賊向陵川竄。大府檄州縣,團練選勇悍。我名軍册中,午夜不遑飯。兵擊司家寨,幸喜賊潰散。吾鄉得高枕,漸次戰袍换。頗恨無寸功,賊首不我斷。長安謁選來,文酒晏昏旦。關東李治中,詩篇實璀璨。手爲出此圖,剪燭與同看。身後健僕隨,腰下雄劍按。寫作從軍裝,矯矯一時冠。么麽〔一〕跳嶺外,連邑破已半。壯哉張總戎,謀畧一敵萬。問誰在軍中,郭侯作參贊。乃知廣文胸,武事寔穿貫。即今綰墨綬,案牘不足判。旅次欣抗手,眉宇生精幹。倘使當滑賊,定可握勝算。不然作露布,傳檄飛羽翰。我匪折衝才,十年梗薄宦。空匣盤魚腸,對君發三歎。

【校記】

〔一〕么麽,讀作“幺麽”,“么”亦作“幺”。《漢書·敘傳注》曰:“幺麽,皆微小之稱也。”

選得長興縣出都口號

印綬分明又上身，行裝初束小逡巡。誰知調鶴彈琹手，已是焦頭爛額人。秋水自憐雙劍缺，春山曾記六橋新。顔容老醜衣衫垢，箬水應能滌此塵。

小　舟

處處飛橋看落虹，小舟撑過太匆匆。雨沉蘆荻初聞雁，窻隔玻璃不受風。夢寐幾曾眞化蝶，功名今漸笑衰翁。廻思騎馬田横島，在萊陽境上。秋獵還開十石弓。

松溪以詩見貽用韵和答

栽竹移蕉興日增，平嵐樓欠築三層。連朝聽雨愁無賴，一棹探梅竟未能。戰酒看人争壁壘，論詩老我退鋒稜。錦袍終遜袈裟好，何日歸成退院僧？

徐家庄看梅

曲折尋村逕，梅花壓短墻。折風驚瘦影，蒸日得濃香。舟入羣鷗散，巢營兩燕忙。歸塗見紅杏，纔欲試新妝。

春夜看梅用前增字韵

月明窻外影初增，人與梅花隔一層。此景漫矜詩筆妙，拂綃應許畫工能。未妨桃李春同色，縱不冰霜骨有稜。記得藐山池上坐，折枝曾共白頭僧。

何藹人約家弟子劼泛舟看桃花阻雨不果

十日箬溪雨，濃陰撥不開。波疑浮岸去，船礙過橋回。裊裊女墻蔓，青青石逕苔。桃花近妬客，造次不容來。

看桃花歸後示叔香

底事春遊一日忙？阿鬟迎詫老夫狂。青山著意梳高髻，都借桃花作下裳。

雙槳輕摇夜半歸，一燈支枕下重幃。夢中身化紅蝴蝶，香撲春林上下飛。

扃門縣試出詩藁手校一過

槖中詩藁待吾删[①]，戰蟻文場早閉闗[②]。入主出奴何日定，絶無僅有此朝閒。茶烹蠏眼春愁散，字看蠅頭老目艱[③]。此去武康不百里，可能置我孟郊間。

【注釋】

① 藁：同“稿”。

② 戰蟻：螞蟻爭鬥。文場：科舉考試的考場。

③ 蠅頭：指像蒼蠅頭那樣小的字，蠅頭小字之謂。

至小沉瀆遂登碧巖寺歸途飲欽生新採雲霧茶舟中有詩卽寄寺僧刻石

丁丑三月朔，來遊碧巖寺。一笑催租船，風引忽得至。上有水簾泉，復有坡公字。世界入清空，水雲極恣肆。遍覽力稍倦，僧房可資睡。疾飈捲晴霧，仰見午日曬。三萬六千頃，太湖可俯視。何事須默禱，遊山天不忌。歸途見欽生，拱揖路旁伺。邀我桃花塢，亭館工位置。新茶昨日焙，舉盞香撲鼻。我雖非王濛[1]，此味亦頗嗜。連峰十萬竿，老竹分青翠。他日住山心，焉知不終遂。愚者論宰官，出遊或近戲。東坡守湖州，胡不以遊累。烟霞須料理，何嘗非吾事。所惜簿領身，詩漸退猛鷙。聊寄山中僧，刻石當遊記。

【注釋】

① 王濛（約 309—約 347）：東晉太原晉陽人，字仲祖。哀帝王皇后父。少時放縱不羈，不爲鄉曲所齒，晚節克己勵行，以清約見稱，善隸書，長於清談。

從硃砂嶺至上麻園晚歸宿三松菴題壁

籃輿百轉入雲峰，過雨峰頭潑黛濃。澗水白沉三尺練，春濤青漲一林松。早知勾漏原難乞，尚憶猿公可再逢。却笑菴僧能解意，敲殘塵夢五更鐘。

劍

心如一泓水，劍如一條冰。冰水相激盪，光作十丈騰。一日三摩挲，不使綉澁增。瑣屑豈無仇，叩劍劍不膺。枉用劍如鈎，直用劍如繩。作詩告來者，守戒須兢兢。

喜王介三至

雙鯉前時至[1]，輕帆昨日來。如何三載别，忽得兩眉開。劍拂崩霜影，詩雄鷙鳥才。十年舊賓客，曾記住蓬萊。

憐君同病鶴[2]，分榻配肥仙。謂松溪。綠樹紅欄屋，荷風梅雨天。縱談忘老睡，高咏陋時妍。欲刻新詩稿，先令二子傳。時欲刻介三、松溪兩人詩稿。

【注釋】

① 雙鯉：一底一蓋，把書信夾在裏面的魚形木板，常指代書信。

② 病鶴：指身體消瘦。

三月朔余遊碧巖有詩頃常棠往遊棠五律殊佳余不作詩正四十餘日得棠作老興勃然依韵和之卽示同遊王介三同作

縮地原無術，鞭山不肯來。佳遊須短策，小酌怯深杯。尚記前時路，分明昨夢廻。吾詩有神助，多事片雲催。

崩雲如有意，一角放新晴。短榻纔聽雨，輕舟已出城。踏林山鬼駭，歗月野麋驚。爲問探奇客，何勞報水程。

不斬萬竿竹，幾無路可通。山雲侵背腹，簾水下丁東。掃壁蟲書細，澄懷世界空。坡公遺跡在，潑墨更誰工？

雨後

推篷看雨色，雲氣下前岡。溪竹生新籟，湖風入驟涼。覔碑前寺古①，墮瓦戍樓荒。擁鼻閒吟處②，微聞菱荇香。

【注釋】

① 覔：同"覓"。

② 擁鼻閒吟：《世説新語·雅量》"方作洛生詠諷"注引宋明帝《文章志》："手掩鼻而吟焉。"後用指雅音曼聲吟詠。

湖觜

岸窄遮修竹，村孤絶四隣。掠波下魚虎，坐客得藤輪。鷄骨神能卜，謂湖神衍澤王廟。鹿隍夢豈眞。太湖波浪濶，不見採蓮人。

長歌行一首哭李松溪卽題其六月所繪松溪圖小照

長松一百尺，飛瀑三千丈。此景久入松溪胷，看畫便作松溪想。六月寫照煩陸君，補圖者誰姜無聞。鬼伯催人七月死，死後能留面目眞。我與松溪交，及今已十載。稱我爲先生，自居等後輩。斗酒儲西坪，澆君胷塊壘。詩雖學雋三，拔幟自一隊。其狂我欲避，其才我則愛。去年臘盡北風寒，短衣訪我來江干。江干梅花千萬樹，雪雲香海留君看。詩筆縱橫難約束，輘轢同儕叱奴僕。狂奴故態豈不知，一笑追歡接寸燭。西湖遊歸姑蘇遊，刻劃直令神鬼愁。朝來遣使召君去，病熱十日難刻留。我謂鬼神太忌材，豈知君已有千秋。憑棺哭君尸，買板鐫君稿。上可追李白，下亦等賈島。眼中吟詩人，眞如未見寶。住世乃僅三十年，倏忽化去如飛烟。圖中苦吟聳兩肩，溪流曲折松濤圓。招君之魂君宛在，紙上熊熊露光彩。

哭賞二首卽題其注經圖卷首

滴衣血淚見斑斑，觸緒思量恨豈删。人坐迂疎謀已拙，文從僻澁得科艱。葠苓無鈔偏多病①，邱壑難專懶畫山。三十七年飛電疾②，到頭輸與老僧閑。

夭壽分明衹兩端，佛家眼孔海天寬。身無長物心何戀，篋有遺經著未完。便著袈裟傳畫本，竟難苜蓿薦春盤。老夫鼻涕長如許，後此無從問懶殘。

【注釋】

① 葠：同"蔘"，人參，藥草名。苓：即茯苓。二者均有滋補健身之功效。

② 飛電：即閃電。形容時間飛逝之快。潘岳《螢火賦》有"熲若飛電之宵逝，彗似移星之雲流"句。

又一首哭賞

半畝西坪在眼中，一簾寒色雨濛濛。貧留粗布衣難暖，冷食虀塩爨不紅。雅觜共攜鋤雨竹，書燈分坐護春風。如今吟苦撚髭日，更有何人和老翁？

舐犢篇示棠作

汝作孤雁呌，我增舐犢情。小犢戀老牛，日夕生哀鳴。而我謂爾犢，莫令老牛驚。努力食細草，及壯賴爾耕。山田鬻未完，種豆期秋成。況復看爾角，近日漸峥嶸。養此筋力强，肯懼憂患並。天或終眷我，犁牛竟産騂。破涕還未能，且收淚縱横。

曉　舟

下箬溪流燕尾分，一枝柔櫓劃波紋。裊風疎蔓墮黄葉，打雨病蕉垂緑雲。尚記弁山尋破寺，又濡詩筆寫斜曛。如何白露秋分後，聒耳猶飛豹脚蝨①。

【注釋】

① 豹脚蝨：指一種脚上有花斑的蚊子。蝨，同“蚊”。

雨　中

雨逕屐痕滑，蕉窻蝶影廻。紅稀分水蓼，緑老脱秋苔。書自江邊寄，謂常。詩從塞上來。二弟子俊從宣化寄詩至。繅絲愁緒亂，且復託深杯。

晚卧示叔香

淺腸無一寸，貯書敦古歡。既不合時宜，何用肚皮寬。小姬不解事，惟索綺與紈。豈知老夫心，久欲棄此官。風急簾鈎斜，夢醒壁燈殘。尚餘哭子淚，至今未曾乹[1]。

【注釋】

① 乹：同“乾。

雨　夕

借雨滌愁緒，不嫌永夜聲。一床支老骨，三足煮茶鐺。感憤思焚硯，悲傷幸未盲。半生詩筆健，猶喜説縱横。

以松溪訃達於雋三並繫二絶句

料得開緘淚滿襟，柴門孤寂對遥岑。從今無復劉叉在，誰攫床頭諛墓金？

十年飛幟上詞壇，衣鉢能傳稍自寬。收拾先生一管筆，眼中今日替人難。

同幕中諸友至吴欣齋孝廉家看桂花又至大雄寺看洪武七年所鑄銅鐘以又得浮生半日閒爲韵分得又字

昨從夾浦歸，今日遊復又。山翠與湖光，隱隱留衣袖。孝廉家城西，數椽老屋舊。中有桂一株，盤枝接檐霤。問誰爲手植，豈止百年壽。主人適抱恙，未及出相候。有子來長揖，頎頎文而秀。香風散入懷，不用仰首嗅。小住茶未酣，庭中雨忽驟。呼輿笑出門，復作古寺走。懸鐘百尺樓，危欲參列宿。摩挲認鐫字，幸未銅花繡。洪武定鼎初，産銅遠莫購。寶鈔鴉翎黑，新印紅硃透。如何有餘金，鼓鑄供僧扣？士誠據南土，財賦此邦首。桓桓耿將軍，謂炳文。規模頗不陋。城南有遺祠，至今祀籩豆。鐘亦發洪聲，夜作蒲牢吼[1]。憑欄歌復謡，仿佛清商奏[2]。裊裊鰲山雲，金彩如雕鏤。分明昨日遊，躡風猶可就。歸羡半日閒,孤坐聞城漏。

【注釋】

① 蒲牢:古代傳説中的一種生活在海邊的獸。據説它吼叫的聲音非常洪亮,故古人常在鐘上鑄上蒲牢的形象,後因以"蒲牢"爲鐘的别名。

② 商:商聲,古代五音之一。古謂其調淒清悲涼,故稱清商。《韓非子·十過》:"公曰:'清商固最悲乎?'師曠曰:'不如清徵。'"

催糧行

行政成敗載前史,破壞豈能一朝理。成都當日用法嚴,承積弊後非得已。昨日落雨今朝晴,舟行十里復五里。鎖項比肩荷校隨[①],彼顔不怍我心恥。豐歲如何不完糧,無言可答口翕張。今年米賤糶或難,去年如何不輸官。捉人尚未抵舟裡,刧者十輩環舟尾。卒呼官怒聲喧豗[②],夜半笞人傍沙觜。納賦年年有定期,豐年逃賦無是理。養奸已遍浙西東,啓口先逆大官耳。曉窻風霽開船旂,我且暫去莫相疑。汝不完糧吾不來,天家何用此官爲?

【注釋】

① 荷校:以肩荷枷,即頸上帶枷。校,枷。

② 喧豗:形容轟響,如太白《蜀道難》詩"飛湍瀑流爭喧豗"句。又猶紛擾,如宋濂《濟公塔銘》"異言喧豗,而莫之適從矣"。

又一首

日日文書插羽催,支吾言語又空回。宰官倘有黄金窖,不借蒲鞭辱爾來。

從四安鎮勾當公事陸行二十里至義峯嶺晚歸舟次有作卽柬董紅珊巡檢

前嶺遥遥接斷岡，晴溪曲折繞迴塘。秋林脱葉飛黄蝶，雲氣升天幻白羊。于役翻成行樂地，打圍還記少年場。如今遲暮江南路，正好扶衰上〔一〕野航。

【校記】

〔一〕上，民國本作“丄”。二字意同，“上”，古作“丄”。

故　鄉

故鄉惆悵好園林，九蕋芙蓉落遠岑[①]。采菊增人解組意[②]，蓄猿通我愛山心。未妨抵鵲終憐玉，浪説燒丹不化金。瓦屋三間歸有約，不應蹉跌到如今。

【注釋】

① 蕋：同“蕊”。
② 解組：解下官印的綬帶，借指辭去官職。

臘月十八日在漕倉小石城山館作時家書不至

酒敵寒威計斗儲，淋漓休惜涴衣裾。澁絃久滯調琹手，短燭難繙治漕書。炙火墨光開一硯，鑿冰溪冷閉雙魚。繁霜惱鬢殘更急，愁見天涯偪歲除。

六硯草堂詩後集上

戊寅人日柬示幕中陳東井何雙湖邵朗先[1]

珍重新年咲口開，題詩不用苦相催。酒餚留客循常例，雞狗和人忽類推。積雪暖消檐溜急，遠山陰合日烏廻[2]。箬溪聞説梅千樹，準備看花鼓棹來。

【注釋】

① 人日：相傳女媧在造出鷄、狗、豬、羊、牛、馬後，于第七天造出了人，因此古人以農曆正月初七爲人日，亦稱人勝節、人慶節、人口日等。

② 日烏：太陽。古代神話傳説日中有烏。

介三探梅筱浦花猶未開詩以調之

我正理疑獄，抱牘吏忩忩。搴帷見介三，叉手罵春風。篠浦梅萬樹，寒條雨烟籠。含苞白初白，暈酒紅未紅。負此一隻船，來去惱舵工。介三幸勿躁，歡喜到衰翁。十日我事畢，我遊子仍從。閒人天所忌，忙人天豈窮。閑忙都看花，天公原至公。

何藹人看梅錢氏山莊作此奉簡

折骨經寒久，褁春放蕋遲。水烟元自遠，風格欲誰期。照影驚雙鬢，含香倒一巵。心翻羨何遜[1]，已得証相思。

【注釋】

① 何遜：南朝梁東海郯人，字仲言。善詩文，與劉孝綽并重於世，時稱“何劉”。其詩與謝朓齊名，明人輯有《何記室集》。何遜嗜梅成癖，在揚州做官時，官衙中有

一株梅樹,遜甚愛之。後移居洛陽,思歸其居,乃再請回揚州任。到達時,正值梅花盛開。何遜對梅樹彷徨終日,不肯離去,成爲一段佳話。杜甫有"東閣官梅動時興,還如何遜在揚州"句,宋趙蕃亦有詩云"梅從何遜驟知名"。

再題畫牛

每作畫牛詩,誓欲歸田園。此幾成口實,我然人亦然。復自下轉語,不歸由無田。牛心久匿咲,牛口不能言。一幅畫牛柳鬖鬖,一身留滯江以南。無田亦歸牛方喜,牛能馱我遊山水。

謝太傅墓[1]

身後人人土一抔,棠梨花好爲誰開。公名不借豐碑表,我祭如聞折屐來[2]。岡外閃風鴉影亂,村頭歸牧笛聲哀。武鄉侯去姚崇遠,先後寥寥濟世才。

【注釋】

① 謝太傅:謝安(320—385),東晉陳郡陽夏人,字安石。少有重名,善行書。初無處世意,累辟不就。與王羲之、許詢、支遁等放情丘壑。年四十餘始出仕,一心輔晉,時人比之王導。太元八年,苻堅攻晉,安任征討大都督,使弟謝石與侄謝玄加强防禦,指揮作戰,終獲大勝。封建昌縣公。卒贈太傅,謚文靖。

② 折屐:晉謝安與客下棋,聞侄玄等破苻堅,不露喜色。局終入内,過户限,心喜甚,不覺屐齒之折。後以"折屐"形容狂喜。

浮舟迎謁董觀橋制軍讀張雋三并州歸途將軍下新令詩因成長句

尺短無勞競寸長,紛紛杆木正當場。熱腸澆酒我逕醉,眞氣入詩人詫狂。返照樹邀雙鳥下,落梅風埽一溪香。戟門何處旌旗遠,又聽傳呼過水塘。

吴欣齋張彦士邀看玉蘭花兩次皆不果赴今日出城於街頭見花樹甚茂晚歸遣人折枝並柬以詩

花光照巷一百尺，迴風捲輿香乍劇。匆匆又出水西門，咲殺堂中讀書客。兩番約我看花來，買舟方自郡中囬。如何昨日復少暇，忍使飛花墮緑苔。春風幾得飲花樹，萬事囬頭歎遲暮。今年一醉倘如期，明年再招或不赴。何如留此未了緣，看花豈必年年誤。晚歸遣人走折枝，膽瓶久待來莫遲。

泛舟看桃花至蘆圻菴題壁

北地桃花少艷姿，枉將山唤作胭脂。偶然留客有茶喫，不可此菴無我詩。過雨蘆芽齊冒水，剪風堤柳亂牽絲。楊家浦口小沉瀆，此是中途小住時。

是日看桃花至小沉瀆遂登碧巖用去年遊碧巖寺韻

楊家浦看花，直至山頭寺。我舟宛轉來，有花罔不至。發興和我詩，强押韻脚字。再厲氣必揚，再接筆益肆。破曉霧露餘，花如海棠睡。不須紅燭燒，正藉初陽曬。初陽宜遠看，斜陽宜逼視。人自不妬花，花於人何忌。當年漁者船，撑入密窺伺。桑麻列平疇，一椽可添置。人生不自問，塵土塞耳鼻。桃花飯正香，腹餒胡不嗜。攀折洞口花，收攬羣山翠。不學劉阮徒①，意外邀一遂。幾見邂逅逢，便成兒女戲。我久欲服氣，稍免烟火累。老年乏遠謀，乃慕神仙事。要能退此身，有如鶩鳥鶩。靈境闢五百，休信淵明記②。

【注釋】

① 劉阮：東漢劉晨和阮肇的並稱。相傳永平年間，劉、阮至天臺山采藥迷路，遇二仙女，邀二人至其家，食以胡麻飯，止宿，結爲夫婦。蹉跎半年始歸。時已入晉，子孫已過七代。後復入天臺山尋訪二女，舊蹤渺然，不復得路。事見劉義慶《幽

明録》。

② 淵明記:陶淵明有《桃花源記》。

去年看桃花有詩示叔香今夕復成二絶句

西山一帶曳歸雲,露出新粧伴夕曛。補種菜花原有意,要看妃子著黄裙。

誰把風流記往年,相逢又到落花前。美人自墮胭脂井,不駕紅雲飛上天。

有事下鄉今日爲三月十三日遣舟生送賞柩歸里

我淚不汝灑,催租發先期。汝似解我意,魂亦不來辭。汝亦非不孝,我亦非不慈。入夢牽老懷,痛翻不可支。卓哉用利刃,割此兒女私。此事頗英雄,而汝知不知。百年旦暮耳,莫恨見面遲。

十四日寄棠

愛眠先覓榻,習嬾最宜舟。澤國適此性①,遠山時到眸。心酸終制淚,風冷尚思裘。計日北船去,今應過潤州②。

【注釋】

① 澤國:水鄉。

② 潤州:今江蘇鎮江。

四月卽炎熱戲作俳語一首

四月卽炎熱,當暑將奈何。百事作預愁,安怪愁益多。人生諸苦境,乍投則云苛。習久如蓼蟲①,甘蓼不甘禾。夏至纔兩日,瞥眼同擲梭。秋風動地來,豪士增悲歌。人心類如此,天高不加訶。行看荷花開,一挽魯陽戈②。

【注釋】

① 蓼蟲：寄生於蓼間的蟲。

② 魯陽戈：魯陽公與韓搆難，戰酣日暮，援戈而撝之，日爲之反三舍。後以"魯陽戈"謂力挽危局的手段或力量。

讀張船山詩刻題後

昔在長安日，曾一謁君門。閽者拒不納[①]，分覺御史尊。此豈出君意，人奴何足論。不學李松溪，走見王芑孫[②]。便謂廣長舌[③]，遠勝老生言。松溪去年訪王鋏夫不得見，遊靈巖有句云："即使謁名流，未必解炎熱。何況老生談，遠愧廣長舌。"今日讀君詩，君身已九原。佳者八十首，手録而腹存。佛教重神通，吾儒實行敦。稍嫌鷹隼翮，愛作踏空翻。倘汰十之八，生氣自軒軒。惜哉生不逢，告此坐病根。七尺已黄土，何處招君魂。後人讀我詩，定笑我仇君。文章有定價，百中無一寃。松溪遊輦下，布衣詩名喧。乃與吳藹人，不許爲弟昆。松溪寄藹人有句云："尚憶座客預人事，不許與君爲弟昆。"吁嗟文字緣，乃以勢位分。安怪我昔日，難接片語温。蓋棺然後定，知君聞不聞。

【注釋】

① 閽者：即守門之人。《説文》："閽，常以昏閉門隸也。"《禮記·祭統》："閽者，守門之賤者也。"

② 王芑孫（1755—1817）：字念豐，一字漚波，號愓夫，一號鋏夫、云房，又號楞伽山人，長洲（今江蘇蘇州）人。工書法。有《碑版廣例》《楞伽山房集》《淵雅堂集》。

③ 廣長舌：指佛的舌頭。《智度論》卷八："問曰：'如佛世尊，大德尊重，何以故，出廣長舌似如輕相？'答曰：'舌相如是，語必真實。如昔佛出廣長舌，覆面上，至髮際。語婆羅門言："汝見經書，頗有如此舌人而作妄語不？"婆羅門言："若人舌能覆鼻無虚妄，何況至髮際。我必信佛必不妄語。"'"

舟行雜詩

最是洞庭好，清波浸緑巒。烟沉湖氣白，春漲水程寬。碧甕船沽酒，烏盆僧餽蘭。離離坡上竹，容易覓漁竿。

巵言六首

造化早安排，亦必有所擇。其人倘庸流，何直爲擘畫。必當如韓愈，然後曰可惜。韓愈不常有，安怪遭困厄。

死去見閻羅，如生見官府。身苟不涉訟，吏何能勾取。生人恒河沙，難造點鬼簿。瞌睡閻羅王，階下鬼跳舞。

人當垂死日，諱言妻改嫁。妻亦出好言，願從黄泉下。兩者皆聽之，不勞爲勸駕。黄腸裹腐屍，且自眠長夜。

畫龍不見龍，畫鬼不見鬼。以意想像之，豈能得眞似。學問貴洞見，狀如箭脱底。夢中通周易，要亦偶然耳。

吾友陳金門，降乩曾吟詩。松溪曰否否，先生何信之。此必有餓鬼，冒陳飽一巵。果然松溪死，一去不更歸。

我心如頑仙，不信有死期。卽有亦不怖，何況可遲遲。夜來捫此腹，尚有千首詩。一年五十首，活到七十時。

丁家橋

早膳初收飯一盂，炎天村樹認模糊。戍兵擊柝催官舫，林日蒸尸瞰野烏。狗馬幻雲風力健，溝渠車水旱苗蘇。江南舊有移家想，不作耕夫作釣徒。

舟中午睡起復雋三札

栝板橋頭蘆荻灣①，泊舟秖在荻蘆間。一床創獲遊仙夢，兩眼新收過雨山。落落知交原有數，寥寥文字幾經刪。時校刊文稿少不成集。東坪過嶺西坪近，曾記當年日往還。

【注釋】

① 栝：《説文》："栝，炊竈木。從木，舌聲。他念切。"《類篇》："栝，木杖也。"《廣韻》："栝，與檜同。柏葉松身。"

秪園菴

老夫遊山有嚮導，導之西行難云東。長松十丈雜修竹，不知有徑樵夫通。入林骨髓亦生緑，婉轉小橋隔茅屋。清磬時聞木杪來，亂流忽向蘆根伏。蝴蝶三五飛上衣，拂之不去相依依。騰身騎蝶去亦得，倘到仙都不更歸。塵心未盡思歸路，鳥唤猿啼日欲暮。重來記取秪樹園，顧渚山頭從此去。

遊顧渚導者誤入石門得詩二首

名山避俗吏，其狀如避仇。本爲顧渚來，乃成石門遊。石門非不佳，椽竹何修修。知我意不屬，招之屢掉頭。遊山亦有緣，兩失得勿羞。何怪數年來，動輒遭愆尤[①]。

得杖膽力壯，揮手却輿夫。看我老腳健，豈眞不爾如。我昔少年日，矯捷七尺軀。老艾陟此山[②]，慙以一杖扶。此遊誰云誤，後遊仍可圖。憑高望顧渚，一片烟模糊。

【注釋】

① 愆尤：過失、罪咎之意。《論語·憲問》："不怨天，不尤人。"尤，責過也。

② 老艾：古時稱五十歲以上的老年人爲老艾。

書棠所抄書目册子後

平生所未讀，最懶記書目。譬如數食單，豈得便果腹。此册汝手鈔，百種數未足。賞兒未四十，竟無讀此福。今世少劉柳[①]，誰可號書簏[2]。他日添老累,歸築三間屋。

【注釋】

① 劉柳:劉禹錫、柳宗元並稱"劉柳"。

② 書簏:本義指藏書用的竹箱子,借以譏諷讀書多而不解書義或不善運用的人。

此　生

此生自分老林泉,再綰銅章逼暮年[1]。到署我難辭案牘,登舟人擬是神仙。竹能忘暑遮晴旭,鴉趁閒心噪晚烟。圩長昨朝投一紙[2],爲渠分判種菱田。

【注釋】

① 銅章:銅製的官印。唐以來稱郡縣長官或指相應的官職。

② 圩長:指主管圩田堤防事務之人。楊萬里《圩丁詞》序:"鄉有圩長,歲晏水落,則集圩丁,日具土石揵畚以修圩。"

林峯庵

宿雨洗山貌,朝雲盪客胷。一雙儲木屐,百丈到林峯。啄果巢禽喚,敲鐘病衲慵[1]。恠風湖面起[2],突見舞魚龍。

【注釋】

① 衲:僧徒的衣服,常用許多碎布補綴而成,因即以爲僧衣的代稱,亦用作僧徒的自稱或代稱。

② 恠:同"怪"。

從林峯菴下山復歷兩庵無處無松竹也歸舟成短歌一首寄里門諸生

有松必千株,有竹必萬竿。居人已生厭,我乃十日看。十日猶未足，上山復下山。何怪白頭僧，竊竊咲長官。數見不鮮非松竹，煮筍巢雲怕食肉。别開生面亦匪難[①]，只欠修林讀書屋。生長山鄉宦水鄉，浮棹風靜菱花香。吾家王屋非不好，所惜辛苦牽驢韁。生人嗜好何顛倒，愛錢者多愛山少。夜扇洪爐鑄横財，眼中尚覺銅山小[②]。探囊惜少買山錢，休咲老夫不歸田。寄聲山下洗葠井，莫作人間飲馬泉。

【注釋】

① 别開生面：唐杜甫《丹青引》"凌煙功臣少顔色，將軍下筆開生面"句，趙次公注："凌煙畫像顔色已暗，而曹將軍重爲之畫，故云開生面。"後因稱開創新的風格、形式爲"别開生面"。

② 銅山：藴藏、出産銅礦的山，借指金錢、錢庫。

暑夕從合溪迴舟酷熱不能成眠因念故園踞上黨之巔實人間清涼境也悵然有作

小市燈稀夜漏催，銅鉦聲急報船開。潛魈歘樹風初過，飛電賺人雨不來。老境爲官筋骨硬，歸裝無鶴夢魂猜。絶憐少此神仙術，咫尺雲山縮地囬[①]。

【注釋】

① 縮地：傳説中化遠爲近的神仙之術。

吴山寺建自吴越宋淳熙時有端獅子和尚曾住錫於此戊寅秋七月十日[①]

堂中不見端獅子，門外空餘破板扉。殘火屋留村丐宿，乍腥僧牧野羊歸。逕還曲折通幽屐，蝶忽遲囬上客衣。山勢漸奇天目近[②]，問途偏值採樵稀。

【注釋】

① 住錫:謂僧人在某地居留。錫,錫杖。

② 天目:山名,在浙江臨安縣境内,分東西兩支,東支名東天目山,西支名西天目山。

舟中無事與兒子常作家書題後

漫將筋骨向人誇,十日停舟傍水涯。撥剌有聲魚跋扈,輪啼無迹夢還家。事留缺陷輸人力,天縱疎頑老歲華。爲問奴池三尺水,今年曾否種荷花。

病　瘧

從來未有事,一月作閒身。氷炭忽同器,炎涼不自人。支床鄉夢遠,拭面老皮皴。猶幸妻兒隔,無從灑鼻辛。

石門舟中

渚雁有寒色,秋林無俗聲。自持詩境入,誰識客舟行。梳髮條條白,浮鷗箇箇輕。低徊問山鬼,人老可成精?

病　後

繩床初起暮秋天,曾鬬身强四十年。敲骨有聲同病馬,錐心無血感啼鵑。盤飧瑣碎抛魚鼈,時戒食二物。家計錙銖筭俸錢。從此謀歸應未晚,蓬門寒鎖薜羅烟①。

【注釋】

① 薜羅:即薜蘿。《楚辭·九歌·山鬼》:"若有人兮山之阿,被薜荔兮帶女蘿。"王逸注:"女蘿,兔絲也。言山鬼放佛若人,見於山之阿,被薜荔之衣,以兔絲爲帶

也。”薜荔和女蘿，皆野生植物，常攀緣於山野林木或屋壁之上。常用以借指隱者或高士的住所。

戊辰與雋三别於萊陽今且十年相見只數面耳今來長興喜成此作時戊寅臘月五日

十年秖數面，别後多離情。檢篋出手札，一尺還有盈。昨日畎橋歸，僕以名紙呈。雋三張先生，船已郭門停。急接一寸燭，朗朗鬚眉清。尚嫌來未早，拂榻歲月更。我小君一歲，事君如事兄。作詩出金石，破此蟋蟀聲。所惜松溪死，帳下失精兵。猶幸兩老將，尚可摧堅城。天下健者誰，我耳無所聽。願君開旗鼓，一踏浙西營。東坡去未遥，弁山青復青。爲君絶纓咲，一視天冥冥。

夜坐呈張雋三

燭不教見跋，雞何忽乍鳴。印心辭説廢，操律鬼神驚。地下收羣彦，時孫淵如、穀人、王惕甫、方銕船，相繼皆殁，天涯得主盟①。吾生才力薄，敢望作齊名。時有張、延之稱。

【注釋】

① 主盟：指宣導並主持某事。

還家一首在小石城山房作 長興漕倉

屢説我亦倦，可知人厭聞。眼中何齷齪，夢裡尚紛紜。食飽容捫腹，思高忽共雲。還家寧左計①，吾道與誰羣？

【注釋】

① 左計：指與事實相背的打算。

己卯元日遣懷一首呈儁三兼示子椿

囪外曈曈曉日晴，梅花孤澹水仙清。心如有會隨緣得，詩到能傳入理精。老厭雄誇思獨坐，近鐫文字作單行。一椽南峪歸休好[①]，何日方知告落成。

【注釋】

① 一椽：一條椽子，亦借指一間小屋。

顧渚山僧波石貽天台藤杖今一年矣近有重遊之約作長歌一首寄之

顧渚山寺銀髯僧，遊山貽我天台藤。入手七尺瘦蛟舞[①]，眼中所見得未曾。得杖看山頻側帽，廻環腹背窮山奥。僧豈有心媚長官，邂逅偏能投所好。昔年曾記遊析城，月黑失道空山行。鏗然一杖震林豹，餘響猶可攝山精[②]。一自銅印再綰肘，遊山之具百不有。三年綵棒困官衙，夢裡時還攜杖走。我生嗜好亦何多，書籍前已載槖駝。六硯又見褋什物[③]，香爐麈尾平頭戈。老子婆娑今尚早[④]，邇來官事眞難了。扶杖穿雲豈不佳，在官畢竟遊踪少。官不可罷歸偏難，析城千雉羅烟鬟。平生杖履經行處，猿鶴悽愴啼空山。顧渚春晴輕烟罩，再至不煩爲嚮導。老僧撰杖肯相陪，山頭已爲安茶竈[⑤]。

【注釋】

① 瘦蛟舞：李賀《李憑箜篌引》有"夢入神山教神嫗，老魚跳波瘦蛟舞"句。

② 山精：傳説中的山間怪獸。南朝宋劉敬叔《異苑》卷三載："山精如人，一足，長三四尺，食山蟹，夜出晝藏。"

③ 褋什物：指各種器具物品，多指日常生活用品。褋，同"雜"。

④ 婆娑：奔波、勞碌之意。《晉書·陶侃傳》："及疾篤，（陶侃）將歸長沙，軍資器仗牛馬舟船皆有定簿，封印倉庫，自加管鑰，以付王愆期。然後登舟，朝野以爲

美談。將出府門，顧謂慫期曰：‘老子婆娑，正坐諸君輩。’”

⑤ 茶竈：即烹茶的小爐灶。

雙虯杖歌

此杖不可攜入舟，水怪怒攫舟人愁。又復不可拄入山，山精失却孱顔孱。去年得杖自老僧，此外復有猢猻藤。旁人咲我太早計，豈知一病爲吾憑。藤杖有詩前日撰，此杖無詩坐吾懶。入夢雙虯忽渡水，登岸化作兩男子。先生抱病爲扶持，先生贈歌何太遲。我無以荅莞然咲，我詩何能盡君妙。鼉鳴蛟舞助文瀾，落紙爲君賡別調。嗚乎！爾杖入水不必與龍蛇爭，登山不必令虎豹驚。且隨先生伴竹笠，杖過八十到九十。

北陰邨圖 賞畫松溪題句

北陰村圖在眼底，撫圖一咲而已矣。百年我且非傳人，況此區區半張紙。何不拉褋摧燒之①，語塞鼻涕聲澌澌。兩人死去筆墨留，賞兒之畫松溪詩。林廻路轉見村落，高處即是西坪閣。老夫策杖二子隨，作畫題詩都不惡。四海不識我姓名，詩歌自出金石聲。二子亦復有遺稿，梨棗昨日爲刊行。詩稿果能傳海内，此圖何忍我手碎。人生原要葢棺論，松溪才氣尤堪愛。宦場老去轉思家，山耶水耶杳天涯。艱難昨夢渡江去，十里看遍樊南花。瀼東瀼西少陵宅②，可憐我亦飄零客。我縱不傳二子傳，此圖定爲人愛惜。

【注釋】

① 拉褋摧燒：拉褋，即拉雜，指混杂、杂乱。摧燒：折斷燒毀。

② “瀼東”句：瀼，水名，瀼水分西瀼、東瀼，西瀼又稱大瀼，皆屬夔州境（今四川省奉節縣）。少陵：即杜甫。杜甫晚年舉家東遷，途中留滯夔州二年，作《夔州歌十絶句》，其五曰：“瀼東瀼西一萬家，江南江北春冬花。”

雨泊桐橋

小泊桐橋日暮舟，舟山曾記去年遊。强彈古舌笑老鸛，綽有餘閒憐野鷗。從古催科無此法，一行作吏又誰尤。蕭蕭雨壓蓬囱暗，不放茶烟出樹頭。

肆中蘭花一盆索置船上

未必嫌葱肆，何心戀宰官。遭逢眞草率，風雨易摧殘。几榻篷囱小，烟雲地面寬。離心盼幽谷，經得幾囬看。

論詩五首

夢得七律詩，精悍追杜甫。時無學杜名，胡得便是杜？人生具精魄，强客不奪主。不期而相遭，乃各有千古。規倣尺寸間，區區何足數。

獺祭有義山①，朗朗辭可誦。後人誤會之，拉襍供一閧②。讀書破萬卷，臨文有操縱。彼或赴腕來，恰爲吾所用。其妙實維何，如天衣無縫。

吾愛孟東野，下筆無退之。匪不極心折，抵死不相師。侈口談杜韓，何以郊島爲？及觀所述作，學語黄口兒。且除名士氣，出爾性中詩。

前人論荆公③，如鄧艾用兵④。奇險固一端，雄跨實可驚。歐梅黄與蘇⑤，當時各有名。拗折不與合，要留眞性情。請君看大將，獨力摧堅城。

本朝工詩家，吾愛黄仲則。脂粉一齊拋，天然見國色。太白東坡間，渠實有心得。惜哉不永年⑥，中歲遭蹇塞。脉脉中條山，至今留精魄。

【注釋】

①"獺祭"句：獺常捕魚陳列水邊，如同陳列供品祭祀，故名獺祭。後用以比喻羅列故實，堆砌成文。義山，李商隱字。宋人吴炯《五總志》載："唐李商隱爲文，多檢閱書史，鱗次堆集左右，時謂爲獺祭魚。"

② 閧:同"哄",喧鬧意。

③ 荆公:王安石曾被封爲荆國公,故稱。

④ 鄧艾(197—264):三國魏義陽棘陽人,字士載。原名範,字士則。文武兼備,深諳用兵之道,是魏國的傑出將領。

⑤ 歐梅黄與蘇:指宋代詩人歐陽修、梅堯臣、黄庭堅與蘇軾。

⑥ 永年:指長壽。曹操《龜雖壽》詩有"盈縮之期,不但在天;養怡之福,可得永年"句。

閏四月十八日遊杭州雲栖寺寺藏董其昌書金剛經册子康熙年有御詩碑撫臣張泰交勒石張陽城人字公孚撫浙有聲

墨痕猶見董香光[1],一卷金經玳瑁裝。過客茶瓜留别院,中丞名字認同鄉。分泉用意崎嶇外,拙宦難收傀儡場[2]。莫羨歸帆風力健,錢塘江水正茫茫。

【注釋】

① 董香光:即董其昌(1555—1636),字玄宰,號思白,又號香光居士,華亭(今上海松江)人。官至禮部尚書,卒謚文敏。工書畫,名重當世,其"南北宗"畫論影響深遠。有《畫禪室隨筆》《容台集》《畫旨》等。

② 傀儡場:演傀儡戲的場所,亦喻指官場。

八月十八日作卽寄家人 時已去官

偷惰如今正未妨,安排已得小繩床。亂風入户布幃薄,古竹埽烟秋院香。懷印一官終兩局,讀書老眼下雙行。晚菘霜柿勞珍重,來歲相逢是故鄉。

用韵禩詩

維情緣人有,既死那有情?無情與人異,是乃以鬼名。骨肉頻凋殘，死或勝于生。誰憐後死者，沉痛老骨驚？先死與後死，擾擾何所成？

一部念三史，奸佞襍俊英。後人奮筆力，褒貶準人情。何物爲佳人，乃至一國傾。君既是馬默，不應作驢鳴。諧矣莫相怪，咳唾風雷生。

鬚髮已半白，照影生令姿。譬如未死樹，著花無醜枝。我自守我拙，人亦不我奇。五官與百骸，縛束復奚爲？老牛不穿鼻，老馬不施羈。

宦學匪兩途，既衰有止時。自審無貶意，喜人加譽辭。我謂論學問，克之正在兹。面譭我或怒，面譽我不疑。彼非有所求，何故忍我欺。以欺代周旋，姑不與較之。

子椿别我時，誰料死期至。長眠二十日，不醒同大醉。此樂論兄弟，我先君當次。人生朝暮耳，何羡乎富貴。嗟哉彭祖殤，此言大有味。

長興碧巖寺，遊跡我所經。水簾三十丈，天孫手織成[1]。嫦娥愛梳洗，缺輪吐四更。遠遣寒篁來，汲波登天庭。道人睡未醒，已報山鷄鳴。邀客嗽泉水，滌此世俗情。

【注釋】

① 天孫：指傳説中巧於織造的仙女。

短歌一首

濁酒且須澆壘塊[1]，丈夫肯作兒女態。胷中歷歷數死人，載骨騾車紛成隊。不信泉路眞茫茫，直欲呼起仍聯床。此生尚有未了事，八十我當死故鄉。鬼伯竊竊咲我傍[2]，此事君何自主張。鬼豈不識延荔浦[3]，爾輩伎倆何足數。符到卽行吾豈逃[4]，大呼今年五十五。

【注釋】

① 壘塊：泛指鬱積之物，比喻胸中鬱結的愁悶或氣憤。澆壘塊，指借酒澆愁。《世説新語》載，王孝伯問王大：“阮籍何如司馬相如？”王大曰：“阮籍胸中壘塊，故須酒澆之。”

② 鬼伯：指閻王。

③ 荔浦：延君壽字。

④ 符:《説文》:"符,信也。漢制以竹,長六寸,分而相合。"《釋名》:"符,付也。書所敕命于上,付使傳行之也。"

長鑱行

老夫兩月罷縣官,收拾行李將還山。燕泥墮葙叠鼠跡,狼藉書卷嗟摧殘。就中包裹有一物,非劍亦非魚鬚笏[①]。檀木作柄三尺强,簇簇銅花深到骨。長鑱曾讀少陵詩[②],十年自恨尋山遲。湖州肆裏偶得之,不但樸雅兼離奇。歸來華堂羅杯斝,出以詫客遭客罵。印床紗帽錦氍毹[③],襍以此物胡爲者?我笑謝客客未知,客且安坐畢我辭。我家王屋析城中,雪壓黄獨空山空。靈苗劚取辦利器,亦如射虎開强弓。不爾登畦撅晚菘,全家飽飯歡兒童。爲計太早莫惱公,他日一策長鑱功。桐帽遮陽蓑蓋雨,可憐不是折腰具。珍藏笥篋已經年[④],今日方得成長句。長句一歌豪興豪,眼中尚覺家山遥。無術縮地到無由,有夢已伴山中樵。六硯之外百不有,獨見長鑱落吾手。汝能託命豈不知,早晚吾當攜汝走。山林有癖除未能,老矣巉嵘山難登。街頭昨日經行處,更買天台七尺藤。

【注釋】

① 魚鬚笏:古代大夫所用之笏,因飾以鯊魚鬚(一説鯊魚皮),故名。

② 長鑱:古時踏田農具。

③ 氍毹:亦作"氍毺"。是一種毛織或毛與其它材料混織的毯子,可用作地毯、床毯、簾幕等。《風俗通義·佚文·嘉號》:"織毛褥謂之氍毺。"氍,音衢。毺,音輸。

④ 笥篋:指藏物的竹器。《説文》:"笥,飯及衣之器也。"

短檠行[①]

長檠光遠宜宴客,短檠光近宜讀書。官衙蠟淚積成堆,銅荷則有檠則無。此物委棄久無主,塵土空廊涴風雨。昨日攜來置案頭,呼妾添膏然夜午。心兵自鬪何須燈,頭暈生怕火氣蒸。有時閉目視五臟,怪怪奇奇得未曾。插架翻書認細字,老眼無花眞怪事。天不教盲天有情，蟫蠹從來有偏嗜[2]。西坪寬敞五間樓，遣奴曾市秋燈油。行人指點修竹裡，如豆纔見螢光浮。一官抛妻復抛子，孤館秋宵誰奈此。讀書不獨勗兩兒，老矣此心猶未死。兩女互啼東西床，一女囈語聲琅琅。老夫瞌睡眠常早，孤負蘭膏長夜長[3]。連宵襍沓西風急，敗葉墮地蟲聲泣。短檠怕風吾怯寒，明日糊囪催兩妾。

【注釋】

①《檠歌》云："長檠八尺空自長，短檠二尺便且光。"

② 蟫蠹：即侵蝕衣服、書籍的蠹蟲。段玉裁《説文解字注》："蟫，白魚也。今衣、書中白蟲有粉如銀者是也。"楊慎《群公四六序》云："絶蟫蠹之缺，故藏書亦可久焉。"

③ 蘭膏：古代用澤蘭子煉製的油脂，可供點燈之用。《楚辭·招魂》"蘭膏明燭"王逸注："蘭膏，以蘭香煉膏也。"

錢穀雪圖

三峯五峯無一皴，以筆界廓爭嶙峋。識與不識知是雪，錢穀筆妙能傳神。老屋欹側露破春，雙樹對矗張修鱗。山翁憑几頭包裹，奚奴提榼行逡巡。略無俗韵到紙上，不因雪後無飛塵。黄鶴山樵慣游戲，十步彈粉六花匀。輸此落落只數筆，撒鹽擬絮無其眞。昨日已交冬令節，眼中尚少飛雪新。邋遢一室懶收拾，支床病妾時一呻。耳中箠楚聒晝夜，割宅乃與官衙鄰。去年看雪獨早出，小梅已破江頭春。忽忽歲月又一載，卽此故事今難循。轉憶我官左海日，秋獮急趁嚴霜晨。怒馬獨出方山子[1]，飛箭已貫東郭毚[2]。如今老矣鈍筋骨，雪中往往愁手皸。看畫不獨追往事，古來遺跡今皆陳。君不見，袁安自愛不出户，紛紛卧雪多高人。

【注釋】

① 方山子：宋陳慥的别稱。宋蘇軾《方山子傳》："方山子，光黄間隱人也……庵居蔬食，不與世相聞，山中人莫識也。見其所著帽方聳而高，曰：'此豈古方山冠之遺像乎？'因謂之'方山子'。"

② 東郭毚：當作東郭㕙，即東郭逡，良兔名。《戰國策·齊策三》："韓子盧者，

天下之疾犬也。東郭逡者,海内之狡兔也。"

白　髮

白髮何曾笑爾多,年華一擲捷投梭。詩從俚淺謝雕飾,才有鋒釯盡折磨。風力三更翻蓋瓦,鼾聲終夜澈行窩①。老夫未信罹憂患,擊石還能作放歌。

【注釋】

① 行窩:宋人爲接待邵雍仿其所居安樂窩而爲之建造的居室。見《宋史》卷四百二十七《道學列傳一·邵雍》。後因指可以小住的安適之所。

雪中作

急雪驚看片片輕,當年故事記分明。聲喧鵞鴨摧强敵,韵鬥尖叉走敗兵①。積重頗防傾覆患,乘風能化險巇平。幽闃寂寞無來客,未礙連朝不放晴。

【注釋】

① 尖叉:"尖""叉"均舊詩中之險韻,蘇軾《雪後書北臺壁》其一末韻爲"試掃北臺看馬耳,未隨埋沒有雙尖";其二末韻爲"老病自嗟詩力退,空吟《冰柱》憶劉叉"。造語自然,無趁韻之弊。其弟蘇轍與王安石步原韻所和詩及蘇再用前韻所作詩,其造語押韻亦復自然。世因以"尖叉"爲險韻之代稱。

硯詩用東坡龍尾硯歌韵

腐儒心爲破硯惜,一生無夢到白璧。朅來得硯忽大奇,燦燦黄金訝非石。嶺梅纔放小陽時,正欲吐我胷中辭。磨墨自濡一管筆,可惜雄奇硯不知。此身今已離塵垢,此硯今當爲我有。歸家風雨課兒孫,種樹栽花功且後。開匣餘瀋盤烏雲,滌水不使行纖塵①。即教耕爾不致富,尚慕橋頭賣卜人。人生好惡何所擇,得此聊以供吾晝。六硯之中似此稀，優劣憑誰爲區别。

【注釋】

① 纖塵：即微塵，比喻細微污垢。《説文》："纖，細也。"

十一月廿一夜

枯坐方知夜漏長，囱寒如豆覓燈光。艱難八口留孤館，爛漫諸雛睡一床[①]。臨帖幾朝傷腕痛，到官連日看人忙。天公雨雪殘冬大，又替梅花製縞裳[②]。

【注釋】

① 爛漫：散亂。諸雛：指子女。
② 縞裳：白絹衣裳，用以比喻梅花之潔白。

襍録三首

我學虚不用，如天有南箕[①]。所憂同秋草，抱此嚴霜悲。飲酒謝元亮，爭肉陋許芝[②]。只此一盂粥，已足飽我饑。胷中有鱗甲，何效都護爲？

我雖枵一腹[③]，不能餐漏脯。齪齪不聊生，今幸得解組。孟宗無老親，典糧亦奚補。所患食米人，眼前紛兒女。兒女亦有情，炊斷奈何許。

鄉闈來名紙，眼中紛親友。張子實、李石儕皆中式。科第亦尋常，所得貴不苟。小棠纔弱冠，功力未深厚。鰕自不生鯉，安恠渠敗走。咄咄天壤間，何者乃不朽。

【注釋】

① 南箕：星名。即箕宿。共四星，二星爲踵，二星爲舌。踵窄舌寛。夏秋之間見於南方，故稱。古人觀星象而附會人事，認爲南箕星主口舌，多以比喻讒佞。

② 許芝：三國時魏官吏。東漢末，爲太史丞，向曹丕上符命，條陳魏代漢見於讖緯，聯合文武官僚，逼漢獻帝禪位於魏王曹丕。曹丕稱帝，爲太史令。《魏志》載："許芝每祭肉爭一斤猶恨其少。"

③ 枵：《説文》："枵，木根空也。"《正字通》："凡物饑耗曰枵，人饑曰枵腹。"

移寓城南世楷堂

冬温朝日滿簾櫳，一室縱横得數弓。盆石瓶花分咲語，越瓷秦鏡襍青紅。飯烹蝦蟹充饞口，天假裳衣葢裸蟲。囬首官衙緣已盡，幾時帆趁過江風？

重　感

雁斷魚沉又一秋[1]，故鄉羞説是并州。錯憐兒子爲騏驥，早覺生人混馬牛。飽飯蒺藜同志少，猝收紈綺小姬愁。白楊夢冷先塋近，古諺如聞重首邱[2]。

【注釋】

① 雁斷魚沉：亦作"雁逝魚沉""雁杳魚沉"，魚雁代稱書信，雁斷魚沉比喻彼此音訊斷絶。

② 首邱：亦作"首丘"。《禮記·檀弓上》載，太公封於營丘，比及五世，皆反葬於周。君子曰："樂樂其所自生，禮不忘其本。古之人有言曰：狐死正丘首。仁也。"鄭玄注："正丘首，正首丘也。"孔穎達疏："所以正首而向丘者，丘是狐窟穴根本之處，雖狼狽而死，意猶向此丘。"後以"首丘"比喻歸葬故鄉。

長歌行挽張雋三

前年哭松溪，又復哭賞兒。去年我病幾不活，至今能誦病中詩。今年我罷官，親戚皆歸里。征鞍猶未觧，吾弟中塗死。繼之者爲張雋三，聞道歸纔十日耳。嗚乎！雋三竟不生。嗚乎！雋三可惜矣。君不見，午亭先生去已遥，百年無人作繼起。河聲嶽色能鍾靈，雋三生于夏縣。精氣下降乃有此。一鄉一曲何足論，如雋三者天下士。平生罵座酒興豪，戍削瞥見風骨高。南遊閩越北幽并，詩才利劇崩霜刀。劉松嵐李載園周石芳吳玉松傾心久，醉石山房共杯酒。念我不憚惠在天，大江忽見揚帆走。我與雋三常通財，管鮑交久心無猜[1]。我家兒郎亦解事，麥舟自棹空船囬。如何鐫詩翻不許，忽爲故人惜阿堵。今年夏五月曾爲雋三刻詩，工人已至，渠堅不許。誰知一夕成古人，我已無貲作此舉。嗚乎雋三知不知，人生生死眞難期。頻年淚濕衣襟盡，我獨不死天豈私。天公愛我有深意，樊上詩文未竣事。陳生尚有志幽文，謂金門。豈忍雋三無一字。山西出將古來雄，金元矯矯遺山翁。午亭地下相逢後，又束遺詩走秀容。元遺山，太原秀容縣人。

【注釋】

① 管鮑交：春秋時管仲、鮑叔牙二人相知之典。管仲少時常與鮑叔牙游，鮑叔知其賢。管仲貧困，常欺鮑叔，鮑叔終善遇之，不以爲言。已而鮑叔事齊公子小白，管仲事公子糾。及小白立爲桓公，公子糾死，管仲囚焉。鮑叔遂進管仲。管仲既用，任政于齊，齊桓公以霸，九合諸侯，一匡天下，管仲之謀也。管仲曰："吾始困時，嘗與鮑叔賈，分財利多自與，鮑叔不以我爲貪，知我貧也。吾嘗爲鮑叔謀事而更窮困，鮑叔不以我爲愚，知時有利不利也。吾嘗三仕三見逐于君，鮑叔不以我爲不肖，知我不遭時也。吾嘗三戰三走，鮑叔不以我怯，知我有老母也。公子糾敗，召忽死之，吾幽囚受辱，鮑叔不以我爲無恥，知我不羞小節而恥功名不顯於天下也。生我者父母，知我者鮑子也。"見《史記》卷六十二《管晏列傳》。後因稱朋友間深厚的交誼爲"管鮑交"。

正月十四日同鍾箬西王介三兒子常看梅篠浦行二十里至彭耆嶺飯於蔣山民家歸作長歌紀之

今年看梅辭梅花，宰官解組將還家。炎涼不解到草木，迎風映日千枝斜。我遊如鳥投林猛，篠浦直達彭耆嶺。雪田香海狀難工，令我兩目光炯炯。鍾君果是風雅人，邂逅乃有蔣山民。八十八叟咲矍鑠[1]，老壽分得花精神。飽飯散步周山背，領畧花香審花態。特于此日証相思，豈能去後徵遺愛。花朶歷落露珠明，花身斑駁苔錢青。北人流涎花應咲，無計一樹栽西坪。風月閒者便是主，眼中有梅十萬樹。戲隨粉蝶捋花鬚，更折疎枝當揮麈。春風野梅年年開，明年花開少我來。箬溪流水尤惜别，濺衣濡袴爭瀠洄②。圍帶萬釘眞無用③，老年自惜腰支痛。還家莫道少梅看，梅自有情來入夢。

【注釋】

① 矍鑠：即老者目光炯炯、精神健旺貌。

② 瀠洄：亦作"瀠迴"。水流迴旋貌。

③ 圍帶萬釘：即萬釘寶帶，用珍寶裝飾的佩帶。陸遊《次韻師伯渾見寄》詩有"萬釘寶帶知何用，九轉金丹幸有聞"句。

栖霞縣觀山市詩用東坡海市韵 有序

丁卯余宰山東萊陽時，以勾當公事至栖霞，道經方山，山市出焉，有用坡公海市韵。詩久遺，去今十四年矣。昨與長興朱竹田司馬話其狀，因補此作。庚辰正月廿四日。

東方曾見雲海空，又覩山市空山中。山市不與海市異，一瞬翠壁開琳宫①。山精老魅作狡獪，泥神社鬼爭言功。盪舟陸地驅虎豹，絶勝踏水鞭魚龍。策蹇未是襄陽叟，青騾定認南湖翁。别有一逕緣雲入，中峯屹屹天都雄。丹青敢道畫工妙，騰擲翻咲猿猱窮。柳岸鸎囀初日麗，桃花水漲春風融。便須鼓棹進小艇，濁醪消此玻璃鐘〔一〕。有犬吠客出深巷，有童擊壤歌年豐。栖霞舊事忽到眼，幻景難買銅山銅。我夢昨落沽尤東，山鬼來招能歡風。

【校記】

〔一〕鐘，民國本作"鍾"。

【注釋】

① 琳宫：即仙宫。亦爲道觀、殿堂之美稱 。

欽生佩滋具舟楫迎余看花次日其室人復邀兩姬詩以謝之

一水迢迢間緑楊,桃花深處有山莊。多人難作一舟載,設饌翻成兩日忙。如此夫妻能好客,直同親串當還鄉。更聞四月櫻桃熟,約我還來帶露嘗。

襍詩六首

夢覺復入夢,低徊乍醒時。凍蠶蘇活火,霜鳥滑風枝。下淚襟全濕,髠頭事已遲。此生具窮骨,心不悔吟詩。

風鬛全收轡,名場早退身。眼中無伯樂,地上少騏驎。冠蓋原相假,形骸豈是眞。此時認嵇紹①,已不在稠人②。

壽夭終歸盡,斯須孰後先。此時問張晋,早已隔黄泉。貧賤夫誰恤,文章尚未鐫。蒼蒼自高遠,不爲裸蟲憐。

生計眞無賴,歸裝意若何。鷺終難當鶴,時蓄鷺二隻。哭豈不如歌。此去方衣葛,何人共採荷。昨宵鄉國夢,已見渡黄河。

歸路榴花艷,吳航復楚航。自憐雙鬢白,不配兩姬妝。座上留詩客,謂王介三。樽前失酒狂。謂張雋三。廿年進身路,猶記是仇香。余初官主簿。

先生歸去好,山館在西坪。蠹盡桐心瘦,澄餘窖水清。兩棺還未瘞,謂子椿與賞。一室是初成。可奈涼秋夕,風聲襍鬼聲。

【注釋】

① 嵇紹(253—304):西晉時人,字延祖。嵇康之子。惠帝永安元年,東海王越挾惠帝攻鄴。嵇紹以身捍帝,中流矢而死,血濺帝衣。後左右欲浣衣,帝曰:"此嵇侍中血,勿浣。"謚忠穆。文天祥《正氣歌》有"爲嚴將軍頭,爲嵇侍中血"句。

② 稠人:即眾人。

登道場山用東坡何山道場山韵再示介三

看山不合止山麓，有如飛鳥墮坑谷。老人髮白筋力强，頑礦今朝試兩足。絶頂雲氣何漫漫，浮圖輪側雙鶻盤。山靈知我不得意，激響百道飛哀湍。此後還山不更出，草結蒲團藤織席。老僧怕我秋眼枯，一樹香楓勸手植。寺僧貽楓樹一株。我家亦有好烟鬟，太行王屋析城間。東坡遊跡兩追溯，蓬萊閣上道塲山。長眠地下失昏旦，王李張延今各半。謂介三、松溪、雋三與余。猶喜王朗〔一〕作和詩，孤舟夜發興長歎。

【校記】

〔一〕朗，民国本作“郎”。

觀飛來峰題靈隱寺壁

山有眞面目，鐫佛眞多事。豈爲清净身，喜此刀錐利。佛既不須鐫，何人更鐫字。遥遥梯而升，往往虞失墜。此峯名飛來，未必果飛至。觀其騫騰形，蓄勢則猛鷙。外廠儼門户，中空實深邃。入此出由彼，饒存紆折意。流水蹙修蟒，跳擲敢逼視。忽然穿石竇，中斷割爲二。傷哉賈秋壑，大書鑿蒼翠。有賈似道題名。想見媢相公，空山役羣吏。達人不好名，名尤佛所忌。不見去年秋，火燬靈隱寺？

出鳳山門經淨慈遊水樂洞至理安寺寺僧了圓辭不見飯後登烟霞洞遇大雷雨過石屋看東坡題名晚歸長歌紀之

天氣乍熱江風温，清遊出自鳳山門。小奚執蓋障日色，老夫策杖穿雲根。力疲僅達淨慈寺，載艇穿廬聊一試。三里搖到石山浦，理安還道隔深翠。登岸只隨採樵人，水樂何來鐫字新。水樂洞三字嘉慶初年所鑿。洞門雙啟水右出，音則琴築形魚鱗。峯廻路轉開平亭，山僧豈識清風清。松巔閣上一囬首，萬籟瀉作寒濤聲。腹餒索飯作小住，寺僧詭言出門去。小顛吟句尚難工，此秃手談安足數？龍鍾自咲豈關渠，天厄人窮又遇雨。烟霞洞口霹靂翻，硬雨著人如中杵。是日雨雹。雨歇石屋浮雲開，東坡曾蠟遊屐來。題名之人等六逸，爪跡幸未封蒼苔。題名爲陳襄、蘇頌、孫奕、黄顥、曾孝章、蘇軾，熙寧六年二月廿一日來遊。我輩風流不如古，湖邊又買一枝櫓。歸遲那免醉尉呵，閉城生怕初更鼓。客舍洗足倒頭眠，眠起爇火歌長篇。遊山我自適其適，何用與人相周旋？

入韜光欲仙入理安欲隱然种放莫保再出梅福終竟得仙致足慨也率然有作

品題休道得從公，説夢依然在夢中。再出雲溪耽富貴，竟抛縣尉是英雄。人難生有烟霞氣，僧並不能蔬笋風[①]。獨往獨來還獨語，湖山誰要白頭翁。

【注釋】

①"人難"二句：煙霞氣，指山水清潤之氣息。蘇東坡《贈詩僧道通》有"語帶煙霞從古少，氣含蔬笋到公無"句，自注："謂無酸餡氣。"蔬笋，本意爲蔬菜和笋，引申爲酸餡氣。因僧家食素，常食酸餡，因以"酸餡氣"譏稱僧人言詞詩文特有的腔調和習氣。

白蘇二公祠[①]

白蘇二祠如一家，比檐接屋交梅花。半生飽讀長慶集[②]，施註蘇詩爭同誇[③]。舉世不消一腔血，舒亶王涯是何物[④]。緑楊宜作兩家春，蘇二定應勝元八[⑤]。却少蠻素坡公詩，朝雲豈復輸楊枝[⑥]。嶺南一語留戲笑，不合時宜指肚皮⑦。老去投荒到儋耳⑧，可似逍遥弄伊水⑨。門生不黨牛丞相，姻戚何碍楊潁士。古人往矣不可呼，湖水陡起鳴菰蒲。寒泉秋菊薦林逋⑩，此日未覺孤山孤。

【注釋】

① 白蘇二公：指白居易與蘇東坡。

② 長慶集：白居易著有《白氏長慶集》。

③ 施註蘇詩：南宋施元之著有《注蘇詩》四十二卷，世稱"施注蘇詩"。

④ 舒亶（1041—1103）：字信道，號嫩堂。神宗元豐初，權監察御史里行，同李定劾蘇軾作詩譏訕事。王涯（約763—835）：唐太原人，字廣津。白居易被貶江表刺史，王涯上疏論之，言白居易所犯狀跡，不宜治郡，追詔授江州司馬。

⑤ 蘇二：宋楊伯巖《臆乘·行第》："前輩以第行稱，多見之詩……山谷稱東坡爲蘇二。"元八：指元和八大詩人：韓愈、柳宗元、孟郊、賈島、李賀、劉禹錫、元稹、白居易。

⑥ 朝雲：蘇軾之妾王朝雲。本爲錢塘妓，姓王，蘇軾官錢塘時納爲妾。初不識字，後從東坡學書，并略通佛理。東坡貶官惠州，數妾散去，獨朝云相隨。東坡《朝云詩》曰："不似楊枝别樂天，恰如通德伴伶玄。"楊枝：指白居易的侍妾樊素。樂天《不能忘情吟》序："妓有樊素者，年二十餘，綽綽有歌舞態，擅唱《楊枝》。人多以曲名名之，由是名聞洛下。"

⑦ "不合"句：據費袞《梁溪漫志·侍兒對東坡語》及毛晉所輯《東坡筆記》所載，東坡一日退朝，食罷，捫腹徐行，顧謂侍兒曰："汝輩且道是中有何物？"一婢遽曰："都是文章。"東坡不以爲然。又一人曰："滿腹都是機械。"東坡未以爲當。至朝云乃曰："學士一肚皮不入時宜。"東坡捧腹大笑，贊曰："知我者，唯有朝云也。"

⑧ 儋耳：在今海南儋縣。東坡曾被貶於儋耳。

⑨ 伊水：在河南省西部。

⑩ 林逋（967—1028）：宋杭州錢塘人，字君復。早歲遊江淮間，後歸杭州，隱居西湖孤山二十年。種梅養鶴，終身不娶，時稱"梅妻鶴子"。善行書，喜爲詩，多奇句。卒，仁宗賜謚和靖先生。有《和靖詩集》。

同介三遊紫雲金鼓二洞下至清漣寺看魚歸經岳鄂王墓作

家山王屋有洞天，清虚仇池山中間。我從山水窟中來，愛山乃似人愛錢。湖上十日叩古刹，尚欠赤腳翻龍淵。朅來初到紫雲洞，狀如覆釜中則空。蝙蝠掠户風穿堂，紫石礧硊森欲動。洞底眞有螭龍盤，躩足下視形倥偬。介三年少膽力强，諧矣請君先入甕。開鑿浪説勞五丁，伐石忽作金鼓聲。相傳山人伐石，聞金鼓聲遂止。道人款客煮餺飥，飽食欲作觀魚行。墨跡一紙脱手出，榴皮鶴翎埽勁筆。仙人遊戲蘸墨濃，野鶴突見飛來一。道士健修贈墨搨一紙，傳爲仙人用鶴翎所書。清漣古寺方塘開，招手遊魚掉尾來。紛紛吞餌不化龍，池中之物眞庸才。看魚何似看山好，惠莊以外知者少[1]。日暮歸經鄂王墳[2]，拍拍哀鳴下湖鳥。故山遠隔路三千，卽今遊子是歸年。湖山雖好非家山，太乙池蓮待我還。

【注釋】

① 惠莊：惠施、莊周的並稱。惠施，戰國時宋國人，嘗爲魏惠王相。主張聯合齊楚消弭戰亂，爲"合縱"策略之組織者。後受張儀排斥，一度遊於楚、宋。善辯，與莊周友善。莊周稱"惠施多方，其書五車"。爲名辯學派"合同異"論之代表人物，有《惠子》，已佚。

② 鄂王：宋抗金名將岳飛冤死後，孝宗詔復原官，寧宗嘉定四年追封鄂王。見《宋史·岳飛傳》。

于忠肅公墓 有序

墓廟半就荒落，相傳乞夢甚驗，亦不足信。公立朝本末，侯朝宗、方靈皋、袁子才皆有論，似袁作爲善。余勸其守墓之裔，當募金重新之。察其凡庸，不足以辦之，其亦守土之責乎？

諸論袁枚似得當，舊君敢説便相忘。當年復辟嗟庸主，冤死相逢有鄂王。湖上蕩舟春寂寞，人間乞夢事荒唐。墓門破壞兒孫懶，十丈抽枝護白楊。

遊虎跑泉

秋谷遊西湖，選地得宏敞。韜光推第一，此語豈虛奬。我來虎跑泉，聒耳飛濤響。長松夾修路，拔地皆十丈。纏藤走驚蛇，一擲不得枉。水既能稱奇，山亦羞作倣。創此生面目，著我形骯髒。欲與秋谷爭，言出笑鹵莽。匏樽東坡詩，風流猶可想。我亦傾大瓢，兩腋挾風上。老僧爲我言，水可較銖兩。可憐滿不溢，凸起堆盆盎。水每一杯重于湖水五錢，盛盆盎中，投以多錢，高起不溢。野人麋鹿心，生愛適莽蒼[①]。獲之喜可知，快若搔膚痒。王程促還家[②]，立限不容爽。時廵撫例應給咨文歸里。那得老名山，埋我就此壤。王生勸斜陽，小兒撰行杖。途遠老腳痛，湖邊買雙槳。

【注釋】

① 莽蒼：景色迷茫貌，代指郊野或原野。

② 王程：奉公命差遣的行程。

介三賦岳鄂王墓詩云先生於此題必當有作因走筆應之[①]

聖賢有心學，大忠無死理。殺之捫此心，如銕一寸起。騎驢韓蘄王[②]，富貴等脱屣[③]。顧此小朝廷，飲酒醉而已。不若就黄壤，對此一湖水。萬曆有諫官，鑄姦令羅跪[④]。我謂檜豈能，高宗意可揣。徽欽倘北歸，此座我當徙。父子兄弟間，猜忌乃至此。安怪景泰時，易儲册己子[⑤]。惟王固不生，忠肅亦戮死。咄咄天壤間，誰非復誰是？落日啼寒鴉，凄涼感人耳。

【注釋】

① 岳鄂王：岳飛冤死後，孝宗詔復原官，寧宗嘉定四年追封爲鄂王。見《宋史·岳飛傳》。

② 韓蘄王：指韓世宗。見前《相衛圖爲家弟子椿賦》詩"蘄王"注。

③ 脱屣：脱鞋，比喻看得很輕，無所顧忌，猶如脱掉鞋子。《漢書·郊祀志上》："嗟乎！誠得如黄帝，吾視去妻子如脱屣耳！"顔師古注："屣，小履。脱屣者，言其便易，無所顧也。"

④“萬曆”二句：明正德八年，都指揮使李隆在杭州岳墳前鑄秦檜、王氏、万俟卨三人反綁銅像。萬曆二十二年，浙江按察副使范淶認爲銅像質地不夠堅硬，改用鐵重鑄三人像，并增鑄張俊，成爲四跪像。

⑤“安怪”二句：景泰，爲明代宗朱祁鈺年號。土木堡之變，明英宗朱祁鎮被俘，其弟朱祁鈺臨危受命，是爲代宗。是時，太子亦立，乃英宗之子朱見深。景泰三年，代宗廢其侄朱見深，立自己兒子朱見濟爲太子。

出杭州

抛却杭州夢尚縈，湖山那得便忘情。更無熱客來相送，只有閒雲伴出城。四女尚留三箸水，一舟還載兩姬行。闔廬門近京江遠，又作新詩記水程。

登舟後與介三話西湖之遊

十朝還道太匆匆，山北山南石逕通。領取淺深隨學問，妙於結搆不雷同。雪泥鴻爪留三處，去年曾書楹帖寄六和僧，今復以詩貽韜光寺金鼓洞兩道人。電影泡光笑一空。猶有虎跑泉上水，船頭煮茗夜爐紅。

別長興後偶得四十字

我自輕年少，人誰重老蒼。諾人無季布①，任法有張湯②。珠氣消魚目，松煤涴鶴裳。隨身干木盡，休説再登塲。

【注釋】

① 季布：西漢楚人。以任俠名。季布重諾，故楚人稱：“得黄金百斤，不如得季布一諾。”

② 張湯：西漢京兆杜陵人。習律令，初爲長安吏，後累遷太中大夫。曾與趙禹定諸律令。武帝年間，爲廷尉，遷御史大夫。在任期間，建議鑄造白金及五銖錢，支持鹽鐵官營，主持製訂“告緡令”，以打擊富商大賈。用法嚴峻，權勢甚盛。後爲丞相莊青翟及長史朱買臣等陷害，自殺。

六月四日偕桐枝叔香登金山寺作卽留寺僧喻覺寄焦山清恒上人

杖撥紅裠咲老顛，風流敢道擬前賢？身閒正有名山想，心冷如忘酷暑天。到海狂瀾勞一障，歸家霜髩坐無田。焦山不到嗟吾懶，孤負詩僧借榻眠。

上太行

遠揖羣峰忽破顔，蹇驢已入畫圖間。一條路作驚蛇上，兩腋風扶倦鳥還。此豈不能消暮齒，如今眞是到家山。著書黄葉秋林好，準備柴門早閉關。

到家一月作

一月歸來鬧未休，泥墟山竈更添修。官同畫虎翻成狗，身是木人騎土牛。短榻乍憑前夢覺，裌衣初冷碧苔秋。先生老朽眞無用，不道常貧屋打頭。

一月詩到家一月所作詩也

森然有五女，山妻顧之喜[①]。誰知老人心，時時呼耳耳。長女嫁復來，提携四五子。尚須典我衣，爲之辦薪水[②]。何人碧鸛雀，相壻難鄉里[③]。少者來牽裾，紛紛索梨李。

藐山方丈中，砌竹埽屋瓦。伐之誠可惜，何不持贈我。森森十八竿，坐我緑陰下。山雨陡然來，小俯梢半妥。未必果毉俗，且喜粗盈把。先期約客來，明年飲盛夏。差勝嵇叔夜[④]，柳陰箕而冶。

常教瑞麟讀，瑞麟，長女之子，姓王。毛詩纔認字[⑤]。舅非劉牢之[⑥]，甥豈何無忌[⑦]。既來外家住，不許無一事。汝伯名進士，曾爲三巴吏。

謂秀峰刺史,今已物故。力學倘不勤,先墮爾伯志。舅氏督或寛,外翁怒則詈。

典衣出金錢,成此浮嵐閣。誰料不十年,風雨爲摧落。兩兒知我窮,不敢議改作。平生遭奇困,久矣甘索寞。尚難享半間,何况專一壑。昨日呼匠來,稍稍整墻幕。爲我休辭勞,有酒爲軟腳。

客來憐我眞,又復憐我貧。同我飽菜根,能令滿腹春。既去各欣然,老妻頗有論。稍市花豬肉,或不薄友賓。爾言我不慙,我言爾莫瞋。我非公孫宏,有閣開平津[8]。既不患惡客,亦不怕故人。

【注釋】

① 山妻:隱士之妻,多用爲自稱其妻的謙辭。

② 薪水:即柴和水,借指生活必需品。

③ 壻:同"婿"。

④ 嵇叔夜:嵇康字叔夜,三國魏譙郡銍人,其先姓奚,會稽上虞人,以避怨遷徙。妻魏長樂亭主,爲曹操曾孫女。齊王芳正始間,遷郎中,拜中散大夫,世稱嵇中散。後隱居不仕,與阮籍等交遊,爲竹林七賢之一。精音律,善鼓琴。友人吕安被誣,康爲之辯,遭鍾會構陷,爲司馬昭所殺。

⑤ 毛詩:即今本《詩經》。相傳爲漢初學者毛亨、毛萇所傳,據稱其學出於孔子弟子子夏。

⑥ 劉牢之:東晉彭城人,字道堅。初以驍勇應募,爲謝玄參軍。領精鋭爲前鋒,百戰百勝,號爲"北府兵"。淝水之戰中,爲前鋒,首戰破苻堅。後屢遷。元興初,朝廷命討桓玄,牢之懼不能制,又慮平玄之後功蓋天下,將不能容。遂附桓玄,兵權爲玄所奪。後自殺。

⑦ 何無忌:東晉東海郯人。劉牢之之外甥。桓玄謀反,何無忌與劉裕密謀舉兵,桓玄聽聞,甚懼。其黨曰:"劉裕烏合之衆,勢必無成,願不以爲慮。"玄曰:"劉裕勇冠三軍,當今無敵。……何無忌,劉牢之之甥,酷似其舅。共舉大事,何謂無成!"事見《晉書·何無忌列傳》。後果擊敗桓玄軍。何無忌被封安成郡開國公,官至鎮南將軍。義熙六年,徐道覆舟師東下,無忌執節督戰死。謚忠肅。

⑧ "我非"二句:公孫宏,即公孫弘。元朔中,公孫弘代薛澤爲丞相。先是,漢常以列侯爲丞相,唯弘無爵,武帝於是下詔,以高成之平津鄉户六百五十封丞相弘爲平津侯。其後以爲故事,至丞相封,自公孫弘始。事見《漢書》卷五十八《公孫弘傳》。

去年兒輩於西坪砌水窖一區詩以落之

一窖盛千石，灌花當旱天。人功乃有此，生意自油然。洗硯任兒早，種瓜從我先。終輸李廣利①，揮刃出飛泉②。

【注釋】

① 李廣利：西漢中山（今河北定州市）人。武帝李夫人兄。武帝太初元年，爲貳師將軍。曾率兵越過葱嶺，凡四年，破大宛，得善馬數十匹，中等以下馬三千餘匹，立昧蔡爲大宛王而還。封海西侯。征和三年，復率軍出擊匈奴，兵敗降，爲匈奴所殺。

② 飛泉：即噴泉。耿恭爲校尉，居疏勒。匈奴來攻，城中穿井十五丈無水。恭曰："聞貳師將軍（即李廣利）拔佩刀刺山，而飛泉出。今漢德神靈，豈有窮哉！"乃整衣服向井再拜，爲吏士禱。有頃，泉水噴出。事見《後漢書》卷十九《耿弇列傳·（國弟子）耿恭》。

過海會院

一水如擲帛，不嫌土嶺平。篁深風戛玉，瓶熱火鳴笙。舊榻移沙影，新詩愜野情。從今來往慣，聽我杖聲鏗。

藏古刀一得自閩之臺灣鋒甚銛利今二十年矣戲繫以詩

英氣全消歇，枯容類老僧。汝刀眞寂寞，吾佩亦何曾。挂壁淒風雨，贈人少友朋。此嘲聊自解，屠狗或還能。

採野菊襍舊蓄文登石子爲枕作菊石枕詩

飲菊可登百歲壽，啖石能作千年仙。忽然免此口腹累，囊括二物成高眠。野菊採自樊南口，石子出我袖中有。此法非創亦非襲，東坡曾以文登石子如芡實大者爲枕。包裹親裁六硯手。我不鼠目與麞頭，富貴無夢來王侯。斷甎新向田父覓，松枕舊自吾山收。舊有松枕得自鳳台吾山。黄花正開秋風涼，碎石亦作珠琲光。著枕誰呼祈孔嘉，我正走入黑甜鄉[1]。不愁鬥蟻震吾耳,清我聞根正賴此。何勞煮火飯仙人,差勝澄潭飲伯始[2]。

【注釋】

① 黑甜:俗謂睡爲黑甜。出自宋魏慶之《詩人玉屑》卷六引《西清詩話》:"南人以飲酒爲軟飽,北人以晝寢爲黑甜。"後因稱睡夢中的境界爲"黑甜鄉"。

② 伯始:胡廣(91—172),字伯始,東漢南郡華容人。安帝時舉孝廉,奏章爲天下第一。拜尚書郎,五遷至尚書僕射,歷仕司空、司徒、太尉,官至太傅,歷安、順、沖、質、桓、靈六帝。謙恭練達,處宦官外戚交互專政之時,爲官如故,時諺譏爲"萬事不理問伯始,天下中庸有胡公"。以附和梁冀定策立桓帝,封育陽安樂鄉侯。卒謚文恭。

李烈婦詩 有序

婦白巷里人,以身爲夫禳疾,夫卒不生,或以婦不殉夫而先,夫何也?蓋婦死而夫果得生,則可謂之義婦,婦死而夫卒不得生,則可不謂之烈婦乎?松溪之弟李訥爲余言之,因成此詩。

禳夫之疾死自矢,婦死尚冀夫不死。蒼蒼而高呼不膺,耿耿此心墜泉底。婦死三日夫果危,見婦來邀驅厲鬼。妾已賃廡大羅天[1],挾郎身騎赤色鯉。世間烈婦死夫後,婦獨先向夜臺走[2]。羣鬼築館居貞魂,復駕雲車招婦偶。我知烈婦心更悲,初志豈知爲烈婦。夫來想見作唱隨,一樣人間奉箕帚[3]。太行山高明月明,水名謁戾山析城。百年不産奇男子,淑氣頻聞婦女名。君不見,王家有女竇家婦,未嫁即爲夫守貞。我詩前後兩首成,如烈婦者當並行。

【注釋】

① 大羅天:道教所稱三十六天中最高一重天爲大羅天。

② 夜臺:墳墓,借指陰間。

③ 奉箕帚:指從事家内灑掃之事,謂充當妻室。箕帚,簸箕和掃帚,皆掃除之具。

冬至月十四日

氣肅裘難禦,心春候不移。地空風跋扈,庭老樹支離。龜手初調藥，頽齡欲問毉。憑誰慰老眼，黄綻蠟梅枝。

改葺西坪於落成之夕外甥瑞麟受煤氣而斃或云爲鬼所魘連夕多歔聚聲然終難禁老夫之日夕坐卧也戲爲此詩以示鬼物

曲曲囱檽面面明，櫓牙風送銕鏦錚。官貧不許營三逕，鬼妬偏能奪一甥。薄酒寒虀收老淚，短犁長耒課春耕。平生倔强君知否，卧榻難容鼾睡聲①。

【注釋】

①“卧榻”句：開寶中，王師圍金陵，李後主遣徐鉉入朝，對於便殿，請緩其師，其言累數千言，宋太祖諭之曰：“不需多言，江南亦何罪？但天下一家，臥榻之側，豈容他人鼾睡耶！”事見《桯史》卷一《徐鉉入聘》。後因用以爲典，比喻自己的勢力範圍或利益不容他人侵占。

贈李伯廣兼柬馬維嶽

李生短小精幹姿，十年我未投以詩。近來翦燭語深夜，我所論議君可之。可者雖多不如否，面譽背詆非吾友。嗜好尚或不强同，我自飲茶君飲酒。怒移水蠏非人情，惡我何妨有惡聲。東坡自捫滿腹春，豈只能容數百人。馬生之眉不必白①，與我舊作吟詩客。詩人凋謝槿花如，殘杯誰酹松溪魄。西坪歔鬼生悲風，寒氊不暖詩骨窮。二生過我數晨夕，遽敢待以元行冲。世人紛紛虎挾乙，先生閉户抱雙膝。劉安雞犬忽升天②，任團蟲豸終何物③。故人寡妻亦可悲，張尚有子李無兒。謂雋三、松溪。半生自苦食菜根，分減豈計懷恩私。手板抛殘來負耒，過蒙一二知交愛。請看此日坐擁書，何異胡孫入布袋④。

【注釋】

①“馬生”句：《三國志·蜀書·馬良傳》載：“馬良，字季常，襄陽宜城人也。兄

弟五人，并有才名，鄉里爲之諺曰：'馬氏五常，白眉最良。'良眉中有白毛，故以稱之。"後以"白眉"喻指兄弟或儕輩中的傑出者。

② "劉安"句：《論衡校釋》卷七《道虚》："儒書言：淮南王（劉安）學道，招會天下有道之人。傾一國之尊，下道術之士，是以道術之士，并會淮南，奇方異術，莫不爭出。王遂得道，舉家升天。畜産皆仙，犬吠於天上，雞鳴於雲中。此言仙藥有餘，犬鷄食之，并隨王而升天也。"

③ 任團：當作"任圜"。《太平廣記》卷二六六引宋孫光憲《北夢瑣言·盧程》："盧程擢進士第……唯以氏族傲物。任圜常以公事入謁，程烏紗隱几，謂圜曰：'公是蟲豸，輒來唐突！'"蟲豸：小蟲的通稱。用作詈罵之辭，喻指下賤者。

④ 胡孫：猴的别名。

除夕短歌

老妻辦飯，兩兒置酒。今夕除夕，爲老人壽。雙姬倩妝，五女華服。盒有棗栗，盤添魚肉。今年初歸，篋有新衣。明年此夕，百事俱非。衣有盡時食無窮，舉家會作寒號蟲。山炭賤與蓬艾同，地爐火發麒麟紅。身常暖，腹則空。莫索飯，惱老翁。翁不爲官不至此，至此老翁不自耻。但恨頭上髮，鏡中變霜雪。百歲玩流光，飛電只一掣。後此有安排，减口計升斗。放妾先開閣，嫁女或賣狗。望兒舉秀才，脩脯可餬口。爲詩豈不佳，未可逃吾藪。餘者瑣瑣不足言，樹果尚有三畝園。除夕將過六十年，何用更學周息元。

道光元年正月作

撅土難尋俠骨香，壯心收拾唉還鄉。兩官幸免稱屠伯[1]，一枕何妨號睡王[2]。堅與此心訂寂莫，肯隨人口説荒唐。檐花墻燕傳消息，準備遊春十日忙。

【注釋】

① 屠伯：猶屠夫，多指酷吏或慣於屠殺生靈的人。《漢書·酷吏傳·嚴延年》："冬月，傳屬縣囚，會論府上，流血數里，河南號曰'屠伯'。"

② 睡王：契丹主述律的綽號。見《資治通鑒·後周太祖廣順元年》："契丹主年

少,好遊戲,不親國事;每夜酣飲,達旦乃寐,日中方起,國人謂之睡王。”

意有所感率成此詩

林泉休説好優游,已向人間見白頭。李赤終爲厠下鬼①,袁宏眞類景升牛②。村荒社日無來燕,春困衰年怕上樓。一日三餐捫腹坐,妻孥不信老夫愁。

【注釋】

① “李赤”句:柳宗元撰《李赤傳》,謂有江湖浪人名李赤,誇其詩類李白,故自號李赤。傳説李赤爲厠鬼所迷,以入厠爲升堂,後墜入厠中而死。後用爲心性迷惑之典。

② 景升牛:語出《晉書·桓温傳》:“頗聞劉景升有千斤大牛,噉芻豆十倍於常牛,負重致遠,曾不若一羸牸,魏武入荆州,以享軍士。”後以“景升牛”比喻愚笨無用之人。

一日所讀書有可以爲詩者杯酒之餘成此二絶

濁酒還能爲倒卮,讀書應復見英姿。一堂眞接宗元幹①,坐話風長破浪時②。

伐荻眞成馭世才,兒孫荒誕劇堪哀。竹林堂好羣巫散,不見君王射鬼來。

【注釋】

① 宗元幹:宗慤字元幹,南朝宋南陽涅陽人。宗炳侄。宋文帝元嘉中,任振武將軍。攻克林邑,珍寶山積,一毫無犯。元嘉三十年,劉劭殺文帝自立,隨劉駿(孝武帝)出兵擊殺劭。孝武帝即位,爲左衛將軍,封洮陽侯,累遷豫州刺史。大明三年,隨沈慶之討平竟陵王劉誕。前廢帝時,爲寧蠻校尉、雍州刺史。卒謚肅。

② 破浪:謂船衝開波浪前進。亦比喻志向遠大,不畏險阻,奮勇向前。宗慤年少時,叔父問其所志,慤答曰:“願乘長風破萬里浪。”

短歌行

昨夕喪女，謂幺鳳。今朝生子。有客謂我，易悲作喜。我聞客言，敢曰非是。悲固不必，喜亦可已。生男碌碌，生女耳耳。百年幾何，誰生誰死？我携我女，渡浙江水。探梅篠浦，摘桃湖觜。愛認之無，不服紈綺。似兒承歡，作婢遣使。瀹茗滌硯，掃床拭几。迨我歸來，檣顛車駭。女怖牽衣，不敢告餒。來依嫡母，趨走扶柺。母之所向，渠行必尾。新年竹馬，結隊弟姊。佩玉繩牽，盤鴉髮委。剪履貼金，糊燈裁紙。誰知病痘，一夕不起。今年八歲，生母童氏。次日産男，老妻首稽。謂自棠生，今將兩紀。豈料衰年，爲此犢舐。阿六生計絶可憐，紫標黄牓隨風煙。囊中尚少糴米錢，産婦抱兒三朝眠。

有客行

窮巷矮屋風吹吹，土坑木榻張鹿皮。口舌成瘡手肘胝，瞀然眸子蠅翅垂。胡爲有客來欵户，不許終日常㡛㢊。先索我爲擘窠字，復丐我爲祝嘏辭。我徇人意曰唯唯，墨光落去烟雲隨。紙尾署名客忽吽，不許著我當著誰。曰某曰某口授受，捉筆大咲心神疲。少年詩每假休文，張率偶然相戲嬉。如何偷寫白練帬，姓氏不遣羊欣知。我生矯矯有稜角，近來與世漸爲規。移床遠客咲江斆，此事過激吾不爲。况我才技本未工，夢魂不接獻與羲。鑄錢餉鬼歎粗紙，隨手惡札將誰欺。謝客出門借驢騎，樊南春花開水湄。古人往矣力難追，寺中一搨貌山碑。貌山工書，海會寺多碑刻。

題賞畫江城釣雪二圖

老夫今向山中住，著書愛作囚山賦。龍泉古寺偶尋僧，沁水一條時問渡。溪雲傓仄飛不高，咲殺灘頭雙白鷺。一冬曾無六出花[①]，捲沙風斷三叉路。開囱見月如見雪，自知老眼從來誤。賞兒之畫開心顔，江風不動江雲閒。黄州鄂渚在眼底，氣靜萬井無炊烟。羊羔錦帳箏琶喧，茅檐矮屋夫誰憐。安得跳身入畫裏，凍手獨放葦間船。雪花如掌風颯然，投竿或得縮項鯿[2]。

【注釋】

① 六出花：亦稱"六出公"，花分瓣叫出，雪花六角，因以爲雪的别名。

② 縮項鯿：亦作"縮頸鯿""縮頭鯿"，魚名，以肥美著稱。

舊從東海得異石二色狀皆奇各繫以詩

蓬萊翡翠鳥[1]，常爲王母使。游戲到海上，羞食釣鰲餌。仙人赤兩腳，引繩牽龍鼻。罡風落竿頭，乃誤折左翅。拾歸題我詩，堅不任鐫字。尚恐作勢鶱，深夜緘諸笥。

天風吹烏雲，一朶頭如箕。墮地化爲石，唤作黑靈芝。當年東海上，茘裳孫所貽。宋吟山廣文。几案盤蛟蜃，狂走驚童兒。老夫但兀坐，長歗自吟詩。偶然心亦怖，値此雷雨時。

【注釋】

① 翡翠鳥：即青鳥。神話傳説中爲西王母取食傳信的神鳥。後用以喻指信使。李商隱有"蓬山此去無多路，青鳥殷勤爲探看"句。

絶句一首寄長興朱竹田司馬鍾箬西明經

野花閒草自移栽，連日鋤頭破緑苔。盼殺箬溪梅萬樹，使君夢不渡江來。

土　燥

土燥揚風易，頻添衣上塵。黄金不買雨，青草懶田春。谷響傳虚籟，松乾脱敗鱗。平原工寫帖，乞米向何人？

木根几

到眼蟄龍活，春風幾日經。此身如廢物，與爾忽忘形。木蠹終爲害，山精久不靈。白頭無一事，箕坐寫黄庭[1]。

【注釋】

① 黄庭：《黄庭經》，又名《老子黄庭經》。道教經典著作。傳説是西晉時天師道著名女道士魏華存所作。

四韵詩八首

有田不自耕，常思喫飽飯。此何異畫餅，而爲饑者勸。隴土堅於鐵，非我鋤頭鈍。傷哉昨夜雨，入土纔一寸。

咄哉花豬肉，一飽三遺矢。近日每食肉則必泄瀉。可知老人腸，所盛宜糠粃。我非佞佛人，往事浮屠氏。不見梁武帝[1]，饑亦飯雞子？

童子五六子，從我授毛詩。與之同咿唔，每到上燈時。童子固不觧，老夫豈有知。莫道童子黠，莫歎老夫痴。

偏盲杜子夏，乃以小冠矜[2]。其人不足重，文學則可稱。囬頭唤左龍，隻耳隨聲應。左龍子劼之子隻耳。努力且讀書，吾心重聾丞[3]。

人生各禀賦，剛柔何足論。要於方寸間，留此眞氣眞。矯矯薛廣德，願刎頸血新。豈必如張猛，乃得爲曉人[4]。

東坡妙語言，每讀欲起舞。渡河不入境，不若無蝗虎。今無召信臣[5]，强人呼作父。一咲謝宰官，此辱汝自取。

朝看李花白，暮聞梨花香。收此剛直氣，納入兒女腸。種漆事已晚，運甓臂早傷。本自不安絃，何用作更張。

前心知已差，乃爲後心誚。我欲委此心，不復作檢料。沛公解儒冠，辱之以溲溺[6]。嗟嗟章句徒，那免達者咲。

【注釋】

① 梁武帝：蕭衍（464—549），南朝梁國開國君主。信奉佛教，大建寺院，并三次捨身同泰寺。中大通二年，接納東魏叛將侯景歸降，旋又許東魏求和，景疑作亂，京都陷。武帝饑困而死。在位四十八年，廟號高祖。擅長文學，精樂律，善書法，著述甚多，已佚。明人輯有《梁武帝御制集》。

② 小冠：古時高度廣度皆遜於一般之冠，稱爲小冠。亦指閑居時所戴的便帽。

③ 聾丞：《漢書·循吏傳·黄霸》載："許丞老，病聾，督郵白欲逐之。霸曰：'許丞廉吏，雖老，尚能拜起送迎，正頗重聽，何傷？且善助之，毋失賢者意。'"後以"聾丞"爲地方副佐之稱。

④ "矯矯"四句：矯矯，勇武剛强貌。此四句言"廣德從橋"之典。薛廣德，西漢沛郡相人，字長卿。治《魯詩》，授楚龔勝、龔舍等人。宣帝時，蕭望之薦爲博士。曾參與石渠閣議，歷任諫大夫、長信少府、御史大夫等職。爲人儒雅有藴藉，及爲三公，直言諫諍。《漢書·薛廣德傳》載："是秋，上酎祭宗廟，出便門，欲御樓船，廣德當乘輿車，免冠頓首曰：'宜從橋。'詔曰：'大夫冠。'廣德曰：'陛下不聽臣，臣自刎，以血污車輪，陛下不得入廟矣！'上不説。先敺光禄大夫張猛進曰：'臣聞主聖臣直。乘船危，就橋安，聖主不乘危。御史大夫言可聽。'上曰：'曉人不當如是耶！'乃從橋。"

⑤ 召信臣：西漢九江壽春人，字翁卿。以明經甲科爲郎。宣帝時，累遷南陽太守。勸民農桑，並利用郡中水泉，開通溝瀆，築堤閘數十處，灌溉田地三萬頃，郡以殷富。吏民親愛信臣，號曰"召父"。

⑥ 溲：即溺也，排泄小便之意。《史記·酈生陸賈列傳》載："沛公不好儒，諸客冠儒冠來者，沛公輒解其冠，溲溺其中。"

閒　居

身作歸巢翼，人如賣菜傭。五官原未廢，七尺不全慵。自守先時業，頻看手種松。神仙能絶粒，感歎竟何從。

不雨二首示棠

插地雨無腳，捲茅風有權。市頭高米價，邨落看炊烟[①]。稀粥兒難飽，門冬手自煎。劍南詩句好，留病壓災年。

商賈徒增穢，人非王彦方[2]。守錢吾計拙，負米爾年强。樓月三更白，春蔬一箸香。何曾眠夜雨，虚設小繩床。

【注釋】

① 邨：同“村”。

② 王彦方：王烈（142—219），東漢太原人，字彦方。少師從陳寔，以義行稱。鄉里有盜牛者，主得之，盜愿受刑戮，乞不使王烈知之。烈謂盜有耻惡之心，必能改善，遺布一端。盜果改惡從善。察孝廉，征辟皆不就，終於遼東。

打銕花行[1] 有序

雋三曾有是作，余謂此戲終惡劇也，追和雋三兼示鄉人。

并州産銕人所知，吾州産銕賤於泥。巨爐熾炭鎔鐵汁，打銕銕花飛虹霓。月黑天陰叫山鬼，金烏燭龍乍舒尾。直疑天使踏紅雲，乘風欲截銀河水。下策無端用火攻，拍手咲殺邨邨童。珠光迸落救不得，三日忽憶咸陽宫。銕性雖頑銕有用，小佐耕夫大成甕。如何棄置古原頭，鹽銕有官抱深痛。人生行樂眞何須，聚蝎殺人勞歡呼。此作俑者豈達理[2]，乃與市儈同豪粗。九州一鑄那堪再，繞指而柔羡若輩。君不見，冶鐵鐵飛金失性，此雖兒戲終當戒。漢成帝河平二年，沛郡銕官冶銕，銕飛。

【注釋】

① 打銕花：即打鐵花，是流傳於豫晉地區民間的傳統煙火，最早可追溯到春秋戰國時期，鼎盛於明清。

② 作俑者：開始用俑殉葬的人。《孟子·梁惠王上》：“仲尼曰：‘始作俑者，其無後乎！’爲其象人而用之也。”後以比喻某種壞事或惡劣風氣的肇始人。

種　柏

種樹問土宜，吾土獨宜柏。飛鳥啣子來，往往生阡陌。居人製秘器[1]，一具輒直百。遂使射利徒[2]，翦伐不之惜。吾家踞西坪，對面見山脊。古廟得兩株,圍可一百尺。不但雷雨興,常疑神鬼逼。鸛雀來有期,蒼鼠遁無跡。藉此山精守,幸免斤斧厄。我生遭遲鈍,事事少擘畫[③]。乃於種樹時,更留千歲責。茸茸類束藁,分栽作戲劇。遂令數弓地,忽作一彎碧。爾柏豈有知,我心殊無擇。如何纔灌汲,即作自矜色。公然於蒲柳[④],叱之等藏[一]獲。百年我寂寂,千年爾莫莫。想見高參天,十畝垂雲黑。枯倒會有時,應記我手植。横亘百尺龍,作棟汝其職。推之不得前,費此萬牛力。大千入風輪,生死固其適。他日來視汝,莫認我爲客。

【校記】

〔一〕藏,民国本作"臧"。

【注釋】

① 秘器:棺材。

② 射利:謀取財利。

③ 擘畫:亦作"擘劃"。籌劃、安排之義。

④ 蒲柳:即水楊。一種入秋就凋零的樹木。《世説新語·言語》:"蒲柳之姿,望秋而落;松柏之質,經霜彌茂。"後因以比喻未老先衰,或體質衰弱。亦喻指輕賤。

春日襍興

弄舌黄鸝囀緑枝,繩床初就日光移。煖裁春服寬襟袖,紅看桃花破面皮。栽柳不能臨水照,上樓小護曲欄宜。兒曹他日西坪記[①],喜説南歸尚未衰。

【注釋】

① 兒曹:即兒輩之人。曹,猶"輩"。

升兒來學作此示之

爾性野於鹿,長林豐草思。初猶防善觸,久或稍相縻。銖積功難騾，年强學正宜。昨宵明月夜，聞誦老夫詩。

奴池之名舊矣近以樊溪石甃其四周青紫紅緑粲然可數詩以落之

溪石一堆亂，淪漪日影遲。尚須藉溝水，仍號作奴池。蓄積澆花易，商量種藕宜。老夫臨坐處，照見白須眉。

悼月初 有序

人生小時，天性未離，啼咲俱眞，《莊子》"彭祖爲夭，殤子爲壽"之語，或亦有鑑於此耶！今春既殤幺鳳，復殤月初，雖幼女也，然老懷滋戚矣，爲賦此詩。

讀書四十年，頗矜窺道要。常恨老大心，不與嬰兒肖。哭未必眞哭，笑豈果是笑。李貓郅蒼鷹[①]，人初難量料。月初纔四歲，與我爲同調[②]。怒詈喜則歌，飽眠饑常叫。念從長興歸，與姊每喧閙。臺角截竹騎，樓囱奪鏡照。我坐一張床，汝日百囬到。染指餐花豬，持帚驅蠅豹。常恠女郎身，乃有男兒貌。死去休再來，我心匪望報。常咲曹元仲，幼女死立廟。合葬尤非禮，此事胡可效。獨有吾弟賢，所處不顛倒。至今祖塋傍，弱魂棲窈窕。魏明帝叡，字元仲，幼女卒，既爲立廟，復取甄后從孫黄與之合葬。吾鄉有冥配者，或作俑于此，獨吾弟子椿女十餘歲歿，埋于祖塋側。我生多窮愁，生性亦孤峭。蒼蒼自高遠，不惜裸蟲眇。三歎幾失聲，心作風中纛。

【注釋】

① 李貓：唐李義府的外號。《舊唐書·李義府傳》："義府貌狀温恭，與人語必嬉怡微笑，而褊忌陰賊……故時人言義府笑中有刀，又以其柔而害物，亦謂之'李貓'。"郅蒼鷹：指漢代郅都，孝景時爲中郎將，敢直諫，面折大臣於朝。後遷爲中尉，行法嚴酷，不避貴戚，列侯宗室見之畏懼，側目而視，時號爲"蒼鷹"。見《史記·酷吏列傳》。後因以"郅都鷹"形容威儀懾人。

② 同調：音調相同，比喻有相同的志趣或主張。

送春曲

澄潭飛楊花，漲此白龍涎。問春何處去，春去亦無邊。老人喪兩女，近復嫁女孫。賞之女。眞如送春去，淚下如流泉。小園夭桃紅兩樹，蟲食桃僵不如故。琉璃不牢綵雲飛，無端忽被狂風妒。孤花一樹表餘春，恰如孤女可憐人。嫁衣六幅裁布裠，我孫素稔貧家貧。滌我硯，拂吾紙。簫鼓豪家餞春歸，寒乞之相不如此[①]。薄酒一滴初入喉，風來落花團團起。

【注釋】

① 寒乞：小家子氣，寒酸。

棠生女名曰六十

六十老妻老，因成此女名。正須勤翼覆，不必試啼聲。園徑森慈竹，春林囀曙鶯。弄麐誰誤筆，老眼他時明。

胎石 有序

以石爲胎而塗，以塗高可丈餘，緣之而升，不知爲山爲臺也，作胎石詩以紀之。

胎石何曾浪得名，反從遮碍巧相成。略存覆簣爲山意，小作凌空破壁行。手筆老年歸醜拙，泥塗前日涴衣纓。酒罍茶竈安排易，來試春風杖屨聲。

移　居

又作移居學洞仙，筆床茶臼盡生妍。容身如殼不思脱，鋪逕軟沙常藉眠。無可貪緣非傲物，本難耕鑿罷求田。毛詩口授諸猶子，自課南華内外篇[①]。

【注釋】

① 南華:《南華真經》的省稱,即《莊子》的别名。

午日口號

今歲逢端節,剛剛是在家。郇喧朝演劇,蜂鬧午排衙。幺鳳今何在,月初正可嗟。夢中偏得見,頭戴石榴花。

村　童

村童類山木,横曲不從繩。稍稍傳章句,時時作創懲。溪雲常送雨,椶拂懶驅蠅①。掃軌無來客,吾同劉季陵②。

【注釋】

① 椶:同"棕"。椶拂,即用棕櫚葉製成的拂塵,用於撣塵、驅蚊等。

② "掃軌"二句:劉季陵,指劉勝,東漢潁川陽翟(今禹州)人,季陵其字。曾任蜀郡太守,後去官在家,閉門謝客,只有逢年過節,致敬郡縣的答問,但無所褒貶。《後漢書·黨錮傳·杜密》載:"同郡劉勝,亦自蜀郡告歸鄉里,閉門掃軌,無所干及。"李賢注:"軌,車跡也。言絶人事。"

小　病

小病連朝百事慵,夕陽花影看重重。悲哉此日眞無賴,逝矣古人難再逢。竟杖督郵原磊落,怕隨伯始説中庸。此身倘健從眠食,願作空山燒後松。

一日詩八首 有序

去年有一月詩,到家一月中所爲詩也。六月廿九日得詩八首,一日中所爲詩也,因以命題。

一年不乘馬,顧盼少雄志。一年不乘船,襟懷無逸致。如蛹繭自褁，老死不得出。又如送籠中，不須更翦翅。賈謐爾何人，驕侈致顯位。嗟哉左思徒，儕友二十四。我生具窮骨，年老益顑頷。作文筆力孱，未足破餘地。近來欲自穢，洗硯著談厠。近著《談厠》尚未斷手。

漢高斬蛇劍，孔子生時履。早年讀晋書，俱已爲火毀。近人談骨董，率自漢唐始。我聞一聚訟，東風射馬耳。自步到樊南，一石與臼似。攜歸置案頭，傾瓢貯硯水。興來濡我毫，一揮三十紙。

子上殺吕安，禍遂及嵇康[①]。咄咄天壤間，何處論行藏。昭白學曹瞞，康自非成湯。各行胷臆耳，不同又何妨。獨怪與山濤，言之多激昂。死自非其罪，折或由於剛。留此一張琴，誰與彈文王[②]。

陳寔達者流[③]，獨弔張讓父[④]。惟堅固不磷，餘子安足伍。當年捕黨人，兇兇等乳虎。逃竄岑公孝[⑤]，獨爲偉節拒。張儉亦亡命[⑥]，夏馥則不許[⑦]。一時希苟活，禍乃及所主。磊落嶔奇人，自古推鄒魯。文禮固自佳，吾尤愛文舉[⑧]。

晋武罵王濟[⑨]，卒爲濟所罵。一時君臣間，陡覺名分墮。文帝咲撫床，此乃桃符坐。此坐眞可惜，乃以付騃者。何怪劉淵輩[⑩]，中原來飲馬。索靖遊洛陽[⑪]，憂心淚盈把。嗟哉爾銅駝，會見荆棘下。

不失富家翁，曹爽絶可憐[⑫]。又復咲楊駿[⑬]，惜此雲龍門。古今惟癡人，如出一轍焉。秋獵上蔡縣，黄狗東門牽。李斯曾學問[⑭]，差較二子賢。好茶烹一甌，坐我松樹間。閒雲流明月，爲我生娟娟。

孫堅少年日[⑮]，矯矯人中龍。和親拒董卓，聲響如洪鐘。卒能創大業，虎視來江東。咄哉五十年，人事如轉蓬。孫秀獨不賀，仰首看蒼穹。蒼蒼亦何言，乃爲哭英雄。

讀書心久死，獨坐復無事。歷歷數古人，却又難委置。奮筆誅姦諛，吾意頗恣肆。此又何干我，讀之爲酸鼻。小女今有三，復有女孫二。羣謂阿爹痴，奪筆汙我字。一咲不復言，據床酣午睡。

【注釋】

① "子上"二句：吕安與嵇康交好，吕安被誣陷，嵇康爲之申辯，後二人俱被殺害。

② 文王：樂府琴曲名，傳爲周文王所作。

③ 陳寔（104—187）：東漢潁川許人，字仲弓。少爲縣吏，有志好學，縣令鄧邵使受業太學。除太丘長，修德清淨，百姓以安。黨錮禍起，人多逃避求免，寔自請囚禁。遇赦得出。居鄉閭，屢徵不就。卒於家，海内往弔者三萬餘人。謚文範先生。與子紀、諶，并著高名，時號"三君"。

④ 張讓：東漢潁川人，靈帝時宦官，爲中常侍，封列侯，威勢顯赫。張讓父死，歸葬潁川，名士無往弔者，陳寔獨往弔唁。第二次黨錮之禍，誅殺黨人，張讓因爲陳寔的緣故，保全了很多人。

⑤ 岑公孝：岑晊字，東漢南陽棘陽人。受業太學，有高才。宛富賈張汎交結宦官，恃强横行，岑晊收捕之。遇赦，竟誅之，觸怒桓帝。岑晊亡匿齊魯間，會赦出。三府征辟皆不就。黨錮事起，復逃亡。終於江夏山中。

⑥ 張儉（115—198）：東漢山陽高平人，字元節。初舉茂才，桓帝延熹中爲山陽東部督郵。嘗劾中常侍侯覽及其母罪惡，覽怒，誣陷張儉結黨，詔捕儉等。儉亡命在外，人多重其名行，破家相容。獻帝建安初徵爲衛尉。

⑦ 夏馥：東漢陳留圉人，字子治。桓帝初舉直言，不就。然聲名爲中官所憚，遂與范滂、張儉等被誣。乃入林慮山中，變形匿姓名爲人傭，黨禁未解而卒。

⑧ 文舉：孔融字，東漢魯國人。孔子二十世孫。文辭有名於世，建安七子之一，爲曹操所殺。著有《孔北海集》。

⑨ 王濟：西晉太原晉陽人，字武子。王渾子，武帝婿。少有逸才，風姿英爽，好弓馬，勇力絶人。長於清言，修飾辭令。善解馬性，有馬癖。

⑩ 劉淵：十六國時漢國建立者，字元海。匈奴族。西晉末，在離石起兵反晉，稱大單于，尋改成漢王。晉懷帝永嘉二年稱漢帝，都平陽。在位六年卒，謚光文，廟號高祖。

⑪ 索靖（239—303）：西晉敦煌人，字幼安。與鄉人泛衷等俱入太學，稱"敦煌五龍"。靖有先識，知天下將亂，指洛陽宫門銅駝，嘆曰："會見汝在荆棘中耳！"

⑫ 曹爽：三國魏沛國譙人，字昭伯。曹真子。齊王曹芳立，曹爽與司馬懿同輔政。曹爽專擅朝政多年，後與司馬懿爭奪政權被殺。

⑬ 楊駿：西晉弘農華陰人，字文長。與弟楊珧、楊濟勢傾天下，時稱三楊。惠帝立，爲太傅、大都督。總攬朝政，剛愎自用。賈后欲預政事，遂密旨誅楊駿，夷三族。

⑭ 李斯：秦上蔡人。受業於荀況，仕於秦。諫秦王政逐客卿，又爲秦謀劃并六國。天下既定，任廷尉，後任丞相。立郡縣制，廢《詩》《書》，禁私學，以小篆爲統一文字，作《倉頡篇》爲範。始皇卒，李斯從趙高謀，矯詔迫太子扶蘇自殺，立二世胡亥。秦末農民起義，勸二世更爲法律，行督責之術，以加强君權統治。後爲趙高誣爲謀逆，腰斬於咸陽，夷三族。

⑮ 孫堅（155—191）：字文臺，東漢末吴郡富春人。與袁術合兵討董卓，得勝，

入洛陽。後至魯陽,擁有大量部曲。獻帝初平二年,攻荆州劉表,被劉表將黄祖部下射殺。次子孫權稱帝後,追謚武烈皇帝。

立秋日示家人作

到家正一歲,眠食稱閒身。澣少衣生蝨,年衰面有皴。秋河風鼓浪,山鬼夜呼人。看盡殘生理,爲君雪鼻辛。

九日出遊歸與諸子同作

繩床穿坐不知老,短杖出門何所之。濟勝具無遊興淺,置身高處此時宜。人心漸逐炎涼换,霜氣不於蒲柳私。獨有青青兩松樹,晚歸新月照横枝。

雪中作

去冬不見雪,因無詠雪詩。今年纔十月,雪飛滿奴池。天地有清景,我興無了期。從曉看至暮,龜手亦不辭。默坐數雪事,百十記古時。境殊遇不一,絶少雷同詞。登我百尺樓,一白天四垂。年衰怕有風,捲簾非所宜。莫咲寒家寒,囱嵌破玻璃。

閱雋三鼓山詩有作 並序

山在武安縣東,魏高澄葬其父歡於此。雋三喜作讀史詩,余以爲此種連絡事實加以斷制,月可得一卷。初無關性情,宋以後始多爲之,然能時出新意者蓋寡,李杜韓蘇不見有是作也。偶然拈此以見六硯老人,非必不能爲此,直不欲多爲之耳。

敕勒自和聲凄涼,風吹草低見牛羊[①]。卓哉孝寬眞人傑[②],有眼何曾識高王。歸來病死柩未舉,兒子却對君王舞。籠東軍士黑獺逃,持較何啻虎與鼠。君不見,羽林軍亂如雲屯[③],從此生心賀六渾。悍馬翦鬃馬不驚,咄咄詫絶爾朱榮。逐君立君都由我,香爐步從胡爲者。歡也譎詐君須知,此時篡奪尚未可。衣鉢傳從魏晋來,曹耶馬耶生厲階。陛下今日何意反，高澄小兒眞奴才④。青雀不飛傷弱羽，鄴城今亦非樂土。聚麀父子人所嗤⑤，來向山頭躉鸜鵒。

【注釋】

① “敕勒”二句：敕勒，古代北方民族名。北魏時稱鐵勒、高車部。樂府詩《敕勒歌》有“風吹草低見牛羊”句。

② 孝寬：韋孝寬（509—580），北周京兆杜陵人，名叔裕，以字行。北魏末爲統軍，後從宇文泰。西魏文帝大統中，以大都督、晉州刺史鎮玉壁。力拒東魏高歡大兵來攻。守五十日，重創之，圍解。入周，官至大司空、上柱國，封鄖国公。善用兵，多計智，故屢抗强敵，人皆敬服。靜帝時，楊堅輔政，相州總管尉遲炯不服，討平之。謚襄。

③ 雲屯：如雲之聚集，形容盛多。

④ 高澄：高歡之長子。高歡執魏政，委以重任。東魏孝靜帝元象初，攝吏部尚書，廢停年之制，羅致人才。高歡死，高澄代爲大丞相。孝靜帝密謀殺高澄，反被高澄幽禁，質問“陛下爲何謀反”。七年，澄進位相國，封齊王，鎮晉陽，剪除魏室舊臣，密謀受禪，爲膳奴所殺。弟高洋建北齊，追謚文襄帝。

⑤ 聚麀：出自《禮記·曲禮上》：“夫唯禽獸無禮，故父子聚麀，是以聖人作，爲禮以教人，使人以有禮，知自别於禽獸。”鄭玄註曰：“聚，猶共也，鹿牝曰麀。禽獸不知父子夫婦之倫，故有父子共牝之事。”

西坪雪後檢篋中尚餘顧渚茶少許瀹之題詩壁上

曉晴被褐愛長吟，凍手黄庭懶再臨。衰柳舞條迴雪片，病篁擁土困冬心。茶烹紫筍浮甌淡，人似秋蛇蟄洞深。只少梅花相對語，渡江離恨到於今。

辛巳初度日次子常入學連日宴客欣然有作

漸覺胸中藴此春，熟眠飽食稱閒身。早儲鳩杖扶衰力，爛煮羊頭餉近隣。門第風光仍似昨，秀才文字但猶人。勸杯莫厭郫醪薄，香沁寒梅放蕋新。

臘月二十夜

盈虛漫道識端倪①，遲鈍終關器不犀。曲巷聽風傳夜柝，耳鐺煮葯病山妻。每思麈尾談元理②，尚記熊皮作障泥③。莫咲晚餐滋味薄，饞涎初墮石英鷄。

【注釋】

① 盈虛：盈滿或虛空，謂事物之發展變化。亦指有餘與不足、盛衰與成敗之理。
② 元理：即玄理，奥妙的道理。
③ 障泥：指垂於馬腹兩側，用於遮擋塵土之物。

紫藤華屋夜坐

老不求名住遠邨，何愁更奪謝公墩①。晚風著壁崩藤莢，殘火擁爐煮菜根。入夢尚憐投刺日，撫心誰記刻舟痕。破匏聲響山禽唤，又賺先生賦出門。

【注釋】

① 謝公墩：即謝安墩，古跡名。昔晉謝安與王羲之登臨處，在今南京市城東隅蔣山半山上。

連夜夢人追捕甚急戲作長句

睏睡分明似臥弓，銕爐陷火看通紅。夢魂連夜逃張儉①，薦牘何時出孔融②。力絀米鹽眞一累，逕行坎坷未終窮。朝來海濶天空處，又寫新詩慰老翁。

【注釋】

① 張儉（115—198）：字元節，東漢山陽高平人。初舉茂才，桓帝延熹中爲山陽東部督郵，嘗劾中常侍侯覽及其母罪惡，覽怒，誣儉結黨，詔捕儉等。儉亡命在外，

人多重其名行，破家相容。獻帝建安初徵爲衛尉。

② 孔融（153–208）：字文舉，東漢文學家，魯國（治今山東曲阜）人。“建安七子”之一。曾任北海相，後任少府，因觸犯曹操，降爲太中大夫，被殺。善詩文，辭采富麗，有《薦禰衡疏》《與曹公論盛孝章書》等名篇。

放　歌

三十年來百不遂，顛倒直爲神所戲。劉郎卜筮龜不靈，尚欠投荒禦魑魅。劉味顛决予五十六歲當得戍邊，今竟不驗。如今老矣真無能，晝事飽餐夜思睡。自知與世難相容，却信此心不作僞。湖州太守趙季由，遠引曲喻爲我譬。文章富貴不兩完，天早爲君留餘地。且自狂吟追隽三，陽城詩人今有二。近時江南北有“陽城詩人張延”之稱。買舟還家又一年，高踞家園攬山翠。麏糟陂裡陶淵明，蓬蒿逕中張仲蔚[1]。蒲韉安稳騎邨牛[2]，菜畦公然畫井字。兩兒負米供晨炊，我所欲爲能先意。荷鋤往往劚秋菘，洗硯時時著談厠[3]。可憐杜老不欺人，分明詩是吾家事。作詩遂令家業荒，高適暮年多憂傷。兩番宰邑實鹵莽，闇書不逮陳元康[4]。假面弔喪荀文若[5]，監厨請客趙穉長[6]。正平拍手發大叫，如我正可相抗行。僻疾稍幸免李益[7]，牛衣欲泣來王章[8]。兩弟死去兩婦孀，遺孤纔得三尺强。兒死兒婦守空房，隻影自顧心徬徨。今年兩次嫁孤女，家無楚楚好衣裳。適劉氏者尤可歎，早年盜發餘空箱。人多食指紛可掬，田荒穀少啼饑腸。爭勸老夫謀再出，不許陶令終柴桑。三間瓦屋作閉藏，近來辛苦臨二王。兩年作書大可咲，家家都有延萊陽。詩歌自出聲琅琅，家人盡嗤狂夫狂。隣鷄亂唱明東方，仰首獨看天蒼蒼。

【注釋】

① 張仲蔚：《高士傳》卷中《張仲蔚》：“張仲蔚者，平陵人也。與同郡魏景卿俱修道德，隱身不仕。明天官博物，善屬文，好詩賦。常居窮素，所處蓬蒿没人，閉門養性，不治榮名。時人莫識，唯劉龔知之。”

② 蒲韉：指墊在牛背上的蒲草墊子。韉，音兼。

③ 著談厠：前文《一日詩八首》作者自注："近著《談厠》尚未斷手。"

④ 陳元康（507—549）：北齊廣宗人，字長猷。頗涉文史，機敏有幹用。東魏孝静帝天平元年，修起居注。後爲高歡、高澄之親侍。高澄遇刺時，元康以身捍蔽，傷重，卒。元康溺於財利，受納金帛，不可勝紀，爲時論所譏。謚文穆。

⑤ 荀文若：荀彧（163—212）字文若，東漢潁川潁陰人。中平六年舉孝廉，旋依袁紹，繼歸曹操，爲重要謀士，爲曹操劃定統一北方藍圖，屢出奇謀，舉薦人才眾多，被曹操稱爲"吾之子房（張良）"。禰衡恃才傲物，認爲荀彧雖儀表堂堂實則徒有其表，因謂之："文若，可借面弔喪。"

⑥ 監廚：指監督庖廚。穉：同"稚"。趙融，字稚長，與曹操、袁紹等同列"西園八校尉"，爲"助軍校尉"。禰衡謂趙融"稚長可使監廚請客"，見《後漢書·文苑傳下·禰衡》。李賢注引三國魏魚豢《典略》："衡見荀儀容但有貌耳，故可弔喪。趙有腹大，健噉肉，故可使監廚也。"

⑦ "僻疾"句：指李益疾，謂疑妒妻子的癡疾。《舊唐書·李益傳》載："（李益）少有癡病，而多猜忌，防閑妻妾，過爲苛酷，而有散灰扃户之譚聞於時，故時謂妒癡爲'李益疾'。"

⑧ 王章：西漢泰山鉅平人，字仲卿。少學於長安，嘗貧病，臥牛衣中涕泣與妻訣。其妻以正言激勵其志，後以文學爲官。後爲成帝舅王鳳所陷，下獄死。

除　夕

把杯又飲今宵酒，攬鏡都非少日顔。未至受人牽鼻去，記曾臨水放龜還。祭詩癡有千秋想，餽歲貧難一概删。矯首白雲成獨咲，庚辰虚説是歸山。

禊　感

夢迴湖海白茫茫，袍笏全收下戲場。事劇頓教心血盡，髮稀益覺面皮蒼。病瘡櫪馬知難騁，缺口床刀擬再裝。五十八年塵刼在，也應羞殺轉輪王。

百歲眞同飛電觀，漫思沉痛減追歡。饞涎幾見流鷄肋，夾箸何曾戀鼠肝。花柳春來宜縱酒，筋骸老去怕臨官。如何聽得鑼聲響，又學都盧捉上竿。

人日與家人宴集歡飲竟日向夕桐枝云爲兒輩質物所辦作短歌示之

五斤花豬肉，雙壺郫店酒。乾魚煮汁濃，陳醯蓄味厚[①]。行炙兒代僕，索果女牽母。共道家園樂，團圞重歲首。此日不追歡，何時開咲口。柳條搓緑蠟梅黄，今日人日華筵張。食籍何須一萬羊，瓜茄豆腐庸何傷。况復有酒兼有肉，老人樂矣夜未央。夜未央，小妻語，兩兒養志亦大難，昨日手衣付質庫。老妻搖手怪饒舌，老夫狂咲冠纓絶。有錢入手我不知，悔不烹魚還炰鼈。我家席豐二百年，忽憶舊事心茫然。小時兒戲春風顛，弄孫我祖當前軒。蠟花作鳳諸弟事，累棋自效王僧虔[②]。一朝復一朝，一日復一日。泡光電影中，詫此雙丸疾[③]。如今老矣支窮骨，怪事書空徒咄咄[④]。寄語兒曹好讀書，縱貧不典傳家笏。

【注釋】

① 醯（xī）：《説文》："醯，酸也。"用於保存蔬菜、水果、魚蛋、牡蠣的淨醋或加香料的醋。《禮記》："和於醋。"

② 王僧虔（426—485）：南朝齊琅邪臨沂人。王僧綽弟。晉王羲之四世族孫。宋時歷官太子舍人，武陵、吴興、會稽太守，湘州刺史，吏部尚書。任會稽太守時，因不願阿附權臣阮佃夫，被免官。入齊，官至侍中、左光禄大夫、開府儀同三司。好文史，解音律，尤善書法，有《論書》等，書迹有《王琰帖》等。卒謚簡穆。

③ 雙丸：指日月。

④ 書空：用手指在空中虚劃字形。書空咄咄：語本南朝宋劉義慶《世説新語·黜免》："殷中軍被廢，在信安，終日恒書空作字。揚州吏民尋義逐之，竊視，唯作'咄咄怪事'四字而已。"後因以"書空咄咄"爲歎息、憤慨、驚詫的典實。

生氣一首是日立春

生氣今朝没處尋，曉雲初日裸晴陰。老來漸達窮通理，剥極能迴天地心[①]。七尺繩床留夜夢，一林簧舌感春禽[②]。南巖老柏西墻竹，莫信含酸抱恨深。

【注釋】

① 剥極：謂時運不利或事物衰敗到了極點。

② 簧舌：猶簧口，如簧之口。多借指讒言。

題唵道人指畫雪鷹歌

酷寒之中有生理，十丈摧枝樹不死。穹廬氈幄夜有人，拍刀曉日呼鷹起。貌鷹不借手中筆，奮臂濡墨寫滯欝。天山誰念雪打圍，眼中突見來神物。我聞此鳥戕賊同類藏殺機，何不畫作解縧縱令搏霄飛①。胡爲戢翼坐木杪，狀如野鶴鷺鷥振雪衣。殺人稱爲勇，不殺稱爲仁。仁者之勇今不聞，不殺止殺乃爲神。眼前狐兔〔一〕妖物耳，瑣瑣毛血不足珍。天生神俊自有用②，何至以身媚獵人。鳳爲鳳，麟爲麟，此鳥擬之非其倫。却看從容作坐鎮，獨跱已見百鳥震。君不見，昨日霜，前日雪，寒栗栗，風烈烈。此畫捲却重包裹，簾外檐雀爭枝墮。爾鷹有力寧須角，稻粱且讓羣鷙啄。老人籠手唱杜詩，畫工不是無心學。

【校記】

〔一〕兔，原刻作"兎"。當作"兔"。

【注釋】

① 搏霄：盤旋於高空。

② 神俊：雄健英武貌。

排　悶

梟鶴從來脛不齊，强矜斷續有刀圭。與鷄對話眞荒誕，詫鴨能言太滑稽。神駿愛誇支遁馬①，齋厨頻咲太常妻②。後來錦軸知誰重，慚愧蟲書到赫蹏。

【注釋】

① 支遁馬：支遁，東晉僧，河東林慮人，或曰陳留人，字道林，世稱“林公”“支公”。俗姓關，年二十五出家。遊京師，爲當時名士所激賞。後隱郯，與王羲之、謝安等遊。晉哀帝曾請其赴京都建康講《道行般若經》。好養鷹馬，自云“愛其神駿”。

② 太常妻：後漢周澤爲太常，虔敬宗廟，常臥疾齋宮，其妻哀其老病，窺問疾苦。澤大怒，以妻干犯齋禁，收送詔獄，時人譏之曰：“生世不諧，作太常妻。一歲三百六十日，三百五十九日齋。”言澤不近人情，難爲其妻。見《後漢書·儒林傳下·周澤》。後用爲夫妻不同居的典實。

默化堂爲賈蘆邨作兼示楊麗雲

口舌能得官，齊虜殊可憐。口舌能讀書，一日一萬言。連年命大謬，官罷書亦捐。歸家賴有家，歸田本無田。狀同囚在室，又如鳥入樊[①]。忽然得深契，乃有默化權。此權不輕授，當世無高賢。卓哉賈夫子，來乘孝廉船。諸生爭請業[②]，呶呶守陳編。一喝足不進，再喝口不喧。從旁我鼓掌，大咲開心顔。蟬脱與鷄伏[③]，妙訣何人傳。還問楊麗雲，吾言然不然？

【注釋】

① 樊：籬也。關鳥獸的籠子，比喻受束縛不自由的境地。陶淵明《歸園田居》詩有“久在樊籠裡，復得返自然”句。

② 請業：指向人請教學業。業，謂篇卷也。

③ 脱：同“蜕”。

讀禮垣坳堂静養録稱久不作詩避雋三才氣茘浦學力也作此却寄

老將久不戰，筋骨如拘攣。納手作悶坐，滿眼時賢賢。雋三矯捷騰木猿，吾子氣勝鋒亦堅。石勒固是有毒手[①]，李陽亦能奮老拳[②]。師心已久懶師友，一例遜詞忽出口。賤子縛束老官場，何怪聞言驚且走。去年我始還山中，向君索詩未出手。數面坐客比浮雲，不許談詩許飲酒。人生如此大可憐，儁三早已歸重泉。明珠寶玉有定價，惜無好事爲流傳。學力平生我自許，膽粗不怖雷門鼓[③]。秀野山房聯句詩，當年作記貽陳五。謂金門。我老前路仍茫茫，君亦自覺髩毛蒼。彎弓久厭逐飛肉，典衣已見排空箱。君不作詩豈非是，古來傳人不在此。坳堂習静有奇功，自讀方書兼教子。蒼頭犀角一輩人，爾我劍戟皆陳陳。手中拂拭眼中看，此日還難論積薪。

【注釋】

① 石勒（274—333）：後趙明帝，字世龍，原名㔨勒，上黨武鄉（今山西榆社北）人，羯族。少時爲并州刺史掠賣至山東爲奴，後與牧馬帥汲桑聚衆反晉，始以石爲姓。前趙光初二年，建立後趙，爲十六國中最强盛之國。建平四年卒。在位十五年。

② "李陽"句：李陽與石勒鄰居，性猛好鬥，早年爲爭麻池，曾與石勒迭相毆擊。後石勒舉事成，戲謂李陽曰："孤往日厭卿老拳，卿亦飽孤毒手。"事見《晉書·石勒載記下》。後引以爲鬥毆的典實。

③ 雷門鼓：雷門，古代會稽（今浙江紹興）城門名。懸有大鼓，聲震如雷，越擊此鼓，聲聞洛陽。

閲樹棔小屋遺詩

南國留孤鬼，念之心骨酸。穎傷終不實，桐蠹最知寒。眼底諸郎小，風前老淚乾。他時誰論定，或作豹皮看[①]。

【注釋】

① 豹皮：豹死留皮，喻留美名於後世。

因循二首

本無關緩急，何怪作因循。得食從鷄唤，思魚遣鷺巡。誤驚弓影落，休信馬啼馴。七尺臨風立，分明歎此身。

床稜摸不得，爛熟昨來思。從此因循慣，全無倜儻姿。嶺雲看敗絮，燈夜覆殘棋。衰朽知難免，勞爲柱石支。

行路難

腰中寶劍懸鏌铘，手未逐鹿先斬蛇。當年肯信行路難，赤帝白帝從人誇。裸而刺船者誰子，智不週身寧鮮此。張良竟棄銕錐逃，蕭統乃泣蠟鵞死。二十四友朱門開，甘心與人作奴才。石崇之徒不足道，端爲劉琨痛哭來。行路難，君知否，烹肥豕，煮白酒。天荆地棘心魂驚，拔腳敢作萬里行。浴斛索蝎交歡始[①]，純灰滌腸歎聲起。人生骨肉尚難憑，何況悠悠行路耳。行路難，君莫哭。敝裘羸馬轉斜陽，何似張筵宴華屋。福所倚兮禍所伏[②]，出或坦途居觳觫[③]。白刃幾穿謝朓胷，溧陽亦食侯景肉。行路難，歌益促。酒酣我筆有神鋒，一霎爲君翻新曲。君不見，鄧禹咲人常寂寂[④]，車前八騶遭殺戮。

【注釋】

① 浴斛：即澡盆。《北齊書·南陽王高綽傳》："後主即夜索蝎一斗，比曉得三二升，置諸浴斛，使人裸臥斛中，號叫宛轉。帝與綽臨觀，喜噱不已。"

② "福所"句：語出《道德經》："禍兮福之所倚，福兮禍之所伏。"

③ 觳觫：恐懼顫抖貌。

④ 鄧禹（2—58）：東漢南陽新野人，字仲華。少遊長安，與劉秀親善。新莽末，從劉秀軍。光武帝即位，拜大司徒，渡河入關，多方招降，所部號稱百萬。後屢爲赤眉軍所敗，被免大司徒。復拜右將軍，擊破延岑。封高密侯，行司徒事。明帝時拜太傅。卒謚元。《南史》載："及爲中書郎，嘗撫案嘆曰：'爲爾寂寂，邓禹笑人。'行遇朱雀桁開，路人填塞，乃搥車壁曰：'車中乃可無七尺，車前豈可乏八騶。'"

悼楓樹

三尺離離未及肩，老僧珍重話前緣。返魂應記來時路，重覆吳江舊釣船。

過眼雲烟記不眞，如何偏爲此傷神。紅梨獨樹秋園冷，咲爾原難作替人。

好　名

東漢黨禍起,獨無皇甫規①。上書乃自訟,慷慨陳言辭。當年薦張奂②,削牘臣所爲。黨附迹已著,形戮逃者誰。豪傑有矯枉,聖賢多等夷。名心從内熾,義憤自外施。此人固自佳,好名非自私。同時有景毅,子顧往尋師。門徒託李膺,録牒名則遺。毅曰謂膺賢,吾子乃師之。名籍偶漏脱,我豈不自知。表請免官歸,卓卓眞男兒。吁嗟毅所行,較規處置宜。心學傳兩字,其訣爲不欺。不欺非好名,名却與之隨。青天白日中,朗朗照襟期。後來好名士,千里差毫釐。區區謝公墩,爭之爲作詩。十六歎孔融,爭死兄弟奇。爭死不爭名,使我淚綆縻。

【注釋】

① 皇甫規(103—174):東漢安定朝那人,字威明。黨錮事起,自以西州豪傑,不能與黨人同列爲耻,上言自認附黨,朝廷不問。後任尚書,遷護羌校尉卒。

② 張奂(104—181):東漢敦煌酒泉人,字然明。皇甫規年邁,舉薦張奂代替自己的職務。後以黨罪,放歸鄉里。

貧　賤

貧不能自食,賤至爲執鞭。推其所以故,必有使之然。東隣無寸壠,十畝佃人田。西隣無恒産,賣菜擔壓肩。不聞人役耻,頗覺生事全。人生擁厚貲,安得子孫賢。數傳坐困窮,乃爲衆目憐。人憐不自憐,狀同顛者顛。入念會賔客,朝朝張華筵。出念結騎騆,一一拖錦韀。豪舉不自惜,探囊無一錢。執鞭勢必至,自食爨無烟。作詩警世頑,切勿淪深淵。

我歌貧賤曲,家人咲我愚。七尺昂藏身,何至爲夫夫。六歲解識字，七歲知讀書。縱難博青紫[①]，要可授門徒。作此性命學，不是章句儒。上以贍老親，下以哺衆雛。能乘欵段馬，亦有下澤車。力耕隴上田，手摘園中蔬。叔夜柳下鍛[②]，淵明月中鋤[③]。兒孫粗識字，某某名可呼。伏臘作人情，家家酒滿壺。老夫哈爾咲，此事正關渠。倘復能如此，安有貧賤虞。巾車且無庸，逐逐長安趨。

【注釋】

① 青紫：本爲古時公卿綬帶之色，因借指高官顯爵。

② “叔夜”句：叔夜，即嵇康。嵇康性絶巧，能鍛鐵，宅中有一柳樹甚茂，乃激水圜之，每夏月，居其下以鍛，以自贍給。家雖貧，有人説鍛者，康不受值。唯親舊以雞酒往與共飲啖，清言而已。潁川鍾會，前往尋訪，嵇康不爲之禮，而鍛不輟。鍾會起去，嵇康謂曰：“何所聞而來？何所見而去？”會曰：“聞所聞而來，見所見而去。”見《晉書》卷四十九《嵇康列傳》。

③ “淵明”句：陶淵明《歸園田居》其三有“晨興理荒穢，帶月荷鋤歸”句。

看　書

未信燈前老眼昏，一編初擁炭爐温。草間偃僕蛇留迹，紙背軒昂字可捫。掩取獨磨心鏡照，小休時仗舌瀾翻。黄茅白葦原無碍，認得寒松雪後根。

讀東坡集

被放辭卭雄，入省詩難佳[①]。皇天能位置，逐之來珠厓[②]。冷烟燒獠洞[③]，濕霧埋鳩柴。掀髯放老筆，槌壁擿鴻才。詞竭天不留，俾之渡海廻。常州裂棺飛，定不黄壤埋。可憐在臺省，日爲人擠排。乞郡倘不報，當早辦青鞋[④]。齷齪一世内，賤子心尚哀。况此天上人，掉頭肯重來。一去七百年，逕閉雪浪齋。豈無人叩關，屐迹空蒼苔。嗚乎我白頭，靈鑰何時開[⑤]。

【注釋】

① 入省:省,指王宫禁署、禁中,或指官署名稱。入省,即從政做官之意。

② 珠厓:亦作"珠崖",地名,在海南省瓊山縣東南。漢武帝元鼎六年定越地,以爲南海、蒼梧、郁林、合浦、交趾、九真、日南、珠厓、儋耳郡。後珠厓等郡多次反叛,賈捐之上疏請棄珠厓,以恤關東,元帝從之,乃罷珠厓郡。事見《漢書·武帝紀》及《賈捐之傳》。後以"珠厓"泛指邊疆地區。

③ 獠洞:獠人所鑿的居所。獠人,即古時南蠻之别種,亦被稱爲"洞獠"。

④ 青鞵:即草鞋、芒鞋。鞵,同"鞋"。

⑤ 靈鑰:喻指探求玄理的有效手段或方法。蘇東坡《和陶雜詩》有"《參同》得靈鑰,九鎖啟伯陽"句。

戲作俳體三首

老夫句法近如何,兒子文章亦漸多。各創從前未有事,我鐫詩板爾登科。

怒歐狂舞咲追呼,一幅兒童擊壤圖。田已賣完書懶讀,雪深愁殺牧豬奴。

耳尚能聽目未昏,每逢令節使開樽。策功定應歸兒齒,再到家中咬菜根。時兒齒復生。

老　烏

老烏能飛不餓死,小烏啼饑聲徹耳。此時老烏計較長,暫抛骨肉一巢裡。求食哺小烏,小烏烏尚雛。反哺豈無心,力薄難支吾。老烏寧計反哺日,眼底饑寒救無術。逐逐每傍夕陽來,皇皇又待晨曦出。北風吹寒雪作花,誰家有肉容攫拏。探卵生怕郇豎子,捲巢又怯狂風沙。前山蒼鶻樹杪坐,迷離撲朔腸肚破。老烏自昔畏强梁,肯向風前乞餘唾。天憐老烏宥烏歸,明歲春風引雛飛。雛飛飛,飛且走。老烏老矣心血枯,得食來哺老烏口。

明太祖畫像

眼中畫像王者稀，九州混一眞龍飛。手持杯酒酌劉季，今古爾我兩布衣。布衣脱却加黄袍，後人不敢擬陳橋[①]。龍顔一一開日角[②]，畫手忽現五雲高[③]。當年自與漢高比，濠濮三尺提劍起。形迹正爾前後同，我謂居心更相似。老生猜忌誅功臣，胡黨藍黨禍未已[④]。稻塲一築金罌來，金罌卽鴂也，見六朝王敬則語。隆凖雖酷不至此[⑤]。宫中獨有馬后賢[⑥]，豈復人彘爲人憐[⑦]。不傳之棣傳允炆[⑧]，失計莫痛金川門。畫工慘淡饒深意，貽謀本有未了事。王振劉瑾魏忠賢[⑨]，太阿眼見歸婦寺。宦官監軍明遂亡，厥禍由來有作始。北京移蹕六龍驂，畫中猶似望江南。讀史我目不如炬，瑣瑣亦是老生談。變遷人事眞難料，嗣孫幾日稱尊號。鼎湖龍去畫圖傳，又見燕王戴白帽。

【注釋】

① 陳橋：指宋太祖陳橋兵變黄袍加身之事。

② 日角：額骨中央部分隆起，形狀如日，舊時相術家認爲是大貴之相。相術家亦稱額骨隆起入左邊髮際爲"日角"，入右邊髮際爲"月角"。

③ 五雲：五色瑞雲，吉祥之兆。

④ "胡黨"句：指明初的胡惟庸案、藍玉案，史稱"胡藍之獄"。朱元璋借此兩案，大開殺戒，從洪武十三年到洪武二十六年的十四年間，他幾乎將明初的開國功臣誅殺殆盡，受株連被殺者有四萬五千餘人。

⑤ 隆凖：高鼻。代指漢高祖劉邦。《史記·高祖本紀》："高祖爲人，隆凖而龍顔。"裴駰集解曰："凖，鼻也。"

⑥ 馬后：指馬皇后。朱元璋屠戮功臣宿將，馬皇后總是婉言規勸，使朱元璋有所節制。

⑦ 人彘：漢高祖寵倖戚夫人，高祖死，吕后斷戚夫人手足，去眼煇耳，飲瘖藥，使居廁中，名曰"人彘"。事見《史記·吕太后本紀》。

⑧ "不傳"句：朱元璋將皇位傳給孫子朱允炆，後朱棣發動靖難之役，奪得皇權。

⑨ 王振劉瑾魏忠賢：皆明代著名宦官。

補作小沉瀆看桃花歌遥寄欽生佩滋

團團種花如堵墻,一重一掩須遮防。楊家浦達小沉瀆,飛花歷亂長隄長。紅霞陡落太湖水,遊船十隻集湖背。花光水影搖洞庭,兩岸人家住畫裡。青山盤髻高梳妝,桃花夫人咲語香。菜花十頃花正放,更作妃子黄帬黄。花枝不染淺絳色,山名臙脂换不得。天台莫道賺遊人,貝坡空見勞詩客。隽三有貝坡看桃花詩。如此桃花見者稀,一年一遊一首詩。此身願化紅胡蝶,夢逐香林高下飛。廻船却記來時路,送我箬溪仍千樹。凄風惜别欲留人,打篷一陣飛紅雨。官罷無勞載溷軒,兩樹獨見登烏盆。家山路遠攜不得,記曾灑淚抛桃根。昔遊小詩何足數,此日長歌從我補。小園絳蕋開春風,如今老作桃花主。夢中猶是到江南,花色依然天蔚藍。汪倫釀酒今應熟①,惆悵無從掛錦帆。

【注釋】

① 汪倫:唐涇縣人。嘗書信邀李白往,曰:“先生好遊乎?此處有十里桃花。先生好飲乎? 此處有萬家酒店。”李白遊涇縣桃花潭,汪倫常釀美酒以待。

漢成帝銅尺歌① 上鐫長安銅尺卅枚第廿元延二年八月十八日造

漢家銅人辭露盤,漢家銅尺鑄長安。一十八字篆歲月,土封苔蝕生銅斑。元延天子端拱立,尊嚴若神人莫及。熨斗已授奸人權,牛衣誰念忠臣泣。造尺量衣非量才,石花廣袖成禍胎。後宫宜子開春殿,張美人從何處來。可憐當日歌燕矢,王尊雖賢不救此。得尺得寸功名心,盲杜谷永小人耳。君不見,冶銕銕飛古沛城,洪範何曾論五行②。百物失性政乖舛,尺亦年久消金聲。又不見,先帝好樂古非古,左右漫以知音許。千秋不獨此尺傳,曾隤銅丸自撾鼓③。

【注釋】

① 銅尺：即銅製的律尺。古代用以量較樂器，又可依以爲準，鑄銅律呂以調聲韻。

② 洪範：《尚書》篇名。洪者，大也。範者，法也。舊傳爲箕子向周武王陳述的"天地之大法"。今人或認爲系戰國後期儒者所作，或認爲作於春秋。

③ 銅丸：銅制小球。《漢書·史丹傳》載："建昭之間，元帝被疾，不親政事，留好音樂。或置鼙鼓殿下，天子自臨軒檻上，隤銅丸以擿鼓，聲中嚴鼓之節。後宮及左右習知音者莫能爲。"後用爲深諳音律，樂技極精之典。

南樓行

阿萬小鶱齊年生，學語喉澁初春鶯。不及正望纔週晬[①]，四體著地蠏横行。昨日移几南樓住，廻欄曲折艱老步。可憐覓我作互啼，狀若饑兒夜索乳。掀書奪筆擾不休，割肉買餅償所求。玉叉方見捲畫軸，我衣已涴寒具油[②]。小妻嚄唶老夫喜，人生行樂正如此。不信讀我老烏詩，滿眼骨肉一巢裡。早年我曾官山東，挽鬚截鐙遭兒童。此景日久不到目，況復今作阿家翁[③]。君不見，常耶棠耶日我侍，近來亦解作文字。兩人豈少斑衣心，却許弟妹先此事。日斜瞌睡眠諸雛，獨讓老夫作樓居。英雄老矣發長歎，敢咲當年袁本初[④]。

【注釋】

① 週晬：指小兒周歲。

② 寒具：一種油炸麵食。北魏賈思勰《齊民要術·餅法》載："環餅，一名'寒具'；截餅，一名'蝎子'。皆須以蜜調水溲麵。若無蜜，煮棗取汁。牛羊脂膏亦得，用牛羊乳亦好。令餅美脆。"

③ 阿家翁：指一家之主，家長。阿，助詞，無實義。

④ 袁本初：即袁紹，東漢汝南汝陽人，字本初。出身四世三公之大族，好交結養士。靈帝時爲侍御史、虎賁中郎將。靈帝死，紹勸何進召董卓誅宦官，事泄，進被殺，紹引兵入宫，盡誅宦官。卓至京師，欲廢少帝另立，紹奔冀州，起兵討卓，自爲盟主，號車騎將軍，領司隸校尉。後據冀、青、幽、并四州，獻帝建安二年稱大將軍，兼督四州。五年，與曹操爭雄，戰於官渡，兵敗病發而死。

自晨至夕得詩四首

賈逵盜著袴,通脱名士風。苟以有心爲,便與作賊同。粲粲金叵羅,搜之得髻中。彼亦具人面,想見兩頰紅。

賞兒病篤時,口尚談元理。偶述向老妻,含悲淚盈眥。人生滿百年,亦屬旦暮耳。請看詩與畫,是兒未曾死。

海内論英豪,某氏復某子。非有過人才,譽聲不至此。傳寫襍刷印,費盡人間紙。讀罷我搖頭,意中不如是。

東隣兒詈父,西隣媳毆〔一〕姑。我家失隃糜[①],人家失唾壺[②]。紛紛向我言,擾擾無安居。誰知延荔浦,乃是吕糊塗[③]。

【校記】

〔一〕"毆",原刻作"歐"。當作"毆"。

【注釋】

① 隃糜:指墨汁。

② 唾壺:舊時一種小口巨腹的吐痰器皿。

③ 吕糊塗:指吕端。《宋史·吕端傳》:"時吕蒙正爲相,太宗欲相端。或曰:'端爲人糊塗。'太宗曰:'端小事糊塗,大事不糊塗。'决意相之。"故後人有聯語曰:"諸葛一生唯謹慎,吕端大事不糊塗。"後用以形容人在重大問題上能明辨是非,堅持原則。

杏花白者最劣下作二絶句爲之解嘲

費盡東風爲翦裁,踈枝今尚未全開。梅花本自同風調,無礙縞裳月下來。

季春剛到月初三,曬日迎風睡正酣。盡讓桃花擅顔色,如今纔信寶兒憨。

三十年前西坪種杏一株紅艷異常自曹幼黄殁後花亦枯死追悼以詩亦以博杏雨樓泉下一粲也[1]

濃著胭脂怕洗妝,小身楚楚最難忘。忽來黄蝶如相戀,與較梅花只欠香。醉我幾開春甕酒,卧看曾設小繩床。如今休作樓頭住,苦雨酸風正斷腸。

【注釋】

① 博一粲:猶博一笑。博,取得。粲,露齒笑。

李見唐張扶九兩生以所作茗戰行見示戲作數語報之

野人煮茗無故事,破除積食遣瞌睡。水既不佳茗亦粗,百人無一擅此嗜。鑿空欲作茗戰行,無從誇張相排次。小時未曾不讀書,老矣健忘無一二。早飯爭食蔓菁香,過飽便覺胷膈膩。咄咄怪事旁人驚,一掬粗茶煮銕器。陽城産銕,故茶壺亦以銕爲之。飲罷捫腹腹微脹,持杖愛與羣兒戲。作詩白戰無寸銕[1],反恠前人多論議。數典不能能豈工,匹如我初未識字。項羽叱咤驚樓煩[2],勝以不戰乃足異。若復交鋒論贏輸,此事寒家恐難偹。君不見,六硯老人官浙東,顧渚山頭迹屢至。茗戰當時有隽三,勝事一一勞牋記。金沙泉水雪乳同,不數中泠金山寺。宜興小壺製龔春,石銚銅瓶工位置。自擲槍旗據馬鞍,黄塵撲面泥塗鼻。止渴百里不見梅,况復觧飲投茶肆。歸來窮廹卧空山,搗茶之臼已早棄。讀倦春眠興正佳,終虞此物能作祟。二生讀我茗戰詩,要須識得茗戰意。隨分而安不妄求,倘有佳茗亦從寄。

【注釋】

① 白戰:空手作戰。

② 樓煩:西漢人,善騎射。楚漢相持廣武間,楚挑戰三合,煩輒射殺之。項羽大怒,出戰,怒目而視,大聲呵斥。煩目不敢視,手不敢發,走還入壁,不敢復出。

園中桃花初開與叔香話欽家看花事欣然命筆

一枝初放怯春寒，簾外阿香正倚欄。寄語劉晨休詫客[①]，桃花原作美人看。

顧渚春茶細細嘗，萬花圍住水雲鄉。打篷紅雨留人處，記得當年黄四娘[②]。

【注釋】

① "寄語"句：見前《是日看桃花至小沉瀆遂登碧巖用去年遊碧巖寺韻》詩"劉阮"注。

② 黄四娘：杜甫《江畔獨步尋花》詩曰："黄四娘家花滿蹊，千朵萬朵壓枝低。留連戲蝶時時舞，自在嬌鶯恰恰啼。"《東坡題跋》曰："此詩雖不甚佳，可以見子美清狂野逸之態，故僕喜書之。"黄四娘因寄姓名於杜甫詩中而流傳千古。

東行裝已束矣忽作中止感而有作

又設繩床小閣中，輪蹄休再説忩忩。地寒柳色搓微緑，春旱桃花減舊紅。老學有程隨日進，秘關無鑰偶然通。秖嫌孤負沽尤水，遲我東行作釣翁。

至海會院

老步艱難竹杖支，踏沙來到上方時。春從獨賞人多怪，心作初經景乃奇。卓錫水源探兎窟[①]，埽墻仙跡墮榴皮。桃花莫更招遊客，筆底如今少艷詞。

【注釋】

① 卓錫：卓，植立。錫，錫杖，僧人外出所用。因謂僧人居留爲卓錫。

偶　題

一尺青松種兩行，幾時纔見比人長。年衰作事慮常遠，春閏看花心不忙。著屐漸侵苔徑緑，墮風微覺燕泥香。古人生計何曾廢，自表成都八百桑①。

【注釋】

①“自表”句：諸葛亮曾向蜀後主劉禪自表，言“初奉先帝，資仰於官，不自治生。今成都有桑八百株，薄田十五頃，子弟衣食，自有餘饒。至於臣在外任，無别調度，隨身衣食，悉仰於官，不别治生，以長尺寸。若臣死之日，不使内有餘帛，外有贏財，以負陛下。”見《三國志》。

讀唐書偶成一絶

丈夫七尺託明主，感激從來意氣深。獨怪當年李元邃，如何容易破桃林。

讀田退齋先生歸來集題後卽柬賈蘆邨孝廉

孤如百尺桐，峭若千丈壁。冷刺語益工，捕蛇手偏隻。昌谷貞曜間，當高置一席。下視鄭鷓鴣，不足供一擲。三十官二品，便作蓬廬息。再起〔一〕詔未宣，空運陶侃甓。有志不施設，于詩一蓄力。譬如饒勇人，納拳坐盤石。叱咤有時來，翻空鬭霹靂。同時郭冀一田楚白輩，尚及承顔色。如何各問途，不以此相式。正如韓門中，僵走籍與湜。西北諸文人，往往多自匿。早出問世人，吾知難爲役。聞説歸家貧，煮菜方湧喫。騎驢有李固，原未要人識。詩境極奇險，讀之遭驅逼。自非鄧艾兵，取途無由得。爲語賈蘆邨，善本當急覓。

【校記】

〔一〕“起”後清刻本原爲空格，民國本有“鷓”字，不補。

河内節婦李梁氏詩三首婦有書扇自誓詞

人生何處哭窮塗，鸞侶常分鶴伴孤。餓死宋家謝枋得[1]，彼殉國難此殉夫。

萬事直成一死休，筆床茶臼倩誰收。梁家女子從來好，不獨緑珠能墮樓[2]。

細字烏闌蜀錦箋，閨中風雅説當年。團圞秋扇明于月[3]，不照人間照九泉。

【注釋】

① 謝枋得：宋人，入元，不食而死。見前《藐山方丈追悼張金銘尚書》詩"謝枋得"注。

② 緑珠：西晉人，石崇愛妾。一説姓梁，白州人。美而豔。善吹笛。趙王司馬倫專權，倫黨孫秀使人求之，崇堅拒不許。秀怒，誣崇爲淮南王司馬允黨，矯詔收崇。甲士至門，緑珠墜樓自殺。劉希夷詩有"緑珠不可奪，白首同所歸"句。

③ 團圞：圓貌。

老境一首示常棠作

老境年年歲歲加，功名撒手咲還家。未成一飯三遺矢[1]，忽脱左車第二牙[2]。標榜文章歸父子，艱難鹽米困生涯。丈夫窮達尋常事，莫向園亭署噎瓜。

【注釋】

① "未成"句：廉頗居梁久之，魏不能信用。趙以數困於秦兵，趙王思復得廉頗，乃使使者視廉頗尚可用否。廉頗之仇郭開多與使者金，令毁之。趙使者見廉頗，廉頗爲之一飯斗米，肉十斤，被甲上馬，以示尚可用。趙使還報王曰："廉將軍雖老，尚善飯，然與臣坐，頃之三遺矢矣。"趙王以爲老，遂不召。事見《史記·廉頗藺相如列傳》。後以"三遺矢"指體弱多病。

② 左車：指左面的牙床，亦指左面的牙齒。韓愈《與崔群書》曰："近者尤衰憊，左車第二牙無故動摇脱去。目視昏花，尋常間便不分人顔色。兩鬢斑白，頭髮五分

亦白其一，鬚亦有一莖兩莖白者。”

讀田兼三先生詩康熙時户部侍郎名六善陽城人

眼裏司農手定詩，非蘇非白是吾師。百年歲月烹羊胛，老輩文章得豹皮。鈔寫未曾傳世少，山川如此產人奇。一編自叙眞精鑿，直逼劉公論史時。唐劉知幾言：“史有三長才學識，世罕兼之。”司農自叙云：“作詩，學與養兼邃，又當輔之以才。”

讀田退齋先生咏物襍題追和四首

蜂衙

萬蜂聚一窩，將之有紀律。非惟責遲歸，亦且謹時出。馭衆本大難，操之乃有術。倘令拜大將，足以靖妖物。何時割蜜來，秋風吹瑟瑟。便算報成功，天寒稍自佚。生人嗜好偏，投之狀匪一。嗟哉李林甫[①]，口中乃有蜜。

蛙鼓

毒酒賜李業[②]，毒藥刼譙元。公孫井底蛙[③]，何足與之言。盛夏潭水漲，兩部常喧喧[④]。境寂鬧何妨，夜靜心不煩。必欲當鼓吹，勿乃嗜好偏。天風下蒼龍，松濤作怒奔。百怪尚震慴，么麽何足論[⑤]。一笑盡家釀，傾倒老瓦盆。子陽爾安在，聲息胡不聞。

柿林

鄭虔學書時[⑥]，家貧拾柿葉。因之來口實，功與繭紙接。古人皆寄興，篤好成專業。期之本無心，偶然與一合。不聞後來人，攜筐山頭拾。吾土柿最多，霜風吹颯颯。老眼不分明，錯認紅蝴蝶。樹根可讀書，煮茗卷可挾。

菜畦

老牙咬菜根，梗硬不得斷。怒目嗔老妻，煮火欠熟爛。中饋四十年[⑦]，老妻不全鈍。索囊市肥脂，蒸菜進晚飯。欣然果我腹，良久發深歎。乃知老人腸，如苗困天旱。非肉不得飽，此語誠非讕。分塍引窖水，百汲丁力奮。細和侍郎詩，瞥見抽葉嫩。饞涎且莫流，秋風飯頓頓。

【注釋】

① 李林甫（?—752）：小字哥奴，排行十，唐高祖從父弟之曾孫。善音律。因厚結武惠妃與武三思女，於玄宗開元二十三年（735）任禮部尚書、同中書門下三品，尋代張九齡爲中書、集賢殿大學士，又封晉國公。厚結宦官、嬪妃，探聽玄宗意旨，故出言進奏，動必稱旨，深得玄宗寵信。居相位凡十九年，權勢至盛，朝野側目，政事敗壞。爲人面柔而有狡計，對人暗加陷害不形於詞色，人稱“口蜜腹劍”。

② 李業：東漢廣漢梓潼人，字巨游。有志操，習《魯詩》。平帝時舉明經爲郎。王莽時隱匿不仕。公孫述據蜀稱帝，欲徵爲博士，使人持毒酒奉詔劫持，矢志不屈，遂飲毒死。

③ “公孫”句：公孫龍問於魏牟曰：“龍少學先王之道，長而明仁義之行，合同異，離堅白，然不然，可不可，困百家之知，窮衆口之辯，吾自以爲至達已。今吾聞莊子之言，茫焉異之。不知論之不及與？知之弗若與？今吾無所開吾喙，敢問其方。”公子牟隱几大息，仰天而笑曰：“子獨不聞夫埳井之蛙乎？謂東海之鱉曰：‘吾樂與！出跳梁乎井干之上，入休乎缺甃之崖；赴水則接腋持頤，蹶泥則没足滅跗；還虷蟹與科斗，莫吾能若也。且夫擅一壑之水，而跨跱埳井之樂，此亦至矣。夫子奚不時來入觀乎！’東海之鱉左足未入，而右膝已縶矣。於是逡巡而卻，告之海曰：‘夫千里之遠，不足以舉其大；千仞之高，不足以極其深。禹之時，十年九潦，而水弗爲加益；湯之時，八年七旱，而崖不爲加損。夫不爲頃久推移，不以多少進退者，此亦東海之大樂也。’於是埳井之蛙聞之，適適然驚，規規然自失也。且夫知不知是非之竟，而猶欲觀於莊子之言，是猶使蚊負山，商蚷馳河也，必不勝任矣。且夫知不知論極妙之言，而自適一時之利者，是非埳井之蛙與？”見《莊子·秋水》。

④ 兩部：古代樂隊中坐部樂和立部樂的合稱。特指蛙鳴。

⑤ 么麽：即幺麽，細小。

⑥ 鄭虔（705—764）：唐鄭州滎陽人，字弱齊。玄宗天寶初爲協律郎，後爲廣文館博士。與李白、杜甫等友善。工詩，善繪山水，好作書。在官貧約，常苦無紙，於慈恩寺貯柿葉數屋，日取葉作紙。嘗自書其詩並畫以獻，帝題曰：“鄭虔三絶。”又長於地理之學，爲《天寶軍防録》，言典事該。諸儒服其善著書，時號鄭廣文。安禄山陷長安，授虔水部郎中，事平，貶台州司户參軍，未幾，卒。

⑦ 中饋：指家中供膳諸事。《易·家人》：“無攸遂，在中饋。”孔穎達疏：“婦人之道……其所職，主在於家中饋食供祭而已。”

晚至西坪

薜荔梧桐緑一窩,寂寥門逕誚張羅。鬼能歌哭欺人少,蕉蔭兒孫較竹多。過樹風踈傳細響,跳波魚小起微渦。却嫌尚有譏彈處,不向平池種碧荷。

七月初九日訪蘆邨四兄南庵别院同王介三讀衛貞元前輩詩歸成此奉簡

一溪從東下,一溪自北出。流作丁字形,篆沙廻硬筆。我從南峅來,横踏已得一。彳亍忽驚詫,北溪一丈闊。乃知前山雨,雲氣尚欝欝。添此成急湍,阻我幽人室。何處是南庵,鐘聲動初日。

支此數拳石,越此八尺水。蹣跚踏波來,已達南庵觜。入門一握手,粲然啟唉齒。一卷巡按詩,得之大驚喜。惜哉如神龍,見首不見尾。詩殘缺失尾。國初數公卿,湮没乃至此。不有吾兄賢,同此沙泥委。語語必中肯,字字突出紙。吁嗟古之人,至竟不曾死。

我飯君脱粟,君飽我花豬。介三鼓掌唉,何論此區區。此物適來有,非必强所無。苟使腹不餒,清語罷尊盂。前輩一管筆,乃得如椽粗。當年按浙江,一埽錢塘湖。詩多湖上作。歸時見溪水,縮漲蛇盤紆。送我下山腳,晚風涼菰蒲。再約遇君日,一醉青珊瑚。青珊瑚館,蘆邨書處。

又題一首柬蘆邨四兄

散帙眞成後死羞,百年文獻倩誰收。多君爲結珊瑚網[1],此老能翻鸚鵡洲[2]。漫與朱竹垞王漁洋分得失,直從蘇白擅風流。一編等作琳瑯看,十日齋頭讀未休。

【注釋】

① 珊瑚網：指撈取珊瑚的鐵網。語本《新唐書·西域傳下·拂菻》："海中有珊瑚洲，海人乘大舶，墮鐵網水底。珊瑚初生磐石上，白如菌，一歲而黄，三歲赤，枝格交錯，高三四尺。鐵發其根，繫網舶上，絞而出之，失時不取即腐。"引申指收羅珍品或人才的措施。

② 鸚鵡洲：在今湖北省武漢市西南長江中。相傳東漢末，江夏太守黄祖長子射在此大會賓客，有人獻鸚鵡，禰衡作《鸚鵡賦》，故名。後禰衡爲黄祖所殺，葬此。自漢以後，由於江水沖刷，屢被浸没，今鸚鵡洲已非宋以前故地。唐崔顥有《黄鶴樓》詩云"晴川歷歷漢陽樹，芳草萋萋鸚鵡洲"。

蘆邨以和詩見投復用前韵荅之三首

文字本天成，却須自己出。儲得十斗血，放此一管筆。東坡穀米飯，其實則皆一。脱盡陳處陳，要從潤處潤。布之紙墨間，生氣猶勃欝。君子了十人，莫築道旁室。不見高達夫，五十學詩日。

鵾鵬遊萬里，快擊三千水。肯復同黄鸝，一一矜爪觜。卓哉三先生，謂兼三、貞元、退齋。餘子不足齒。想當落筆時，咲之則大喜。人羡豹留皮，自喜龜曳尾。功業已爛然，標榜不在此。然如照乘珠，豈得終一委。讀書三十年，辛苦鑽故紙。倘抽百丈絲，願效春蠶死。

今人苟雷同，一一遼東豬①。講學水濟水，亦復少所區。我生戒逞博，獺祭詩則無。正如老頭陀，清水飲一盂。多君能談藝，研細去其粗。卷之盛杯勺，放之成江湖。此心自磊落，文筆喜迴紆。何處得天籟，颯颯風中蒲。請問諸弟子，謂楊麗雲諸人。孰爲璉與瑚②。

【注釋】

① 遼東豬：又作"遼東豕"。朱浮從光武帝定天下後，駐薊城。爲撈取聲譽，籠絡當地名士和舊官僚。其下屬彭寵極力反對，朱浮便向朝廷密奏彭寵蓄意謀反。彭寵自恃功高，得知此事後，便發兵攻打朱浮，朱浮寫信責之曰："往時遼東有豕，生子白頭，異而獻之，行至河東，見羣豕皆白，懷慙而還。若以子之功論於朝廷，則爲遼東豕也。"事見《後漢書·朱浮傳》。後以"遼東豕"指知識淺薄，少見多怪。

② 璉與瑚：璉、瑚皆宗廟禮器，用以比喻治國安邦之才。

八月初六日雨至十二日不止

盡道禾生耳，秋成減二分。沉沉天欲醉，絛絛夜偏聞。石窖添新水，山樓貯晚雲。今朝第七日，誰作乞晴文。

中秋呈劍南四叔

無月亦不惡，眞宜秉燭遊。晚風收遠籟，殘溜滴高樓。眼底諸年少，樽前兩白頭。更闌話二字，今夜試并州。

十六夜同桐枝叔香小鷟正望看月西坪

老怕雙姬陋腐儒，家園同踏盛樽盂。月明如水侵三徑，秋荔裁衣當五銖。得侍文人休懊惱，再懸銅印費躊躇。兒郎易睡攜提遠，尚怯青苔倩我扶。

白兔〔一〕泉 有序

海會院亦名龍泉寺，余聞之故老云："初結庵之僧，一日誦經，有白兔伏座下，逐之，投厓而没，泉水出焉，因名曰白兔泉。"並記以詩。

月中白兔老而頑，潛背蟾蜍逃空山。老僧誦經兔前伏，杖錫逐之投崖間。瑟瑟珍珠濺僧面，一眼碧泉垂飛練。月精化水僧不驚，一瓢自酌當風嚥。月明團團望正中，脱奩秋水搖碧空。精氣相感呼吸通，人間乃有廣寒宫。月波西流帶新水，水亦作勢迎山觜。泛泛瓊花十頃田，摩盪忽動波中天。水自澄瀾月留魄，上下其間初不隔。搗藥老兔功不磨，肯以龍泉誑過客。

【校記】

〔一〕兔，此篇六個"兔"字，原刻作"免"。當作"兔"。

昔日

昔日三兒子,如魚同隊行。天寒水涼魚不餌,大魚忽斃小魚驚。老年復得生魚子,鼓鬣揚腮能戲水。小魚魚子無嫌猜,掉尾池塘老夫喜。昨來辛苦試棘闈,不道有司仍放歸。人生早達原非幸,且莫窺園更下帷。他日讀書課爾弟,先取六經作根柢。可憐莫學汝亡兄,老死不第終明經[①]。

【注釋】

① 明經:即貢生。延公長子延賞爲拔貢,次子延常爲歲貢。

戲爲捉蝨行示小妾桐枝

荆公烘蝨火熠明[①],焦爛一瞬厥功成。近來衣垢厭屢澣,肌膚乍覺施施行。百年處褌不自苦,愛縱則縱横則横。一朝反眼戕同類,不遣一箇潛逃生。寒宵斜月夜正午,風爐火熾吹瓶笙。阿誰爲作捉生手,小妾坐掩青燈青。初尋脊縫周背領,眼細嗤此幺麽形。咀嚙彼方慶樂土,搜捕忽見摧堅城。伏如處女出脱兔,耳不及掩轟雷聲。君不見,王猛不是刀環人,睥睨桓温温心驚[②]。天生偉人不並世,苻[一]堅一見心早傾。不然即能捫蝨赤,蝨族與我等耳何重輕。我老狀類賣菜叟,力憊已罷隴頭耕。口縱能談天下事,眼前齷齪伊誰聽!鼠肝蟲臂爭營營[③],狡兔獵犬誰輸贏。且幸來日揮麈尾,安穩暫得爬搔停。況復有軍號娘子[④],一鼓再鼓操奇兵。丈夫經濟乃如此,他日何以書銘旌。蝨大如輪雕弓鳴,此技由來老夫精。小妾輾然我大咲,不覺臨風冠絶纓。

【校記】

〔一〕苻,原刻作“符”。“苻”“符”皆姓氏,苻堅姓當作“苻”。

【注釋】

① “荆公”句：王安石有《和王樂道烘蝨》詩，謂虱子“擇肉甘於虎狼餓。咀嚼侵膚未云已，爬搔次骨終無那”，於是乎只得“且以火攻令少挫”。是謂烘蝨。

② “王猛”二句：王猛捫蝨而談天下事，桓温爲之一驚。見前《左德巖亮公秋潭兄弟讀書圍夵山别業邀余往遊歸得五律四首卽柬索和》詩“捫蝨”注。

③ 營營：象聲詞。又指勞而不知休息貌，引申爲鑽營追逐。《詩經·小雅·青營》：“營營青蠅，止於樊。”朱熹集傳：“營營，往來飛聲，亂人聽也。”

④ “况復”句：娘子軍，指唐高祖之女平陽公主所組織的軍隊。平陽公主嫁柴紹，并在長安。高祖將起義兵，遣使密召之。紹間行赴太原，公主乃歸鄠縣莊所，散家資，招引山中亡命，起兵以應高祖。營中號曰“娘子軍”。事見《舊唐書·平陽公主傳》。

老　骨

老骨經寒驗淺深，晝添襖衲夜添衾。得松差慰入冬眼，開卷難消未死心。一向閉關常下鑰，有時揮淚忽盈襟。摩挲髀肉誰如厠，此恨從來無古今。

冬　園

不見奴池一鑑開，豆萁瓜蔓積成堆。頹唐樹是彫霜後，跛躄風驚過嶺來。暖借馬通圍砌竹，深穿土窟護盆梅。先生老矣眞無用，夢怯氊廬較獵囲。

六硯草堂詩後集下

范親家以柿酒見餉作歌報之

古人釀法失編纂，意創各隨土所産。怪哉十丈築糟邱[①]，脱風壓此赬虬卵②。此酒昔曾醉午亭,寒光一片摇波明。不辭風味清於水,座中早見玉山傾。後來潜齋老學士,午亭子壯履。滿載橐駝來燕市。初白老人得酒嘗,飛騎報答酬詩章。文人吐辭邱山比,此酒當年有知己。名士多半老空山,絶色何須服紈綺。君不見,滄酒沛酒無人稱,一經品題身價增。前有心餘歌五字,雋三之詩筆尤肆。我詩縱然不足傳,初白午亭筆如椽。秋郊柿子墮紅葉,溪頭已泊酒人船。近來鍵户過客少,飲者争誇陳酒好。一缾新自故人來③,十日泥頭尚未埽。昨日少飲心自知,譬之於詩等郊島④。刻苦其間森寒芒,平淡之中饒幽窅。韓蘇豪縱天人才,此如諫果美于囬。烏程下若我曾嗜,遠莫可致空徘徊。老年多疾艱參术⑤,此酒助氣同眞一⑥。垂垂霜柿下山園,只少秋田來種秫。

【注釋】

① 糟邱:即"糟丘"。積糟成丘。極言釀酒之多,沉湎之甚。相傳桀爲酒池,足以鋐舟,糟丘足以望七里,一鼓而牛飲者三千人。見《新序·節士第七》。

② 赬虬卵:指柿果。赬,赤。

③ 缾:同"瓶"。

④ 郊島:唐代詩人孟郊、賈島的併稱。

⑤ 參术:中藥,人參和白术。

⑥ 眞一:酒名,宋蘇軾居嶺南時自釀酒。其《真一酒》詩引:"米、麥、水三一而已。此東坡先生真一酒也。"又自注其詩:"真一色味,頗類予在黄州日所醖蜜酒也。"

經北留墩弔吴將軍開先 有序

吴,江南人,以説劍遊澤州,明末與流賊戰死①,贈遊擊將軍,立廟祀之。

流賊屠生民,四海當同仇。遊客拍刀起,手能斫賊頭。北留墩外烽火紅,戰死耿耿雄心雄。南寧當時正跋扈,寧知草野多孤忠。沁河東岍人不死,軍鋒已挫點燈子②。居人廟祀割豕羊,微吴將軍不及此。門户見起明運衰,縱賊豢賊惟自私。風鐸夜語山鬼啼,如聽寒窻説劍時。賢者之所爲,庸人以爲異。何不拔腳走江南,有肉却爲賊所裁。君不見，龐勛旦夕陷泗州，原自不干辛讜事。嗚乎！將軍死於義。

【注釋】

① 流賊：四处流窜的盗贼。旧时多用於对明末李自成、张献忠等领导的农民起义军的蔑称。

② 點燈子：明末農民起義初期首領之一，本名趙勝，即趙四兒（一説作孟長庚），陝西清澗人。原是書生，因家境貧寒，白天種地，夜裏借居村東寺廟，就燭苦讀，故號“點燈子”。

同仲懷集介三此中有我山房二首

二百年老屋，瓦稜生古香。此中有我在，何日與君忘。酒可淺深飲，話偏爾許長。賈生能痛哭，不敢説文章。

我輩眞堪笑，與人何重輕。必傳詩鬼罵，能餓臟神驚。一尺乳松細，十圍老杏横。他時看春色，牽額眼先明。

陽城詩自王踈菴冡宰後多遺失不存近日搜輯稍見完好作此報蘆邨四兄

一邑之地不百里，乃有詩人多若此。大抵遺稿失流傳，海内僅知午亭耳。藐山眞是藐姑仙①，别調獨彈風泠然。此時已莫窺全豹，餘者殘篇更可憐。古刀剥落黄金錯，霜樹杈枒秋天鶚。斷槍折劍汙泥塗，就中恨失楊蘋閣。靈氣蒸蒸九州同，南人强道拙與工。兜鍪戴頭箭插箙②，詩是山西老將雄。本朝作者誰爲繼，司農田與直指衛。後來更有退齋翁，拔幟自能成一隊。力開風氣王踈菴，殿者何人張雋三。樊南老屋一尺雪，羅列羣公酒正酣。遺山之後傳青主，蓮洋老年益媚嫵。雁門諸馮豈不佳，持較午亭難心許。再拜已瓣前賢香，闕口奪氣亦何常。文章公論在人世，幾見寶玉能終藏。蘆邨孝廉老好事，腹中久飽神僊字。爲余辛苦搜斷簡，勝我窮愁著談厠。此事斷手莫匆匆，昨日寄我書一封。從來沉珠須鋏網，爲我更索蛟龍宫。

【注釋】

① 藐姑仙：出自《莊子·逍遥遊》："藐姑射之山，有神人居焉。肌膚若冰雪，綽約若處子。不食五穀，吸風飲露，乘雲氣，御飛龍，而游乎四海之外。"

② 箙：即用竹、木或獸皮做成的盛箭的器具。

録雋三詩入樊南集題一絶句

直撞横衝隨所施，于唐于宋雅咸宜。江南近日無卿比，尚記桓温坐語時。

石人陀 在望莽山

世有謝康樂，天地生山水。遊踪絶後牧豎多，造化之心亦倦矣。君不見，石人陀裏烟青蒼，誰能與之溯洪荒。鬼神戰退擲槍戟，插天亂石森鋒鋩。天遣神龍挾之走，夜半聽得風雷吼。滌盪化作石人陀，掉尾一割開劍口。我來拍手呼，石如古丈夫。玉皇昨奏鈞天樂，各踏輪飈劍佩趨。歸來依舊卧風雨，我欲叩石石不語。陀邊更築屋三間，石人爲賓我作主。

授硯歌示常棠作

哺食知饑，授衣知寒。念我小時，涕淚汍瀾。如今窮愁百念死，膝下頎頎兩男子。藜藿三餐未是貧①，鶉衣百結原非恥②。先子不復貽硯田，畀我一官爲仔肩③。兩番短夢收殘局，半榻清風卧舊氈。不寶黄金寶石硯，生來骨相眞貧賤。兒能分席豈不佳，我雖脱手生餘戀。賞有遺硯苦無兒，戴笠東坡空匣悲。賞所遺硯背鐫東坡戴笠像。我妾生子名正望，兩歲還非授硯時。曰常曰棠汝知否，受硯汝當攜之走。開硯磨墨，頃刻一斗。伸汝之臂，使筆如帚。取科名，須唾手。作放歌，佐以酒。有時容或書馬券，否亦知豎收牛溲。支床搗練風淒淒，饑寒忍聽妻兒啼。鬻之尚可易柴米，莫放文房身價低。常與棠，吾語汝。汝食硯，硯心許。兩硯皆端石，不澁亦不滑。鐫汝名與字，石破名不滅。老夫老矣頭如雪，今年五十復有八。

【注釋】

① 藜藿：藜和藿。泛指粗劣的飯菜。《文選·曹植〈七啓〉》："予甘藜藿，未暇此食也。"劉良注："藜藿，賤菜，布衣之所食。"

② 鶉衣：破爛的衣服。鶉尾秃，故稱。

③ 仔肩：所擔負的任務、責任。語出《詩經·周頌·敬之》："佛時仔肩。"鄭玄箋："佛，輔也；時，是也；仔肩，任也。"

寒夜行

殘爐陷火裘不温，膏盡魚脂燈半昏。狼藉亂書堆墻角，鼠餘蟲蠹留精魂。黄土一抔埋冷血，鬼母痛哭墓字滅。光怪上燭斗星摇，霹靂下攫神棺裂。古人不死文字留，是曰蓋棺有千秋。上梁亦是等閒事，却召文人天上遊。空梁燕泥真佳句，道衡已殺猶生妒[①]。此老護前豈不知，疏栗休文還未悟。後人辛苦嗜詩名，投刺不惜朱門行。灰飛烟滅瞬息事，誰能令譽常留聲。襪材抵地何須罵，杜絹羊帬終莫假。鑄錢餉鬼紙一張，煩爲揎袖濡香麝。夙世病瘋今病顛，轉輪不自昧前緣。宵寒犬吠坐不寐，撚髯高聳如山肩。

【注釋】

① "空梁"二句：薛道衡（540—609），隋河東汾陽人，字玄卿。善詩文，文章才華名重當時。北齊時參與修定《五禮》，待詔文林館，與盧思道齊名。入隋，除内史舍人。隋煬帝即位，道衡上《高祖文皇帝頌》，煬帝以爲致美先朝，則有《魚藻》之義，忌恨之。遷司隸大夫，尋令自盡。道衡未能引訣，乃縊殺之。一説薛道衡以"空梁落燕泥"之句，爲隋煬帝所嫉。

秋月收盆梅于土窟中十月晦日花含苞欲放矣因與小姬叔香話長興看梅如昨日事姬揚州人望予復得官有鄉思焉戲成三絶句示之

泥盆土窟作收藏，纔得花開對晚粧。記否當年尋下若，午風廻撲一船香。

眼前無復水烟寬，西北梅花屋裏看。自爇一燈當明月，也教疎影上欄杆。

無端却欲替花愁，潛下重幃閉小樓。夢醒忽然成一笑，願隨何遜到揚州①。

【注釋】

① “願隨”句：指何遜嗜梅。見前《何藹人看梅錢氏山莊作此奉簡》詩“何遜”注。

夢盤亭舊遊得詩八句覺後只記得深谷林香豹乳兒一句林香五字唐貫休句也何以夢中襲取因足成之以志六硯老人夢中忽有餘唾之乞亦大可笑也①

記得盤亭策蹇時，廿年踪迹劇相思。空堂月黑鴞翻瓦，深谷林香豹乳兒。殘字已消洪密碣，洪密和尚，後唐明宗時人。泥墻猶剩午亭詩。銕盆嶂寺壁午亭墨蹟尚存。如何夢裏渾忘却，不假仙人杖一枝。

【注釋】

① 詩題：唐貫休《送僧入五泄》詩云：“五泄江山寺，禪林境最奇。九年吃菜粥，此事少人知。山響僧擔穀，林香豹乳兒。伊余頭已白，不去更何之。”

哭張禮垣

秀才不肯作舉子，四大詩人謗聲起。少時予與禮垣、金門、雋三結吟社，鄉人有四大詩人之目，葢謗之也。如今我纔見白頭，四人今死三人矣。我哭禮垣心尤悲，兒時揔角相追隨。君死我尚哭以詩，後日我死哭者誰？秋風擊劍鬼膽破，揮涕路旁蛇母坐。與君同上歌風臺[①]，天下英雄餘幾箇？三十年前，與禮垣相遇于豊沛間。老年豪氣全消除，書本獨抱甘蠹魚[②]。丈夫一世但如此，生不如人不如死。將死翻戀身後名，君詩朗朗金石聲。不須更買梨棗急，何忍不入樊南集。從今懶過青蘿齋，滿眼蓬蒿閉不開。

【注釋】

① 歌風臺：漢高祖劉邦歌《大風歌》之處，後人因築臺，並立碑刻歌辭。臺址原在今江蘇省沛縣東泗水西岸，1955 年重建於沛縣文化館内。

② 蠹魚：蟲名，又稱衣魚，蛀蝕書籍衣服。此處指啃書本。

冬至月廿七日

静掩柴關度此朝，鬚眉老醜不堪描。水虧火熾多兀傲，天潤風疎太寂寥。懶遣兒曹成跪拜，並難身世託漁樵。迎春花放膽瓶暖，已見黄金綻短條。

嚴　寒

敝篋羊裘尚嶄新，飽腸牛餔未全貧。一身縮蝟還思火，百結衣鶉定有人。早已無心計冷暖，劇憐諸事作因循。銀杯羽化休關白[①]，只剩讐書肯認眞[②]。

【注釋】

① “銀杯”句：柳公權志耽書學，不能治生，他爲勳臣貴戚家書寫碑板，每年得到大量的金錢饋贈，然而這些多爲主管財物的奴僕海鷗、龍安所竊。公權别貯酒器杯盂一笥，緘縢如故，其器皆亡。訊問海鷗，乃曰：“不測其亡。”公權哂曰：“銀杯羽化耳！”見《舊唐書·柳公權傳》。後以銀杯羽化指遺失之物。關白，陳述、禀告之義。

② 讐書：即校勘或校對書籍。讐，亦作“讎”，二人相對之義。劉向《别録》：“讎

校，一人讀書，校其上下，得謬誤爲校。一人持本，一人讀書，若冤家相對。”

王橘峯有看雪詩棠和之因復次韻

米難從客貸，雪可向天賒。墮片眞如掌，滚團不作花。渴思飲水易，貧病割羊奢。最是牽簾看，因風整復斜。

書棠詩本

沃水灌心苗，噀口吐酸餕。發矢必貫蝨，觀肯方投刃。我頗信汝能，苦以制義擯。豈料時命乖，有司扼汝進。戰壘一笑空，誰復收餘燼。换馬披裲襠，别自砍堅陣。此事大快心，頓覺悍氣振。制義有古法，患以時糅趁。天既畀汝才，科名豈所吝。他日一唾手，慰此雙白鬢。

録張藐山五律詩題後

如此作五律，後來繼者難。直從古體入，未許淺人看。學杜何嘗肖①，似郊却不寒②。奇才挾奇氣，一迸出毫端。

【注釋】

① 學杜：指作詩學杜甫。

② “似郊”句：郊，即孟郊。孟郊詩清峭寒瘦，好作苦語，故稱“郊寒”。

聞　鶯

二十年種柳，流鶯今始來。調簧初未澁，觸諱豈須猜。樓閣因風遞，關河牽夢囬。終當勝杜宇，迸血落蒼苔。

四月七日雨

昨聞田父語，拔麥種秋禾。土脉連春潤，雨聲入夜多。畏寒擁破絮，貼水見新荷。莫笑老夫老，腰鐮矜乍磨。

巴公鎮

郭榮兵力敵者罕[①]，克敵有如山壓卵。英烈久爲王峻知，長樂老人識見短。當時王溥獨勸行，巴公原上兵車聲。崇也老矣精力憊，八公草木皆奇兵。遼將楊衮却先走，漢王放髯休誇口。宿衛將校轉戰雄，謂宋太祖。以一當百如拉朽。我來原上風蕭蕭，壁壘全無剩斷橋。下馬買酒自斟酌，南風陡見著林梢。五代兵戈眞轉眼，篡殺紛紛安足哂。酒吞入膽味獨佳，亂世偏生趙思綰[②]。是何天子悲劉崇[③]，李驤夫婦死匆匆[④]。更誰爲弔湘陰公[⑤]，舉酒一酹王得中。

【注釋】

① 郭榮：即柴榮（921—959），五代後周皇帝。邢州龍岡人。郭威内侄，後被收爲養子，改姓郭。郭威建立後周，封郭榮爲晉王。顯德元年即位，勵精圖治，内修訂禮樂、制度、刑法，外取秦隴，平淮右，復三關，威震華夷。在位六年卒，廟號世宗，一稱柴世宗。

② 趙思綰（？—949）：五代魏州人。初爲趙贊牙將。後漢高祖立，思綰據永興反，遣人納款於李守貞。隱帝遣郭從義伐之。圍城經年，城中殺人充食。思綰計窮乞降，拜鎮國軍留後。又思奔後蜀，被殺。

③ 劉崇（895—954）：又名劉旻，五代時北漢創建者。沙陀部人。後漢高祖劉知遠弟。知遠即位，以崇爲太原尹。劉崇與郭威不協，郭威建後周，劉崇稱帝於太原，史稱北漢。聯合契丹伐周，大敗於高平，憂憤卒。在位四年。廟號世祖。

④ 李驤：五代時真定人。慷慨善談兵，饒技略。後漢天福末，劉知遠以劉崇爲太原尹，擢李驤少尹以佐之。後因爲劉崇謀郭威事，劉崇謂李驤腐儒，欲離間其父子，怒斬之，并戮其妻。後果如驤言，郭威自立爲帝，劉崇悔悟不已，爲驤立祠於太原。

⑤ 湘陰公：指劉贇，劉崇之子。後漢隱帝被弒，郭威與群臣議立贇爲嗣，傳太后意召之。贇行至宋州，郭威爲兵士所擁立。封贇爲湘陰公，以幽死。

奴　池

奴池斗大如埋盎，只見遊魚吹細浪。平生湖海宦遊身，對此襟懷焉得放。沁流曲折扁舟横，走峽穿山落上黨。鷄架一嶺隔重簾，夜聽濤聲知水漲。麥水攤魚尺半長，泥腥自刷煎紅薑。飽噉一漱奴池水，五月不熱如秋涼。會劚汙泥春種藕，冒水花開大如斗。一池能開幾枝蓮，蓮葉田田正可憐。

讀明史三首

分封太侈，用刑太繁，求治太速，此誰之言？平遥訓導葉伯巨[①]。大臣不言，小臣乃語。平時人凌訓導官，今時人爲訓導許。吏部除官，多以貌取。所學非所用，所用非所學。是何得謂之選舉？嗚乎！此古今用人之通病，不獨有明而不能師古。及有所犯，而後加以鉞與斧[②]，誅殺不少貸，而犯者接武[③]。此用刑太繁，與求治太速、分封太侈，敢以告之明主。當時應詔上書人，學正曾秉政，主事茹大素，一奬一杖俱爲區處。吾謂當節其都邑，減其兵衛，爲異日尾大不掉之慮。奈何怒曰："小子間吾骨肉，獨逮伯巨而死于瘐[④]。"當時之人，定笑狂瞽，禍速禍遲，若是逆覩。金川城門夜半開，成王正要周公輔，伯巨之言豈小補。

羹污爲拂鬚[⑤]，子弟奉父兄。以之媚相公[⑥]，翻爲相公輕。江陵抱病日，祈禱遍兩京。徑走削名字，獨有顧憲成[⑦]。

蕁山先生去不遠[⑧]，游七亦登要路津。千古此曹如一轍，和珅奴有姓劉人。謂劉二秃子。

【注釋】

① 葉伯巨：明台州府寧海人，字居升。以國子生授平遥訓導。洪武九年，應求直言召，上萬言書，以"分封太侈、用刑太繁、求治太急"爲時勢三過。書上，太祖指爲離間骨肉，下獄，病死。

② 鉞與斧：泛指兵器。亦指刑罰、殺戮。《禮記·王制》："諸侯賜弓矢，然後征。賜斧鉞，然後殺。"

③ 接武：即步履相接，承繼之謂也。武，跡也。

④ 瘐：囚犯在獄中因饑寒致病。《漢書·宣帝紀》："今繫者或以掠辜若飢寒瘐

死獄中，何用心逆人道也！”顔師古注：“蘇林曰：‘瘐，病也。囚徒病，律名爲瘐。’……此言囚或以掠笞及飢寒及疾病而死。”

⑤“羹污”句：羹污準鬚之典，準即寇準。《宋史·寇準傳》載，丁謂出準門，至参政，事準甚謹。嘗會食中書，羹污準須，丁謂起徐拂之，準笑曰：“参政，國之大臣，乃爲官長拂須耶？”丁謂甚愧之，由此懷恨構陷，後寇準被貶於雷州（今廣東海康），死於南方。

⑥ 相公：舊時對宰相的敬稱。亦泛指官吏。

⑦ 顧憲成（1550—1612）：明常州府無錫人，字叔時，别號涇陽。萬曆八年進士，授户部主事。十五年以上疏語侵執政，謫桂陽州判官。歷遷至吏部員外郎、文選郎中。二十二年以廷推閣臣忤旨，削籍歸。在里與弟顧允成倡修東林書院，偕同志高攀龍等講學其中，辟王守仁“無善無惡心之體”之説，又譏諷朝政，評論人物。朝士慕其風者多遥相應和，由是東林之名大著。崇禎初贈吏部右侍郎，謚端文，人稱涇陽先生。有《小心齋劄記》《涇皋藏稿》《顧端文遺書》。

⑧ 萼山先生：指嚴年。嚴嵩家奴。爲人狡黠，憑藉嵩父子權勢，交通受賄，家極富有。士大夫趨炎附勢者稱其爲萼山先生。嘉靖四十一年嵩子世蕃戍邊，嚴年錮於獄。

自去年九月足不出户八月六日步至南峪二首

幽囚如老蠹，書味徹中邊。偶出見山水，怡然就石泉。操存先自我，動静各因天。此理初無二，何心更學禪。

山淺寡猿鶴，溪流奏筑琴。都將久别意，來印暫時心。樸陋原從昔，寂寥匪自今。無人肯過我①，一和短長吟。

【注釋】

① 過：拜訪、探望之意。

對　月

胡床清興無今古，獨坐與月成賓主。本來冰雪貯中腸，秋氣潛入相水乳。表裡洞徹生光明，納目入腹紛可數。寒氣夜深慄雙股，水晶樓臺白玉户。天孫刀尺不假人，敝衣難倩秋雲補。

秋　熱

中秋已過不增寒，天若曲貸無衣客。雷聲昨夜轉空山，曉階尋遍無雨迹。填胷心事不能言，飲茶四椀日已曛。捲簾岑岫忽顛倒，不是晚山是暮雲。

孤　雛

孤雛不耐嚇，坐受羣梟困。遂令千金産，莫飽一椀飯。斗酒滴劍花，不能反爵勸。天生是懦夫，縱死心無恨。徒聞吳漢超，刳腹膽三寸。

曉　日

曉日下重岡，絲絲吐金色。秋風食黍禾，愧此自食力。閭閻歲功成，貧者亦易貸。往貸不往還，行行生歎息。

昌谷詩題後

高揖韓昌黎，遠追李太白。仍是天上人，再作塵世謫。欲呼孟貞曜[①]，高筵肅兩客。苦語道不盡，益覺險句劇。絶學不可繼，仙鬼豈有迹。投厠運偶乖，終留不死魄。

【注釋】

① 孟貞曜：指孟郊（751—814），唐湖州武康人，生於昆山，字東野。少隱居嵩山。性狷介，與韓愈友善。與賈島並稱“郊島”，有“郊寒島瘦”之説。及卒，友人張籍等私謚貞曜先生。故稱孟貞曜。

窮　谷

天公肯愛我，窮谷住三年。無日不挾卷，何宵能早眠。饑羞方朔米，老歎祖生鞭。季直眞迂士，三餘正可憐①。

【注釋】

①"季直"二句：董遇，字季直，三國魏弘農人。質訥好學。作《老子注》。漢獻帝建安初，舉孝廉，稍遷黄門侍郎。入魏，遷侍中，明帝時爲大司農。嘗言"讀書百遍而義自見"，又言爲學苦無日，"當以三餘"，即"冬者歲之餘，夜者日之餘，陰雨者時之餘"。後以"三餘"泛指空閑時間。

秋　夜

爇火明孤閣，撒沙出衆星。河聲下嶺背，蟲語隔莎庭。壁暗風催雨，燈昏影答形。唱詩秋鬼懶，難索解人聽。

龍　鐘〔一〕

龍鐘賣菜傭，齷齪章句儒。識字本不多，老來方讀書。掎摭糞壤間，安得出明珠。匪不思出遊，懶借隣人驢。

【校記】

〔一〕龍鐘，此篇兩處"龍鐘"，民國本作"龍鍾"。

二　松

松高與樓齊，濤聲流入户。記得初來時，蜿蜿困風雨。一弓地不寬，坐受羣木侮。如何三十年，便欲論今古。白頭再歸來，狂對兩龍舞。

秋木一首效孟郊體

秋木豈無心，感霜有淚痕。憑弔不踐土，恐傷未死魂。明年汝花開，我不在里門。箸帚埽亂葉，哀哀倒一尊。

苦　茗

苦茗煮泉水，寒瓜掛竹籬。雨垣蝸角鬬，秋律砌蟲吹。噉飯還能活，爲官或已遲。剛腸迸熱血，七尺説男兒。

有誚爲小詩者因以廣之

老將筋骨攣，髮稀指爪禿。長鎗不得力，晚功收短鏃。昨日射山中，已見野狐哭。摩天有巨刃，仰首飛雲疾。

琢　句

琢句倚孤枕，單幃秋涼侵。不分兩劍觸，和我雙龍吟。精氣貫金石，靈爽澈古今。持以邀名譽，古人無此心。

絶　句

頑健今年又及秋，亂紅遮眼蓼花稠。老夫習得梯橋路，曲曲彎彎到上頭。

午夜咿唔動及晨，褰帷先見白頭人。謀生事事兒郎拙，未必捐書便不貧。

書東坡和陶詩後

囷中取黍米，爇火作蒸炊。俟其體性純，淋作酒與醨。眞味蓄厚力，光采溢盆巵。又如一升米，而乃煮作糜。及其成糜後，説米則已非。不是乃極是，消息微乎微。是爲斷烟火，亦稱入化機。

秋聲圖

陡見旋風團團起，讀畫用目不用耳。良工袖手起來遲，欲圖秋聲不上紙。金山夜半訪老僧，柁樓一線牽秋燈。宿雁拍拍驚野火，敗葦寒蘆客孤坐。

贈舟生

邀君讀我手著書，倉卒何能盡一尺。不如閒坐話中宵，寒星無芒碧天碧。讀書未必便如人，不讀依然不救貧。男兒要貴有學術，君年今纔二十七。

雨　止

雨止風來聲颯然，勁氣一埽開晴天。梧桐葉大不經脱，已見秃幹當樓顛。高唱激昂宜命酒，齾齾遠山列户牖①。黄菊欲綻霜梨垂，直與人間催重九。皮衣質庫綿衣存，風入襟袖勢軒軒。拓胷頓可作萬里，下筆立欲成千言。老年誰不嗟衰朽，人命不如神龜壽②。諸弟碌碌眞庸才，一痛爲人牽鼻走。手執如雪并銕刀③，夢中格鬪血濺袍。朝來把鏡照我面，老矣獨聳眉稜高。一貧如洗不救死，弟死遺腹有孤子。顛倒謀再綰銅章，豈盡希榮不知止。山北老柏一千年，銕骨撑拄龍蛇纏。霹靂下震神火燒，天宥不死生機全。正期攜榼登高去，不信此亦遭天妒。檐溜落聲溝水鳴，一霎晴昊變風雨。

【注釋】

① 齾(yà)：《説文》："齾，缺齒也。"齾齾：參差起伏貌。

② 神龜：傳説中稱有靈異的龜。《莊子·秋水》載："楚有神龜，死已三千歲矣，王巾笥而藏之廟堂之上。"

③ 并銕刀：并州鐵所打之刀。并州鐵名滿天下，唐詩人任華《懷素上人草書歌》有"勁直渾是并州鐵"句。銕，同"鐵"。

向　夕

蟲語磓聲不可聽，一行秋樹透疎星。面斑老作銅花緑，霜色寒收石氣青。鷄口難争成一敗，羊腸有夢怕重經。甕中酒盡賓朋散，咄咄無勞較醉醒。

録初白飴山心餘仲則詩爲一册漫題長句

前人自有不朽處，究竟不曾干我事。經我手寫氣偏粗，如聚一堂論文字。老筆跌宕昌黎豪，東野却愛寒蟲號。城南風雨夜聯句，泰山華岳摩雲高。手撲蠹魚開萬卷，秘室重城脱關鍵。鬭獸須尋獨角麟，抽絲不借同功繭。文章妙處有化工，黄蔣矯矯羞雷同。繁纓飾馬銅面具，破陣搴旗得兩雄。初白老人是前輩，吐辭不作兒女態。至今我誦二虎歌，筆力眞能透紙背。暮雨蛟龍亂上天，飴山猛氣欲無前。鼷鼠牛角徒云爾，未必前賢畏後賢。老怕談詩依門户，眼前何人追白甫。不甘僕隷分席遲，或許他年論接武。雋三松溪今皆亡，髩毛我亦感秋霜。憑誰唤起諸作者，一拜眉山証瓣香。

褁金谷登高

蓬萊閣上宴中秋，華嚴庵在勞山裡醉重九。風馳電掣十五年，每見西風輒囬首。家園今過四重陽，雨灑霜飛菊再黄。名山禹貢指王屋，百里峯巒過短墻。遠遊近遊都不有，斷嶺重岡策杖走。天上休吹落帽風，人間誰送白衣酒。海上跳擲雙丸明，中有神山十二城。洞天王屋亦第一，記得眞仙抗手迎。秋毫泰山非兩境，開眼合眼生俄頃。霜梨十樹紅岡頭，溪水一條盤蛇影。

刈禾

刈禾一阡復一阡，秋禾刈盡霽朝烟。山田高下互起伏，魚鱗蟒甲相廻旋。紅者霜梨翠者柏，柿葉深赤葦花白。釣魚莫道少閒人，正有溪頭舩一隻。拍手叫絶好家山，前年浙江得休官。在官恒懼不稱職，休官無田無酒喫。

得松溪未刻遺詩

天心不愛寶，誠求理必應。近聞藐山詩，不日可抄謄。藐山詩缺第五卷，今聞有藏本，已遣人覓之矣。又復得李生，遺藁字如蠅。老夫不及飯，催妾燃夜燈。十首遊山詩，筆健秋天鷹。清響激牙齒，碎此一盤氷。已死不自惜，我代爲之矜。地下謁藐山，定爲先輩稱。小妾争笑我，老去結習仍。今夕防飛去，書篋鎖白藤。

夢海會院

栝褁一身雪，竹飛千鳳翎。二句夢中作。句還疑宿搆，夢却是初經。鑑水眉稜古，埽霜礀氣青。誰攜筆五色，重作藐泉銘？

書南樓壁

燒盡魚膏焰不紅，睡遲殘月看如弓。稍留牛脯供晨饌，尚有羊裘傲朔風。峽口夢隨雙櫓下，鬼燈詩唱小樓空。二句夢境如是。佛經繙徹爐香息，容易人間作病翁。

十一月十二日日夕

經旬不上西坪閣，曲曲彎彎有路通。人面老蒼山面凍，一時齊借夕陽紅。

落日雲陰護石臺，暖簾香散綻盆梅。明朝倘落三尺雪，定喚王郎白戰來。謂介三。

柬介三

滕六儀衛衣盡縞，有夢看雪饞眼飽。覺來不是夢中天，南榮已挂黄棉襖。今年無雪一冬乹，老農搔首二麥槁。昨日有詩期今朝，厨中杯盤具草草。雉鷄肉鮮拌黄齏，薤葉性辣烹羊腦。楨虬卵壓酒力强，盡量休辭百壺倒。誰知我生賦命薄，一飲尚難寬懷抱。何怪廿年宦海中，百爲不能得一巧。天高朔吹裂雲衣，松老積毛褷鱗爪。氷〔一〕光逈射河伯睛，霰影忽被風姨埽。吟詩不復共王郎，探梅先時留畫稾。在野合衣大布裘，求仙艱獲如瓜棗。翻思宿昔住蓬萊，下雪常得見瑶島[①]。三千頗快溟渤寬[②]，六十早覺頭顱老。人生豈羨無事閒，我心獨欽不貪寶。只愁里閭失年豐，瓣香聊爾隨祈禱。鷄狗蝟縮寒氣深，檜柏頂秃籠烟早。一尺隴頭螟螣僵，莫更明朝變晴昊。

【校記】

〔一〕氷，民國本作“水”。

【注釋】

① 瑤島：指傳説中的仙島。

② 溟渤：溟海和渤海。泛指大海。鮑照《代君子有所思》詩有“筑山擬蓬壺，穿池類溟渤”句。

十一月望夜

松影鋪地濃，竹影鋪地疎。冷然沁毛髮，白光摇蟾蜍。名理析不盡，遑問天地初。照影不照心，却立爲踟躕。

栝卓如筆頭，附枝皆上從。照月混一色，升天飛白龍。窮巷無夜柝,時聞遠山鐘。盆梅欲自放,橫窻影重重。

湛湛天深碧,一輪轉廣寒①。只愁脱空墮,碎此白玉盤②。住世豈不好,委曲累心肝。欲邀寒篁語③,飛下青林端。

【注釋】

① 廣寒:即廣寒宫,傳説嫦娥所居處。

② 白玉盤:指圓月。李白有《古朗月行》詩,云"小時不識月,呼作白玉盤"。

③ 寒篁:指竹製的樂器,如笙、竽等。

待 雪

先遣一簾捲,不容寸鐵持。瓦溝纔見影,庭院立移時。啓篋搜簑笠,沿灘見鷺鷥。梅花相對發,已坼向南枝。

雪

老檜老壓頂,寒鵶寒叫風。井繩牽凍直,壚火陷灰紅。却食神偏旺,冥心色早空。江南記遊迹,一尺埽船篷。

盆梅一樹每歲冬至月大放

朔風百不貸,於汝獨開花。滿放陽光洩,孤標勁氣加。香難收倉卒,影本易橫斜。終覺寒威逼,三更布幔遮。

竹

放梢一百尺,十日便捎雲。際會有今日,風雷助此君。壓霜矜直節,拂簟合波紋。不黨休相誚,蒼堦松可羣。

夢覺寄海會僧了緣

作書手凍却頻呵，伏枕魂飄舊院過。一室之中留硯在，百年所得是愁多。雪搖燈影連虚屋，風旋氷花響細河。昨夢渡頭船一隻，與師同受七輪摩。

松溪遺詩

遺詩一讀撥寒燈，舉手捫來字有稜。半歲長城縶白馬，到頭揮淚哭平曾[1]。

【注釋】

① 平曾：唐人。爲人恃才傲物，多觸忌諱。憲宗元和間，謁浙西觀察使薛蘋，禮稍薄，即賦詩諷之。蘋追還，又獻《縶白馬詩》以自傲。穆宗長慶二年，以府元薦舉而被絀，被稱爲"舉場十惡"之一。文宗開成間，入劍南西川幕，與幕僚袁不約、來擇、郭圓等善，於節度使李固言則輕忽無所畏，作詩譏之。又爲賦譏諷朝廷。以此潦倒一生，終於縣曹。其《縶白馬詩》曰："白馬披鬃練一團，今朝被絆欲行難。雪中放去空留跡，月下牽來只見鞍。向北長鳴天外遠，臨風斜控耳邊寒。自知毛骨還應異，更請孫陽仔細看。"

東雲珊

村居半嶺屋非茅，路接前溪鼈可炮。煎水夜爐喧老銕，激風殘月墮危巢。無心此日烹羊胛，尚有名泉記虎跑。只恨黍荒無酒喫，陳郎冷落布衣交[1]。

【注釋】

① 布衣：本指布製的衣服，後借指平民。因古代平民不能衣刺繡，故稱。《荀子·大略》云："古之賢人，賤爲布衣，貧爲匹夫。"布衣之交，謂不拘身份地位高低的朋友。因布衣一般爲平民所服，故亦指貧賤之交。

題舊時姜鬱生畫山林歸老圖幀首

横海何能插羽翰，早時苦被别人瞞。羊皮豹鞹從誰認，蝎尾蛇頭仔細看。空説耒陽埋杜甫，斷無天舍賃劉安。山林不死生綃在，未必姜肱再畫難。

野　菜

陽和未十日[①]，已有野菜生。未曾出門摘，隣家作人情。蓬頭一童子，乃以荆筐盛。自言昨登壠，此物芽已萌。春露滋宿根，土膏拔初青。願以遺老翁，及此晨炊烹。攫囊得銅錢，十文休見輕。歡喜將之去，於己若有赢。窮民住深山，畢世志少營。貧賤心不恥，富貴安足驚。自愧尚讀書，心識五侯鯖[②]。

【注釋】

① 陽和：指春天的暖氣，借指春天。

② 鯖：音青，魚名，青色，有枕骨；音征，魚膾，肉和魚同燒的雜燴。五侯鯖：指漢代婁護合王氏五侯家珍膳而烹飪的雜燴。五侯，漢成帝母舅王譚、王根、王立、王商、王逢時同日封侯，號五侯。舊題晉葛洪《西京雜記》卷二載："五侯不相能。賓客不得來往。婁護豐辯，傳食五侯間，各得其歡心。競致奇膳。護乃合以爲鯖。世稱五侯鯖，以爲奇味焉。"

偶然作

每恨降生晚，不見混沌時[①]。忽然大雪落，仿佛如覩之。何者爲地軸[②]，何者爲天池[③]。上下色濛濛，遂使徹四陲。盗袴應傷寒，攫食應苦饑。禮豈能爲防，得則心嬉嬉。我欲返太古[④]，太古無君師。一自立刑政，從此百僞滋。刑政日以立，生人日以離。君看烏返哺，刑政何曾施。

【注釋】

① 混沌:古代傳説中指世界開闢前元氣未分、模糊一團的狀態。班固《白虎通·天地》載:“混沌相連,視之不見,聽之不聞,然後剖判。”

② 地軸:古代傳説中大地之軸。晉張華《博物志》卷一云:“地有三千六百軸,犬牙相舉。”

③ 天池:天上仙界之池。

④ 太古:即遠古,上古。

放　言

白傅居落下,眼中飽林泉。能于卧床下,常繫釣魚船。我生愛此景,形諸夢寐間。覺來亂山中,萬木圍一椽。鄉中諸前輩,鑿渠到山巔。百年等漏卮,終是輸自然。我貧今徹骨,那得有金錢。勞勞作此事,吾性所憚焉。長興接太湖,萊陽近海邉。滌我浩蕩胸,不令百憂煎。尚欠一浮槎,苦爲官守牽。明年再綰印,水鄉定有緣。想像見黄河,滚滚來自天。又復見長江,萬里霽朝烟。治事江河裡,釣得縮項鯿。上官顧之笑,此吏眞老顛。歸來正七十,埋盆學種蓮。神仙共握手,一笑三千年。

雪　後

雪後雲生白,高高極遠天。乾坤歸樸素,日月坐熬煎。竹節能扶老,菖蒲可引年①。終當戒踈縱,休信阮嵇賢②。

【注釋】

① 引年:延長年壽。

② 阮嵇:指魏晉時期竹林七賢中的阮籍和嵇康。

獨　謡

無詩兼不戀人間,此語聞之自錢起①。我今爲之下轉語,無詩有詩何足齒。牛肉白酒死耒陽[2]，後人憑弔淚如水。杜鵑啼殘蜀帝魂，苦竹叫斷湘雲鬼。此老掩耳不欲聞，生無飽飯不如死。近代乃有虞山翁[3]，不死甲申寧非恥[4]。呶呶再作十萬言，眞是一錢不直矣。蒼天高，后土厚。我酌汝，一杯酒。不能争鷄口，安得不牛後。不能鵷鷺羣，那不牛馬走。死而死而百年間，富貴窮達亦何有。有戀無戀且休題，不在區區詩數首。雲烟過眼豈常留，糟粕文章難不朽。天上仙人不識字，上梁文借李賀手。可知上〔一〕天亦寡諧，孤調獨彈誰與偶。近日讀唐詩，四萬餘首新上口。鮑溶張碧劉言史，老來忽得此數友。就中佩服者，尤復推漫叟[5]。皮、陸、馬異、任華、盧仝、老叉在下風[6]，佛座驚聞獅子吼[7]。李杜韓白眞英雄，微之吐氣成彩虹。小杜文雅最風流，扛鼎更有劉連州。有詩佳，無詩亦佳；官命乖，詩命不乖。只恨厨爨下，少米又少柴。舉家忍饑亦細事，黄帽青鞋歸去來。

【校記】

〔一〕上，民國本作“丄”。

【注釋】

① 錢起（約 710—約 780）：唐吳興人，字仲文，大曆十才子之一。其《暇日覽舊詩因以題詠》詩有“有壽亦將歸象外，無詩兼不戀人間”句。

② “牛肉”句：《舊唐書·杜甫傳》載，杜甫啖牛肉白酒，一夕而卒於耒陽，時年五十九。耒陽，在今湖南省。

③ 虞山翁：錢謙益（1582—1664），字受之，號牧齋，又號虞山蒙叟。常熟人。明清之際文壇宗主。

④ 甲申：指 1644 年。是年，崇禎皇帝自縊煤山，李自成入主紫禁城，後清兵入關佔據京師。紫禁城三易其主，江山翻覆，史稱“甲申之變”。家國覆滅，柳如是勸錢謙益一起投水殉國，錢謙益躊躇未死，轉而事清，卻在降清之後又從事反清活動。其反復如此，既爲明朝遺民所斥，又爲滿清皇帝所惡。乾隆挖苦其“平生談節義，兩姓事君王，進退都無據”。入《貳臣傳》。

⑤ 漫叟：指元結，唐代詩人，自稱浪士，號漫叟、漫郎。

⑥ 皮、陸：指皮日休、陸龜蒙。老叉，即劉叉。馬、任、盧、叉皆韓孟詩派代表人物。

⑦ 獅子吼：佛教語。比喻佛菩薩説法時震懾一切外道邪説的神威。

半枯松

誰畫半枯松，乃識造化意。一手發生條，一手出死氣。半截都盧椿①，一堆黑蛟皮。仰首看拏雲，青青天半枝。

【注釋】

① 都盧：古代雜技名，即今之爬竿戲。

歎齒髮

齒摇如危絃〔一〕，髮變如白銀。六十笑年華，乃無全健人。髮白羞上官，齒摇怯硬物。只留一寸心，時時還勃崛。矢作餓鴟呌，馬如疋練飛。夢中何所見，正合天山圍。歸來見老妻，冷坐破茅屋。君夢不是眞，隍中蕉覆鹿①。

【校記】

〔一〕絃，原刻因避諱少末筆一"丶"，後文亦同。

【注釋】

① "君夢"二句：《列子·周穆王》載：鄭人有薪於野者，遇駭鹿，御而擊之，斃之。恐人見之也，遽而藏諸隍中，覆之以蕉葉，不勝其喜。俄而遺其所藏之處，遂以爲夢焉。順塗而詠其事，傍人有聞者，用其言而取之。既歸，告其室人曰："向薪者夢得鹿而不知其處，吾今得之，彼直真夢者矣。"後以"覆鹿尋蕉"比喻恍惚迷離、糊裡糊塗，亦喻指得失無常。亦作"覆蕉""覆鹿蕉"。

曉　坐

默默數龜息①，旋旋笑蟻盤。老人喜宴坐，孺子促晨餐。春水淺深緑，奇書跌宕觀。曉風蕩踈雪，微覺布袍寒。

【注釋】

① 龜息：道教語。謂呼吸調息如龜，不飲不食而能長生。一説，龜睡時，氣由耳出，因此長生。

小个妾

老夫治裝將離家，小妾苦留看杏花。今年秋閏春到遲，三月始得開紅枝。照池一樹誰手植，臨鏡梳頭無氣力。殘粧不整墮井欄[①]，亂絲盤得老鴉色。踏青歷遍南北陌，停盃忽憶金臺客。

【注釋】

① 井欄：水井的圍欄。

題藐山方丈壁

如蟒一泉發寺背，當日疏之穿寺内。灌池澆花引長溝，出寺學作嚴家瀨。藐山先生古丈夫，以藐名泉坐朝晦。松聲竹聲合水聲，冬室大温夏清快。寺僧近來大可笑，年久乃聽渠石壞。一條活水十丈飛，從寺之背放寺外。寺外二頃膏腴田，驅牛得得耕春烟。天旱引水灌穀麥，安坐不愁逢凶年。非謂爾輩不當然，入寺出寺皆此泉。豐衣足食多金錢，何不俾之成兩全。臨厓破壞三間屋，月黑天陰山鬼哭。我佛拈花笑不言，遊人燒茶砍死竹。

牛　刀

牛刀能割牛，宰官不碌碌。一朝手握刃，對之兩觳觫[①]。囬頭謁上官，言之如炙轂[②]。此人信大佳，急登諸薦牘。從古用人難，歸來哭破屋。

【注釋】

① 觳觫:恐懼戰慄貌。

② 炙轂:本作“炙轂過”,過爲“輠”的假借字。輠,古時車上盛貯油膏的器具。輠烘熱後流油,潤滑車軸。炙轂,比喻言語流暢風趣。

偶檢故簏得六硯草堂圖賞所作也漫書其上

何處無長松,何處無修竹。何處無短垣,何處無茅屋。畫手既庸庸,主人亦碌碌。人則不足傳,畫又從誰讀。草堂還須自家認,動地聲名天所吝。料定不能同輞川[①],推説直到宋之問[②]。

【注釋】

① 輞川:指王維(701—761),唐河東人,祖籍太原祁縣,字摩詰。玄宗開元進士擢第。歷右拾遺、監察御史,又曾爲河西節度判官。天寶時,拜吏部郎中、給事中。安禄山陷長安,被俘獲,押解洛陽,迫受僞職,曾賦詩明志。亂平,責授太子中允。肅宗乾元中遷尚書右丞,故世稱王右丞。以詩名盛于開元、天寶間,尤長五言,多詠山水田園,與孟浩然并稱“王孟”。書畫特臻其妙,后人推其爲南宗山水畫之祖。與弟縉俱奉佛,居常蔬食,晚年長齋,不衣文彩。得宋之問藍田别墅,沿輞水彈琴賦詩,嘯詠終日,所爲詩號《輞川集》。妻亡不復娶,三十年孤居一室,屏絶塵累。有《王右丞集》《畫學秘訣》。

② 宋之問(?—712):唐汾州人,一説虢州弘農人,字延清,一名少連。宋令文子。高宗上元二年進士。善文辭,詩與沈佺期齊名,學者號爲“沈宋”。從武則天遊龍門,賦詩冠諸臣。歷轉洺州參軍、左奉宸内供奉,媚附張易之兄弟。中宗神龍時,貶瀧州參軍。景龍中,累遷考功員外郎、修文館學士,復媚太平公主。及典舉,引拔後進,多知名者。坐貪贜受賄,貶越州長史。睿宗立,流欽州,玄宗先天中賜死。工五律,律詩之格至沈、宋始備。有詩集。

雜　咏

我之所樂道,非彼所樂聞。田儚迎其鋒,兩邊成一軍。烏合勢不久,聚散忽紛紛。同塵與混迹,指天看浮雲。

流鶯愛鼓簧[①],老鶴愛彈舌。鶴不羡鶯巧,鶯却嗤鶴拙。不如吹長笛，能使階石裂。一片壯士心，迎風化碧血。

出言非虞夏[②]，聽者驚黄農[③]。可知古人事，不在時輩胷。客從江南來，爲問九華峯。烟雲盤石上，中有太白蹤。

我不因人熱[④]，人豈肯我依。平生相識輩，漸覺見面稀。昨日啓敗籠，收得舊草衣。披上度嶺頭，雙雙蝴蝶飛。

老僧談因果，意爲愚人勸。魚龍襍蝘蜓，其勢實漫涸。我常伏短兵，邀其所從遯。勝負不足言，午饑進齋飯。

藐山清妙處，繹之能無厭。習氣不自覺，已爲鍾譚染[⑤]。然能鑿天池，自磨秋水劍。至今發寒匣，其光猶閃閃。

司空著詩品[⑥]，千載矜其新。我却有秘訣，不外一字眞。可憐元次山[⑦]，二十四品外。因悟天地間，眞則不得壞。

百事賴一心，事畢心返宅。切勿縱之去，而作不歸客。能動不能静，翻覺天地窄。如是可讀書，如是可理劇。

道州論壽翁，忘情學草木。草木亦有情，當春摇紅緑。我謂修煉家，莫若學石頭。縱使箭没羽，石心終無愁。

愁來天地窄，愁去斗室寬。五嶽與四瀆，當作如是觀。無情無天地，有情淚不乾。東隣無米喫，我鼻胡爲酸？

【注釋】

① 鼓簧：吹笙，比喻巧言善辯。簧，笙管中的銅葉，借指笙。

② 虞夏：指有虞氏之世和夏代。《禮記·表記》："虞夏之質，殷周之文，至矣。"

③ 黄農：黄帝、神農的合稱。

④ 不因人熱：《東觀漢記·梁鴻傳》載："（鴻）常獨坐止，不與人同食。比舍先炊已，呼鴻及熱釜炊。鴻曰：'童子鴻，不因人熱者也。'滅灶更燃火。"後因稱不仰仗别人爲"不因人熱"。

⑤ 鍾譚：指晚明文學家鍾惺、譚元春。

⑥ "司空"句：司空图（837—908），唐河中虞鄉人，字表圣，自號知非子、耐辱居士。懿宗咸通十年登進士第。盧攜知政事，召爲禮部員外郎。僖宗次鳳翔，召圖知制詔，尋拜中書舍人。昭宗龍紀初，復召拜舍人，以疾辭。乾寧中，又以户部侍郎徵，數日乞還。隱中條山王官谷，作文以伸志。晚年爲文，尤事放達。后梁代唐，聞哀帝被殺，絶食而卒。有《二十四詩品》及詩集、文集。

⑦ 元次山：指元結（719—772），唐河南魯山人，字次山，自稱浪士，亦號猗玗子、漫郎、漫叟、聱叟。元延祖子，元德秀族弟。玄宗天寶進士，由國子司業蘇源明薦于肅宗，召爲右金吾兵曹參軍，歷仕山南西道節度參謀、水部員外郎、道州刺史、容管經略使。結有吏才，卓有政聲。文章戛戛自異，變排偶綺靡之習。有集，又編沈千運、王季友等七人詩爲《篋中集》。

仰山書院田兼三司農鏡山堂也偶遊漫題壁上

幸未化草莽，何如仍鏡山。壺觴與賓客，想像亂花間。“壺觴賓客亂花間”，司農鏡山堂句。誰補松三逕，兼栽蒲一灣。面前峯插笏，一一落孱顔。

尺五天拜明縣尹楊公祠下作

孤城盤一角，尺五接青天。花放當春日，風腥擊賊年。桐鄉眞可再，荒塚此能傳。想見精靈合，迎神夜扣絃。

將有并州之行

十日勞行李，春來還未遲。强心删妄想，惱色上繁枝。花氣觸襟袖，雲光寫别離。并門饒健卒，笑我白頭時。

杏　花

深院迴廊步欲移，小紅纔得暖風吹。宜欄宜檻曉粧竟，一雨一晴破蕋時。綽約不徒拋俗格，風流直可証相思。老夫雙髩渾如雪，解賦徐陵艶體詩①。

【注釋】

① “解賦”句：徐陵（507—583），南朝陳東海郯人，字孝穆。徐摛子。八歲能文，及長，博涉史籍，初仕梁爲通直散騎常侍。梁武帝太清二年，使魏，值侯景之亂，七年不得歸。后歸陳，累遷御史中丞。勇于彈劾權要，官至太子少傅。其詩歌騈文辭

藻綺麗，與庾信齊名。世稱徐庾體。有《徐孝穆集》《玉臺新詠》。艷體詩：最初用來指稱梁陳宫體詩，劉肅《大唐新語》記載："梁簡文帝爲太子，好作艷詩，境内化之，浸以成俗，謂之宫體。"在南朝時代曾經興盛一時。

諸同人餞余於海會院日暮雨作原豫中劉特舟張厚夫扶春德勤先歸余與劉雨蒼張木菴留宿寺中

老骨羞誇服錦衣，此行原與素心違。竹陰冷潑離筵酒，溪水緑圍舊釣磯。持騎有人先作别，挑燈同我懶言歸。僧窻聽雨非無意，留看山頭瀑布飛。

晉　祠

濟南舊日得趵突，鄉國今朝識晉源。海内名泉不多見，唐人碑版至今存。僵餘古木留修幹，慙對真仙説鈍根。上有吕仙祠。瀨釣巖耕樊上客，幾時來賃稻花邨。

新寺羅漢堂

森森階樹剪風齊，羅漢乘空指路迷。到眼紛呈十六相①，刼塵誰認一堆泥。雨沉碑碣蓬蒿滿，風激鈴鐺挂殿低。破硯難尋詩句拙，不曾埽壁數行題。

【注釋】

① 十六相：即十六族。《左傳·文公十八年》："是以堯崩而天下如一，同心戴舜，以爲天子，以其舉十六相，去四兇也。"

從平定行固關道中作

走峽穿嵐路不平，緑槐疎柳見山城。馬如盤磨偏多曲，車不方輪忽礙行。曉日重關明劍戟，健兒從古説幽并。談兵自笑書生老，夢裡休勞候騎迎。

到京贈許鷺園

曾記驅車漳水前，匆匆殘瓦覓無緣。重揮老淚思兒子，再結名場得少年。吏部文章原磊落，太行泉石正幽妍。秋風綰印知何處，怕說長安餞別筵。

晚香玉

可與末麗伍[①]，偏當子夜涼。折枝初浸水，破蕋細搖光。處處移根易，家家買笑忙。雙姬今夜夢，頭墮玉簪香。

【注釋】

① 末麗：即茉莉。

得五河縣令口號

拔腳當年作壯遊，也騎生馬也乘舟。衣裘破壞看行篋，烟水縱橫見泗州。兩處東坡追故蹟，謂登州、湖州。三畨花縣白人頭。休談更換頭銜易，猿鶴空山爲客羞。

彭荷邨內翰過我話別

十載心中記一彭，當時每恨別離輕。此來我有新知己，謂赤臣、禮山。久矣人無眞性情。眼底文章誰得力，客中鷗鷺是虛盟。五河秋水霜風急[①]，夢裡洪濤落後聲。

【注釋】

① 五河：五河縣，在今安徽省。延公嘗爲五河縣令。

得張赤臣廣文書却寄

好風吹竹弄參差，流水天然有令姿。譽我不無過當處，論文却喜印心時[①]。人如獨鶴棲難穩[②]，書託雙魚寄未遲[③]。爲語藐姑山下月，清光常爲照相思。

【注釋】

① 印心：佛家謂印證於心而頓悟。

② 獨鶴：即孤鶴、離群之鶴。謝朓《遊敬亭山》詩有"獨鶴方朝唳，飢鼯此夜啼"句。

③ 雙魚：借指書信。納蘭性德《金縷曲·亡婦忌日有感》詞："重泉若有雙魚寄，好知他年來苦樂，與誰相倚？"

家書稱西坪枯竹已五年忽生笋三十株

持斧砍死竹，哀哀聲欲吞。誰知入土心，尚有不死根。家人大歡喜，報書如生孫。朽腐化神奇，造化誰與論。

平生論文字，勁氣欲直遂。使氣吹鴻毛，能令毛不墜。亭亭三十竿，百尺交深翠。寄語待歸來，一行鐫細字。

題六硯草堂圖呈馮紫屏水部

秋堂夜雨墮紅果，修木十株山九朵。恨不更畫一萬張，一張之中有一我。水光摇蕩百東坡，古人已往可奈何。馮君筆鋒鋭莫比，粗枝大葉揮刀戈。憑几拭硯爲何人，濶襟禿袖冠峩峩。問捲此圖向何處，秋水横空見五河。排衙聲聲急如火，料難常對圖中坐。一生消得幾張圖，水色山光細細摹。

呈閻雨帆中書

才氣發今我，心源傍古人。巇初不礙，朽腐忽能神。握手秋雲遠，譚仙劍術眞。千年看左海[1]，滚滚正揚塵。

【注釋】

① 左海：指東海。

用楊百帆孝廉贈詩韵卽寄蒲州

縣官不用鬚眉古，手板難作藜杖拄。手中一枝判事筆，夢裡兩把砍柴斧。衙前晨起老鼍鳴，誤聽邨中打社鼓[1]。讀律心竊陋申韓[2]，得句意欲誇白甫[3]。整冠束帶坐堂皇，眼前觀者人如堵。争訟形若喪家狗，蠹吏狀同出匣虎。久知此事非容易，採樵入谷漁入浦。忽然相逢得吾子，君爲我歌吾起舞。談心激楚類哀箏，十三條絃排雁柱。我曹本是山水人，聰明豈必勝椎魯。并州五月似涼秋，夜半寒窻月稜吐。君詩投我十六韵，筆健精鋭走雷雨。青天白日懷抱開，蚯蚓不作蛟螭怒。可笑今世論文章，抵死南北分門户。掀天揭地無此才，轉喉學舌眞何補。挂冠我欲借中條，與君互作山林主。

【注釋】

① 社鼓：旧时社日祭神所鸣奏的鼓乐。

② 申韓：戰國時法家申不害和韓非的併稱。後世以"申韓"代表法家，亦以稱"申韓之學"。

③ 白甫：當指李白、杜甫。

偶讀洪稺存更生齋武虛谷遺事因成是首

先生九尺岸然異，上官謔之呼武二。拂衣起白吾無兄，稗官小説敢相戲。保和殿中揮老拳，潭溪學士殊可憐。據床大呼嚴挺之，原是偃師縣裡人。我書事異更生齋，余文藁有書虚谷事一首。打畨兒漢生面開。虚谷有打畨兒漢印章。不用和相聲聲罵，今人誰是打畨者。

倒用百帆原韵寄里中賈仲懷劉雨蒼張扶春孝廉

康樂已去山無主，籬穿每借秋雲補。沁水走峽捲沙來，惜未編籍稱漁户[①]。客來却愛談功名，拂袖忽逢先生怒。東山再出果如何[②]，不見蒼生霑霖雨。我所欲言不及茹，懸河之口快一吐。胸中先已納九州[③]，豈爲登山始小魯[④]。家室破壞棟宇崩，絶少材木作楮柱。地窄難容步作虚，麼朽不能拓而舞。眼中只恨山太多，夢裡時常艇繫浦。至今猶憶少年時，短衣窄袖射猛虎。昨來謁選到京華，官如束笋吏如堵。頭腦乍覺重於前，紗帽忽來换章甫[⑤]。計程冬入五河縣，耳根預愁報衙鼓。好用今時扶犁手，抛却從前修月斧[⑥]。彈壓百怪少雄文，空有長劍頤可拄。嗚乎卓茂今不聞，滿口獨説古人古。

【注釋】

① 編籍：即登記載入户口册籍。籍，簿也，指户籍、名册。

② 東山再出：東晉謝安少有重名，初辟司徒府，除佐著作郎，並以疾辭。隱居會稽東山，年逾四十復出爲桓温司馬，累遷中書令、司徒等要職，晉室賴以轉危爲安。後以“東山再起”指退隱復仕或失勢後重新得勢。

③ 九州：古代分中國爲九州，説法不一。《書·禹貢》作冀、兖、青、徐、揚、荆、豫、梁、雍；《爾雅·釋地》有幽州、營州而無青州、梁州；《周禮·夏官·職方》有幽州、并州而無徐州、梁州。後以“九州”泛指天下、全中國 。

④ 小魯：孟子曰：“孔子登東山而小魯，登泰山而小天下。”見《孟子·盡心上》。

⑤ 章甫：商代的一種冠，可稱儒者之冠，亦可代指仕宦。

⑥ 修月斧：傳説唐太和中鄭仁本表弟遊嵩山，見一人枕襆而眠，問其所自。其人笑曰：“君知月乃七寶合成乎？月勢如丸，其影，日爍其凸處也。常有八萬二千户修之，予即一數。”因開襆，有斤鑿數件。見唐段成式《酉陽雜俎·天咫》。後因有“玉斧修月”之説。

再倒用前韵柬葛禮山兼寄張赤臣

出者奴之入作主，究於風雅何所補？叩盤捫燭太紛紛，了了幾人辨堂户。禮山氣古心何柔，譽不生喜毁無怒。與我情好如弟兄，尚欠聯床夜聽雨。半醉剪燭譃正工，劇談口吃語不吐。我本蠢直晋鄙南，學問敢道得之魯。獨有膽氣不輸人，手卷疾雷來破柱。并州得識張廣文，譚藝對我手足舞。自言胷貯兩詩人，前爲雋三後荔浦。謾言苜蓿能肥馬，却痛功名同畫虎。此心坦坦對友生，鑿開城府折墻堵。我生末學不足矜，休道韓門收皇甫[①]。京師九門十二衢，是處高懸雷門鼓。可憐老人朝讀易，旅次而今喪資斧。欵客無僕茶自煎，過頭有杖手可拄。他年相逢藐姑山，我爲兩君説千古。

【注釋】

① 皇甫：指皇甫湜，唐睦州新安人，字持正。憲宗元和元年進士，官至工部郎中。從韓愈學古文，然流於奇僻險奥。《唐詩紀事》載："湜不善詩，退之和《公安》《陸渾》二篇，可以想見其怪奇。退之詩曰：'皇甫作詩止睡昏，辭誇出真遂上焚。要余和贈怪又煩，雖欲悔舌不可捫。'言其語怪而好譏罵也。"

叠前韵寄常棠二子時給假將歸里

胸納萬卷襍今古，狀同萬木相撑拄。亟知箇裡有長材，却恨手中無濶斧。小時不信讀書難，老矣猶能氣再鼓。洗髓功夫未見深[①]，離垢日月方覺甫。狂花客慧等盗賊，兵力先須作截堵。天生妖艷張麗華，門外早伏韓擒虎[②]。淫哇紫色摒恐遲[③]，好放清歌入漁浦。酒裡休教荷鍤埋，雨中却脱蓑衣舞。黄河九曲天上來，我家門正當砥柱。每登絶頂望九州，眼中了了辨齊魯。濡筆作爲浩歌行，有氣直作長虹吐。驅廹令我作縣官，感事淚下紛如雨。澄水誰証末吏心，手板難干上官怒。兩兒抵死學文章，老妻辛苦愁門户。江河不能滿漏卮，我縱得俸亦何補？聖恩許給微臣假，明日歸家祭栗主。

【注釋】

① 洗髓：道教謂修道者洗去凡髓，換成仙骨。亦比喻徹底改變思想、習性。

② "天生"二句：隋文帝大將韓擒虎率兵伐陳，來到金陵朱雀門外，陳後主尚與寵妃張麗華在樓頭尋歡作樂。杜牧《臺城曲二首》其一有"門外韓擒虎，樓頭張麗華"句。蘇軾《虢國夫人也由圖》詩有"當時亦笑張麗華，不知門外韓擒虎"句。

③ 淫哇：指淫邪之聲（多指樂曲詩歌）。

病霍亂一夕因憶春月曾病風一夕口占五律一首

一年兩夕病，歲月去滔滔。未覺衰年憊，偏增瘦骨高。功名蛇畫足，風雨手持螯。失笑五河縣，牛刀試爾曹。

有　感

衮衮衣冠會，匆匆車馬林。悔心交熱客，失助缺黄金。鱗甲填胷腹，肝腸問淺深。他時至臺省，聽取北來音。

陽阿道中

曲曲陽阿路正賒，日中行到日西斜。秋泉出地纔如蚓，墮葉翻風忽類鴉。已熟田禾人飽飯，未寒天氣客還家。官符休道匆匆甚，尚及籬邊醉菊花。

從黄沙嶺行海會寺道上作

釜底郫庄斷復連，黄沙嶺上接風烟。驚看紅樹一溝出，始信秋風到我先。溪水緑澄僧院墖，柳條寒覆藐山泉。他年初服還家日[①]，終學韓公禮大顛[②]。

【注釋】

① 初服:《楚辭·離騷》:"進不入以離尤兮,退將復脩吾初服。"蔣驥注:"初服,未仕時之服也。"與"朝服"相對。

② 大顛:唐禪宗僧侶,俗姓楊。初居羅浮山,後歸潮州靈山。與韓愈友善,愈言其聰明識道理,論甚宏博。憲宗元和十三年(818),韓愈因諫迎佛骨貶至潮州,召大顛至州郡,留十數日。後欲歸山,作詩偈一首辭别韓愈。

揔角

揔角燒殘辟蠹芸,老年四海斷知聞。近來輦下人傳説,重見寧都叔子文。

白頭

白頭羞更説生涯,傳世文章亦浪誇。日月擲梭愁過客①,親朋撒手笑摶沙②。不成南峪三間屋,孤負西坪四季花。只有老妻肯愛我,聲聲苦勸早還家。

【注釋】

① 擲梭:本指織布。比喻時光迅疾。

② 摶沙:即捏沙成團,比喻聚而易散。蘇東坡《二公再和亦再答之》詩有"親友如摶沙,放手還復散"句。

余自庚辰七月歸里閲四重陽今夏入都得官便道至家剛逢此節詩以紀之

年年設此舊壺觴,撰杖相陪子姓行。薄宦自慙三令尹,故園來補五重陽。天能應候生風雨,樹忽凌霜燦紫黄。醉把茱萸商後約,肯言前路正茫茫。

十三日李伯廣邀李潤之馮振之張扶春王見山楊麗雲李見唐張扶九家弟子劼集海會禪院

小雨霏霏薄午風，澗沙波石徑斜通。荻蘆黄作黄雲色，梨樹紅於紅日烘。十輩時髦徵國士，一庭荒竹坐衰翁。家園輸與禪堂好，狼藉腥羶惱贊公①。

【注釋】

① 贊公：本唐代僧人，曾與杜甫相過從。此處借指僧人。

辭家詩十首以夜雨滴空階曉燈暗離室爲韵

朽木撑老屋，勉强作支架。辛苦吟哦人，却被山鬼罵。汝本不出山，何人爲勸駕。可信一身外，都作假中假。人心有七竅，我欲補其罅。稍縱一罅開，便來添一詐。五河城早頹，兩間破官舍。土産有元鶴①，伴君唳清夜。

海會餞筵開，詩人襍龍虎。狂吟復大叫，聲欲震櫺户。廻飇作勢來，繼之以雪雨。滕六和風姨，拉襍一庭舞。沁水李潤之，好句不輕吐。昨日一詩來，心香裊半縷。梅花陸放翁，潤之詩："籬邊酒榼陶徵士，江上梅花陸放翁。"至今誰作主。願君早蕩舟，片帆飛江浦。

昨與家人飲，沾唇無半滴。問君胡不樂，衫痕懶頻滌。平生不墮淚，艱危昔所歷。天肯哀窮人，定有飽飯喫。

四十年讀書，心定不談空。不染空卽是，與心爲始終。傳聞五河縣，冒賑飽臭銅②。縣官先染指③，瓜分隸與農。我心已早定，孤立當其衝。吏倘來聒我，我作聾丞聾。督郵或過責，黄霸能持公④。原不苟自異，要不隨人同。

結屋小而圓，其狀如處蝸。脱去武靈靴⑤，著上青布鞵。床頭一斗米，户外一堆柴。官閑無所事，胡蝶飛上階。只用飯滿籠，不用酒如淮。寄語薄宦人，寡營多好懷。

艱難讀書久，心口未了了。一宵不成眠，輾轉到清曉。人於白頭歇，我於白頭肇。古有身後名，此事關豈小。

兩妾左右侍，老夫挑一燈。失笑向妾語，我是有髮僧。汝來十四五，青絲牽紅繩。腰支何楚楚，六銖衣不勝。轉眼十五年，便作中婦稱。正望桐枝生，健快如秋鷹。叔香産小鶱，聰明每自矜。冬能温布被，夏解驅蒼蠅。願隨阿爺去，常恐爺不應。窮愁有至樂，何輸杜少陵。

暑天愛林翳，秋木憎室暗。霜女解殷勤，一埽開遠覽。柿葉未全稀，我園紅漸淡。薜荔與枸杞，結子容一探。惜哉黄精肥，失此白木鑱[6]。我家距上黨，有水名爲沁。不及一垂鈎，到家時甚暫。夢中下五湖，十幅張布帆。

小棠與老常，侍我不蹔離。因學制舉文，不敢作歌詩。時時偷賦之，亦復解人頤。科第何日得，禄養望兩兒。未免作俗人，終爲達者嗤。

車馬有行色，程途亦卜吉。奈何白頭翁，手中猶握筆。心已縱萬里，身則閉一室。十詩脱藁完，户外風瑟瑟。抓搔不暫停，困此褌中蝨。詩成無與談，王猛叠兩膝。泗上有亭長，古來盛人物。倘經淮水旁，肯爲市兒屈。

【注釋】

① 元鶴：即玄鶴，黑鶴。晉崔豹《古今注·鳥獸》載："鶴千歲則變蒼，又二千歲變黑，所謂玄鶴也。"

② 臭銅：即銅臭，銅錢的臭氣。

③ 染指：《左傳·宣公四年》："楚人獻黿於鄭靈公。公子宋（字子公）與子家將見，子公之食指動，以示子家，曰：'他日我如此，必嘗異味。'……及食大夫黿，召子公而弗與也。子公怒，染指於鼎，嘗之而出。"本謂用手指蘸鼎中黿羹，後用爲典故，泛指品嘗某種食品。比喻分取利益，多指分取非分利益。

④ 黄霸（?—前 52）：西漢淮陽陽夏人，字次公。少學律令，武帝末以入財爲官。宣帝時爲廷尉正，決疑獄稱平。本始二年爲丞相長史時，因不舉劾夏侯勝爲"非議詔書"而同下獄，在獄中從勝學《尚書》。出獄得勝薦擢揚州刺史，轉潁川太守。時吏以嚴酷爲能，霸則外寬内明，力行教化而後誅罰。神爵四年，以治郡有政績，賜爵關内侯。五鳳三年爲丞相，封建成侯。

⑤ 武靈：指趙武靈王（?—295），戰國時趙國國君，名雍。肅侯子。武靈王十九年，行胡服騎射，以御遊牧部族。後陸續攻滅中山，破林胡、樓煩，國勢大盛。二十七年傳位少子何（即趙惠文王），自稱主父。另封長子章爲代安陽君。章不滿。惠文王四年，章起兵爭位失敗，逃入主父所居沙丘宫，李兑圍宫三月餘，章先死，主父餓死。

⑥ 鑱：古代一種鐵制的刨土工具。

曉行太行道上

攔車驛口鐸頻響，天井關門夜不扃。踏石亂窠懲馬力，墮風殘月象弓形。兩河氣冒霜天白，羣岫寒籠磵樹青。爲語排空南下雁，遲余同宿蓼花汀[①]。

【注釋】

① 遲：徐徐而行。

次新店 在清化之右

修竹繞山麓，風吹瑟瑟秋。我抛三逕去，人少七賢遊。河遠波聲小，峯寒晚黛愁。繁霜休更點，已白老夫頭。

渡　河

滚滚河聲天上來，渡頭人語襍喧豗。畧存千里一折意，眞有挾沙走石才。古縣波明滎澤近[①]，上流風撼孟門開[②]。兵戈歲久成消歇，誰指梁園話刼灰。

【注釋】

① 滎澤：古澤名。《書·禹貢》“滎波既豬”孔傳：“滎澤波水，已成遏豬。”宋曾鞏《本朝政要策·汴水》：“昔禹 於滎澤下，分大河爲陰溝，出之淮泗 。”又小水貌。

② 孟門：古山名。在今河南輝縣西，春秋時爲晉國要隘。一説在陝西宜川東北、山西吉縣西，綿亘黄河兩岸，又稱龍門上口。

途中讀王荆公詩

一路誰與語，荆公伴我來。艱深難字過，印証悟心開。歲月亦何疾，古今無此才。茅檐風瑟瑟，寒手煨爐灰。

次前韵

拂枕夢家裡，搴簾正望來。老人憐少子，每見笑顏開。四歲齊書案，兩兄望汝才。此心還欝勃[1]，未肯便成灰。

【注釋】

① 欝勃：氣勢旺盛貌。

途中詩三首

心目無所寄，斜睇高高天。飛仙不時來，雲物空自妍。騾轎太舂簸，把卷兩手堅。我目所注字，忽成倒與顛。不如廢書坐，默誦南華篇。何物最惱人，耳根鈴鐸喧。

五更登大道，並此殘月無。遥遥籠中燭，冉冉走平蕪。睡眼忽驚覺，誰握隋氏珠。同行多賈客，與我均饑驅。傷哉田已賣，不得作農夫。

昨日別家時，臨岐無一言[1]。只説還家日，當是致仕年[2]。此言聊自寬，誰得保其然。然果能得遂，買田穿流泉。後除安厨爨，前除爲卧軒。分付兩兒子，先種一池蓮。

【注釋】

① 臨岐：亦作“臨歧”。本爲面臨歧路，後亦用爲贈别之辭。

② 致仕：即辭去官職。《公羊傳·宣公元年》：“退而致仕。”何休注：“致仕，還禄位於君。”

夢藐山先生

篋中貯公行楷字,袖中納公古今詩。有因有創夢兩境,此夢直以文字知。深衣微髯炯雙眸,眞氣肅肅淩高秋。留都天子已見虜,痛哭陸沉半九州。藐泉嗚咽波不流,山禽野雀聲啁啾[1]。龍鱗玉質兩白栝,圍以萬竿修竹修。小子撰杖從公遊,公笑披我紫駝裘。寒櫪馬嘶星插斗,覺後公詩猶在手。

【注釋】

① 啁啾:鳥鳴聲。

强聒

今人談往哲,反扣卽茫然。可信來浮譽,其人不盡賢。道從深悟入,才或得天偏。强聒何須爾,繩床白晝眠。

野店

霜白鶏頻警,衾寒夢倦飛。自捫臍火煖,屢息鼻聲微。孤燭光搖壁,野風力合扉。衰殘五斗米,難得舉家肥。

舟次

淮水迢迢跨碧虛,一灣月勢象弓初。岸秋乍見飛黄葉,舟小疑能駕白魚。纔得横安几上硯,未曾先發匣中書。最憐枕上蘧蘧夢,不到官衙到敝廬。

舟所歷江北諸境皆明祖起事所經也成七律一首

水勢紆斜往復迴,早餐饘粥暮啣盃。絶無奇氣盪胸起,忽記眞人提劍來。破碎山河王業盡，衰殘楊柳笛聲哀。兩家樂府休重唱，尤展成明史樂府百首，張雋三曾有續作。江上寒雲慘不開。

題近作後

水程已盡六安州，途次詩篇梵筴稠。投厠自來傷李賀，納瓢終竟笑唐求。一家鷄犬無仙骨，五斗功名到白頭。明日肩輿江上去，折腰應爲大官羞。

冬　樹

冬樹束寒枝，圍以叢瘦篁。亦有青青松，矗矗排前岡。曉風蕩餘靄，時墜黄葉黄。自别江南路，遥遥歲月長。獨處萬山中，雪壓修木僵。苦無平遠地，化此剛腸剛。江梅行可折，飽嗅瓶花香。

梅心驛

曉日初紅楓樹林，南風微轉襍晴陰。漸無野志通猿意，久識青山陋客心。谷口冷梅遲雪晚，驛樓殘柳合烟深。果能手板全抛去，未必樵夫不可尋。

五河縣

潨潼沱澮淮，五水環縣城。狀如田田葉[①]，出水作高擎。城小堅于銕，力與洪濤争。終竟無兩全，年久城遂傾。我既一無藉，水來怒有聲。哀哉此鴻雁，誰與謀厥生？

官衙何所似，狀同破禪院。障風立葦墻，設屏編蘆片。家僮笑向我，何處安筆硯。不羞屋打頭，却怕雨著面。明日買竹竿，插此門兩扇。

在昔霸王城[②]，遺有勞軍瓶[③]。昨日偶得一，土蝕斑零星。酒漿婦人事，千百攜不停。剜印不忍付，叱咤生雷霆。玉斗既已碎，此瓶留完形。滿目烏江水,慘澹摇空青。插花花正開,飛上紅蜻蜓。

水漲魚食人,兼奪田與廬。水落人食魚,截網遭毒屠。彼此互强弱,何時得已乎?我欲訴河伯④,民魚令各蘇。遊此大化内⑤,千載眞須臾。人物絶殺機,造化心亦愉。平生耿直性,出言信若符。明年倘水漲,請先投我軀。

吏亦未甚黠,民亦未甚悍。只緣作官人,未到心先返。此事何以故?官腹無飽飯。假用庫中錢,終須破家産。昔欲裁此縣,并鳳泗編管。未知大吏心,幾時方克斷。

墻東數畝地,兼有一池水。倘能耕作田,坐收秄粒美。我欲招佃人,枵腹卧不起。計口而授糧,空囷我則恥。吁嗟此細民,原難與圖始。明年栽桃李,爛漫開紅紫。使君醉其下,好鳥聲撼耳。

一舟與兩槳,並載飯與酒。鱸魚正肥美,出手四十九。萬山圍一椽,虚明鑿前牖。每恨水不多,破浪乘風走。老懷今慰矣,此外非所有。宰官果餓死,亦應名不朽。

文章不繼世,眼中無康侯。錢世熹,字康侯,康熙時五河人,以時文名家。百年少科第,我爲此邦羞。努力興起之,其術則無由。士不能半飽,萬卷難校讐。且與課小學⑥,先從童蒙求⑦。識得忠孝字,勿貽父母憂。長官當大笑,會有良材收。

【注釋】

① 田田:形容葉盛密貌。

② 霸王城:即垓下古戰場遺址,俗稱霸王遺址,在今安徽省宿州市靈璧縣韋集鎮垓下村一帶。

③ 勞軍:慰勞軍隊。

④ 河伯:傳説中的河神。《莊子·秋水》:"於是焉,河伯欣然自喜,以天下之美爲盡在己。"陸德明釋文:"河伯姓馮,名夷,一名冰夷 ,一名馮遲 ……一云姓吕,名公子;馮夷是公子之妻。"

⑤ 大化:指宇宙,大自然。

⑥ 小學:漢代稱文字學爲小學,因兒童入小學先學文字,故名。隋唐以後爲文字學、訓詁學、音韻學之總稱。

⑦ 蒙求:指蒙昧的人求我不斷解決疑難。後來用"蒙求"做啓蒙的書名。《易·

蒙卦》:"匪我求童蒙,童蒙求我。"

寒夜行

屋脊覆茅葦編墻,瓦燈泥竈圍匡床。黄紬被破眠不得,蚯蚓竅發茶甌香。披衣開户月生光,波聲撼耳風摇霜。栖烏自警響拍樹,寺鐘隔街聲穿堂。厨烟欲斷難休糧,例得官俸充吾腸。眼前尚有小兒女,獨飽令我心徬徨。當年在官有衣裳,摺叠盈尺裝行箱。明日易米舉食箸,十指偏覺老夫忙。車前八騶眞荒唐[1],餅紋十字饞口張[2]。文蛇工鑄貪人敗,溷軒並載廉夫傷[3]。我撑窮骨住山岡,饑寒逼迫登官場。廿載折腰不羞恥,把鏡已見頭顱蒼。天若此時俾富貴,定是災我非禎祥。斗筲之器願易償[4],華屋良産非所望。贖得質田一百畝,斷磚午睡嬉風涼。展所著書一尺强,浪説傳世饒文章。飴山老人欲把臂,易堂諸子相雁行。索水化血剛性剛,喜談壯士發老狂。嘯梁有鬼定何在,燒船不去眞無妨。來朝茅檐黄襖黄,坐列兒女傾粥嘗。光陰老去若不長,終當披髪投窮荒。

【注釋】

① "車前"句:鄧禹事。見前《行路難》詩"鄧禹"注。

② 餅紋十字:十字餅,裂紋呈十字形的蒸餅。

③ 溷軒:厠所。《後漢書·黨錮傳·李膺》:"時宛陵大姓羊元羣罷北海郡,臧罪狼藉,郡舍溷軒有奇巧,乃載之以歸。"李賢注:"溷軒,厠屋。"

④ 斗筲:斗與筲。斗容十升;筲,竹器,容一斗二升,皆量小的容器。比喻微小、低賤,又喻人的才識短淺,氣量狹窄。如《論語·子路》:"曰:'今之從政者何如?'子曰:'噫!斗筲之人,何足算也。'"

斑竹吟

斑竹斑竹緑森森,風雨漬久斑痕深。河山破碎不收拾,英雄美人同此心。君不見,霸王城頽餘隙地,春耕往往出陶器。竹竿至今老不死,此斑定是虞姬淚[1]。從古傳説半荒唐,不獨女英同娥皇[2]。項王羞渡烏江水，惜哉不記虞姬死。死能得當天地驚，草木亦知來效靈。當時卽少拋血淚，附會亦屬常人情。小者我欲裁麈柄，中通外直清風勁。登山越水西日昏，作杖還能招楚魂。

【注釋】

① 虞姬：項羽之姬。項羽被漢兵圍於垓下，軍少糧盡，起飲帳中，悲歌慷慨，姬起而和之。相傳其詞爲："漢兵已略地，四方楚歌聲。大王意氣盡，賤妾何聊生！"遂自殺。

② 女英、娥皇：相傳是堯的兩個女兒，同嫁給虞舜爲妃。後舜出巡時死於蒼梧之野，她二人奔喪到南方，投湘水而死。晉張華《博物志》卷八："堯之二女，舜之二妃，曰湘夫人，帝崩，二妃啼，以涕揮竹，竹盡斑。"

十二月廿八日鷗鄉館作

冬涸環城水一溝，宰官臘盡坐來休。從無每食丹刀几，並少閒心狎鷺鷗。壞屋漸成風雪窟，窮檐艱作斗升謀。請看此日蕭條意，攤飯何能俟麥秋。

種荻謡

洪澤湖，淤沙起，年年加堰無可加，湖淺不容上流水。一朝倒灌來狂流，泗州五河驚濤浮。田疇浸没無好秋，人命不如沙上鷗。今年高郵崩堤石，河水陡落八九尺。岸上劚荻縱横栽，明年伐荻阡陌開。伐荻得錢喫飽飯，勝我撑船作魚販。

鳳陽 史閣部曾兵備廬鳳

樹樹垂楊集暮鴉，濠梁水落泊漁槎。剷山死土收王氣，覆堞頽雲悶帝家。殘局尚聞支閣部，野塘空見長蘆芽。衣冠塚上誰憑弔①，此去揚州路未賒。

【注釋】

① 衣冠塚:《漢書·郊祀志上》:“黄帝以僊上天,羣臣葬其衣冠。”後因稱只埋葬死者衣冠的墳墓爲衣冠塚。亦作“衣冠冢”。

春困一首寄里門諸子

十三雁柱任頹斜[①],厭説秦箏子夜撾[②]。猛氣猶思横銕笛,春風漸減發心花。久知自閉浮誇口,頓惜親朋聚散沙。筆硯塵封衣帶孄,梨雲相約夢還家。

【注釋】

① 雁柱:亦作“鴈柱”,樂器箏上整齊排列的弦柱。宋張先《生查子·彈箏》詞有“雁柱十三弦,一一春鶯語”句。

② 秦箏:古秦地(今陝西一帶)的一種弦樂器,似瑟,傳爲秦蒙恬所造,故名。

水　次

縛竹何勞測淺深,文移飛檄日相尋。風踈過樹留虚籟,水潤將天合夕陰。遁舌豈能參半語,荷鋤何處發藏金。魚龍懊惱泥鰍怨,共道移家恨不禁。

元　夕

樽俎蕭然劇可憐,繩床依舊挾書眠。水多耳慣當風夕,燈少人疑入定禪。浪説魯恭馴雉鳥,虚傳梅福是神仙[①]。淙沱潼澮淮河在,會得移家上釣船。

【注釋】

① 梅福:西漢九江壽春人,字子真。少學於長安,治《尚書》《穀梁春秋》,爲郡文學,補南昌尉。後棄官歸壽春。成帝時,大將軍王鳳專權。京兆尹王章以譏刺

王鳳被殺。群臣莫敢正言，福獨上書切諫。平帝元始中，王莽專政，福離别妻子，去九江。或見之於會稽，變姓名，爲吳市門卒。後世關於其成仙的傳説甚多，江南各地以至閩粤，多有其所謂修煉成仙的遺迹。

拍　手

拍手如何笑不禁，自留屐迹自追尋。雨晴苔忽挾矜色，寒逼梅能守固心。衣食未充身累重，疎狂難減病源深。平生學問都無用，剩有殘書証古今。

古　事

休言老惰不堪懲，睡覺還將古事徵。作賊何妨有廷尉，飛鷹初不屬禪僧。飽同吕布終難豢，貧到黔婁始足稱[①]。春夕較寒攤卷懶，家僮先爲撤帷燈。

【注釋】

① 黔婁：春秋時齊國人。守道不屈，不求仕進，時之高士。魯恭公聞其賢而禮聘之，欲以爲相，辭不受。齊王以黄金百金聘，不就。貧甚，没而衾不蔽體。曾子弔，見狀曰："斜其被則斂。"黔婁妻曰："斜而有余，不若正而不足。先生以不斜之故至于此，死而斜，非先生意。"著《黔婁子》四篇，言道家之務。後以黔婁作爲貧士的代稱。

二月四日雨中

却厭披裘坐，偏宜著屐行。東風能送雨，水霧不開晴。拾箭留三脊，尋磚指廢營。蕭然無一事，簾外薄寒生。

鷺

開户一團雪，初非老眼花。此心原共白，於汝亦無瑕。學舞當新雨，呼羣就淺沙。芙蓉山下水，歸浴夢還家。

求小得廬余家中作文字處所也移牓於堂左繫之以詩

榜屋仍求小得廬，古今成敗秖區區。侯門幾輩收闒子，直筆憑誰信董狐[①]。冶鐵爲刀矜銛利，飼鵝同鶴學清臞。溺冠自是英雄事[②]，敢向人前罵腐儒。

【注釋】

① 董狐：春秋時晉國人。晉靈公史官。周人辛有後裔，世襲太史，亦稱史狐。靈公十四年，公欲殺正卿趙盾，盾出奔未越境，盾族弟趙穿襲殺靈公，迎盾還。狐書於史策曰："趙盾弑其君。"以示於朝。盾不以爲然。狐以盾身爲正卿，出走未越境，歸不討賊，殺君者非盾而誰。孔子聞之，稱其爲古之良史。後用以稱直筆記事、無所忌諱的筆法爲"董狐筆"。

② 溺冠：爲劉邦凌辱儒生的典故。見前《四韻詩八首》"沛公解儒冠，辱之以溲溺"注。

齷齪行

齷齷齪齪小人情，磊磊落落丈夫行。我自不忤寧忤物，等閒莫作不平鳴。百卷甘同蠹魚死，豈料皇天並吝此。居然今日住專城[①]，旁人不愧我則恥。長日無事據匡床，古人已往費思量。一家之物與一家，褚炤不解彦回忙[②]。鹿盧舊形裝劍首，狂笑東風且命酒。形亡久矣無此神，刀没不存利何有。菽粟水火論原精[③]，窮檐炊斷今朝晴。黄金與土能同價，肯信當年蕭道成[④]。

【注釋】

① 住專城：指做州郡長官。專城，指任主宰一城的州牧、太守等地方長官。

② 褚炤：南朝齊河南陽翟人，字彦宣。褚淵從弟。少秉高節，王儉嘗稱才堪保傅。以一目眇，官國子博士，不拜。常非從兄褚淵身事二代。淵以軺車予炤，炤大怒，索火燒之。彦回：即褚淵(435—482)，南朝宋、齊時河南陽翟人，字彦回。褚湛之子。少有清譽。初尚宋武帝女始安公主，復尚宋文帝女南郡公主，姑侄二世相繼，拜駙馬都尉，除著作佐郎。湛之卒，淵推財與弟，唯取書數千卷。襲爵都鄉侯。

宋明帝時，累遷吏部尚書，尚書右仆射。明帝泰豫元年，受帝遺命，與尚書令袁粲同輔蒼梧王（後廢帝）。後又背袁粲助蕭道成代宋建齊。封南康郡公，加尚書令。時人恥其背宋無節操，譏之云："寧爲袁粲死，不作彦回生。"卒謚文簡。

③ 菽粟：指豆和小米。泛指糧食。

④ 蕭道成（427—482）：南朝齊開國君主。南蘭陵人，字紹伯。宋文帝元嘉十七年，始鎮豫章，自此率軍出戰，屢立軍功。明帝泰始七年，爲散騎常侍、太子左衛率。趁宋皇室相互殘殺，獨掌軍政大權。殺後廢帝，立順帝。旋廢順帝，代宋自立，改國號齊。在位期間，崇尚節儉，減免租欠，整頓户籍，限制諸王"營立屯村，封略山湖"。禁止將帥增募部曲。在位四年，謚高，廟號太祖。

示姪幹

汝小光陰輕一擲，識字尚難欺項籍。但解了了辨一丁，手中已抛弓十石。曷來携汝過長淮，一椽低覆茅堂開。課汝日讀百十字，詰朝口溢生疑猜。王家古事今堪説，爲龍則優豹則劣。汝曹心裡眞隔膜，老夫眼中原有銕。不食生餓不衣寒，汝爺家貲今已完。作詩告汝非饒舌，硯食筆耕事未難。今年十八年非穉，讀書本是吾家事。並此不能大可哀，明日送汝歸葱肆。

奉檄測水歸紀以詩

日日檄測水，會送漕艘出。三令復五伸，那得不一試。此間滙衆流，縱横眞如織。蛟龍久遁藏，其深豈可暨。一舟坐宰官，十輩列津吏①。縛竹駕而前，事竟等兒戲。遠岍明白沙，堤柳含緑意。添作小桃花，便當遊春地。老眼愁暮歸，細押文書字。

【注釋】

① 津吏：指古代管理渡口、橋梁的官吏。

再示幹

我尚常鞭後，汝曹那可閒。殘編風雨夜，一飯死生關。古事陳陳積，强弓寸寸彎。他時叩所樹，莫負此朱顏。

漫興一首

齊虜當年笑得官，自憐幽僻荷恩寬。空聞水作三篙緑，惜少樓從四面看。好夢尚能騎欵叚，暖風今漸放山礬。此間案牘由來少，手磨隃麋譜食單。

從懷遠歸至濠梁驛登舟

勞勞行役日，冉冉早春天。烟柳風難舉，哀容鏡不憐。染篙濠水緑，投澗野桃然。已見蒲帆挂，今宵放足眠。

偶閲姚武功縣居詩倣爲之倉卒只得五首臭味固自有異也乙酉二月廿又二日

城小眞如斗，早爲河伯居。不成大邨落，多種淡巴菰。西日收魚網，晴窻畫縣圖。昨宵看明月，搖櫓過沱湖。

草破烏絲格，行紆亞字欄。奪巢鳩力猛，褉雨雹聲乾。宜盡今朝樂，禾成來日難。種花争造化，不是效潘安[1]。

自處心無僞，臨文氣獨眞。千秋争事業，一霎歷風塵。卽有千時策，難邀受媚人。水塘紆曲處，却作小逡巡。

出郭遊春去，中田有逕通。遠尋茶寺雨，一趁酒帘風。瘦馬骨偏健，野桃頰不紅。漢王臺下路[2]，遺簇得青銅。

水次多村落，柴門少閉關。短聲漁艇笛，遠岸鳳陽山。楊柳通前路，慈菇約一灣。得魚烹正熟，未要使君還。

【注釋】

① 潘安：即潘岳（247—300），西晉滎陽中牟人，字安仁。故稱“潘安”。夙慧，有奇童之號。早辟司空太尉府。舉秀才。出爲河陽令，轉懷縣令。勤于政績。負才不得志，作謠諷山濤、裴楷等爲帝所親遇者。楊駿輔政，引爲太傅主簿。駿誅，除名。后累遷爲給事黄門侍郎。性輕躁趨利，諂事賈謐，爲“二十四友”之首。趙王司馬倫執政，岳與倫親信孫秀有宿怨，秀誣以謀反誅之。岳美姿儀，少時出門，常爲婦人投果滿車而歸。後常用作美男子的代稱。善詩賦，詩與陸機并稱。今存《潘黄門集》輯本。

② 漢王：指劉邦。

卽　事

眼裡何能判屈伸，遭逢那不証前因①。夢吞火棗初非誕，刀合延津信有神。歐幅刀久已失去，昨日家書至，云從肆中購歸。紗帽隱囊今事誤，雨蓑烟笠後畬新。從來坦率胷懷慣，肯信江淹是恨人②。

【注釋】

① 証前因：証知前因。前因，佛教語，謂事皆種因於前世。

② 江淹（444—505）：南朝梁濟陽考城（今河南省商丘市民權縣程莊鎮江集村）人，字文通。少孤貧好學。起家宋南徐州從事。嘗坐罪入獄，上書力辯得釋。尋舉秀才，對策上第。蕭道成輔政，聞其才，召爲尚書駕部郎。入齊，官御史中丞。彈劾不避權貴。累遷秘書監、侍中、衛尉卿。後附蕭衍。入梁，封醴陵侯，累官金紫光禄大夫。少以文章顯。作詩善擬古。傳説江淹少時，夢人授以五色筆，故文采俊發。後以“江淹筆”比喻傑出的文才或文才出衆者。晚節才思微退，夢一丈夫向之索還五色筆，時稱“江郎才盡”。傳世名篇有《恨賦》《别賦》，今存《江文通集》輯本。另撰《齊史》十誌，已佚。

寒食第六日

節過寒食景偏佳，春色先教到水涯。罷舞柳條無氣力，亂開花朵不安排。早餐買蠟烘甎硯，昨日催兒樹鶴柴。料得月支清俸有，不應冷落到吾儕。

一甎几一甎硯之室得自霸王城中硯一几較漢尺長四尺一寸八分寬一尺三寸九分厚八寸三分

運甓陶公志未頹[1]，捲簾春放艷陽囬。此中猶有英雄氣，如我眞同瓦礫材。醉眼臨池書字大[2]，夢魂凴几陣雲摧。勞軍瓶亦當年物，滿插花枝爛漫開。

【注釋】

① 運甓：典出《晉書·陶侃傳》。侃在州無事，輒朝運百甓於齋外，暮運於齋内。人問其故，答曰："吾方致力中原，過爾優逸，恐不堪事。"其勵志勤力，皆此類也。後以"運甓"比喻刻苦自勵，亦作"運百甓"。

② 臨池：東漢張芝好草書，凡家之衣帛，必書而後練之。臨池學書，池水盡黑。後因以"臨池"指學習書法，或作爲書法的代稱。

二月廿七日雨雪小飲薄醉

草色苔痕滿訟庭，水多晝霧看冥冥。儉能返古先衣食，力可爲人有政刑。寒逼簾櫳春雪白，夢歸王屋亂山青。誰知根矩原能飲，潛向宵分盼酒星。

昨　日

昨日家書至，溪雲淰淰寒。門前古少水，即沁水。猶插舊漁竿。

春雨辭

鯉魚吹浪風颸颸，沿河三五飛鷺鷥。積雨一尺滿階除，屋如漁舟人如魚。雨師雲將莫我屠，娱我一幅水烟圖。桃花隔墻見一枝，洗妝連日薄粉施。偷報羲和踏輪車，晒日一放紅頰舒。

襍　謡

朝市茅，補漏屋。晨買薪，煮稀粥。縣官如此，百姓可知。遣囚一人金六十，悉索乃到孺子衣。何不歸去？家中少米作晨炊，與在官時無等差。焉何得歸，仰視屋梁，儼有所思。起走繞床，腹中苦饑。讀古人書一萬卷，豈得此心因境變。風花高下春正佳，誰家調笙開别院。饑寒切身，清白不保。高季輔言[①]，籌胡不早。雨中捲幃誦聲高，階下落花慵不掃。

【注釋】

① 高季輔（約 594—約 651）：唐德州蓨人，名馮，以字行。居母喪，以孝聞。太宗貞觀初拜監察御史，多所彈糾，不避權要。累轉中書舍人。數上書言得失，進太子右庶子。歷吏部侍郎，遷中書令。善銓叙人物，太宗嘗賜一金背鏡，以表其清鑒。高宗永徽初，官至侍中。卒謚憲。

作　詩

人皆云縣令，不宜更作詩。嗟嗟遺骨髓，卑論到毛皮。言者心之聲，徵言人可知。不見于蒍歌[①]，乃出元紫芝[②]。

【注釋】

① 于蒍歌：于即《于蒍于》，歌曲名，唐人元德秀所作。

② 元紫芝：指元德秀（696—754），唐河南人，字紫芝。少孤，事母孝。登進士第，歷仕邢州南和尉、龍武録事參軍、魯山令。有惠政，以誠待他人。後隱居陸渾山，卒，門人謚文行先生。天下高其行，稱曰元魯山。

鷗鄉館

午日炙茅舂，當階老樹横。水風涼有信，鷗夢懶無營。委几瓶花謝，懸床葛帳明。新以葛布爲帳。楞嚴今不讀[①]，心已証前生。

【注釋】

① 楞嚴:指《楞嚴經》。

讀劉海樹太守詩

矯矯誰能見鶴羣,眼中鷄鶩太紛紛。讀完拍手誦君句,詩境空山寫活雲。

立秋夜

節氣催秋至,銀河又斬新。宿因原不昧,此謫記難眞。物役紛成敗,文章集鬼神。遲囬看楯鼻,磨墨儆何人?

浮舟捕蝗已四日矣歸途有作

歸途苦風逆,下水亦勞牽。市遠無生菜,漁稀缺小鮮。書淫從我癖,災退得天憐。囬首鳳陽縣,羣山笑及肩。

眼　大

眼大絶俗物,心虚屈古人。生徒成苟活,老益不謀身。命豈關窮達,鼎難辨贋眞。獵夫心義雁,多事打更巡。

腦　滿

腦滿年十四,頂朱鶴一千。物情較修短,辯口混愚賢。身作豹隱霧,心同珠媚川。匣中文字在,幸未趁時妍。

褊　急

生成褊急性,矯克已多年。何物甘吾忤,到頭空自憐。鳶魚心共適,金石爾同堅。木榻南榮下,徐徐放足眠。

勗常學畫

汝兄遺畫稿,閉置在空葙。此亦有家學,發之生古香。林巒開鈍質,精氣託微茫。應有胡威絹,爲余圖草堂。

七夕前一夜舟次鄧家台

久矣鴻毛視此官,徒然仙藥叩還丹。夢中曳杖邱巒少,眼底浮鷗世界寬。過雨荒城紅蓼濕,染篙秋水白蘋寒。風林落盡纖纖月,却好銀河隔夜看。

使君行

使君浮舟水上趨,索我肩夫兼輿夫。葶山先生氣餤大,睥睨縣官同庸奴。今畨捕蝗騎怒馬,縣小倉卒無珍厨。陸行自與水行别,腰笏不用何易于。他縣捕蝗盛筐筥,折翼斷股紛可數。益嘆老夫心計差,千夫力舉齊入土。餘者跳擲沙草間,何恠干我使君怒。有蝗無蝗姑不譚,且送行旌河上去。人生癡黠何區區,他縣自賢此縣愚。明日埽除絶根株,再來翻愁蝗則無。

郭家墩土室

心未陋土室,坐久生白光。木末轉南風,水北添帆檣。用意文字間,古色到羲皇[①]。懊惱復何有,有如埽粃糠[②]。開户偶佇望,羣山爭低昂。濠梁龍氣絶,陵土日就荒。溯之五百年,村氓連耕桑。秋到已多時,未覺木葉黄。但見天宇空,透葛晨風涼。今歲田大熟,蝻生水草旁。豆莢已落實,外此不能傷。我欲敵隣邑,無事相鋪張。此是分内事,笑彼飛檄忙。既不足稱災,又豈足稱祥。故鄉釀秋柹,夢到聒新嘗。

【注釋】

① 羲皇：即伏羲氏。《文選·揚雄〈劇秦美新〉》："厥有云者：上罔顯於羲皇。"李善注："伏羲爲三皇，故曰羲皇。"

② 粃糠：癟穀和米糠。以喻瑣碎、無用之物。

中秋夜同幕客許江村王子愚兒子常姪子不辮沱湖玩月柬同幕陳大燮堂

蓬萊中秋看明月，謂登州蓬萊閣。意氣直欲凌長空。廿年老興不自減，今宵一趁沱湖風。碧天秋净月娟好，嫦娥脱奩露指爪。水烟百里莽無邊，東南失却浮山島。漁歌不唱風浪平，蒼蒼林木下頳城。城中鼉鼓三聲下，湖面金光百道明。遠寄新茶烹顧渚，時鍾箬西自長興寄至。水厄王濛奈何許①。江邨自愛酌黄流②，嗜好何妨相齟齬③。阿常不辮各無言，只疑今夜同登仙。船頭鷄犬騰空去，柁底魚龍抱寶眠。海中看月蛟蜃狎，湖上看月裘屐接。絶勝當年三箬遊，輕舸宛轉浮苕霅④。王郎氣古羞雌雌，對月招手滿一巵。昨日索我署楹帖，爲寫六如七字詩。句云："百年障眼書千卷，四海資身筆一枝。"此湖之遊爲僅有，况復看月兼飲酒。陳郎却卧百尺樓，不及高歌拍銅斗⑤。

【注釋】

① 水厄：三國魏晉以後，漸行飲茶，其初不習飲者，戲稱爲"水厄"。後亦指嗜茶。劉義慶《世説新語》載："晉司徒王濛好飲茶，人至輒命飲之，士大夫皆患之。每欲候濛，必云：'今日有水厄。'"

② 黄流：指酒。《詩經·大雅·旱麓》："瑟彼玉瓚，黄流在中。"

③ 齟齬：本義爲上下齒不相對應。比喻不平正，參差不齊。亦喻指不相投合、抵觸。

④ 苕霅：苕溪、霅溪二水的並稱。在今浙江省湖州市境内。是唐代張志和隱居之地。

⑤ 銅斗：亦作"銅枓"。銅製的方形有柄的器具，用以盛酒食。孟郊《送淡公》詩

之三有“銅斗飲江酒,手拍銅斗歌”句。

與江邨子愚夜話

閟極作誕語,秪愁駭客聽。秋生斂衆緑,雲退脱危星。詰問仍相惕,聞根已早扃。桔槔爾何物,俯仰太勞形。

遣　興

緑叢深處露華新,八口浮家住水濱。乍覺霜空來旅雁,漸知心懦學庸人。菊花殘日畱三逕,砧杵秋風遍四隣。却是老妻能淡泊,書來從未説家貧。是日家書至。

十月廿一日

鴉背搖晨日,槐枝惱夜霜。半將蕭索意,迸入老人腸。酒釅燈浮緑,瓶殘菊尚黄。願邀青女過,持帚埽寒香。

高檣一一挂風旗,十月天寒晷易移。薄飯涼齏人散後,亂頭粗服菊開時。早拚驛柳傳書去,欲訴江梅入夢遲。莫道鷗鄉眞寂寞,尚能重理釣魚絲。

賦得菊花限梅字

記折紅蓮向水隈,秋風又見汝全開。亂栽直不邀青帝,遲放偏能續早梅。色借黄金徵令節,雨移深屋勸樽罍。江頭楓樹原相友,夢裡前曾載棹迴。

風　日

今晨狂籟發,號竅感所通。古木集翔氣,何況當天風。盥手作數字,指僵形匆匆。開户當落照,佈地森蛇龍。

南　窻

南窻曝太陽，最與冬日宜。北户偏得夏，一一吹涼颸。兩者非異嗜，坐享者爲誰？在家住南屋，鑿窻質我衣。炙炭身不冷，况復當午曦。官衙破草堂，赤輪相照持。惜無向北牖，閉塞無所施。獨惟到嚴冬，我則樂未支。晨坐展一卷，直到日西垂。縣事本稀有，人亦不常笞。心省力不勞，未應白我髭。明年請投劾，歸去還未遲。

草堂一首戲爲俳體

草堂風定木梨香，靜裡光陰爾許長。閒不讀書眞可惜，老思行樂亦何常。困眠那復聽更鼓，健飯無須試藥方。只道捲簾飛雪下，誤人原是瓦稜霜。

冬日襍詩

撥爐微覺剩殘香，小妾先陳煖胃湯。隱几無因成短夢，寒天容易見斜陽。納胷書卷眞何用，收甕黄虀正可嘗。莫向腰間看劍玦，如今非復舊鋒鋩。

晝讀二首示諸小學子

晝讀殊拉襍，潛隨夜氣生。默默以自驗，捫處皆不平。待其與我化，中有眞性情。可憐一管筆，奮怒當雷霆。

晝書讀不熟，苦將膏燭然。誰知五更頭，朗朗口上宣。小時操伎倆，老豈遂忘焉。寄語爾小子，天健行于乾①。

【注釋】

①“天健”句：《象》曰：“天行健，君子以自强不息。”孔穎達疏：“天行健者，謂

天體之行，晝夜不息，周而復始，無時虧退，故云天行健，此謂天之自然之象。”見《周易注疏》卷一《乾》。

棠至作此示之並示常與正望

歷歷前宵有夢囘，并門愁鎖剪難開。兩番虛受吳公薦，一擲誰收爨下材。麈尾已抛王謝去[①]，馬蹄親犯雪霜來。紫荆舊種庭前樹，好借春風著意培。

【注釋】

① 王謝：六朝望族王氏、謝氏的並稱。

十一月十九日常歸里出門後雨風大至

離緒棼難割，風横雨復飛。一年侍官閣，十日拜慈幃。旅食甘藜藿，山田課瘠肥。蕭蕭霜鬢白，恨不作同歸。

張映庚餽兩鶴

一一隨君到草堂，飄然姿態不尋常。官貧難得分清俸，骨瘦偏禁壓夜霜。舞對羊公原不謬[①]，人無嵇紹孰相當[②]。平生自凛鞭靴戒，頻向齋頭算鶴糧。

【注釋】

① 羊公：指羊祜，字叔子。昔羊叔子有鶴善舞，嘗向客稱之。客試使驅來，氃氋而不肯舞。見《世説新語·排調》。

② 嵇紹（253—304）：西晉譙郡銍縣人，字延祖。嵇康子。惠帝永安元年，東海王越挾惠帝攻鄴。穎將石超破之於蕩陰，獲惠帝。紹以身捍帝，中流矢死，血濺帝衣。後左右欲浣衣，帝曰：“此嵇侍中血，勿浣。”謚忠穆。

李洲畫北陰邨帳額

置我修林巨石間，畫圖人羨宰官閒。眼中認得吾廬在，夢裡時能策蹇還。寒玉一條古少水，秋烟幾點太行山。何因幻作飛鴻爪，遍踏重巖細菊斑。

偶觸二首

讀書何所首，小人君子辨。鈆山有文藁，輯之成百卷。我輩論著作，先須立身善。不然梁成大，呼作梁成犬。試看微之詩，珠璣紛在眼。初交崔潭峻，再友魏宏簡。一時苟熱中，清議豈得免。莫怪武儒衡，揮扇心急褊。

胸中坦白無關鍵，宣公乃得李洪憲。他人報復太紛紛，急電狂飈未轉眼。生人童騃真大難，世間莫作腐儒看。昌黎自愛陽山令，不戒優人成輔端。

樊南詩鈔定稿題長句于上

手定之書豈等閒，多年搜輯實辛艱。鄉人舊説推東谷，謂白胤謙尚書。銕網新收見藐山。老眼有珠初不謬，得君餘子畧從删。樊南他日行刊本，却笑夗湖見一斑。朱竹垞《明詩綜》收藐山詩一首，當時未見其全集故耳。

日　夕

宿鳥先投木，陽烏未墮烟。酒懷寬往日，詩力進衰年。境與官同晦，貧難天獨憐。夢中樊口水，三折落風泉。

憶園松

土冷堅于銕,青松瘦可憐。幹抽一百尺,根入九重泉。畜鶴遠愁寄,産苓食可仙。蕭蕭虚籟發,疑叩七條絃。

正月五日二首

冷署偏宜睡,卧聽晨鼓撾。拙才艱一聘,岐路實三叉。春信防先覺,閒雲鎮猛拏。齋前古柳樹,依舊聒風鴉。

茗椀離湯熱,牙籤觸手寒。平生抱賤嗜,艱仄試卑官。昨歲眞如客,新蔬忽上盤。春遊船一隻,撑過使君灘。

挾術行

昆季力壯能執兵,一朝盡遣軍中行。英雄猜忌誰不有,快哉蕭何得鮑生[①]。君臣之間行以術,從此倫常百僞出。項王草具眞可笑,雲夢僞遊亦何必。眞氣欝欝發至誠,胸中城郭成坦平。臣門未必眞如市,五郎不識呼作卿[②]。學易京房名不朽,以李易京終遭咎。石顯公然殺其身[③],當時早信焦延壽[④]。吞順吐逆法大難,鈎距從來重宰官。季路掉頭發片言,情僞何曾見百端。他邑千蝗萬蝗集,中牟百里胡不入。此事尚不信袁安[⑤],我縱言之夫何涉。東阿大治子奇奇[⑥],年纔十八誰爲師。定知不以挾術往,至意所格從之靡。許人奸雄人大笑,至今我心悲許劭。橋元豈盡不知人,融也當時少逆料。拉襍仰首歌烏烏,善善同清惡同汙。人生無術合窮困,蘇我人間少八厨[⑦]。

【注釋】

① 蕭何(?—前193):西漢泗水沛人。初爲沛主吏掾。從劉邦入關,獨收秦相府律令圖書藏之,以是漢知天下關塞險要,郡縣户口。劉邦王漢中,以何爲丞相。又薦韓信爲大將。楚漢相拒,留守關中,轉輸士卒糧餉,使軍中給食不乏。劉邦稱

帝,論何功第一,封酇侯。後定律令制度,協助高祖消滅陳豨、韓信、黥布等,封相國。高祖死後,事惠帝,病危時薦曹參繼相。卒謚文終。有《九章律》,今佚。鮑生:西漢人。楚漢戰爭時,劉邦與項羽相距於京、索間。劉邦數使人慰勞丞相蕭何,生向何建議遣子孫能勝兵者悉至軍所,以解劉邦之疑。何從之,劉邦果大悦。

② 五郎:武則天寵臣張易之的稱號。《舊唐書·宋璟傳》:"當時朝列,皆以二張内寵,不名官,呼易之爲五郎,昌宗爲六郎 。"蘇東坡《次韻答劉涇》有"意行信足無溝坑,不識五郎呼作卿"句。

③ 石顯(?—前32):西漢濟南人,字君房。少坐法腐刑,爲中黄門。宣帝時爲中書仆射。元帝時爲中書令,事無大小,由顯決斷,貴幸傾朝。譖害蕭望之、賈捐之、京房、張猛等大臣,結黨營私。成帝即位,遷長信中太仆,失勢。后免官,徙歸故郡,不食,途中病死。

④ 焦延壽:西漢梁人,字贛,一説名贛,字延壽。少貧賤,以好學得幸於梁王。學成爲郡史,舉補小黄令。愛養吏民,盜賊不發,政績優異,當遷,民上書留之,詔許增秩留。曾從孟喜學《易》,授《易》於京房。著有《易林》。

⑤ 袁安(?—92):東漢汝南汝陽人,字邵公。微時客洛陽,值大雪,洛陽令按行至安門,除雪入户,見安僵臥。問之,安曰:"大雪人皆餓,不宜干人。"令以爲賢,舉爲孝廉。明帝永平十四年拜楚郡太守。時以楚王劉英謀逆事,連及數千人,安理其無明驗者,出四百余家。徵爲河南尹,治政嚴明,名重朝廷。章帝建初八年遷太仆,后拜司徒。和帝即位,外戚竇氏擅權,安守正不移。卒于位。子孫世代公卿,爲東漢著名大族。

⑥ 子奇:相傳爲春秋時齊國人。十八歲治阿縣 ,阿大治。後用以稱年少有才華的人。

⑦ 八厨:《後漢書·黨錮傳序》:"度尚、張邈 、王考、劉儒、胡毋班、秦周、蕃嚮、王章爲'八厨'。厨者,言能以財救人也。"

蘈山詩久無知之者自予始得之紀二絶句

五律居然境可仙,其餘瘦削亦相憐。元裳縞袂天邊鶴,再到人間二百年。

的爍珠光奪蚌開,自彈孤調自生哀。滿傾緑髓當風嚥,肯與鍾譚作隊來。

讀漢書

兄弟之仇不反戈[①],光武乃以小怨言。受降竟不殺朱鮪[②],九原誰洗伯升冤。濶達能符高祖風,俎上當年有太公。父母兒女恩毛裏,滕公收載形匆匆。君不見,太公日夜思歸東[③],帝承意旨增土木,街市居然能象豐[④]。

【注釋】

① "兄弟"句:語出《禮記·曲禮上》:"父之讎,弗與共戴天;兄弟之讎,不反兵;交遊之讎,不同國。"

② 朱鮪:新莽末淮陽人。初隨王匡等起事,屬新市兵。後擁立劉玄,擬封膠東王,鮪以高祖有約,非劉氏不王,讓不受,徙任左大司馬。東漢立,建武元年,降於光武帝,拜平狄將軍,封扶溝侯。後任少府。

③ 太公(?—前 197):史失其名,稱太公。或云名執嘉,或云名端。秦末沛人。劉邦父。楚漢戰爭初,爲項羽俘獲,置軍中爲人質。漢王四年得釋歸。劉邦即位後,五日一朝如家人父子禮。高祖六年,太公家令説以人主之尊,乃於劉邦朝時,持帚迎門退行。高祖大驚而尊爲太上皇。

④ 豐:《説文》:"豐,豆之豐滿也。一曰器名,鄉飲酒有豐侯,亦謂之廢禁。"《廣韻》:"豐,茂也,盛也。"

春哀曲

庭草無人隨意緑,王胄死後無此語[①]。高歌風雨鬼神來,才大于身夫何補。旭氣寒澁花不芳,瓶裡蠟梅著意黄。衙齋十年無李毅,眼中少此狂奴狂。劉珊詩好妙衆體,落花燦燦珠璣香。名士左遷甘浪迹[②],美人春病尚嚴粧。可惜我來遲一歲,君已牛車上北邙[③]。老年感觸太無端,前哭李毅後劉珊。春風爲我弄柳色,搓得長條護井欄。誰家庭院吹竹管,急響哀音苦不緩。

【注釋】

① "庭草"二句:語出王胄《燕歌行》。王胄,隋瑯邪臨沂人,字承基。少有逸才,

仕於陳。及陳亡，晉王楊廣引爲學士。煬帝大業初爲著作佐郎，所爲文辭爲帝所重。性疏率不倫，自恃才高，負氣凌人。楊玄感虚襟與交。及玄感敗，與虞綽俱徙邊，胄遂逃亡江左。後被俘坐誅。

② 左遷：謂降官、貶職。

③ 北邙：亦作“北芒”。山名。即邙山。因在洛陽之北，故名。東漢、魏、晉的王侯公卿多葬於此。因以借指墓地或墳墓。

短歌一章

當座挂飛瀑，風雨皆横織。薜蘿四面瞰虚窻，倒映攤書成緑字。字内豈無此地境，自恨投林身不猛。茅檐虚受粉蜨風，土屋横描疎樹影。唉呼庚癸不從容，風激瓶笙纔俄頃。囬思置我前所願，佛眼衆生皆平等。先生曰吁我匪妄，納目入腹觀五臟。

卮　言

毛羽亦靈産，元鶴尤所珍。凡事以迹求，終不到古人。立垞護早夜，開垞出清晨。飲啄同鶏鴨，高欲等我身。匪不招與放，尚未臻于馴。取彼一聲唳，濯我十斛塵。

水仙處几席，勢難不登盆。想見山水間，尚有未返魂。欲彈無清琴，古調今不存。黄冠白玉袍，眼中羽客尊。

泗州何首烏，湯煎龍眼味。每卧盡一甌，畧有飲藥意。官骸尚虚靈，腹亦貯眞氣。生死事甚大，力豈借草卉。要亦事偶然，告竭不求繼。

冬雪既不多，而以春雪補。簾額看玉龍，百萬奔牖户。昨日送客歸，惆悵離筵祖。春淺長淮堤，風急獨柳舞。忽念嘉州詩，梨花千萬樹。

少府夕宴客，檐外雪正飛。風急春燈亂，泥深僕屨肥。同座臭味投，飲酒無是非。間亦説文字，識深賞必稀。老人畏路滑，强坐肩輿歸。明日宜有詩，此令未可違。

我詩亦何多，無想心正住。狀如決堤防，所蓄盡一吐。清濁塹同源，純襍亦相互。淘心等汰金，洪鑪快一鑄。鈍捷了不關，此機可頓悟。

討　春

豆稭堆灰雲色壞，沱湖不波四無界。春意那識人心忙，柳腰澁舞倉慵畫。遊船相待東溪頭，説是出遊却未遊。小紅破頰燕掠水，細認蘋風善且柔。

短歌行

悠悠復悠悠，世路無康衢。盲人騎瞎馬，獨走寧不虞。百尺深井得雲路，身外窮愁何足慮。失晨安得罪鳴鷄，株守何曾無走兔。楊震四知今無人，轉折方圓可進身。此計我自不知變，安怪人材論積薪。唾壺口缺從君唱，五官百骸眞放浪。我妻手熱夢全無，何怪家人交相讓。鼓掌爲君喚奈何，荆州十郡十女壻。世上那有劉季和，眼中愛憎何其多。

莫　厭

莫厭徒岑寂，掀爐自注香。事難爭唾手，心不誚包荒。失意甑防墮，多言肺欲傷。風箏誰借力，一笑引繩忙。

郭　外

心競少靈軸，神閒發鈍根。軒昂書背字，欹側水邊邨。遠岸低烟岫，春晴釋凍痕。釣竿絲未拂，樵斧手初捫。

百　事

百事齊縮手，伸倉未有期。女腰晴放柳，皺面老存皮。牙豈甘生菜，饑應借肉糜。感人謝絲竹，春樹並黄鸝。

處　處

處處鉦聲發①,家家瓦鼓聞。祈春遲麗日,墮水拾紅雲。上市魚鹽賤,堆床案牘棼。長淮堤上草,青過項王墳。

【注釋】

① 鉦(zhēng):《説文》:"鐃類也,似鈴,柄中上下通。"《詩經·小雅》:"鉦人伐鼓。"

心　計

心計全無用,百年一腐儒。偏憐張率好①,不道鄭虔迂②。新柳遮欄淺,陽烏炙鶴臞。臨風嗤祖約,兩簏太區區。

【注釋】

① 張率(475—527):南朝梁吳郡吳人,字士簡。張瓌子。能詩文。年十二,日作詩或賦一篇,至年十六,積二千餘首。齊明帝建武三年,舉秀才,除太子舍人。爲沈約所稱,與任昉友善。梁武帝天監初,爲司徒謝朏掾,直文德待詔省。奉命抄乙部書,撰古婦人事送後宫。作《待詔賦》奏之,甚見稱賞。遷秘書丞,後入壽光省,修丙丁部書抄。累官黄門侍郎,新安太守。有《文衡》等,皆佚。

② 鄭虔(705—764):唐鄭州滎陽人,字弱齊。玄宗天寶初爲協律郎,後爲廣文館博士。與李白、杜甫等友善。工詩,善繪山水,好作書。在官貧約,常苦無紙,于慈恩寺貯柹葉數屋,日取葉作紙。嘗自書其詩并畫以獻,帝題曰:"鄭虔三絶。"又長于地理之學,爲《天寶軍防録》,言典事賅。諸儒服其善著書,時號鄭廣文。安禄山陷長安,授虔水部郎中,事平,貶台州司户參軍,未幾,卒。

柳

作花飛白雪,此又却稱奇。烟水官橋遠,春山野店宜。風搖新佩綬,天與細腰支。徵典知吾懶,嵇康坐煆時。

遣　興

和風和雨玉霙寒，十日空衙遣興難。春事忽然成變局，好花齊不覆疎欄。屋添爐火資閒話，盤索虀鹽笑冷官。我欲泛舟城四角，鯉魚盈尺上綸竿。

讀堅白石齋集題後

金礫鉛銅共一爐，畢生錘煉見精麤。秪須各自成千古，可許隨人作範模。新色烟雲生頃刻，舊時彝鼎感模糊。挑燈細檢韓蘇集，得有尋常隻字無？

途中絶句四首

被囊先已破黄紬，促促征程可蹔休。剛欲晴明偏欲雨，野風牽霧上巒頭。

去歲文章識楚材，謂海樹太守。可憐歸骨掩蒿萊。此行倘不衵孫值，謂陸廣文繼輅。譬看長江皖口來。

休説官場偏愛熱，須知客路不經寒。歸途比較來時捷，趁看齋頭放牡丹。

十載相逢敦古歡，敬亭山色隔江看。謂寧國太守郭松崖。煩君一弔姜貞毅，我是萊陽舊宰官。

悼內詩

傷哉結褵婦，嫁我紀整四。明知生有死，區區天或畀。膝下三男兒，皆汝之所出。長則三十夭，徒留仲與季。妾生有小兒，哭娘年最穉。能令臧獲輩，人人生哀意。死果能相見，可以減涕泗。所恨未了身，須完未了事。再活二十年，我已八十二。誠恐不得當，每念輙酸鼻。四十八年中，事可約畧記。大半憂患多，否塞偏相值。雖常呼太太，不曾美簪珥。我又耳順年，奔走而爲吏。去年得汝書，廼子所作字。都作好話頭，望歸乞天賜。可知勦寒家，原不忍遽棄。鬼伯促裝束，汝竟先絶轡。人生百年中，所願難全遂。生子望生孫，愛作含飴戲。作官饒金錢，又復登顯位。得則固可欣，不得豈足恚。要令手自捫，此中告無愧。地下逢翁姑，長男亦在侍。苦惱較生日，其優眞不啻。切莫更念吾，舉案會有地。詩成手寒漿，臨奠忽化淚。

雜　言

老鰥有兩妾，乃與不鰥同。此但言床第，非云祀祖宗。人老有老懷，結髮志可通。難得剖寸心，納之九原中。

一死何倉卒，褁身無黄腸。七品有命服，發之餘空箱。想見哀哀子，攫搶手足忙。燦燦如斗印，顧之生凄涼。

抄詩寄我朋，前刻心所憎。前者已成悔，後來弊或仍。僅僅二百首，捫之字有稜。變化苟未成，徒羡鯤與鵬。

子來問姬傳，我答乃祁孫。不是多錯誤，篋中之所存。白首空文字，何論開酒尊。遥遥二千里，念之傷心魂。謂張赤臣廣文。

署中畜數鶴檢墮翎爲扇作鶴毛扇詩一首

自檢疎翎自手編，剪裁如月看娟娟。偶爲意創矜相假，便作風生忽欲仙。絶島放歸前有約，孤舟横掠夢無緣。縞衣霜髩秋涼候，忍與蒲葵一例捐。

七月十六日假日

江水連空漲火雲，驅雷走電太紛紛。佛堂坐雨遲初漏，毒痱成泡厚五分。案牘漫矜鉤距手，古書難辨鼎鐘文。秋風劈蠏年年事，昨日饞涎夢到君。

兩次檄至省中量移無息來春謝病有日矣歸途賦此志之

生怕朝雲指肚皮，鞭靴並不合時宜。大官豈習聞生語，賤子從來寡佞辭。煮菜曉風鄉夢醒，磨牛陳迹病心知。長鑱白柄勞相待，歸斸黄精幸未遲。

桐城晤五河吴正亭廣文

練潭東去吕亭間，剛見桐城一角山。恨不偕君浮渡去，拍天江水洗愁顔。

青石橋邊曉霧霽，白沙嶺上暮雲寒。前途更煮珍珠菜，以是物爲贈。如對先生苜蓿盤。

十九日晴

壓東羣龍去，青天笑面開。濕雲連屋起，紅日滚波來。補壁泥三尺，曬衣蓑一堆。今年籬下菊，秖用曉霜催。

八月已盡淫雨不止東風氣暖秋意全無率筆成此

春麥未播百禾傷，眼中波浪白茫茫。竟成淫雨生秋懊，猶戴獵纓坐晚涼。瘦骨自憐前月病，强顔難托少年狂。可無尺土登高地，矯首中原望故鄉。

九　日

擾擾插髻無黄菊，忽忽到眼少南山。幽憤塞胷不自解，放棹一出東郭間。淙沱潼淮澮水漲，烟波照我生孱顔。週轉四角循白浪，鳬雁拍拍鷗鷺間。並無邨落聚鷄犬，時見木杪青彎彎。有司形骸等土木，夢訴河伯傷恫瘝。胷中廣厦一萬間，卒難施設蘓人患。伊昔舊城有高埠，一點浮水如髻鬟。拄杖捨舟逕一登，尚有尺土席可班。囬視破堞一黑子，巨浸已入闤與闠。當年重陽在家日，樂天酒榼提小蠻。絶磴拾級屐未折，危巢接肘手可攀。淵明無酒送白衣，東坡有韵分劉攽。皴染繪事付兒子，雕琢山水謝神姦。如今老矣困縛束，飲酒説劍皆從删。閉目時時歷舊遊，山作連蜷水潺湲。况當繁霜下林木，紅殷園柿紛斑斕。釀酒自醉不邀客，隣翁指話呼老慳。近復坦率不自愛，旁人吹索求毛瘢。綵龍木鳳有天巧，惜我不是公輸般。責驥捕鼠鶴擊兔〔一〕，清夜落淚眞潸潸。但願水涸露阡陌，家家種麥開柴關。日出東作共婦子，日入搦笛騎牛還。

【校記】

〔一〕兔，原刻作"鬼"，民國本作"兔"。據文意當作"兔"。

阻　風

十里猶見滄河城，逆風逆水舟不行。墻頽垣敗漂脊茅，漲水近遠無人聲。騎馬不如放舟快，飛帆馳上嚴家瀨。邇來蹭蹬値窮波，盤旋蟻磨誰能奈。水行阻風陸阻山，物理盈絀眞等閒。大魚噴霧能騰去，不記前時跛𡰪艱。

九月十五夜舟行一首

風涼月素開頭行，耳邊盡埽蒼蠅聲。澄潭起沫覺龍睡，白日厚顔誰狗營。身滯敢笑土牛拙①，心巧不發雲構精②。觀魚濠上已千古③，今人冷淡無此情。

【注釋】

① 土牛：用泥土製的牛。

② 雲構：亦作"雲搆"。形容作品大量湧現。

③ 觀魚濠上：典出《莊子·外篇·秋水》。莊子與惠子遊於濠梁之上。莊子曰："儵魚出遊從容，是魚之樂也。"惠子曰："子非魚，安知魚之樂？"莊子曰："子非我，安知我不知魚之樂？"惠子曰："我非子，固不知子矣；子固非魚矣，子之不知魚之樂全矣。"莊子曰："請循其本。子曰'汝安知魚樂'云者，既已知吾知之而問我，我知之濠上也。"

臨淮候王蕙圃刺史

紫蓼黄葵襍葦汀，三更傳道畫橈停。月能如鑑心同白，譚欲生鋒魚出聽。淮海肯留秦觀好①，酒盃難犯邴原醒②。茫茫前路誰先覺，回首多公眼正青。

【注釋】

① 秦觀（1049—1100）：宋揚州高郵人，字少游，又字太虚，號淮海居士。少從蘇軾遊。神宗元豐八年進士。爲定海主簿。哲宗元祐初，以蘇軾薦，除太學博士，復遷秘書省正字兼國史院編修官。紹聖元年，因坐元祐黨籍，通判杭州。又以增損《實録》罪，責監處州酒稅。繼迭遭貶謫，編管横州、雷州。徽宗即位，召爲宣德郎，北歸至藤州卒。善詩賦策論，尤工詞，屬婉約派。與黄庭堅、晁補之、張耒合稱蘇門四學士。有《淮海集》。

② 邴原：東漢末北海朱虚人，字根矩。與管寧俱以操尚稱，爲儒生所仰。孔融爲北海相，舉爲賢良。黄巾起義時，舉家避海島。後居遼東。歸依曹操，累遷五官將長史。閉門自守，非公事不出。南朝宋·裴松之注引《邴原别傳》云："原舊能飲酒，自行之後，八九年間，酒不向口。單步負笈，苦身持力，至陳留則師韓子助，潁川則宗陳仲弓，汝南則交范孟博，涿郡則親盧子干。臨别，師友以原不飲酒，會米肉送原。原曰：'本能飲酒，但以荒思廢業，故斷之耳。今當遠别，因見貺餞，可一飲宴。'於是共坐飲酒，終日不醉。"見《三國志》卷十一《魏書·邴原傳》。

舟次泗州

眼裏新州近，鄉名虹縣留。乾隆年裁虹縣爲泗州，土人稱曰新州，名縣爲虹鄉。百篙争急水，一角露樵樓。向午陽生燠，遠山風欲秋。稍欣寒潦減，洲渚牧黄牛。

早　行

五更乘殘月，安穩送舟行。遠岍傳鷄唱，中流下櫓聲。慳心初不諱，窘意欲無生。擁被還思卧，前窗已漸明。

九月晦日

十月不寒豹腳喧[①]，宵深催妾爇温罏。精神滿腹誰錢鳳[②]，矍鑠此翁少馬援[③]。水氣漲雲升屋角，菜根香齒夢家園。翹關擊劍非吾事，傳道狼烟過玉關。

【注釋】

① 豹腳：即豹腳蚊，一種腳上有花斑的蚊子。

② 錢鳳：東晉吴郡嘉興人，字世儀。爲王敦謀士。明帝太寧中，王敦舉兵反，使鳳率衆逼京師，屢爲官軍所敗。敦死，錢鳳爲周光所斬。《晉書·温嶠傳》載："（温嶠）深結錢鳳，爲之聲譽，每曰：'錢世儀精神滿腹。'"謂錢鳳滿腹才學。

③ 馬援（前 14—49）：東漢扶風茂陵人，字文淵。少有大志，初爲郡督郵。緑林、赤眉起事後，王莽以爲新成大尹。莽敗，避地涼州，依隗囂，爲綏德將軍。繼歸光武，從擊破囂。建武十一年拜隴西太守，率軍破先零羌。勸民耕牧，安定西邊。後爲伏波將軍，率軍鎮壓交趾二徵起義。又曾以男兒當"馬革裹屍"自誓，出征匈奴、烏桓。六十二歲時將兵擊武陵五溪蠻，病卒於軍。封新息侯，章帝建初中追謚忠成。《後漢書·馬援傳》："援據鞍顧眄，以示可用。帝笑曰：'矍鑠哉，是翁也！'"矍鑠，形容老人目光炯炯、精神健旺。時援年已逾六十。後以"矍鑠翁"爲馬援的代稱。

舟　夜

倦眼燈先息，神山夢豈通。床纔支一曲，艙本未三弓。滲水晨浸屨，寒霜夜壓篷。孤心無所詣，矯首有飛鴻。

曹　溝

曹溝西下澮河城，舵底秋燈一線明。坐正無聊眠尚早，荒蘆寒打雁奴更①。

【注釋】

① 雁奴：雁群夜宿沙渚時，在周圍專司警戒、遇敵即鳴的雁。

膝　屈

膝屈鶴酸楚，臂傷猿叫呼。昨纔驚病骨，前已誤官符。惱客譚華胄，甘心作餓夫。百年塵滚滚，肯受鬼揶揄。

歸農一首示棠

救貧無一策，決計是歸農。横耒兒爲佃，飼牛我作傭。土虚瓜易糞，穀少婦能舂。此亦非容易，定知肯我從。

常將至次前韵並示正望

老我眞無想，歸稱識字農。力能推石碡，心欲賤書傭。人〔一〕字遭魔障，風塵困簸舂。膝前憐少子，歡喜願吾從。

【校記】

〔一〕人，民國本作“文”，意似更勝。

示兩妾

不必肉作山，豈有酒如澠。營家匪仗汝，但願百不能。早來解埽地，晚來知點燈。學煮無米粥，伴我有髮僧。

舟夢行

皮囊合著袈裟裹，龜息不聞人枯坐。一心到頭有所甘，晚食當肉福已大。西方用兵見邸抄，嘉峪關頭荷戈過。但揮白羽我亦能，一角屯蜂仗誰破。官衙邇來手足忙，押吏排衙交折挫。牛租馬直受任兼，有司何由變奇貨。天生老鶴性簡疎，剪殺忽遣蒼鷹課。可憐攫搶費精神，要借此劇懲老惰。十日五日頭惱昏，登舟不睡誰能那。阿難老大不鮮事，夢裡我師正當座。就中何人侍佛祖，世尊在右文殊左。鵶青鵠白未必精，骨鯁心丹豈眞惈。生于西北官東南，名字頗覺遠近播。面目黑醜不足珍，只是不容長官唾。伊蒲饌飯午齋香，芝草琅玕重重佗。不我設箸輕亞夫，攫食先當飽腹餓。生平自信不作賊，盲相伎倆敢我涴。本來散髻是王倹，何事却煩侍者邏。小舟板床不五尺，蒙被側面正一箇。我卽是我原不二，縱有鼾聲寧遭呵。此間岑寂等戍荒，攄寫不能無所作。水厄賴不王濛遭，失火休勞宗元賀。正如東坡在嶺南，惠州喫飽陶可和。指點雲山説家鄉，行李一肩介鈴馱。暖風吹綻紫藤開，蓬户瞥見黄耳卧。老我頭顱笑六十，未敢邀兵遮邏娑。且宜耕我山上田，釀酒計較先種秠。愼勿更學許文休，辛苦歲月盤馬磨。

寄陸祁孫 合肥廣文以薦將官縣令

侍御之言吾所慙，謂吳玉松。譽我力追霜紅龕。捫胷獨少此奇氣，譬不飲酒何由酣。祁孫才敵黄鸎鷃，月旦評人同許劭。非不極意清容丈，小子知難作同調。孟郊妙處不似韓，社燕依人門户單。河陽栽花亦細事，夢對君家苜蓿盤。

在長興有探梅詩松溪曾和韵今訂集删去暇日補和一章時丙戌十月十九日

梅花滿放當晴谿,遊人酒榼風中提。天姿國色不可狎,幽静恰好宜深閨。沾屐不是六街泥,布帆一幅平橋低。三箬不流鋪十頃,混成一片青玻璃。忽忽已成十年事,太行馬首西復西。五河老梅久枯槁,城外有老梅一株已枯。冷澹不作林逋妻。去年出遊沿淮堤,憑仗素舺無駝蹄。沱湖水光接牛斗,亦如往日洞庭東西迷。叔夜不擬爲詩題,得句且付平頭奚。意中梅花十萬本,即不見梅理亦齊。雨正可課風可批,驚睡耳厭茅檐雞。意裡每詫下井石,眼中容有升天梯。李毅詩已付棗梨,諒無詩鬼中宵啼。秋風面色瘦而黧,却病夜卧手暖臍。删詩補和等閑事,竊恐入夢遭梅詆。

病中常至

風簾委地印床低,自擁黄紬自暖臍。喪母兒曹全侍我,言歸馬首幾時西。宵分煮葯鐺三足,夢裡尋梅雪滿谿。珍重唐求瓢尚在,一重包裹一重題。

食　藿

未被狙公賣①,當年食藿腸。心能諳此味,身欲似還鄉。封寄河山遠,登盤匕箸香。邯鄲春夢覺,聞已熟黄粱②。

【注釋】

① 狙公:指古代喜養猿猴之人。狙公賦芧,曰:"朝三而暮四。"衆狙皆怒。曰:"然則朝四而暮三。"衆狙皆悦。見《莊子·齊物論》。

② "邯鄲"二句:唐沈既濟《枕中記》載,盧生在邯鄲客店遇道士吕翁,生自歎窮困,翁探囊中枕授之曰:"枕此當令子榮適如意。"時主人正蒸黄粱,盧生夢入枕中,享盡榮華富貴。及醒,黄粱尚未熟,怪曰:"豈其夢寐耶?"翁笑曰:"人世之事亦

猶是矣。”後因以黄粱夢、邯鄲夢喻虚幻的事和不能實現的慾望。

晏　興

半凋霜樹罩晴烟，懶向繩床擁被眠。敢道此身無缺陷，暫能同我作周旋。詩文自檢投入少，薑桂從知受性偏。茅屋一椽書兩卷，不難消遣夕陽天。

氣　逆

爾氣夫何逆，冲天諒不能。勸君蓄此力，習静妙于僧。剖膽心難碎，烹肝血豈凝。塊然繩榻上[①]，初不羨飛鷹。

【注釋】

① 塊然：獨處貌，《荀子·君道》：“塊然獨坐而天下從之如一體。”又《莊子·應帝王》：“於事無與親，彫琢復樸，塊然獨以其形立。”成玄英疏：“塊然，無情之貌也。”又《穀梁傳·僖公五年》：“王世子，子也，塊然受諸侯之尊己，而立乎其位，是不子也。”楊士勛疏引徐邈曰：“塊然，安然也。”又猶魁然，高大貌，如沈謙《引聲歌》：“形體塊然，神明所寄。”

衰　容

衰容懶把鏡，强説在官身。到眼情生幻，殘燈夢匪眞。笋梢森犀角，雲勢爍魚鱗。前後相思淚，難分故與新。

二　月

二月先妻死，蹉跎近一年。家貧困塩米，火熾怯烹煎。心在官骸贅，窮深志慮捐。百年見擾擾，誰復辨愚賢。

病　間

病中踽踽獨行遲①，藜杖無從一假之。悶索江梅思健步，老移談柄接諸兒。草鞋踏凍仍防滑，土屋崩雲却自疑。收斂初心無一寸，但教米汁滑流匙。

【注釋】

① 踽踽：獨行貌。《詩經·唐風·杕杜》："獨行踽踽。"毛傳："踽踽，無所親也。"

十一月五日

心挾歸舟下急湍，代雲朔雪路漫漫。安期五石終難煉，謝尚鞶婆久不彈。蟋蟀門吟紛耳目，文章委曲累心肝。秖須移近神山坐，手曳疎簾正面看。

旬　日

旬日成淹卧，重幃閉置幽。戰風隣樹聒，診脈左關浮。酒釅驕紅燭，盟寒怨白鷗。誰能懷利刃，一削此煩憂。

老生常談

五律限於字句，雖有才氣，無從施展。極縱橫變化之能，仍不許溢於繩墨之外①。如工部之《岳陽樓》第五句"親朋無一字"，與上文全不相連，然人於異鄉登臨，每有此種情懷。下接"老病有孤舟"，倘無"舟"字則去題遠矣。"戎馬關山北"，所以"親朋無一字"也，以此句醒隔句。"憑軒涕泗流"，親朋音乖，戎馬阻絶，所以涕泗流。憑軒者，樓之軒也。以工部之才爲律詩，其細鍼密綫有如此，他可類推。

看古人詩，要這等去講究，自家作了詩，要這等去推敲，漸漸打將去，便到好處。然於搆思拈筆時，則不必如此。若預先安排我某處照應某處，胷中先有死法，筆下便無靈機。惟平日能領悟得功夫深了，則閉門造車，出門自然合轍。惟長律五十韻、百韻，卻宜先分段落層次，又不在此例。

作詩，當陳言之務去。所謂陳言，有一題卽有一種口頭套話。如送人則有"驪歌""驛柳""惜别""分手""把杯灑淚"等字，其他類此。此種字未嘗不許用，我有眞氣以帥之②，則俗字化雅，粗字化細，言短音長，隨形賦物，學古人纔能操戈入室。

學古人濃至處易，疎淡處難，興會淋漓，一氣趕下，濃至也。迂迴往復，其不著力處，不弱不宂，游行自在，疎澹也。稍不留意，則諸病痛出矣。是又在洗伐功深，久久自免，時、古文、古近體詩皆然。

詩話之作，要皆爲初學指示，若入之已深，心解則耳目皆廢，况古人之陳言乎？輕嘗淺試之人，先記了許多浮話，如杜稱詩聖、李稱詩仙、李賀之鬼、盧仝之怪、元輕白俗、島瘦郊寒。及叩其所以然之故，彼仍如墮終南霧裏，茫然不知巔岸。索觀所作，去輕俗寒瘦不啻霄壤[③]，何論仙聖鬼怪？深沉好學之士，當深戒之也。

讀書是徹上徹下工夫，如人之全身。然今之作時文者，讀經書後卽讀墨卷[④]，博取科名，往往得之。經書如人之首也。先秦兩漢至於本朝諸書籍，如人之項以下也。作詩文者，絶不沿流而下。其淺者，亦不信歸震川以至王耘渠、方百川〔一〕輩[⑤]，皆千古上下洞悉古今成敗人物理數，而後能卓卓自立也。若以時文爲時文，如芥舟而坳水也[⑥]，不一刻，水盡舟膠矣。作詩者，又多習於唐以後故實、詩話等書，絶不沿流而上。其淺者，亦不信漢魏以至本朝諸家，皆千古上下領會山川草木風雲變態，而後能卓卓自立也。人生作事，不作則已，作則如斫堅陣，不破不休。常徙業與徒慕虚名者，終其身不濟事。

人原有敏鈍之不同，然上智下愚少，中材人多。學問進益，才氣未有不隨之進益者。若只憑才氣，是導人以廢學也。做到登峯造極，便各有至處，且休信人言，老實做將去。

傳人之作，未有不經營慘澹而出者。太白之天才，似不關讀書。試想太白眞未曾讀書，先能作詩邪？功夫到了純熟田地，亦有天機偶觸，率然而成者，非可數數見也。太白詩如"陶令辭彭澤"一首，是何等錘鍊而成？世人震於工部稱爲敏捷千首、斗酒百篇，便謂才氣好便能爲詩，豈不誣哉？

三十歲以前，皆要立有根基，方能層壘而上。若時文、律賦、試帖詩鬧了半輩，中年方爲詩，則用功苦而難成。今與家中子弟約，小時日授古今體詩數語，到作秀才後，每次鄉試，九月初卽可回家，屏去高頭講章[⑦]、八股等書，專用力於詩，其功倍於尋常，至次年元旦日，仍習舊業，久久自能入門。

讀書、謀生不是兩事，彼有憑藉〔二〕者，無論矣。若本來家寒，心地又不能開爽，時刻惟薪水子孫是慮，作詩必不能超脱。百事不關心，枵腹又難從事。東坡在廣東，置錢梁間，日又取用，如既有一年之費，卽可讀一年之書，亦一法也。

古體詩要讀得爛熟，如讀墨卷法，方能得其音節氣味於不論平仄中，卻有一自然之平仄。若七古詩，泥定一韻到底，必該三平押腳。工部、昌黎卽有不然處。《聲調譜》等書可看可不看，不必執死法以繩活詩。惟平韻一韻到底，律句當避，不可不知。

七古無不轉韻者，至韓、蘇始多一韻，工部偶有之耳。蓋一韻易失於平，轉韻則多峭折之致，要各隨其才力。若強宗韓蘇而爲疥駱駝，反不如瘦驊騮之爲愈也。至韻〔三〕轉而氣行，韻〔四〕不轉而波湧，才也，而有學焉。入手當師高、岑，岑之詩氣盛而筆健，不在李杜下。工部七古選本，頗盡其精華。餘則啟韓歐一派，可以緩讀。前人學前人，亦只能得其中等之作，再加以自家心胷學問以變化之，如《哀王孫》等作，雖韓亦不能得其妙，所謂各人有各人獨至處。

沈歸愚謂工部秦州以後五言古詩多頹唐之作，或亦有之，然精意所到，益覺老手可愛。選本中常不經見者，亦當斟酌鈔讀，方有頭緒可尋，門户可入。若但讀其《三吏》《三别》《出塞》《北征》《詠懷》等篇，急切難以入手。黄山谷善於學秦州以後詩，眞能工於避熟就生，歸愚先生非之，非是。

大家之詩，佳者儘多，選本如何能盡？所以必得盡發其全，方能胷中有主宰。凡認眞作事之人，豈有不讀李、杜、韓、蘇，不見全唐人詩之理？此特爲家中子弟鞭策之耳。其實不但四家，人於初學，當看選本，學業稍有進日，當悉覽古今諸名家之作，參其變化，以擷其精華，方能有得。

太白歌行，眞是不許人學。學之者，先得其字面上有云云，下有云云，“噫吁嚱”等字，則永墮呆相矣！

讀書一事，如鑿堅壁，東敲一下，西打一拳，是不中用的。聰明人先從一箇地面起手，一孔能開，則有迎刃解牛之妙。卽如時文，果能上下千古源源本本，他途學問，罔有不通者。本朝如張京江、韓慕盧諸人，皆工於時文，其詩謂非專門則可，總不至於可笑。鄉曲秀才，偶爲書札，甚至噴飯，何也？彼於時文，亦模糊而未了了也。我當做時文時，讀古人文多不了了。廿年做詩，偶覽舊業，多能心口了了者，洛山西崩，銅鐘東應，理固如是乎！

眼高手生之説，論未盡確。夫能到眼雪亮，非讀破萬卷下筆有神者不能。嗜之深則出手快，何手生之有？工夫到純粹去處，斷斷無手生之理。夫俗所謂手生，皆工夫本來未用到，只是有幾句口頭禪，及詩文到眼，終隔一層膜，眼竝不高，安怪手生？隨人云云，巧於藏拙。

人到没人敢説他不是處，則日流於怪僻而不自覺，所以士有諍友也。從小有嚴師，有父兄，自可受教。此病多在中晚年，自以爲老於世故，邃於學問，無人能更置一辭，此而無密友以婉致或明告之，其昏背尚可問乎？

心不虚，意不下，斷斷無成。人生才智，稍稍上於人者，皆有傲人之心。然遇當服善處，不可不低首自謝也。凡人不肯自道己短，必己無一長者也，作籠統樣子，以罔人耳。凡不肯稱人之長，必己先有所短者也，作忌刻心腸以自欺耳。丈夫磊磊落落，斷斷不當如此。卽或生性少偏，亦當學宋儒之言，從性偏難克處克將去。

人有數年不見之朋友，一旦把晤，領其議論，與從前不殊，其人必無長進，不必觀所著作。魯肅之驚於吕蒙，卽此之故。數年前所讀之書不甚了了，再讀之，仍如往日，學問必不長進。自家所作詩文，纔用了一番苦心，脱稿後自然得意，久便看出毛病來。亦有彼時用心太過，竝不知其可否，經旁人看出，然後覺悟。此中大有消息，是自鏡鏡人之一法也。

自家學問有一分，然後能看人詩文得一分，其權衡毫髮不爽，籠統作奬語、作惡語，究不能指出所以然處，皆皮相摸〔五〕棱一流人。

人之喜好不同。毛西河不喜東坡詩，於東坡無礙，於毛亦無礙。學不必定成於東家子。古人好的儘多，只怕説孔子不好，竝柳下惠、伯夷都不愜意，終身何所適從？然於稠人廣座中，顯攻古人，強口飾非，大屬非是。今之狂多，古之狂少，可勝歎哉！

科甲是箇招牌門面，不關係學問，持以傲人最可鄙，期於不愧科甲而已。無科甲人要傲有科甲人，亦是矯枉過正。有麝自然香，不必效市儈粗材，與人挽強引重，較力量大小，當面落不好看。

自家學問不好，自家先要知道。有一種人全不知覺，覺自家之牛鬼蚍神，眞能字字珠玉，其實竝此不能。夫牛鬼蚍神，正要有材料。人不能歸於中道，然後傍行側出，以自文其陋，如近人多學鄭板橋之字是也。

詩文之有圈點、批語，頗醒人心目，最混人識見。我平生看書不喜有批點者。迨自家實有不明白處，然後看注釋講解未遲。又當再四審量，參以己見。如此讀一書，方能受一書之益。

我嘗勸人不要作詩，其人之骨格俗、腸脾穢、性情卑下、舉趾庸劣，學亦不得好。及至導之肯讀書，寢食魂夢以之，骨格雅矣，腸脾潔矣，性情開朗，舉趾俊秀矣。稍不自檢，毁者至矣。學詩者，自然該宗李杜。二公之脾氣卽不平正，李之高力士脱韡，杜之"嚴挺之乃有此兒"，其氣旣落落自佳。設不遇明皇、嚴武之愛才，能不得禍乎？程子謁王荆公，荆公之子蓬頭赤腳，手持婦人巾幗，突如其來，口稱"梟富弼、司馬光之頭，則新法行矣"，其没家教目無父執已甚，程子竝不加以呵叱，此有涵養處。馬伏波之待梁松，則不能矣。人生作詩當學李杜，作人當學程朱，二者又斷難相兼，但能時時留心，其過差少。

南人能詩者多。南人喜標榜、好凌架，歸根眞能自樹者，亦寥寥焉。北人能詩者少，有則多謗之。然亦偶有強漢子百折不回，其造就亦必有可觀。北人之出游南方者，震於南人，歸述鄉曲，謂書籍之多，北人一世不曾見過，固也。夫學者不常經見之書，或非書之至者，充棟汗牛，留以壯觀可耳，能如張睢陽之一字不遺邪？貪奇好異，徒詫人耳目。詩文之工拙不係乎此。卽如家藏類書一部[8]，每行文查寫堆砌，豈能嚇人？

七律當以工部爲宗，附以劉夢得、李義山兩家。杜詩選讀甚難，當看其對句變化不測處，如"春水船如天上坐"，豈料對句爲"老年花似霧中看"哉！其妙處不可講説，正要出人意表。若只讀其"信宿漁人還汎汎，清秋燕子故飛飛"，又震此爲《秋興八首》句也，便不可與言詩。

讀書隨人稱佛呼祖，隨人打街罵巷，皆不是好漢。必要設身處地細細斟酌，不可孟浪。論者多引"誅奸諛於既死"⑨爲口實，然昌黎集中不曾叫罵前人。如袁子才《拂水山莊詩》："老婢尚能憐沈約，興朝終竟薄楊彪。"言外有多少婉惜，便合風人之旨。可惜又有"官大降名署上頭，君多還要事空王"等句，則有傷雅道。

古文更難於詩，不可輕易捉筆，古人兼工者已少。韓、柳、東坡、介甫輩才力甚大，人不能及。前代歸震川、王遵巖不能詩。本朝《壯悔堂詩》又當別論⑩。魏叔子、姜宸英未見其有詩。汪堯峯詩，似不及文。邵子湘文，又不能過於詩。尤西堂文，恃才而怪，不可法。吳梅邨、阮亭、午亭、飴山、竹垞、荔裳以及諸名人，多刻有文集，要非專門。方望溪不爲詩，近年閩中朱梅崖亦不工詩。一人之精力聰明有限，豈能兼工？但不可不解耳。詩中之有序，卽古文也。工部詩中小序，其古奥歷落之致，昌黎豈能遠過？其精〔六〕神命脈不在此耳。

一鄉一曲，皆須有文字。如壽序、墓志、廟碑等類，必得有一二人稍稍能動得筆者，否則大是棘手。俗人之見，每要檢箇舉人、進士去做，其中儘有好手，若實在不能，不妨老實回復，竝無不是處；卻又不肯折架子，弄出來大不妥當，豈不可笑？

【校記】

〔一〕川，民國本作"里"。當爲"川"。方百川，方苞之兄方舟。
〔二〕藉，民國本作"籍"。
〔三〕韻，民國本作"運"。
〔四〕韻，民國本作"運"。
〔五〕摸，民國本作"模"。
〔六〕"過""其""精"三字，甲本闕文，據乙本補。

【注釋】

① 繩墨：木工畫直綫用的工具。喻規矩、準則。

② 帥：統領、駕馭之義。

③ 不啻：無異於，如同。

④ 墨卷：明清科舉制試卷名目之一。鄉試、會試時，應試者用墨筆書寫試卷，稱墨卷。

⑤ 歸震川：歸有光（1506—1571）字熙甫，號震川，江蘇昆山人，嘉靖四十四年進士，授長興知縣，任南京太僕寺丞。著有《震川集》。王耘渠：王汝驤，字雲衢，一字耘渠，金壇人。貢生，官通江知縣。有《墻東草堂集》。

⑥ 芥舟而坳水：《莊子·逍遥遊》云："覆杯水於坳堂之上，則芥爲之舟，置杯焉則膠，水淺而舟大也。"

⑦ 高頭講章：經書正文上端留有較寬空白，刊印講解文字，這些文字稱爲"高頭講章"。

⑧ 類書：輯録各門類或某一門類的資料，并依内容或字、韻分門别類編排供尋檢、徵引的工具書。

⑨ 語出韓愈《答崔立之書》。

⑩ 壯悔堂：明末清初大才子侯方域書齋名。

寫字、作畫、刻圖章三件事，許讀書人不能，不許不讀書人做到好處，何也？有工匠之能，無書卷之氣故耳。陳香泉謂林吉人是鈔書匠，語雖稍刻，未嘗無理。小楷形如算子，古人所忌。葢字體本有大小之不同，強使之匀，非古法也。惟寫殿試策、奏摺、稟帖，又以圓熟如算子爲妙。讀書作詩文，到有成就後，其神理能通之於書畫。卽如果是通人，縱未臨帖，其點畫必無市井氣，可一望而知，如雋三之字是也。獨於下圍棊，不用去讀書，市儈之夫與酒肉僧道，儘有好手，文人亦有酷嗜之者，楸枰相對，時聞落子，有静中光景，雅於呼梟喝雉耳。

人生寫館閣體字，作墨卷文字、律賦、試帖詩，致身顯要甚多。欲求富貴必得嗜之，未嘗不可羡。特終身由之，爲可笑耳。早得手，早丢開爲妙。若要自家尋苦喫，尋窮受，莫過於作詩。歐公謂"窮而後工"，東坡謂"是窮人之具"，凡此皆論其常。若論其變，高達夫平生遭際極好，本朝如漁洋、午亭，少年登科，官至宰相、尚書，惟是論宰相、尚書，又不必定以詩傳耳。古人如王右軍，經濟人品，種種可傳，乃以書名掩之，又一不幸也。文章畢竟是小技，若以天子與人爭

"空梁落燕泥"句,尤屬没味。昔元順帝覽徽宗畫稱善,巙巙〔一〕進曰:"徽宗多能,惟一事不能。"帝問:"一事謂何?"對曰:"獨不能爲君爾。"又韓魏公言王荆公爲翰林學士則有餘,處輔弼之地則不足。嘗謂道君皇帝若在民間,通籍爲翰林,荆公只官至翰林,豈不大妙?造化又偏不如此位置人,何哉?

鄉人無識,以爲場中考古學常取超等,其詩必佳,此試帖類也,不可與窗下作古今體詩一例論。

後人論前人,以迹求者多,如稱孟子通於六經,而尤深於《詩》《書》,是見其長〔二〕引二書,解説深透耳。豈於《易》《禮》《春秋》僅止於通,遂不深邪?於是後人恐後人疑已經學,則六經皆有著述,究其闡發處,必下孟子遠甚,即愛之者,亦不敢以爲多了三經,遂謂賢於孟子。即如論詩,則謂孟襄陽學問下韓退之遠甚,初聆之似亦可信,細想來韓所見之書,孟豈未曾見過?要是性情不同,不逞博、不好張大,或才氣本不能恢廓,正無妨各行其是,各成其好。韓門張籍、孟郊、皇甫湜輩,自是不如韓,亦不似韓,然正以不如不似能自成家數。古人雖同時一堂,不相依傍如此,後人摩倣古人,酷肖陶謝,酷肖韓柳,自〔三〕家之眞面目性靈在何處?作詩與作墨卷不同,不許單倣人家樣子,以求速飛。

李於鱗云:"唐無五古詩,而有其古詩。"此正不相沿襲處。唐去漢魏已稍遠,隋末纖靡甚矣①!倘沿去則日趨日下,曲江諸人振起之功甚偉,不可謂唐無古詩。獨工部出,目短曹劉,氣靡屈賈,前無古人,後無來者。予嘗謂讀《北征》詩與荆公《上仁宗書》,唐宋有大文章,後人歛袵低首,推讓不遑,不敢復言文字矣!

此言出,人必謂震其長篇大作耳!不知"齊魯青未了"纔五字,《讀〈孟嘗君傳〉》纔數行,後人越發不能。古人手段,縱則長河落天,收則靈珠在握,神龍九霄,不得以大小論。前論太白七古句,有斷不當學者,工部亦然。如"得不哀痛塵再蒙",著"嗚呼"二字,又疊一語,是其筆力氣勢行文至此,有不得不然之勢。李空同意在倣古,不嫌履人陳迹，後人以爲空同曾如此矣，我何不可如此？是讀書寡識之過。

作詩先要能下死工夫，如甘茂謂“城不下，當以宜陽之郭爲墓”，示必死也。工部之“語不驚人死不休”可證。當以氣爲主，雷掣電〔四〕轟，不及掩耳。人稱石曼卿詩如飢鷹乍歸，迅速不可言。東坡之“筆所未到氣已吞”可證。臨時還須審視巧拙，然後落筆，一發則中其要害。昌黎之“盤馬彎弓惜不發”可證。脱稿後，又當細細推敲，隔日再視，隔數日、隔年餘再視，事過情遷，閲之尚如冷水澆背，陡然一驚，是一團精誠之氣結於紙上，便永遠不可磨滅。訂全集時，當虚心與朋友商其去取，妙能割愛。工部之“晚節漸於詩律細”可證。歷觀古人所云，此是何等鄭重事，可輕心掉弄？如只是掠影浮光，天下何者不可爲，必要作詩？

在牆上見人所黏詩草，案上見人所刻硃卷，論當從寬，蓋〔五〕能中式、能倡和便好。若是刻了集，是出以問世，人便恕不過去，此刊行之不可造次也。然有人吹毛索瘢，想來尚是有斑之豹皮，直得去吹索。緜津似不如漁洋，人能知之，當時有合刻詩稿。人吹索漁洋，不吹索緜津，是緜津死，漁洋不死也。古人謂蓋棺然後論定，到蓋棺了，人品學問已定，一切功名勢位，窮檐陋巷，皆無分别，則眞評出矣。

從小先讀古體詩，發筆時當從五律入手，此體爲試帖之源，且可上開古體，下啟七言。亦有先從歌行入者，余友雋三是也。若先從七律，一落俗格油腔，便不可醫治。少年做不通詩，容易教得好。中年做俗通詩，斷斷教不好。何也？溼革之鼓永不響，墮檐之瓦猶有聲也。

古人各體已不能兼工，大約自前代文人始，以不全爲恨，然總有偏至處。餘能站得住，即是好手。朱竹垞謂：“看人詩，若古體太少，今體太多，五言少，七言多，必非作家。”袁子才謂：“古體如雅頌，今體如國風。”亦頗有理。鄙意以爲古體如古文中之有金石碑板文字，八股中之有理典長題，即要有一大部稿，缺了一種，自是不全美，生到今日，便比不得古人。

五古常有整句，是正格。七古用整句亦是正格。蘇黄五古多不用整句，李杜歌行則風雲變態，不可測其出没。能效則效，可量力爲之，不可勉強，亦不可畫地自界。到實在知難而退，人事盡矣，庶乎無憾。

每見鄉曲學生，恪守一師之言，牢不可破，可見"都都平丈我"確有是理，所以人貴早早釋褐，與海内賢士大夫游，則學問自有長進，俗所謂見世面也。終身布衣，有家學書籍，有明師益友者，又當别論。

淺人多淺視，郊島兩家詩，初未嘗深究之也。東坡不甚喜東野詩，其天才雄邁，不能如此之喫苦耳，然必能爲東坡之"千山動鱗甲，萬谷酣笙鐘"，方許稍稍雌黄之。後之學東野甚多，卻要説是學杜韓撐門面，最是可笑。如王幼華之"峽亂無全天"，非從東野之"楚山爭蔽虧，日月無全輝"化出來邪？評者必稱爲學杜。

閬仙五古《精舍》云："耳目乃鄽井，肝肺乃巖峯。"《贈友》云："一日不作詩，心源如廢井。"《寓興》云："今時出古言，在衆翻爲訛。"語語有眞氣，有眞性靈。人於讀王、孟、韋、柳後，不讀郊、島兩家，猶是缺典。五律尤極瘦峭之能事，然五律終當以杜爲宗，大則"奇兵不在衆，萬馬救中原"，小則"行蟻上枯梨，細麥落輕花"之類，無所不有也。近日高密李十桐增選《唐人主客圖》，亦五律入門正法。但山東學者多爲此本所囿，洋洋大國之風，幾乎息響，非十桐之過，學之者之過也。

晚唐劉駕五古詩，極有〔六〕風味，如《送人歸嵩少》云"要路在長安，歸山卻爲客"，《酒醒》云"不記折花時，何得花在手"。不僅東坡所稱"馬上續殘夢，馬嘶時復驚"二語，人當讀韓杜後，偶看此種以博其趣，如連日食大塊肥肉，忽喫蛤蜊湯一椀也。

有明一代之詩，終當推何李，其氣魄骨力自在也。李學工部，多有痕迹，未化知其短處則可耳。近人乃有謂明一代無詩，眞是何説話。謂本朝之詩不輸於明，可也；即謂有過於明，亦可也；謂明無詩，則大不可。

楊升庵、徐青藤是豪傑之士，當何、李登詞壇，獨不與之合，詩雖非中聲，然才氣生動可嘉。本朝漁洋登詞壇，陳午亭、趙秋谷、查初白不與之合，亦是豪傑之士。然一代有一代之風氣，雖賢者不能不爲之囿。近來蔣心餘、黄仲則輩出，大變漁洋之風，其實不歸三唐則歸兩宋，含蓄、刻峭之不同耳。“深谷野禽毛羽怪，上方仙子鬢眉纖”，東坡句也；“生才固有山川氣，卜築兼無市井囂”，荆公句也；“汝南去葉纔百里，賤子與公皆少年”，山谷句也。心餘、仲則多宗之，久則變，不變則不能推陳出新，勢所不得不然。漁洋之“吴楚青蒼分極浦，江山平遠入新秋”未嘗不佳，然無人瓣香矣。後此之變，大槩跳不出古人範圍，惟能各人自留情性面目耳。夫子所謂“雖十世可知也”。

七古，高、岑、王、李是一種，李、杜各一種，李長吉一種，張、王樂府一種，韓一種，元白又一種，後人幾不能變化矣。東坡雖是學前人，其横説豎説喜笑怒駡跌宕自豪又自成一種，此下更無變法。山谷、遺山皆好到極處，然不能變前人也。六一、介甫學韓，張文潛、晁无咎輩是學韓、歐、東坡。陸放翁、虞伯生，此體亦佳。楊鐵崖、謝皋羽、張玉笥是學張、王樂府。楊、謝奇闢處，尤能上追長吉。若任華、盧仝，則又不當去學。前明當推何李。本朝此體，人各有能處，無專門名家也。

看人家一部詩，要静志凝神看一兩週，其人之學問大小，才氣厚薄，竝其人交游出處都能了了，若似與之曾相識者。若只見得十餘首，尚定不準。凡有詩一千首，能得百首心許可傳之作，便是好手。人之一生，該做得多少好詩，亦有數存於其間，非可强求。

生前要傳詩，必先得有科分入詞館，至少做三四品京外官，有門生故舊揚其光輝，便容易得許多。若草茅下士，讓你有本事，先爲人所輕。即如吴蓮洋、吴野人一輩人，幸遇著漁洋、櫟園稱許；不然，窮餓而死，詩刻不成，誰能知道？故力能爲死友刻遺稿，其陰功不小。稿能流傳，果是明珠寶玉，有目自能鑒賞。北方詩人少，未必不由不能刻詩之故。

作詩先自家擬題目，或偶有得句足成，再加以題，或是先生所命，或同道中共擬。能做自家題目，不能做人家出的，與能小題不能大題，皆是工夫不到。於可以動得手時候漸漸鍊，至酒酣闘捷、優伎當前，總可還他一首妥當詩出來，方能出門依人生活，如今日之雋三是也。若不用出門謀生，卽爲陳無已之靜臥吟榻，未嘗不可。《鄴下引》"晝攜壯士斫堅陣，夜接詞人賦華屋"，非曹公不足以當之。"上馬能擊賊，下馬作露布"，甚非易事。想到此種，人生七尺軀，只解伏案弄筆墨，眞昌黎所云"人生但如此，其實亦可憐"也。平居誦陶、韋詩，可以平矜釋躁，讀此種句與唐人邊城塞上之作，可以壯心寄膽。

"屋上春鳩鳴，邨邊杏花白。持斧伐遠揚，荷鋤覘泉脈。歸燕識故巢，舊人看新曆。臨觴忽不御，惆悵遠行客。"此詩整而不板，舊而實新，學右丞此種爲最。其五律，前人論之甚詳，《終南山》詩結句稍弱，由於前半氣盛，卽如太白之"犬吐水聲中"一首，何等穠秀，結到不遇道士恰好。但"愁倚兩三松"，畢竟是爲韻所限，不得不爾。詩之不能全美，盛唐已然，何論中晚，但學者不得援此以自解耳。

皇甫持正《題浯溪石》云"次山有文章，可惋只在碎。然長於指叙，約潔有餘態。心語適相應，出句多分外。於諸作者間，拔戟成一隊。"意所欲言，筆卽隨之，清白如話家常，從陶公入，不從陶出也，余中年極喜此種。

義山五律，冥追元索，魂出魄現，神工鬼斧，莫喻其巧，工部後一人而已。當潛心玩味。卽於作試帖，亦大有裨益，不僅常時所誦"池光不受月，野氣欲沈山"等句也。馬戴諸人，非不佳，然於義山只是附庸。李才江不僅師長江，其得意處，全得力於工部，不可不知。

温飛卿七律，如《贈蜀將》《馬嵬》《陳琳墓》《五丈原》《蘇武廟》諸作，能與義山分駕，永宜楷式。至皮、陸兩家，多工於琢句，可讀可不讀〔七〕。司空表聖神韻音節勝於皮陸。方干、羅隱、鄭谷、周樸輩，皆有可觀。至鴛鴦、鷓鴣等名目，皆近場屋一派，又〔八〕當別論。大約晚唐諸人詩，總當以義山爲宗，餘皆從略。

詩教甚大，不必定要去學韓偓之香匳體，卽偶爲之，似亦不必存稿，等之游戲筆墨可耳。然遣詞終須雅道。偓之句云“撲粉更添香體滑，解衣惟見下裳紅”、“斂粉難匀蜀酒濃，口脂易印吳綾薄”、“坐久暗生惆悵事，背人匀卻淚胭脂”、“爲要好多心轉惑，偏將宜稱問傍人”、“四體著人嬌欲泣，自家揉損砑繚綾”，艷極矣，尚不傷於雅。乾隆年間，閩人黄莘田工於此體，莘田詩贍雅，不僅工此，論閩詩人，當在丁雁水之上。從前見《隨園詩話》載時下人香匳詩，有“喫虚心細善防人”句，是活畫出一箇偷漢婦人來，有傷雅道，斷斷不可。

貫休詩是三唐好手，不僅冠於諸僧也。《臨高臺》云：“涼風吹遠念，使我升高臺。寧知數片雲，不是舊山來。”《古離别》云：“離恨如旨酒，古今飲皆醉。只恐長江水，盡是兒女淚。”此種妙思，非太白不能。《戰城南》云：“萬里桑乾傍，茫茫古蕃壤。將軍貌顣頞，撫劍悲年長。胡馬尚陵偪，久住亦非強。邯鄲年少輩，箇箇有伎倆。拖槍半夜去，雪片大如掌。”詩有奇氣，絶不同於貌肖古人。《古意》云：“乾坤有清氣，散入詩人脾。”尤是慧根人語。《江邊祠》云：“松森森，江渾渾，江邊古祠空閉門。精靈應醉社日酒，白龜齩斷菖蒲根。花殘冷紅宿雨滴，土龍甲濕鬼眼赤。天符早晚下空碧，昨夜前邨行霹靂。”《匡山老僧庵》云：“篔簹紅實好鳥語[②]，銀髯瘦僧貌如祖。香煙濛濛衣上聚，冥心縹緲入鐵圍。白麝作夢枕藤屨，東峯山媪貢瓜乳。”此種詩，上追長吉，下啟鐵崖、皋羽，詩教廣大，正不可删去。此等緣能抱奇氣行於文字之間，不同行尸走肉，所以不可棄擲。五律如“竹鞘畬刀缺，松枝獵箭牢”，《塞上》云“月明風拔帳，磧暗鬼騎狐”、“朔雲含凍雨，枯骨放妖光”、“大河流敗卒，寒日下蒼煙”，《送僧入山》云“山響僧擔穀，林香豹乳兒”，《題院》云“泉聲掩臥榻，雪片犯爐香”，何物阿秃，乃能如此！

有明五律，推謝茂秦、徐迪功。謝厚而微嫌於實，徐清而微嫌其薄，由於學杜而筆氣不靈，學李而才力不雄，不能不犯此小疵。屈翁山後出，能以古體行於律中，然亦有極整鍊處，學者當從整處學去，太散終竟非法。工部於起二語對，下二句始散行，未有四句全不對者。卽太白、襄陽，亦偶有之耳。

近時海内名下士，有“作詩要新，作字要舊”之説，我想字要舊，是不寫館閣體之謂。然名士之字，長一片短一片，亦有舊的太可笑者。詩要新，新字要認得眞切，有從字面新進去者劣，有從意思新出來者優，不可不辨。放翁謂“文章本天成，妙手偶得之”，天成之物象〔九〕，未有不新者，試看天上風雲，頃刻有新色。

從前偶見前朝人文集，開卷卽有擬古詩十九首者。夫此安可擬之哉！試看太白《古風》一卷，有一句一字依傍古人否？學古在神，不在迹，譬如優孟裝關帝，焉能眞是關帝？説來好笑，可以悟矣。

學問一道，最怕自家不認得自家，李赤公然以爲是太白，宜其死於廁。昌黎云：“世無孔子，僕不當在弟子之列。”亦是自家能認得自家處。世之昌黎少，李赤則不少。

胷中時時刻刻要有古人，自家魂夢皆與之接焉。當落筆時，則一意孤行，破空游虛。及至脱稿，不能及古人之半。若先東怯西怕，安心作不濟漢，永無出頭日期。

吾陽城詩人，午亭是天下士，不僅式一鄉一邑。前代之王疎庵、張藐山，非專門難與抗行。後來田退齋工詩，卻未多見。繼之者爲郭冀一、田楚白、張芝庭、王青甫、衞容山、樊梅軒、王魯亭、陳明軒。余曾刻八人詩爲《樊南詩鈔》。再稍後則爲雋三、金門、禮垣與余後起少年。余曾與之結樊南吟社。多年不歸里，聞諸生忽作忽輟，多不認眞。午亭之香，危乎幾息。

海内近人詩，余所及讀者，不下百數十種。袁子才新穎，蔣心餘雄健，趙甌北豪放，黄仲則俊逸，當以四家爲冠，餘則各有好處。此事必須如此用工夫：見人家好詩，自家不能，先有愧色，然後發憤去做，與天下人論詩，到了頭，尚恐不能一與之較伯仲。若先夜郎自大，既不得與海内人接交，又不曾見得海内人著作，意謂左近惟我算可以去得的，一自滿，便不能長進。

通才是天下一箇美名色，若人人通才，則己之通才不貴矣。持以發狂凌人者最可耻。况"通才"人加之也,若果於自許其通,正是可慮。

樂府不傳久矣,歷朝紛紛聚訟,究亦不知何説近是。李杜偶爲之,皆以現事借樂府題目,不另立名色,即雜於歌行中最是。若只就題面演説,則了無意味,可以不作。張、王、鐵崖,皆不能近古,成其爲張、王、鐵崖之歌行詩可耳。自尢西堂有《明史百首》,後之作者日衆。

大凡好大喜多,皆是一病。工部有一百韻長律,元、白亦有之,後人讀之已少。竹垞亦有《風懷二百韻》《鴛湖櫂歌》一百首。近人亦多有作絶句百篇、長律一二百韻者,出以詑人,其實工少拙多,又好學宋人疊韻不休,皆不關係人之能詩不能詩。余四十歲以後,方有疊韻詩,偶爲之,非所好也。疊韻詩有極難押之韻,苦思幽索,忽能押得,倒亦自可喜,不必以此矜長耳。亦有作慣用韻詩,反不能自成一首,更不成事。

凡款接文人,不必先與之談學問。我所知之一二事,不必彼亦即知,即尋常典故亦許偶然遺漏,此未足以定人。座中有生客,或非同道之人,及工力不能悉敵者,不可高興聯句,落不下臺,令人難堪,且恐惹禍。

世人貴耳賤目,原不足怪,張率之詩一假沈約,則字字珠玉,可見俗人何時無之。我平生不會妄謁一人,即是此意。片言之浮獎,一茶之款待,我有何益?且所謁之人,貴人也,聲名隆赫之人也,未必能常貯我之姓名於胷中,我且誇耀於人,設聞者反而叩之,彼且茫然不省,豈不傳爲笑柄?戒之戒之!

聽人説話,便能知人學問,市井無論矣。有一種讀書人,於閒談時説某縣官坐堂,有一寡婦來送兒子忤逆,必要打死。官説:"你子母一場,可去先買一口棺材來。"使人偵之,代市者是箇和尚,於是唤和尚來:"你是箇行好人,可替這婦人的兒子喫打。"如在萊陽,則説是即墨事;在陽城,則説是長治縣事,意篤而色莊。若座中有識者,告以當初一日,總有這們一椿事,搬來搬去,張冠李戴,不是現今有的事,則必大拂其意,此人必不會做文字,必是不通鬼。

少年子弟，有一種忝不知恥，逢人獻其詩文，汚人牆壁，高談闊論，自負爲名下士。即是稍稍能讀數行書，其外面如此輕肆，亦斷斷使不得。况舉趾高，心必不固邪！又有一種子弟，藏於甕牖下③，師不高，弟子拙，見了人來，如鄉郉新婦，差縮不自安，索其詩文，項赤面紫，堅不肯出，亦是没出息。惟隱窺之而〔一〇〕神藏氣靜，招之則詞安語和，視其所業，如雛鳥學飛，雖未能健舉，而有一種神鷹俊鶻之勢，似不可羈勒，偉器也，不可旦暮遇。

【校記】

〔一〕巙巙，民國本作"夔夔"。
〔二〕長，據文意當作"常"。
〔三〕自，甲本作"目"，據乙本改。
〔四〕電，民國本作"雷"。
〔五〕葢，民國本作"益"。
〔六〕有，民國本作"於"。
〔七〕可讀可不讀，原刻爲"可讀不可讀"，倒文，當作"可讀可不讀"。
〔八〕又，民國本作"文"。
〔九〕象，民國本作"衆"。
〔一〇〕而，民國本無此字。

【注釋】

① 纖靡：細巧華麗之謂。
② 篔簹：一種皮薄、節長而竿高的竹子。
③ 甕牖：以破甕爲窗，指貧寒之家。

學問最生忌刻，非同道契合不可談。有一種天生忌刻之人，你即不談，他還要尋將來，憑空譏誚一兩句，况自家毫無瞻顧邪？做官的到家説官場，有科分的説同年座師，做生意的津津講買賣，最討人嫌。若是有人問起，也不過略爲詶答則可，不必自家先發凡起例，到是種莊稼人課晴説雨，卻是可聽。

人不可不避嫌疑，不只閨門也。即如咱是箇窮人，見人家平兑銀錢，即當遠遠走開。亡璧打張儀[①]，即一證也。太多心固不必，太不懂眼亦斷斷使不得。

從小密友，即偶有參差，可以復契。中年以後新交，一決裂則不可救。眞氣、客氣之不同耳。老於世故者，久久則骨肉皆有客氣，可歎也。我平生無不可對人説的話，口快心直，往往見罪於人。我的詩，雖不能佳卻有眞氣，此帥眞性情也，有喫虧處，即有討便宜處。

古歌謡七古之源，其中多不可解處，諸解亦難盡信。我讀書從來疎節闊目，不能穿鑿。要惟熟其音節、用韻、神味可耳，何必强解。即如《木蘭詩》，賞其佳焉可也，何用考證是某人作，究實誰見其人秉筆。近來考據家太多，曠日持久，考出一條來，如獲至寶，隔不多時，見一種書，人家已有了，白費工夫。

從小偷寫人家詩文，或請捉刀人哄同窗師傅父兄，雖然不可，尚是無礙。後來好好用工，到有學力、有知識時，自然曉得改過。二十歲以後，再幹這箇營生，便是無恥。又有子弟赴場，父兄爲之打關節，一則有身家性命之憂，縱得亦不足榮；二則引著子弟作奸犯科，安能教他成人？我有極通脱處，有極介介不可犯處，介自佳，通脱亦多不足爲法。

不以人廢言，有言者不必有德，常見有假讀書人，不曾究得史書原委，耳食數語便評論前人出處，鄙其詩文，此非眞能疾惡也。疾惡者疾其惡，其人有善，仍不可没也。況且論人只論人，論著作只論著作，文人無行，不必多責，且自家先當克己，那有工夫詆古人。此與好談人家閨門隱事，同是一病。家中子弟，休厭我之灌灌不休也。

蘇子美之“濤面白煙昏落月，嶺頭殘燒混疎星。遠嶺抱淮隨曲折，亂雲行野乍晴陰”，王元之之“風疎遠磬秋開講，水響寒車夜救田”，皆從夢得、義山兩家入手，方有此深造獨得之能。至張乖崖之“官舍四邊多種竹，湖溝一面近生蘆。病嫌見客低徊甚，老覺臨官氣味粗”，梅宛陵之“夾道名園迷屈曲，壓枝秋實亂青紅”，則純乎宋人矣。孔常父在北宋時，亦是好手，其歌行體，張文潛不能過也。七律如“冷風有意生空闊，密雪無聲下廣寒。一江見底自秋色，千里無風正夕陽”，亦疎朗可誦。

王介甫詩，昔人謂如鄧艾用兵，專以奇險爲功，確論也。古體學杜、韓而不襲，殊勝六一；今體亦能我行我法，依傍一空。余另有讀本，眞卓然大家也。

詩以有眞氣爲主，曾記得張文潛《雜詩》句云：“興哀東坡公，將搶郟山墓。不能往一慟，名議眞有負。可能金玉骨，亦逐黄壤腐。但恐已神仙，裂石終飛去。”又云：“我不知暑退，但覺衣汗乾。頗怪庭中天，湛然青以寬。”不襲唐人聲調，不落宋人習氣，居然好手，不可多得。

南渡後，以劍南爲大家。集中如《玉局觀拜東坡畫像》，可謂傾倒之至。昌黎極力推尊李杜，放翁極力推尊東坡，俗所謂豪傑能認得豪傑也。後人如錢牧齋，偏要攻擊何、李，現今詞人偏要攻擊漁洋，是不及古人處，雖何、李、漁洋不得與李、杜、東坡比，不相師可也，何必詆之哉？

少讀《説詩晬語》，謂楊誠齋詩如披沙揀金，幾於無金可揀，以是從不閲看。四十歲後，方稍稍讀之，其機穎清妙，性靈微至，眞有過人處，未可一筆抹殺。今摘句於左：《明發陳公徑過摩舍那灘石峯下》第一首句云：“遥松煙未消，近竹露猶滴。石峯矜孤鋭，喜以江自隔。清潭涵曦紫，碧岫過雲白。回瞻宿處隄，路轉不可覓。”云云。第二首云：“昨宵望石峯，相去無一尺。今日行終朝，秖繞石峯側。石峯何曾遠，江路自不直。”云云。第三首云：“澄潭涌晴暈，不風自成花。回流如倦客，出門復還家。江晴已數日，新漲没舊沙。知是前溪雨，溼雲尚横斜。”云云。《碧落堂晚望荷山》云：“荷山非不高，城裏自不見。一登碧落堂，山色正對面。”又云：“指揮出伏兵，萬騎横隔岸。後乘來未已，前驅瞻已遠。”此皆無忝於古作者。袁子才單學其“屋角忽生明，山月到庭户。似憐幽獨人，深夜約清晤。我吟月解聽，月轉我亦步”等句，靈機獨引，未嘗不佳。其獘恐流於淺滑，不可不知也。誠齋七古如《太平寺徐友畫清濟黄河》云：“波浪盡處忽掀怒，攪動一河秋色暮。分明是水纔是畫,老眼向來元自誤。佛盧化作金柁樓,銀山雪堆風打頭。此身飄然在中流,奪得太乙蓮葉舟。"《東山》云:"天風忽吹白雲拆,翡翠屏開倚南極。政緣一雨染山色,未必雨前如此碧。"《南海廟》云:"青山缺處如玉玦,潮頭飛來打雙闕。晴天無雲濺碎雪,天下都無此奇絶。"《題東文嶺瀑泉》句云:"石如鐵色黑,壁立鏡面平。水汎鏡面一飛下,蘄笛織簟風漪生。石知水力倦,半壁鍾作玉一泓。水行到此欲小憩,後水忽至前水驚。分清裂白兩派出,跳珠躍雪雙龍爭。不知落處深幾許,但聞井底碎玉聲。"云云。如此歌行,刻意生新,非才情絶大者不能,世人輕之者,但舉其《夜雨》句云"夢中搔首起來聽,聽來聽去到天明",何直一哂。

宋釋惠洪,詩方於貫休,古體氣質稍粗,今體七律殊佳,在宋僧中,亦好手也。古體《春去歌》云:"吳蠶睡起未成繭,肺腸已作金絲光。"大類太白七律。如"盤空路作驚虵去,落日人如凍蟻行""永與世遺他日志,尚[一]嫌山淺暮年心""斂目舊游眞可數,蓋棺前事尚難知""不知門外山花發,但覺君來笑語香""頎紹神情埽秋晚,瘦權詩句挾風霜""山好已無歸國夢,老閒猶有讀書心""一軒秋色侵衣重,半夜波聲拍枕來""枕中柔櫓驚鄉夢,門外秦淮漲夜潮",眞能於蘇黄外又作一種筆墨,讀之令人神清骨爽。

李西涯《畫鷹》詩云:"人間狐[二]兔自有地,慎勿反擊傷鵷鴻。"史稱其能保全善類,於此可見。

李空同歌行,病在貌杜,然其氣魄自大,才力猛鷙,非人所能及。如《送劉公歸東山草堂》句云:"九重移榻數召見,夾城日高未下殿。英謀密語人不知,左右微聞至尊羡。"又:"上書苦死只欲歸,聖旨優容意悽惻。内府盤螭縷金織,賜出傾朝皆動色。白金之錠紅票記,寶鈔生硬鵶翎黑。"此種又何嘗不是學杜?卻各人有各人眞氣,與白晝現形不同。

何仲默歌行,頗工修飾,如《津市打魚》《胡人獵圖》等篇,皆不失古人家數。五律《昭烈廟》云:"中原無社稷,亂世有君臣。"亦卓然有識。邊貢句云:“山城稀見菊,關樹不開雲。”張佳孕句云:“楚雲高不落,巴水去無聲。”雖謹守唐人法度,卻自家别有骨格神韻。至謝茂秦之“夜火分千樹,春星落萬家”,則病其太肖唐人矣。

李長吉歌行,如“二十八宿羅心胷,元精耿耿貫當中。殿前作賦聲摩空,筆補造化天無功”四語,雖工部、昌黎警句,不過如是。出諸少小人手,豈非奇才?《湘妃》云:“蠻娘吟弄滿寒空,九山静緑淚花紅。”《浩歌》云:“青毛驄馬參差錢,嬌春楊柳含細煙。”眞如出太白手。若只學其“提攜玉龍爲君死”“筠竹千年老不死”“元氣茫茫收不得”“練帶平鋪吹不起”等句,則永墮習氣矣。

楊鐵崖詩,讀之能開人聰明,長人神智。長吉後不可無此以繼之也。如《鴻門會》《媧皇補天謠》《龍王嫁女詞》等作,直追長吉而無愧色。余尤愛讀其《殺虎行》一首,大有短兵相接之勢,奇險非常,尤足發人才思。詩云:“夫從軍,妾從主,夢魂猶痛刀箭瘢,況乃全軀飼豺虎。拔刀誓天天爲怒,眼中於菟小於鼠。血號虎鬼冤魂語,精光夜貫新阡土。可憐三世不復仇,泰山之婦何足數。”

《晉兩徵君詩鈔》,於傅青主五律誤收工部《秦州雜詩》一首,殊不成事,何怪海内人之笑話山西人也。青主詩奇闢精奥,與其嗣壽髦詩,皆孤行傳世,本不當與蓮洋合刻也。《游樂平石馬寺》云:“愛石即欲死,礌阿而扶疏。天華蒸太始,古菊千葉敷。采采日月菁,飢餐渴亦荼。心肝藉貞氣,物外保廉隅。何處雲根罅,不堪埋老夫。”又:“斑璘石上華,青緑硃沙塗。沈吟計年代,豈非天地初。何有於商周,屑屑誇尊壺。文章落言句,眞彩日受污。偃仰玩自然,寶色當其無。邱蓋焚筆硯,經緯省拮据。雕龍競藻繢,轉眼亦土苴。雲霞幻鸞鳳,神仙誰規圖。”題是《游石馬寺》,眼中意中卻别有領會,尋常詩人伎倆都不用著。先生五古詩,不能名其學那一家,卽當一種子書讀句可也。集中有學東坡一種,老筆紛披,絶似坡公老年海外文字。《題自畫老柏》云:“老心無所住,丹青莽蕭瑟。不知石苛木,不知木拏石。石頑木不才,冷勁兩相得。飛泉不訾相,憑凌故衝激。礌砢五色濺,輪菌一蛟軼。寒光競澎渤,轉更見氣力。擲筆蕩空胷,怒者不可覓。笑觀身外身,消遣又幾日。"《石城讀書》云:"讀書何故爾,莫測淚從來。吟者見眞性,會家能不哀。酸甘黑白傍味色,眼睛齒舌皆奴才。"筆墨奇横而卻無粗獷之氣,故佳。

五律以古體行其疎蕩之氣,學太白、襄陽一派,唐以後尚不乏人,如徐禎卿"吾憐范巨卿,悃幅不邀名。作吏竹林下,清風訟獄平"之類。若以古體行其奇鬱之氣,工部後竟難其人。以吾所見獨《霜紅龕》猶能爲之。此非關讀書,全是一種神力,所以眼空四海,寥寥無人。《溝外》云:"溝外一團白,花將月共明。小窗難得夢,春鳥已先鳴。岸柳牽情遠,山煙著體輕。酒尊殊不厭,翻覺友朋生。"《病征》云:"青外響孤鵠,緑中哀亂蟬。秋心滿天地,病客淡山川。開眼見郵店,支頤問水泉。若能來野化,眞是飽烏鳶[②]。"《太行》云:"紫盤天井上,青幕太行郛。風雨詩何壯,岡巒氣不奴。爭韓來破趙,報楚去趨吳。臨老河山眼,蒼茫得酒壺。"《江月》云:"可惜此江月,教吾今乃看。同舟無語得,獨坐有情難。賈客眠檣穩,荒雞覺夜闌。菰蘆人不見,寂寂好長干。"《春興》云:"睡足徐徐覺,日高總未知。老人伏枕看,花影上簾遲。飯後道心在,溪前春水期。安排入柳路,花鳥不生疑。"先生《論詩》一則云:"詩無才則不高,不博則不典,無氣則不厚,無力則不雄,不藻綵則不艷,不老則不淡,不淡則不遠,無性則不眞,無情則不風流,無理則俗,重理則腐,無格則野,變化則神,神非内、非外、非離、非合。"余謂"變化則神"云云,非深人不能言,亦不知也。《古意》二首云:"乾坤既有郎,不可郎無妾。請郎腰下劍,看妾頭上血。郎有萬里行,不得隨郎去。郎若封侯歸,一盞酹妾墓。"此種詩,奇傑之氣涌出毫端,海内詩人如恒河沙數,此又何只如楊汝士,僅僅壓倒元、白。

壽髦詩,奇氣稍遜於乃翁,而幽折深静之致,則能與之竝,世謂文字不代興者,非也。《日曛黄時到崛嵎上頭憑閣闌》云:"神理喜幽困,不語憑崖閣。因緣静始離,形精勞亦合。眞信隱隱來,黄葉自然落。反照摛金錦，一櫽被岑鋆。巖花界煙道，石縫抽雲絡。隅隈多風飈，起滅在林薄。"境能獨領，語能深造，不學古而自能與古合。《丹崖無論朝夕》雜詩云："妙知不可預，安排多失期。柳隄常亦到，未必如此時。不知所以靜，和之以天倪。高雲不罣眼，慢慢罥柳枝。孤鳧一雙起，誰或使之飛。"又云："天地暖欲雪，空林雀飛鳴。晝雪天地晦，夜雪天地明。有薪可以爨，有米可以蒸。不飢復不寒，且不勞我營。"又云："夜柏團幽黑，丹崖淡月明。雪靜樹影動，寒空搖小星。一縷曳河霧，暗鴻聞遠聲。薄酒既新熟，閉門舉青燈。遠鐘隱隱來，無往耳不盈。"又云："不能斷接搆，早起誦我經。户牖夜閉塞，始受天地清。一徑取高場，寂歷耳目靈。林巒朝氣紫，寒蕪朝氣青。青紫冥寞間，日動一河明。"又云："物化不必窮，偶始坐空林。一心捐河水，乃得其常心。中往既造適，外來不入陰。收散各有得，闔會兩不尋。"又云："無可奈何事，強付之不聞。行吟橋梁上，峽口生夜雲。日入萬物息，中軫歘紛紜。無始亦不遠，因愛生逡巡[③]。貪癡差可離，不能斷其嗔。聞道遂自忍，吾不如靈均。所際若有冀，云何強其身。"題爲《丹崖無論朝夕》，是無題可尋，枯坐冥搜，日朝月夕，不覺連篇而下，其精思妙意，如獨蛹抽絲，孤蟬吸露，遂成天地至文。近人作詩，不肯如此用心，只道没人唱和，没有題目，或又謂"詩中没有大題目"，皆時人口頭語，不足信也。

鳳臺乾隆年間工詩者，爲苗季黄、范春山、胥燕亭，余皆未及見，稍後爲李牧坪、范耳黄，與余友善。范《僧樓雪中客至》云："磴滑忘躋攀，山樓容偃蹇。客到認衣痕，始知雪深淺。入室就罇罏，頓令寒意減。我坐粟生膚，況子溪路遠。次第帽裙脱，瑟縮書帷卷。薄飲取微醉，憑欄閒指點。可惜人蹤稀，多爲松葉掩。"《賓至》云："貧居畏賓客，削迹宜荒村。如何叩門者，遠道來相存。自出布塵席，呼弟滌酒尊。草草失禮數，恰恰通寒暄。鄰女佐弱婦，過午營一飧。客亦憫我拙，粗糲非可論。語畢卻辭去，巷暗煙火昏。我閒婦亦憊，慚顧終何言。"今二人皆化去，所餘詩稿，未知其家人能收藏否，爲之悵然。牧坪詩我無留稿，耳黄此二首偶於舊書中檢得，故録之。

閻百詩《送周道士》長歌中，有句云："人言河塞田可耕，田耕焉用金滿籯。我笑此若蒼蠅聲，世間孰若黄金精。朝結壯士任縱横，夜吟華屋羅羣英。即如仰眠目上瞠，著書欲求後世名，亦須飽飯腸充盈。孟郊喫飽僻思生，韓愈牽率筆不停。"云云。用筆奇崛恣肆，持以接武遺山，寧有愧色？余嘗謂讀書人原不該去求富，然無以養生，書亦難讀，讀"孟郊喫飽"二語，爲之憮然。

作詩題目大小雅俗、詩之長篇短句，一不能用意，則可以不作。如徐青藤《題抱琵琶美人》，此等題最難討好。句云："行到花陰忽回首，去年此日嫁明妃。"又《丁辛老屋半閒堂》云："秋蟲若解襄樊厄，也直湖山養相公。"黄莘田《瓶花》云："膽瓶便算黄金屋，一晌春風貯阿嬌。"皆有意致。若以爲小詩，初不經意，出筆一率，味同嚼蠟，志此以例其餘。

蔣師退知讓，心餘先生嗣官唐縣令，與雋三交好，《阜城祈雨》云："浮辯侈荒政，往往揚嘉褒。天聽自古卑，人幸止慙徼。"《官卑》云："法重情逾僞，官卑志不行。古人多禮意，循吏盡經生。"《病中》云："氣傷詞自寡，賓雜耳宜聾。"此是今日作令中之佼佼錚錚者，不徒詩有法紀。余曾致信索其《妙吉祥行窩詩稿》，書未復，而師退旋即病故。

詩有令人讀一過即不能卻置者，劉後邨《客中作》云："漂泊何須遠，離鄉即旅人。吹薪嘗海品，書刺謁田鄰。家寄寒衣少，山來曉夢頻。小兒仍病瘧，詩句竟無神。"結用工部事，何等藴藉有味。七律佳句，如《老歎》云："無藥能留炎帝在，有人曾哭老聃來。"《耕仕》云："貧求生墓爲謀早，病學還丹見事遲。"皆可諷誦。學詩一事，全要見得多，眼界方大，守一師言，挾一束書，終是三家邨秀才。

放翁云："我不如誠齋，此論天下同。"兩人詩妙，是全不相似，不必不如楊也。古人虚心下氣，每每如此。如我之詩不如雋三，卻是眞話。然其好處正在絶不相似，不然如王介三、李松溪歌行，力追雋三，須知追到相似處，又能造到不相似處，則介三、松溪爲雋三敵國矣。弟子不必不如師，兩生其知所勉之哉！

人當讀李杜詩後，忽得昌黎《石鼓》等詩讀之，如游深山大澤奔雷急電後，忽入萬間廣厦，商彝周鼎羅列左右，稍稍憩息於其中，覺耳目心思又别作寬廣名貴之狀，迥非人世所有，大快人意！

余向日有《讀太白歌行》詩數首，與各家選本稍别，每以己意妄著評語，鄙意以爲學太白，必當從此種入手。詩有本集可按，今録評語於後，即有未當，尚可隨時改正也。

《醉後贈從甥高鎮》"江東風光不借人，枉殺落花空自春"二句，不問能知爲太白之詩，通體俱從醉後著筆，而豪俊英爽之氣軒軒人世，須玩其跌宕承轉處，幾無筆墨痕迹可尋，此化境也。

《江夏贈韋南陵冰》，是初從夜郎放歸，忽與故人相遇，一路酸辛淒楚，閒閒著筆，末幅"頭陀雲月多僧氣，山水何曾稱人意"二句，忽然擲筆空際，此下以必不可行之事，攄必當放浪之懷，氣吞雲夢，筆埽虹霓。中材人讀之，亦能漸發聰明，增其豪俊之氣。

《憶舊游寄譙郡元參軍》詩，以董糟邱陪起，入題先用"回山轉海不作難"二句一頓，方能引起下文如許熱鬧。"一溪初入千花明"云云，東坡每能效此種句。前段入漢東太守，主中之賓也。插入紫陽眞人，又賓中之賓也。又復折回漢東太守手持錦袍云云，不特氣力横絶，而用筆迴環，亦極奇幻不測。"當筵意氣"五句，用單句作過脈，有峯迴嶺斷之妙。"君家嚴君"云云，又起一波，引起下半首，便不更添一人，只以美人歌曲略作點綴，與前面文字虚實相生恰好。末路回映渭橋，章法〔三〕完密。一首長歌，以驚艷絶世之筆，寫舊游朋從之歡，讀去令人目炫心搖，不知從何處得來。細心繹之，中之離離合合，一絲不亂。

《夢游天姥〔四〕吟留别》詩，奇離惝怳④，似無門徑可尋。細玩之，起首入夢不突，後幅出夢不竭，極恣肆幻化之中，又極經營慘澹之苦。若只貌其格句字面，則失之遠矣。一起淡淡引入，至"我欲因之夢吴越”句，乘勢則入，使筆如風，所謂“緩則按轡徐行，急則短兵相接”也。“湖月照我影”八句，他人捉筆，可云已盡能事矣！豈料後邊尚〔五〕有許多之奇奇怪怪。“千巖萬轉”二句，用仄韻一束，以下至“仙之人兮”句，轉韻不轉氣，全以筆力驅駕，遂成鞭山倒海之能。讀去似未曾轉韻者，有眞氣行乎其間也。此妙可心悟，不可言喻。出夢時用“魂悸而魄動”四句，似亦可以收煞得住。試想，若不再足“世間行樂”二句，非但喝題不醒，抑亦尚欠圓滿。“且放白鹿”二句，一縱一收，用筆靈妙不測，後來惟東坡解此法，他人多昧昧耳。讀古人詩，無論前人是作何解，我定細細去體會一番，自家落筆久久，庶有投之所向無不如意之妙。

《魯郡堯祠送竇明府薄華還西京》詩，全用一拓一頓之筆，如神龍夭矯九天，屈強奇攫。近日黄仲則差能仿佛其用筆，遂得雄視一代，辟易萬夫，學者於嘉州、工部後，再熟此種，便可悟縱横跌宕之妙。“廟中往往來擊鼓”，此等接落，眞出人意表。“堯本無心爾何苦”，意極正當而筆極恣横。“深沉百丈洞海底”二句，力爲排奡。“昨夜秋聲閶闔來”云云，忽然又起一波，令人已不可測。“我歌白雲倚窗牖”云云，忽又作一頓折之筆，奇横至此爲極。“高陽小飲”四句，本作一氣讀，偏於下二句連再下二句，另爲一韻，順帶一筆，挽回堯祠，有千鈞力量，結亦遒勁。

《單父東樓秋夜送族弟沈之秦時凝在席》一首，“孤飛一雁秦雲秋”，句峭而逸。“絲桐感人弦亦絶”云云，突接硬轉。學古人全要在此等處留心，方能筋絡靈動。下用短句間夾長句，一路接去，其音淒愴，其筆俊逸，此太白獨異於諸家處也。

《訓中都吏攜斗酒雙魚於旅店見贈》詩，賞其雋逸，宋明人爲之，未嘗不佳，便少此逸氣。

《答杜秀才五松見贈》詩，兩人出處，正爾相同，故情眞而言暢，洋洋灑灑，讀之永無轅駒之誚。

《下途歸石門舊居》云云，篇中多用整句，太白詩未可多得，最宜師法。“將欲辭君挂帆去”二語，是太白本色。“俯仰人間易彫朽”，亦突接硬轉法也。“我離雖則歲物改”四句，當玩其轉筆之捷，眞能如風埽籜。再接“石門流水舊桃花”四句，益覺得氣味濃厚，文境寬綽有餘。將到結尾，又用“何必常從七貴游”二語一束，可云到底不懈。選本不登此種，美不勝收也。從此問津，覺武陵仙源尚在人世，天地生一傳人，從小即心地活潑，理解神透。如東坡《入峽》詩：“聞道黄精草，叢生綠玉篸。盡應充飲食，不見有彭聃。”《八陣磧》云：“神兵非學到，自古不留訣。至人已心悟，後世徒妄説。”《雙鳧觀》云：“雙鳧偶爲戲，聊以驚世頑。不然神仙迹，羅網安能攀。”以年譜按之，公作此詩時不過二十歲，若鈍根人有老死悟心不生者，難以語此。

作詩不必有出典，而形容盡能極妍態，令人一讀一驚喜。東坡《浴罷》句云：“老雞臥糞土，振羽瞑雙目。倦馬驟風沙，奮鬣一噴玉。”此等生造，能與昌黎之“赤龍拔鬚血淋漓”，各有虛實不同之妙。

選古人五七古詩若干首，讀萬遍或數萬遍，熟其音節氣味，心解神悟，久久覺得撐腸漲腹，有無數之奇奇怪怪不可名狀。再加一二年醞釀工夫。所謂醞釀者，寢食魂夢若或遇之，我之形神與古人之氣脈息息相關，又覺得前所謂撐腸漲腹者，化而爲浩浩然、汩汩然，作挾沙走石之勢，不可控制，此當落筆候也。

元遺山《宣和雲峽石》云：“薰蒸似欲出泉脈，瑩滑定應凝石髓。剥裂雯華漬秋月，辛苦詩仙費摹擬。車箱箭筈連西東，仇池百穴窗玲瓏。飛墜不嫌雲鶩小，奇探已覺太湖空。”又“膏血綢舩枯九州，亡國愁顔爲誰洗”，此種精鍊，實爲集中上乘，學遺山正當如此著力。若“舉頭西望忽大笑，太華落落長庚高”，以及“半空擲下金芙蓉”等句，做去便覺省力容易，然後人已用之爛熟矣。學者作詩，先讀李杜韓蘇，若自家才氣實在平弱，未必不知難而退。試取遺山之學前人者讀之，當有彼丈夫之想，鼓氣而前，終當有濟。

我小時作詩，無師授，種種工夫皆是從漆黑處摸弄出來，喫苦不小。家中子弟，如今有人指示，自然省力，然切莫視爲容易事。若以爲明明白白，先有人都與我擺在眼前，只用讀去，不肯細意研究，不知如此種講究，是一人所得，他人視之仍如紙上談兵一樣。自家不造入一境，終不能曉得一境之妙也。

手編一書，自不容易，而能讀之者更難。其人如温公《通鑑》，在當時惟王勝之借讀一過。他人讀，未盡一紙，卽欠伸思睡矣，況其下者乎？今之人動刻著作，望一王勝之於千百年後，豈不難哉！

宋儒金履祥謂門人許謙曰："士之爲學，如五味之在和，醯鹽既加，則酸鹹頓變。子來三日矣，而猶夫人也。"云云。此卽三日拭目之意。今學生在書房讀書，有成年不見長進，稍稍敦促之，咸謂我爲性燥，然則古人之説，又何謂也？卽才氣不佳，果肯埋頭苦讀，亦斷無一年不長進之理，其知所勉哉！

作僞，心勞日拙，一點不錯。卽如王莽爲新都侯時，嘗私買侍婢，昆弟或頗聞之，因曰："後將軍朱子元無子，聞此兒種宜子。"卽日以婢奉朱博，其匿情以博時譽如此。當日名士如戴崇、金涉、陳湯輩，皆受其籠罩，何況餘子。王荆公之"王莽謙恭下士時"一詩，卻有見解。惜莽之死不早耳，作僞何益之有？

人多謂能文章者不死，何也？人於生前能以精誠之氣爲文字，則心爲精誠之所結聚，必不同尋常之人。身死魂魄俱盡，必爲靈鬼，上升天界。世人妄希仙佛，豈知此與仙佛無二。不必論李杜韓蘇，其精誠不散，石延年尤爲人所共知，卽如郊、島輩，詩既長留人世，其精氣必升天上，較生前持齋號佛、打座運氣，似覺駕輕就熟，省力許多。此論亦未甚穿鑿，更與有識者共參焉。

【校記】

〔一〕尚，民國本作"向"。

〔二〕狐，民國本作"孤"。

〔三〕法，民國本作"治"。

〔四〕姥，原刻爲"老"，當作"姥"。

〔五〕尚，民國本作“向”。

【注釋】

① 亡璧打張儀：張儀受笞的典故。據《史記·張儀列傳》：“張儀已學而游説諸侯，嘗從楚相飲，已而楚相亡璧。門下意張儀，曰：‘儀貧無行，必此盜相君璧。’共執張儀，掠笞數百。”

② 烏鳶：烏鴉和老鷹。均爲貪食之鳥。

③ 逡巡：徘徊、滯留貌。

④ 惝恍：模糊、恍惚貌。

昌黎《謁衡嶽廟》詩，讀去覺其宏肆中有肅穆之氣，細看去卻是文從字順，未嘗矜奇好怪。如近人論詩，所謂説實話是也。後人遇此種大題目，便以艱澀堆砌爲能，去古日遠矣。“侯王將相”二句，啟後來東坡一種，蘇出於韓，此類是也，然蘇較韓更覺濃秀凌跨。此之謂善於學古，不似後人依樣葫蘆。

《贈崔立之》一首，工於展拓，妙於收束，其鋪叙處，用轉折以取勢，轉折處用警句以整頓，遂不嫌拖沓，無懈可擊。至全用仄韻到底，工部已有之，盛於作者，極於東坡，歌行之能事備矣！鄙意以爲作仄韻頗易於見長，學者當先從轉韻入手，再作平韻，終作仄韻，功夫方有層次。

文人荒誕好怪，自是一病，如《赤藤杖歌》，其奇創處，要能言之有物，劉叉、盧仝、李賀、任華輩，往往怪而不中理，是無物也，所以不及昌黎。“共傳滇〔一〕神出水獻”四句，已好到極處，後又著“浮光照手”句，猶以爲未足，更以“空堂晝眠”二語以束之。筆力奇傑，直可横塞九州，鼎足李杜，非公而誰？

《鄭羣贈簟》一首，遇此等題無可著議論，又作平韻到底，如何撑突得起？看其前面用“攜來當晝”云云，故作掀騰之筆以鼓盪之，便不平板。末幅“側身甘寢”云云，作突過一層語，以收束之。昌黎極矜心之作，前人有誚作者是以文爲詩，殊不知詩文原無二理，文如米蒸爲飯，詩則米釀爲酒耳。如此突過一層法，卽文法也。施之於詩，有何不可。“唐人知有前期在”一首，亦是此法。

《華山女》一首，用微言以諷之，與《諫佛骨》用直筆不同。詩文各有體裁耳。“洗妝拭面著冠帔，白咽紅頰長眉青”，如見女道士風流裝束。“觀門不許人開扃”，先作一折筆，見有如許做作。至“觀中人滿坐觀外，後至無地無由聽”，便好笑人也。末四句“雲窗霧閣”云云，隱語也，不必求甚解而穿鑿之。

昌黎五古，語語生造，字字奇傑，最能醫庸熟之病。如《薦士》《調張籍》等篇，皆宜熟讀，以壯其膽識，寄其豪氣。“橫空盤硬語”云云，此公自壯其詩耳。“杳然粹而清，可以鎮浮躁”，卻到東野分際。《調張籍》開口便是“李杜文章在”，緣心中意中傾倒已久，不覺衝口而出。通首極光怪奇〔二〕離之能，氣橫筆鋭，無堅不破。末於張籍只用一筆帶過，更不須多贅。至《贈張秘書》“險語破鬼膽”云云，亦非公不能當此語。《送無本》云：“狂詞肆滂葩，低昂見舒慘。姦窮怪變得，往往造平澹。”此詩文歸宿之要旨也，不然狂肆不已，卒入鬼道。

嘗論東坡七律，固〔三〕是學問大，然終是天才，迥不猶人，所以變化開合，神出鬼没，若行乎其所無事。如《和晁同年九日見寄》後半首云：“古來重九皆如此，别後西湖付與誰？遣子窮愁天有意，吳中山水要清詩。”又有一意，翻爲一聯，用筆用氣直貫至尾，魄力雄健者。《送傅倅》云：“兩見黄花埽落英，南山山寺徧題名。宗成不獨依岑范，魯衛終當似弟兄。去歲雲濤浮汴泗，與君泥土滿衣纓。如今别酒休辭醉，試聽雙洪落後聲。”又《雪夜獨宿柏山庵》云：“晚雨纖纖變玉霙，小庵高臥有餘清。夢驚忽有穿窗片，夜靜惟聞瀉竹聲。稍厭冬温聊得健，未濡秋旱若爲畊。天公用意眞難會，又作春風爛熳晴。”純以質勁之氣作閃爍之筆，遂能於尋常蹊徑中，得此出没變化之妙。王荆公《詠雪》一首云：“奔走風雲四面來，坐看山壟玉崔嵬。平治險穢非無德，潤澤枯焦是有才。勢合便疑包地盡，功成終欲放春回。寒鄉不念豐年瑞，只憶青天萬里開。”則又是一種筆墨，從艱險中入去,卻從明顯處出來,學者知此,可參其變。

人生讀書,於科名一條,得固佳,不得亦不足憾。惟能自家克苦用力,則造化自有安排。工部《寫懷》〔四〕詩云:“編蓬石城東,采藥山北谷。用心霜雪間,不必條蔓緑。非關故安排,曾是順幽獨。”即此意也。我少非科甲,二十年來窮愁潦倒,稍閒,惟有簸弄筆墨,稍自消遣,亦無可奈何事,“順幽獨”耳。《遣懷》共二首,後一首句云:“榮名忽中人,世亂如蟣蝨。古者三皇前,滿腹志願畢。胡爲有結繩,陷此膠與漆。禍首燧人氏,厲階董狐筆。君看燈燭張,轉使飛蛾密。”云云。去年在萊陽借人家杜詩看,是王西樵批本,此首皆著單點,不見稱賞,乃知“羚羊挂角”一語誤人不淺。

人生太窮,至於飲食不繼,雖説該去忍飢讀書,然枵腹高吟,肚裏如何支架得住。偶憶東坡絶句云:“北船不到米如珠,醉飽蕭條半月無。明日東家當祭竈,隻雞斗酒定膰吾。”夫以東坡之賢豪,餓到十來天,也想人家饋東西喫,而眞率之氣,妙能縱筆寫出,乃知陶公叩門乞食,浣花偕妻乞絲,都不足爲古人深病。

人要孽非自作,難道任其餓死,天公也不來管一管?昨讀元遺山《送王亞夫》詩云:“天公醉著百不問,汝偶而偶奇而奇。”不覺爽然自失。此等語庸而實奇,前人不曾道過,此遺山之所以能雄視金元也。

工部云:“但覺高歌有鬼神,焉知餓死塡溝壑。”太白云:“吟詩作賦北窗裏,萬言不直一杯水。”遺山師其意,則云:“長衫只辦包瘦骨,故紙何緣變奇貨。”此謂善學古人。若工部之“羣胡歸來血洗箭”,李空同便云“逐北歸來血洗刀”,是謂之襲古,不是師古。

人生做事,全要各人自拏主意,斷斷〔五〕不可聽人慫恿。古人如陶公,人但知其“傾身營一飽,少許便有餘”,幾與鄉里小民無異。細讀其《飲酒詩》“清晨聞叩門”一首,行文至後半,忽然勒轉,用答田父語云:“深感父老言,稟氣寡所諧。紆轡誠可學,遠己詎非迷。且共歡此飲,吾駕不可回。”斬釘截鐵,勁氣勃發,可以想見陶公之爲人。讀陶後,當去看東坡和陶諸作,方爲元元本本,乃知古人有斷斷不可及處。

讀古人詩，本來不許心粗氣浮，我於陶尤覺心氣要凝鍊，方能入得進去。有看古人詩，略一披閱，便云："不過爾爾，吾已了然於心口。"此無論聰明人、鈍漢子，皆自欺欺人也，斷不可信。如陶公《和郭主簿》云："露凝無游氛，天高景物澈。陵岑聳逸峯，遥瞻皆奇絶。"一樣寫秋，迥與唐人不同，氣味深静故耳。若工部之"萬壑樹聲滿"，雖淺人亦知叫好矣。讀陶當從此得力，方能破前人學陶藩籬，若只摩倣其"狗吠深巷中，雞鳴桑樹顛"、"相見無雜言，但道桑麻長"等句，引入孟、王、儲太祝一路去，自家便不能出頭。

《五月旦作》起筆云"虚舟縱逸櫂，回復遂無窮"，寫舟行之妙，不可思議。"逸"字下得新，"回復無窮"，是從上"縱"字來。"神淵瀉時雨，晨色奏景風。"用"瀉"字、"奏"字，妙能狀出"神"字、"晨"字來。末云"卽事如已高，何必升華嵩"，收得挺健。於此可悟用字起結之法。又《劉柴桑》云："良辰入奇懷，挈杖還西廬。""奇懷"字，是自家覺得於無奇處領會出來，他人不得而知也。

《九日閒居》一首，上面平平叙下，至末幅"斂襟獨閒謠，緬焉起深情"，忽作一折筆以頓挫之。下二句"栖遲固多娱，淹留豈無成"，以一意作兩層收束，開後人無數法門。

《癸卯十二月中作》云："淒淒歲暮風，翳翳經日雪。傾耳無希聲，在目皓已潔。"自是詠雪名句。下接云："勁氣侵襟袖，簞瓢謝屢設。"接得沈著有力量。又云："高操非所攀，深得固窮節。平津苟不由，栖遲詎爲拙。"想見作者之磊落光明，傲物自高。每聞人稱陶公恬淡，固也。然試想此等人物，如松柏之耐歲寒，其勁直之氣，與有生俱來，安能不偶然流露於楮墨之間？余有《冬日雜詩》數首，頗能得力於此種。

《桃花源》詩云："雖無紀曆志，四時自成歲。怡然有餘樂，於何勞智慧。奇蹤隱五百，一朝敞神界。淳薄既異原，旋復還幽蔽。"此種又何嘗不仗議論？"奇蹤"四句，筆力颯爽，雖健者瞠乎其後。杜韓用筆，每每宗此。

《擬輓歌》云："幽室一已閉，千年不復朝。千年不復朝，賢達將奈何[①]。向來相送人，各自還其家。親戚或餘悲，他人亦已歌。"説得冰涼，令人忽笑忽哭。詩文之至者，自能感人。如金正希時文，則不當以時文論，《民到於今稱之》一篇，正與此種一樣可感。

昌黎《詠雪》云："崩騰相排拶，龍鳳交橫飛。波濤河飄揚，天風吹旛旗。白帝盛羽衛，參髿振裳衣。白霓先啟行，從以萬玉妃。"極形容之妙。王荆公《詠雪》云："滔天有凍浪，匝地無荒隴。飛揚類挾富，委翳等辭寵。穿幽偶相重，値險輒孤聳。"又"荒林無空投，幽瓦有高隴。分纔一毛細，聚或千鈞重。飛揚窺已眩，摧壓聽還兇。漁舟平繫舷，樵履没歸踵。空令物象瑩，豈免川塗壅。爭光姮娥妒[②]，失色羲和恐。"又作一樣形容，不蹈韓之一字，壯夫斬將搴旗，各有能手，斯爲大家。

昌黎《送盤谷子》詩，東坡謂："退之尋常詩，自謂不逮老杜，此詩當不減子美。"余謂此詩學杜得其疎處，濃處仍不似也。東坡學韓此種，卻能神骨俱肖，所以稱之耳。詩中句云："開緘忽覩送歸作，字向紙上皆軒昂。"此公自壯其詩也。今人作詩，多字字睡在紙上，便能令讀者亦沈沈睡去矣。

稍知自愛者，向朋友借貸，原是萬不得已事。若以悠悠行路之人，而望以伉慨好義之舉，所謂立談之下，豈能使人痛哭也哉？張船山有句云："飲酒也消名士福，通財漸拂故人心。"誦之，爲之慨然。去年在濟南，聞船山物故，海内文人又弱一箇矣。

昌黎《盛山詩序》云："儒者之於患難也，其拒而不受於懷也，若築河隄以障屋霤；其容而消之也，若水之於海，冰之於夏；日其玩而忘之文詞也，若奏金石以破蟋蟀之鳴，飛蟲之聲。"人當處失意時，憂戚不堪，皆是不能以學問自勝之故。余半生憂患相仍，窮愁落魄，嘗誦此數語以自遣，可惜有作，不能出金石聲耳。

詩能窮人。其所以能窮之故，前人無所發明。然所謂窮者，窮而不達耳，非必衣食不繼也。以我想來，詩文以氣爲主，氣盛則必有矜色，便欲輘轢羣物[3]，戾氣從此乘之。氣盛者，狂之將發也，狂則窮之兆也，可不戒哉？

家鄉米羹飯，以黄小米拌豆麪、豆葉菜爲之，田家終歲食此，所謂能齩斷菜根者是也。我嘗向人説，不能喫這樣飯，必不願罷官家居。彼出必安車，食必列鼎，除死方休耳。

學五古詩，才質平鈍者，當先從曹植、鮑照入手；超拔者當先從陶、謝入手。彼既超拔，於謝，令其鍊才就法；於陶，令其去華就實。猶之平鈍者，非陳思、明遠之精鋭開脱，不能啟其懦而發其警也。然後讀杜，參其變；讀李，疎其氣；讀韓，肆其志；讀蘇，宏其聲而博其趣，猶懼不能刻入也。讀東野、山谷，以堅其表裏，再汎覽諸家，勢如破竹矣。王、孟、韋、柳，當另鈔一册，於讀諸家之餘，然後讀之，不可憑仗爲安身立命之處。七古前已論列，先讀嘉州，次李杜，次韓蘇，餘皆可略。至於用工之法，當如飢鷹攫食，如壯士砍陣，以必得必破爲功。種種作俑象人，翦綵爲花，皆所弗尚，久久自到是處。古人謂"文無難易，惟求其是"，"是"字正不容易。

才不足以雄一代者，不能代興。太白之"大雅久不作"一首，是以一代作者自期也。人生讀書，一面要埋頭苦攻，一面要放開眼孔，方有出息。

太白《西嶽雲臺歌送丹邱子》中云："雲臺閣道連窈冥，中有不死丹邱生。明星玉女備灑埽，麻姑搔背指爪輕。"下接仄韻云："我皇手把天地户，丹邱談天與天語。"每於轉韻處，稜角峭厲，令人耳目頓覺醒豁。學者要從此種尋去，方有塗徑可通。若但貌襲其起句"石作蓮花雲作臺"，便是鈍漢。

《扶風豪士歌》："天津流水波赤血，白骨相撑亂如麻。我亦東奔自吴國，浮雲四塞道路賒。"以下若入庸手，便入扶風矣；卻接"東方日出啼早鴉，城門人開埽落花。梧桐楊柳拂金井，來醉扶風豪士家。"日出鴉啼，城門洞開，梧桐金井，人埽落花，一種太平景象，與上之"白骨如麻"作反映,從閒處引來,第四句方趁勢入題,用法用筆最宜留心。

《妾薄命》云:"寵極愛還歇,妒深情卻疎。長門一步地,不肯蹔迴車。"下忽接:"雨落不上天,水覆難再收。君情與妾意,各自東西流。"此種神妙,讀者縱能了然於心,不能了然於口。

《白頭吟》云"此時阿嬌正嬌妒",接法有形無迹,有一落千〔六〕丈之勢,其妙不可思議。"莫捲龍鬚席"四句,尚作迴護之筆,至"覆水再收"句,方下決絶語。用筆如晴絲裊空,深靜中自能一一領會。

"荆州麥熟繭成蛾,繰絲憶君頭緒多。雲鬟緑鬢罷梳結,愁如回飈亂白雪。"可云善於言情,工於言愁。

黄仲則詩,趙渭川、翁覃〔七〕溪皆有刻本,非其全也。早年至吳門,識其嗣小仲,得以鈔本全稿,託范紀年寄歸。其學太白處,如"經時臥病出門望,但見短草搖天青。"《春晝》云:"楊花飛,游絲颺,兩地相逢不相讓。畢竟楊花性更柔,因風復上楊枝上。"《病愈觀城西水上合樂》云:"粉妝照水愁水渾,病回照水愁水清。水清水渾不相入,眼前士女空傾城。"《秋夜》云:"絡緯啼歇疎梧煙,露華一白涼無邊。纖雲微蕩月沈海,列宿亂搖風滿天。"《樓上對月》云:"濛濛薄霧蒼蒼煙,山意亦如人可憐。一絲清氣共來往,星辰自動高高天。"此眞能直闖太白堂奥,東坡而後罕有其匹。今試略舉東坡之學太白數句,可以頓悟矣。《上堵吟》云:"臺上有客吟秋風,悲聲蕭散飄入空。臺邊游女來竊聽,欲學聲同意不同。"又《次韻》云:"猿吟鶴唳本無意,不知下有行人行。"此皆非有意學太白也,天才相近,故能偶然即似耳。

仲則學東坡,亦有神肖處。如《題李明府天英借笠看山圖》云:"是物等閒難得戴,著屐何如放船快。君與東坡兩蜀人,披圖似有英靈會。"《鋪海》云:"返照一縷衝波開,彩翠細縷金銀臺。初疑百萬玉鯨鬬,闌入一道長虹來。"《采石尋三元洞因登妙遠閣》云:"海雲下棟猿接臂,河鼓隱竇虵藏車。最高一閣小於艇,憑闌浩浩江聲粗。采石上峯翠窈窕，歷陽遠樹煙模糊。魚龍怪氣走虛壁，水聲天闊無象無。"《山鏗》云："山非極高水非深，無一直筆方耐尋。"又句云："不知深入濃陰中，但覺逢人鬢須緑。"《雲栖寺》云："齋餘寺後看巖澗，腰腳縱好須扶藜。蘚階四漫泉滮滮，藤壁獨裊風淒淒。回峯閃緑埋倒景，急瀑挂練飛長霓。延緣復值徑窮處，嶺頭尺五天抽梯。飛空騰擲我無具，有不盡意輸鼪鼯[④]。"其學坡公，能在語言之外脱胎换骨，淺者倉卒，無能領會。其他歌行佳者，可得五六十篇，有集可按。本朝此體，幾無二手。

陳午亭《詶于秀才》云："多君長劍倚崆峒，况事仙人白兔公。王屋天壇青嶂裏，河陽古寨碧流中。詠從洛下書生好，詩是山西老將雄。欲共飛車三萬里，赤松同訪趁西風。"後半浩氣行空，讀去增人豪興，第六句大爲老西吐氣。

午亭全是一團學力，抱眞氣而能獨往獨來者也。余謂其深造之能，直駕新城、竹垞而上之。世人見其用力過猛，使筆稍鈍，看去覺得喫力，遂輕心掉之耳。五古詠漢事數首，絶不用推陳出新，旁見側出，而用筆自然，鋭不可當。太白《秦皇埽六合》等篇，正是此詩之源，識者辨之。五律，學唐人不抉其髓，則失於熟；學宋人但襲其皮，則失於生。惟濃不染唐之蹊徑，淡不落宋之窠臼[⑤]，經營於意象之間，咀嚼於神味之外，午亭五律剛到好處。《登普照寺》云："樹杪水濺濺，羣峯矗碧天。松門留曉月，板屋過流泉。谷口山城遠，窗中鳥道懸。前林人迹少，寒磬下溪煙。"此首似是從太白"犬吠水聲中"化出，卻無迹象可求，尤佳是後半不弱。

《對菊》云："秋老彫羣卉，天寒有菊花。月稀階影白，風定檻枝斜。獨立眞憐汝，逢開每憶家。故園經别處，籬外即天涯。"此詩用意，全在一結。

《問王給事病》云："昨夜眠多少，思君落月時。高齋聞雁早，秋圃見花遲。省掖稀囊草，安危有鬢絲。連朝同寂寞，吾病亦揩離。"此學工部而泯其迹，細味之，中邊虛實俱到。

《立秋日子顧繹堂貽上湘北幼華過集時西樵荔裳相繼淪亡》："生死傷心後，悲歌把臂初。皇天留數子，秋日集吾廬。風雨孤亭窄，苔花晚徑疎。不慚供給薄，離别較何如。"此首人咸知其學杜矣，不知起四句卻容易，難處正在後半，文章著力處省力，不著力處費力。

《望西山》云："列嶂横天壁，連雲竝女牆。晚風落空翠，疎雨溼斜陽。巖壑鄉心亂，關河别路長。白雲如蓋處，冉冉近高堂。"末句用梁公望雲事，通首濃秀而整鍊。

他如《春日》云："旅夢牽花信，春心著柳條。"《西原》云："籬花殘雨澹，澗柳古煙青。"《雪隖》云："塵垢河山淨，琉璃世界平。"《淮上》云："舊日英雄里，殘陽野草花。"竝稱佳句。"淮上"二句，對句尤空靈得妙。

午亭《送吴蓮洋歸蒲東》，有"狗監人難遇，娥眉老易猜"之句，應是罷鴻詞科時所作。又："人物雄才老，雲山間氣多。玉谿終古在，相竝得金鵝。"金鵝，蓮洋館名，其所稱許之者，至矣！人惟有名而後與人不爭名，惟有才而後能愛人之才。昨見一人詆一人云："你説你會做詩，我偏不喜歡做詩，且你有才情是你的，與我甚麽相干？"是不同道也，安得相契？

午亭七律兼學宋人，余另有讀本。如《臥病輟直》云："回鶩廊閣三番仗，稍學仙人五戲禽。"《課兒》云："繩牀穿座知吾老，書案量身覺汝長。"亦宋人中之卓然能自立者。

吴蓮洋原有粗服亂頭之妙，特才氣不能雄肆耳。歌行非無大篇，如《海上贈秋谷》詩，起首筆力超拔，中間屢用"噫吁兮"字，反受其累。《宋中吟》《蔡州道上》《祖龍行》等篇，可稱合作。其小品卻有可觀，不僅"當門九曲崑崙水，千點桃花尺半魚"也。《鄉寧山城即景》云："山雲啟新霽，林屋含清暉。風吹兩黄蝶，時繞山樓飛。老農向煙且驅犢，溪女背人猶浣衣。"又："雲來松際陰，泉到竹根散。"宛然如出柳州手，勝於"泉繞漢祠外，雪明秦樹根"等句。作者五古當以此意求之，方能無失。五律一體，實在本朝諸人之上。《寄向書友》

云：“曾聞向始平，能注南華經。之子眞苗裔，江山發性靈。寒蛟終謝餌，老鶴不梳翎。載酒鬻花節，長吟入洞庭。”無一字不錘鍊而出，不必定是學太白。《留王孟穀游風穴時將歸楚》云：“風穴何年寺，傳聞水石間。雲中千樹密，谿上幾僧閒。花信宜攜酒，春心且看山。休言涉魚齒，涷雨損朱顔。”著力不多，味之彌覺雋永。“春心”五字，尤有逸致。《題顥亭皋園》云：“鄰舍草堂近，灌園同一泉。白雲扶杖客，芳草著書天。税在桃花外，心當緑水前。東屯愁柱老，錯買瀼西田。”“藹藹藥苗緑，茸茸梅蕊紅。懷人眠夜雨，種樹立春風。避世幾曾見，素心今不同。何年能負笈，幽桂日成叢。”“仲叔羈栖日，山公把酒時。林泉從此識，花竹盡堪思。野蔓纏青壁，山禽下緑枝。他時尋石路，應得九峯疑。”著語之妙，不可思議，神韻氣味，居然自異。

《憶栖巖寺》云：“最憶栖巖寺，招涼有舊亭。河流週郡白，山勢入關青。崖斷蜂留蜜，松高鶴墜翎。盧師吾有約，許共一函經。”新城尚書極稱“山勢”句，然好在下邊接得健，否卽空腔矣。《送周星公禮部出守南康》云：“萬里敷文命，歸無翡翠裝。一麾辭北闕，十月下南康。問俗匡君側，狂歌五老傍。彭湖秋正闊，波浪浩茫茫。”“香爐吾最愛，雲氣似香煙。太守能清靜，高齋對晏眠。更邀徐孺子，同聽谷簾泉。好在春明候，騎牛西澗邊。”一片化機，更不知爲五言律。後一首中二聯未嘗不對，卻似散行者，於下半首“更邀”二句，忽作一折筆，律詩至此，可云靈妙絶倫。

【校記】

〔一〕滇，民國本作“眞”。

〔二〕奇，民國本作“寄”。

〔三〕固，民國本作“故”。

〔四〕寫懷，原刻爲“遣懷”，當作“寫懷”。“編蓬石城東”六句，出自杜甫《寫懷二首》。

〔五〕斷斷，民國本作“斷”。

〔六〕千，民國本作“十”。

〔七〕覃，原刻爲“潭”，當作“覃”。翁方綱號覃溪。

【注釋】

① 賢達：有才德、聲望之人。

② 姮娥：即嫦娥，神話中的月中女神。

③ 轅轢：車輪碾壓。比喻踐踏，欺壓。

④ 鼪鼮：指鼪鼠與鼯鼠，比喻志趣相投的親密朋友。亦是舊時對起義群眾的蔑稱。典出《莊子集釋》卷八中《雜篇·徐無鬼》。

⑤ 窠臼：比喻舊有的現成格式；老套子。

陳思王《箜篌引》"置酒高殿上"云云，一路説得極其繁華，忽接"清風飄白日"數語，頓成華屋山邱之感，而用筆之跌宕排奡，遂開千古法門。

《野田黄雀行》云："高樹多悲風，海水揚其波。利劍不在掌，結交何須多。不見籬間雀，見鷂自投羅。羅家得雀喜，少年見雀悲。拔劍捎羅網，黄雀何飛飛。飛飛摩蒼天，來下謝少年。"突接"拔劍句"，用筆斬截，與上"利劍"，有草蛇灰綫之妙。結二語另换一韻，神致爽朗，繳得亦極便捷。

《贈白馬王彪》第六首，全以議論行其鬱律之氣，達以挺拔之筆。後人乃以著議論便落宋人門徑，此則魏人詩也。章法用蟬聯而下，後人亦間有效之者，其實其迹也，可以不必。

《贈王粲》詩中間云："悲風鳴我側，羲和逝不留。重陰潤萬物，何懼澤不周。"平平序説，陡然用此四句振起，令讀者神聳氣旺，不如此則不雄横，便塌〔一〕下去矣。作慰之之辭，卻撇開"羲和"，轉出重陰受澤來，可謂新刻之至。

《聖皇篇》句云："沈吟有愛戀，不忍聽可之。迫有官典憲，不得顧恩私。"語有曲致，有深情。工部"三别"等詩，多師此種。《當來日大難》云："日苦短，樂有餘，乃置玉尊辦東厨。廣情故，心相於，闔門置酒，和樂欣欣。游馬後來，轅車解輪。今日同堂，出門異鄉。别易會難，各盡杯觴。"此歌行之鼻祖也。"游馬"二句，作一停頓，即排奡法也，熟此可悟行文用筆之妙。

《當牆欲高行》云："龍欲升天須浮雲，人之仕進待中人。衆口可以鑠金，讒言三至，慈母不親。憒憒俗間，不辨僞眞，願欲披心自説陳，君門以九重，道遠河無津。"起二句七字一意，第三句六字，"願欲"句，仍用七字，其錯綜之妙，歷落之致，實爲太白先聲。

謝康樂詩，如《登江中孤嶼》句云："懷新道轉迴，尋異景不延。亂流趨正絶，孤嶼媚〔二〕中川。"其深細處，非鉤意攝魄以領會之，不能探索其妙。"亂流"二句，落題有景有勢。《齋中讀書》後半首云："懷抱觀古今，寢室展戲謔。既笑沮溺苦，又哂子雲閣。執戟亦以疲，耕稼豈云樂。萬事難竝歡，達生幸可託。"全以筆力驅駕，氣味亦極濃厚。工部行文至興會處，往往宗之。《從斤竹澗越嶺溪行》云："猿鳴誠知曙，谷幽光未顯。巖下雲方合，花上露猶泫。"東坡殊有此筆意。其他率沁心藻績①，濃深縝密，學之者使不得一些浮躁，學陶不成流於率，學謝不成流於澀，謹防其漸而已。

學明遠詩，惟調落已爲後人所模範者，則不當再倣。其英俊之氣，精悍之筆，與夫種種抑鬱之思，最能發人哀感，長人才思。讀陳思、陶、謝、明遠畢，然後再汎覽諸家，以收其美，未爲晚也。

大家之詩，每細讀一過，手自丹黄，以爲遺漏頗少矣。隔數月讀之，又有前此看不到處。此等緣故，纔隔數月，不是關學力有淺深，是一時心有勤怠，事有觸發之故。又如看這一部頭太熟了，須另换一部來看，字之大小行數不一，頓覺眉目一清。此種道理，全要自家留心精細。

工部五律《歸雁》一首云："聞道今春雁，南歸自廣州。見花辭漲海，避雪到羅浮。是物關兵氣，何時免客愁。年年霜露隔，不過五湖秋。"後半突接硬轉，他人無此手筆。

《九月一日過孟十二》前四句云："藜杖侵寒露，蓬門啟曙煙。力稀經樹歇，老困撥書眠。"宋人劉後邨、陸放翁多師此種。我謂學杜斷斷當從此入手，現身説法，卽如我《歸家次日早至西坪》云："風外聽書聲，到來慰此情。買春邨酒賤，敲竹曙樓清。"此於工部，有小得力處，非自炫，正欲與有識者一證之也。

東坡句云："平生飽螙簡，食筍乃餘債。"弄筆生趣，人多知其爲宋人句。"我欲汎中流，搪突鼉獺嗔"，乍讀之，初不知爲工部句。乃知唐宋之分，是論其大段不似耳。人人讀書，具有性靈，安有唐宋之别哉！卽如工部之"溪行衣自溼，亭午氣始散。冬温蚊蚋在，人遠鳧鴨亂"，讀者又猜以爲東坡詩矣。諸如此類，未可枚舉，是又在有眼力人檢好的讀將去，自不致走差路頭。

工部《蘇大侍御訪江浦》詩序云："余請誦近詩，肯吟數首，才力素壯，詞句動人。接對明日，憶其涌思雷出。書篋几杖之外，殷殷留金石聲。"此種散行文字，卽使昌黎捉筆，寧能遠過？後生家不肯留心看書，開口低昂古人，豈不大錯？

工部《詶韋韶州》云："養拙江湖外，朝廷記憶疎。深慚長者轍，重得故人書。"與七律《賓至》一首，皆有老名士派頭。後人無此老本領，派頭往往過之。阮吾山云："狎優童，窮烹飪，講骨董，便稱名士，令人可歎。"

近人刻自家詩稿，序文至於一而再、再而三，題詞詩句連篇累牘，未免過於標榜好名。其實詩之能傳與否，則不在是，徒災禍梨棗耳。有豪傑之士，定能力矯此弊。

有靈心肯讀書之士，能深知道古人，方能認得定自家。古人如鏡也，觸之然後妍醜得見。不認得自家，是兩目都瞎，雖有鏡，亦不能照見矣。輕嘗淺試之夫，以詩謁人，旣非素日至交，誰好意思直〔三〕斥其非，只合將就批些好話，其〔四〕實隱約其辭，固未嘗許之也。彼卻信以爲眞，謂某人説我好，想來不錯，便有井蛙之意，於是居然刻集，公然託消。可惜今日更無秋谷其人，謹爲回札，曰："土儀拜登，大集璧謝。"

人咸謂坡公歌行學昌黎，不知其源出於太白，於韓則支分派衍耳。其自闢境地，横説豎説，以精悍之筆，逞生花之管，眞能前無古人，後無來者。所當熟讀者，不下百數十首，然意愜神飛，各有領悟，又不在多與少也。近年細讀其集，稍稍病諸選本，未能精當。讀古人詩，最是難事。有古人驚天動地之作，我自問斷斷學不來。震其名而强誦之，仍是没交涉，然亦要防己之粗心，或是學方〔五〕打不到，以俟後日。又或雖未是名篇，我於這一種筆墨，卻是生疎，尚須揣摩，亦未礙一讀再讀。且各人病痛，未有不自覺者，對症下藥，便容易見功。至於操選本，是難事，我嫌他人選本不愜我意，設我爲之，又實不愜人意。大家之詩，如入五嶽探山問水，可以各隨其心之所好而獲，正不必强同。

一鄉有一鄉之詩文字畫。如在萊陽，無不知有周藹園之畫、李碩亭之書者。兩人自佳，然取以蓋天下，則未能也。從未有提及蘿石之文與荔裳之詩者，即如吾鄉中，近日後生家，多好作詩，亦未有一人立志，欲上追午亭者。道聽塗説，貴耳賤目，人人皆坐此病，能自樹立之人絶少，安怪江河日下，一蟹不如一蟹。

閉門造車，出門合轍。鄉曲中吟詩作文，孜孜不懈，可謂能閉門造車矣！可惜無書可讀，又無名師益友與之切磋，及至出門，多不合轍。果自知尚好；否則，恨牛馬之不馴良，道路之不平坦，卒至於覆車敗轅而歸，終身不悟我拙工也，可哀也哉！

工部云："文章一小技，於道未爲尊。"明知作詩算不得甚麽武藝，然尚冀萬一弄到稍稍跕得住時候，或一鄉一曲，於身後尚有稱道之者，庶不與草木同朽。三代以下，惟恐不好名，卻也難去深怪他。吾邑從前有衛侍御者，少年科甲，纔隔得五十餘年，四鄉讀書人，便多不能舉其姓名官爵，無論鄉會墨卷。田楚白者，一老諸生，没亦三十五六年，鄉人無有不知之者，何也？會作數首詩之伎倆耳。

家中子弟作秀才，成年不肯看書，亦不作八股，胷中苟苟營營，一旦所圖不遂，則懊惱不堪。凡此，皆求之於人者也，不得尚不堪其憂。今與之三史一部，多不過六七套書，三四年不能披閱一過，卻夷然不以爲意，尚搖擺人前，作斯文様子。人爲之一笑，我爲之一痛。

人到年紀大了，讀書全要心入，拏得起來，放得下去。當放下去時，衝風破浪，繁劇宂沓。雖乍覺苦楚，有才料人，稍久即處分有條有理，仍可讀書。拏起來時，要不數行便覺此中翕翕然動②，神與古會。試看韓、柳、東坡之遭際，以常人當之，安能捉筆更爲詩文？此是從小功夫入深了，所以心入。若入不進去，無論投艱失措，即尋常安樂時，偶然看戲聽歌，心亦搖搖不能自主，歸來展卷，如墮十重霧，安能更爲詩文？其能入不能入，總在三十歲〔六〕以前。老馬學竄，便不中用，且人到三十歲以後，上有父母，下有妻子，即家道豐足，亦不能百事不關心，與從小下帷一樣。入得不深，拏得不穩，徙業改塗，勢所必然。家鄉讀書，有"案頭荒"之説，心不入可知。余"無一事堂"有句云"迹混神則祕"，五字是中年讀書妙法。

從小在書房，至二十一二歲，非嚴冬入場、出遠門，不許穿皮袍子。即雄於財，只可著皮套一件。食以飽爲度，不可多用肥膩，常令微飢薄寒，則骨力清健，心便靈動，既可惜福，亦戒侈心。即如我，已及艾之年③，半生食貧茹苦，偶然肥甘過多，便嬾怠看書。可知飽暖二字，當僅僅使之飽暖，不可少過分數。所謂"志不在飽暖也"。

老杜《牽牛織女》詩："颯然精靈合，何必秋遂通。"此等處看題有識，後邊講到君王夫婦大義上去，不必定去學他。工部之詩，柳州之文，到撒手放筆興會濃至時，多有此種，不可不知。

文人無行，多藉爲口實，此大不可也。夫以文人而作市井無賴之事，豈不可愧？子夏"小德出入"之言，已有語病。人生寧可爲數馬策以對之謹願，不可爲一擲百萬之豪縱，願家中諸人謹志此語。

工部《同元使君舂陵行》云："安得結輩十數公，落落然，參錯天下爲邦伯，萬物吐氣，天下稍安可待矣！"邦伯，即今督撫藩臬也。有好督撫藩臬，然後有好府道；有好府道，然後有好州縣；州縣果好，則上下安而黎庶康矣！工部自許稷契④，或稍溢分，使其得時行政，必有可觀。卒以窮餓空山而死，豈不惜哉！

人生以筆墨依人喫飯，實是窮得無可奈何。若有數畝山田，三間草屋，嘯飲絃歌，何求於人？雋三二十年游幕，鄉人無不羨之者。殊不知雋三雖好，不如少陵；東家雖賢，不如嚴武。少陵呈嚴句云"束縛酬知己，蹉跎效小忠"，可以想見，依人之不能游行自在矣！他日雋三見此，當爲三歎。

"衣上見新月，霜中登故畦。""鳥下竹根行，龜開萍葉過。"工部句也，宛然韋、柳、王、孟，特不肯以此自囿耳。

侍於君子有三愆，即所謂不懂眼也。人有全無知覺，隨處得愆，直是可厭；又有怕去招愆，藏頭露尾，永不敢侍於君子，則是可惜。金正希云："與羣小狎處，則終日不得一愆。"令人眞如冷水撥〔七〕背，陡然一驚。

漢高箕踞謾罵，終有柏人之變。能罵人，不是便宜處。諸葛武侯名士風流，一生謹慎，不曾罵過一人。要學名士，當先從謹慎二字入手。

在家能做好學生，處鄉黨能爲好人，日後出門涉世，或懋易⑤，或作官，習與性成，自能諸事安閒妥帖。亦有跅跎之士，未嘗不邀名當時，駕御失法，終是可慮。且是爲好人，爲惡人，皆是從讀書中來。惡人讀書，更足以濟其惡，如曹操簒漢是也。若是不曾學問，單會作惡，便容易制伏，不過一箇鄉里無賴鬼，一經枷杖，便知稍悛。

人有讀書一輩，手不釋卷。與之談，雖悉是陳言，無所發揮，然腹笥可稱富有矣！及行文作詩，則毛病百出。若從不拈筆，尚可藏拙；更有一種人，偏要著作刊集刻稿，雖轉眼灰飛煙滅，算不得事，然親見其刻苦如此，終身不得入門，豈非怪事？

天之生有器識人與全無心肝人，迹似相類，而實有不同。如患難之來，窮波百折，眞弄得少皮没毛，降心殺氣，依然讀書樂業，與一種敗家子弟，非但不知警畏，無憂無慮，坐任覆敗迹，窺之坦然處，極是相類。不知讀書樂業者之隱憂萬端，力欲挽回氣運，不勝其憔勞也。設不幸無可奈何，要是命裹早有安排，此心終無愧赧。

刻一人專集，當稍稍從寬。葢一人有一人之交游，苟可存得，未便棄擲。選一省人詩與天下人詩，勢不得不嚴。盧雅雨有《山左詩鈔》，近年吾鄉有《山右詩存》，山東近日又有續刻，二書頗爲人所雌黄。然能搜輯收於一處，亦是好事。精當與否，似未可苛。詩存中有附録現在人詩，當是爲託消起見。所收余詩，今集中删落殆盡。十五年前，本來没好詩，非操選者之過也。所以名人存稿不貴少作。鄙意謂刻集當待晚年，或竟是身後。早則終有所悔，不然則是入得不深，又從此抛荒,反覺得後來做不出,雖刻亦何益之有?

事之從前未有者,昔人謂之破天荒。吾家世住北陰邨梨樹街,自明末至今,諸生不下三四十人,食餼、官訓導,間一有之,從未有登甲乙榜者,然非先人不能也。耕田懋易,搎擋家事,未嘗從事於此耳。大凡人家不大顯達者,多不速敗。二百年來,豐衣足食,或亦由此。今日則家徒四壁,無田可耕,無貲可懋,無家事可搎擋,是以著子弟讀書,稍稍留心舉業,日後倘得破天荒,則凡中材者,皆可勉力爲之。官可不做,舉人、進士則斷斷不可不中,人生貴能自立,不必定是遥遥華胄。狄青謂:"一時遭際,安敢妄附梁公?"自是通人語,若時時刻刻誇耀先人,最叨人嫌。生人地位如文王,王季爲父,武王爲子,千古罕有之事,仍要自家能小心翼翼;卽不幸,仲弓爲犂牛之子,叔度爲牛豎之兒,亦未爲辱。將相無種,何必深較?且功名富貴,雖父子兄弟不能相假,況雲礽之裔,以先人自炫邪?此皆不讀書之過。王文成公之父,晚年自署楹帖,有"任老子婆娑風月,看兒曹整頓乾坤"之句,雖是説得起毊,亦不無與王福峙同有譽兒之〔八〕癖。譽兒與誇祖宗,正是一様毛病。

山谷《秋郊》云:"風力斜雁行,山光森雨足。壁蟲先知寒,機織日夜促。""山光"句全在"森"字用得妙。《太湖僧寺》云:"松竹不見天,蟠空作秋聲。谷鳥與溪瀨,合絃琵琶箏。"意亦尋常,寫來卻十分濃秀。此渣滓去盡,清氣在中故也。《觀音院》云:"谷底一墟落,地形如盎盆。"吾家踞太行巔,邨落形象多半如是。《刀坑口》云:"羣山黛新染,蒙氣寒鬱鬱。""蒙氣"二字,精妙之至,與《宿寶石寺》之"鐘磬秋山靜,爐香沈水寒。晴風蕩濛雨,雲物尚盤桓"同工。《皖口道中》云:"寒花委亂草,耐凍鳴風葉。江形篆平沙,分派回勁筆。"寫景能字字精到,不肯著一摸棱語,此山谷獨得。《貴池》云:"横雲初抹漆,爛漫南紀黑。不見九華峯,如與親友隔。"《别李端叔》云:"我觀江南山,如目不受垢。"《曉放汴舟》云:"又持三十口,去作江南夢。"皆戛戛生新,不肯一語猶人,筆力精能,實出宋人諸家之上,所以蘇、黄竝稱,特坡公天才横溢,尤不可及耳。其《答東坡》句云:"枯松倒澗壑，波濤所舂撞。萬牛挽不前，公乃獨力扛。”非東坡不足以當此語。後人多有以此意譽近代名流，殊未可當也。

萊陽趙鈞彤，字絜平，乙未進士，官唐山令，謫新疆，歸卒於家。予作令時，已前一年物故。覓其詩稿，家人秘不肯出。去年至萊，始得閱一過，才氣學力種種過人。古體如《故關》《落齒》《黑熊歌》《養馬行》《和樂詩》等篇，皆能力追古作者。予爲題詞於上，竝書寄其令嗣四川大足縣令，屬其刊行問世。近體亦佳，如《登州重謁蘇公祠》云：“一官儕俗吏，七載別先生。再覩祠前樹，旋登海上城。詩留殘碣在，氣壓晚潮平。異代仍尸祝，何妨五日行。”一結是登州東坡祠，移不到別處去。《白溝河》云：“古道通青塞，横流劃白溝。沙牽魚浦遠，雲壓雁聲秋。寒色迷郵口，孤懷感渡頭。壯哉張叔夜，一死謝中州。”此首佳處，亦在一結。絜平與李十桐同時人，五律卽不苟雷同，可見人當自樹，不必去依牆靠壁。幼孫名復孫，甫三齡，而嗜肉甘酒，就余乞餘，口占贈之：“羶薌烹處語啁啾，孺子含嬌媚老牛。撮胳頻煩人借箸，擎拳竝學客傾甌。翁官豈便如屠伯，祖廕應須襲醉侯。他日脱韝還拔劍，謫仙曼倩暫同游。”作家雖游戲筆墨，其不苟如此。

天下斷無閒人。其水雲野鶴之徒，逍遥暮年，而一日之中，精神命脈所寄，非在文字，卽在山水，手足縱閒，心未嘗無寄也。若少年人一無所事，便是行尸走肉，與死何異？然用心當自有竅。百務蝟集，懆者力與之爭，懦者氣與之靡，皆不足以任事。至作詩文用心，更要操縱由我。余《冬日雜詩》有句云：“不用心不靈，過用心轉滯。江郎才豈盡，滯卽無妙筆。”頗能得用心款要。我嘗與學生們說，人大了，讀書行文，先要養性靈，倘不能剔透玲瓏，斷斷不濟事。余曾有句云：“彼雖有至文，我卻無性靈。兩木合魚膠，終存兩木形。”肯用心人，從此悟入，庶乎漸到佳處。東坡作詩，非只不能同孟東野之喫苦，竝不能如黄山谷之刻至，賴有天才，抱萬卷書，以眞氣行之耳。漁洋作詩，不能同吳野人之喫苦，竝不能如初白、秋谷之刻至，天才眞氣又不能上追東坡，所以不免後人雌黄。可見此事不想喫苦，不求刻至，斷斷無益。我輩作詩，其才氣、書卷，又下漁洋，再不一層一層打進去,喫苦刻至,聊以自娛則可,如何能不朽?

從前在舊書肆中,得周櫟園所刻吳野人《陋軒詩》一冊,僅百首。朋輩借看,久已不知歸落何處。去年在萊陽,始得從鬱生家返回。古瘦堅峭,於諸布衣中,另豎一幟,惜傳流甚少。此刻諒非其全,檢《別裁》所登,即有此刻所無者。《義鸛行》云:“山寺高,塵市遥,皚皚兩鸛來爲巢。巢成子生,翼憊神勞。十日雨,千里水,遠去覓食,笑殺邨豎。攀曳上寺,潛以鵝卵易其子。卵破子出,雌鸛待飼。子出形殊,雄鸛驚呼。飛飛且怒,疑雌暗私他羽。東西南北,徧告其同類去。寒日瘦,北風哀,同類四面來。瞋目屬喙,且視且猜無端。紛紛偪迫,頃刻天窄地促。可憐雌兮潔如玉,懷不得明,義不受辱。啄爛巢中雛,自挂山頭木。雄見雌死,轉嗔爲啼。同類無賴,各返南北東西。踽踽臞影,此夜孤栖。栖遲到曙,霜露徧瓦,同類復來集僧厦。率一雌鸛,云是新寡。雄不顧,去四野,終身不雙,以報泉下。”叙事用字、措語之妙不可思議,此所謂寫生好手也。

《訪周櫟園先生兼呈汪恥人》云:“櫟公之冤一朝白,歡呼聲滿長安陌。蹔時歸臥江南春,從游獨重汪恥人。恥人學大年更少,與公與我爲同調。聞我有疾眠清谿,十日不能開口笑。酒酣離席向公云,草野今將失此君。櫟公不覺搔首語,世有此君胡不聞。索詩一讀一長歎,其時鴉叫寒宵分。公悲轉令恥人喜,貧病故人得知己。即遣蒼頭走雨風,陋軒半夜扶予起。跋涉舟車三百程,指日追隨公杖履。公既再生予未死,俱到恥人雙眼裏。”質而不俚,曲而能達,鈍根人正難領會。歌行體詩,能堂堂正正,力攻正面爲上。否則,偏師制勝,旁行側出,以盡其變,野人即用此法。而堅勁之質,生辣之味,似無意求工,而他人萬不能及,洵推老手。

野人五律《送森公》云:“人顔何可向,久矣勸師行。短杖又無定,斜陽皆有情。從今尋一寺,應不負餘生。古渡暮分手,蘆花伏水明。”此種詩,當賞之於聲色臭味之外;食人間煙火者,非但不能爲,亦不能解其妙也。

有人攻自家短處,不但謝過,兼能力改。若面赤耳紅,是怕當下一人攻短，不怕後世千人攻短矣！常有人拏詩來看者，再三要問可否。察其心果虛，乃肯告之，曰："若是只徒自家快活，與人唱和，儘可去得；若還要想上追古人，與今代名家抗行，希圖自壽，非再讀書深入不能。"倘察之不是眞心來請教的，則當以"極好必傳"四字了之。我二十年來，愁到無可奈何，只有看書排遣一法，幸而把卷心入，如好飲酒人，一杯入手，則千愁頓消，所以尚能活到今日。昨在濟南行館，有句云"諸愁集鬢容顏老，一卷對燈心力深"，詩雖未能佳，然皆是老實話，毫無客氣。

教訓子弟，宋儒之"身教者從，言教者訟"，尚是爲中人説法。下愚不移，卽身教仍是無益。如父肯讀書，兒愛賭錢之類。又最可笑者，嘗見老子管兒子，云："我打牌，你卻不得打牌。"是自家殺人放火，不許兒子打家劫寨，有是理乎？自古及今，幹蠱之佳兒少，濟惡之頑童衆也。

東坡《觀張師正所蓄辰砂》詩云："將軍結髮戰蠻溪，篋有殊珍勝象犀。漫説玉牀收箭簇，何曾金鼎識刀圭。近聞猛士收丹穴，欲助君王鑄褭蹄。多少空巖人不見，自隨初日吐虹蜺⑥。"此種詩是心中先有感觸，適有此題到手，遂如萬斛珠泉一齊涌出，與尋常小題大做不同。卽如工部櫻桃詩，非身膺部郎，流落西蜀，亦斷難憑空結搆也。大抵作事不可無所謂而爲之，況臨文安可苟哉？又如陸放翁《大雪》一首云："大雪江南見未曾，今年方始是嚴凝。巧穿簾罅如相覓，重壓林梢似不勝。氈屋擲盧忘夜睡，金羈立馬怯晨興。此生自笑功名晚，空想黄河徹底冰。"放翁當南渡後，忠憤之氣，時時溢於毫楮間，此詩其一見者也。若使他人爲之，則沒味矣。

人之初學爲詩，謂其學放翁，彼必未以爲然。卽語之者，亦必勸其去學李杜。迨至少有造就後，意謂東坡以下，舉不足以過我也。今試舉放翁一二瑣屑小題以例之，彼必縮手自謝，然後信古人卓然成家，皆有斷斷不能及處，未可以輕心掉之也。七律一首，題云《病足累日不出庵門折花自娱》："頻報園花照眼明，蹣跚正廢下牀行。擁衾又聽五更雨，屈指元無三日晴。不奈病何抛酒醆，粗知春在賴鷪聲。一枝自浸銅瓶水，喜與年光未隔生。”語語空靈，卻語語沈著，他人已難，第六句尤妙。我輩作詩三十年，放翁之不易到已如此，何況老杜。

詩貴能參活語，何也？今試略言之。東坡《是日至下馬磧憩於北山僧舍有閣曰“懷賢”南直斜谷西臨五丈原諸葛孔明所從出師也》，前半皆言山川形勝，當日出師云云，末幅忽著二句，云“山僧豈知此，一室老煙霞”，則題中“北山僧舍”四字，方有著落，此參活句一證也。羅昭諫《題潤州妙善寺前石羊》注：吳主孫權與蜀主劉備，嘗置此會。第五六句云“英雄已往時難問，苔蘚何知日漸深”，此又一證也。書此付常、棠，以當一隅。

七律之對仗靈便不測，雖不必首首如是，然此法則不可不會用。東坡《贈僧》云：“每逢蜀叟談終日，便覺峩嵋翠埽空。”黄仲則之《游西山道中》：“漸來車馬無聲地，忽與雲山有會心。”似從此化出。此等緣故，不是有心去學，讀得古人多了，自有不知不覺之妙。又東坡《和晁同年九日》云：“古來重九皆如此，别後西湖付與誰？”《喜雪御筵》云：“偶還仗内身如寄，尚憶江南酒可賒。”得此可以類推。東坡喜笑怒罵固多，然亦有極藴藉之作。如《次韻王鬱林》云：“平生多難非天意，此去殘年盡主恩。”又《元日過丹陽明日立春寄魯元翰》云：“竹馬異時寧信老，土牛明日莫辭春。”學者當細心檢點，不可鹵莽草率，道聽塗説。

詩有空寫而不覺其空者，不讀書人效之，便味同嚼蠟。屈翁山云：“白鷺一溪影，桃花何處灣？”其神韻色澤，味之彌長。欲爲此等，當先讀書，即如太白“牀前明月光”一首，似不從讀書得來，然其機神一片，又非藉書卷之氣發性靈，則斷斷不能。古人所傳，亦有思婦勞人之什，然持較氣味終别。又有故典與題全没關涉，信手拈來，妙不可言者。翁山《太白祠》句云：“才人自古蛟龍得，太白三閣兩水仙。”讀之令人驚喜。如此捏合用事，豈非妙手？

翁山《家園示弟》云：“先人好種藥，遺我神農書。與子理常業，參苓帶雨鋤。道從多病入，力是耦耕餘。莫嘆生涯拙，韓康此隱居。”第五六句接得深健，通體脈絡方極靈動。若此處稍弱，末即扯出“韓康”作結,仍是單薄。作者五律與蓮洋一派多用散行。余小時喜其省力,模範之,頗爲受病。中年細心讀杜,始能漸漸改轍。凡讀古人詩,甚不容易。自家學淺識陋,非名師以引導之,鮮不壞事。

陳後山《宿合江口》云:“風葉初疑雨,晴窗誤作明。穿林出去鳥,舉櫂有來聲。”與翁山之“秋林無靜樹,葉落鳥頻驚。一夜疑風雨,不知山月生”,是一種神理。不待深者能擊賞之,然必有眞實學問,方能手揮目送,役使羣物,刻劃化工;若儉腹之人,無眞興會而做爲之,則定落空腔,可一望而知也。

翁山《拜方正學》詩,末二句云:“莫問三楊事,忠良道各分。”作者自不能説壞三楊,看他下“道各分”三字,何等生辣。作文字要有膽力,有識見,卽此等也。

詩有看去極省力又極自在流出,卻不許人捉筆追蹤者,天才、人力之别也。翁山《贈楚客》云:“聲詩江漢始,莫謂楚無風。我祖離騷賦,人稱小雅同。明珠貽下女,香草惠童蒙。之子南荆起,還將樂府工。”其妙處尤在後半不弱。學者學古人到水到渠成之候,方可偶得此種。初上來,則不可師此,所謂教不獵等也。

人惟心能深入,然後能讀書,不然一室坐擁有何樂處?蔣心餘有《看書》一律,云:“老眼看書如讀畫,峯巒溪壑太分明。文成波皺循行出,著紙煙雲逐字生。窈窕態宜横側看,飛凌心許破空行。百回愈見軒昂甚,舉手捫來覺未平。”此是眞能看書者。作者七律絶有才氣,得力於劉夢得、李義山兩家爲多。《潤州小泊》云:“微雨夜沽京口酒,大江横截廣陵潮。”《薦福寺》云:“不關天地非奇困,能動風雷亦異才。”《過貴溪》云:“山色遠消龍虎氣,春帆横走馬牛風。”皆卓然可傳者。

東坡《送鄭户曹》詩,後半首云:“蕩蕩清河壖⑦,黄樓我所開。秋月墮城角,春風搖酒杯。遲君爲座客,新詩出瓊瑰。樓成君已去,人事固多乖。他年君倦游,白首賦歸來。登樓一長歗,使君安在哉?”《送頓起》句云:“岱宗已在眼,一往繼前躅。天門四十里,夜看扶桑浴。回頭望彭城,大海浮一粟。故人在其下,塵土相豗蹴⑧。”二詩卽同話家常，云：樓修起了，正好約來做詩，卻偏值遠行，日後歸來，我卻走了，到了樓上，定然想起我來。後一首卽如今日送人登泰山，每云上了山頂，想必該看見我們在著裏，塵土滿面，不得清淨。然雖是實話，言之無文，行之不遠，必得有東坡之才之筆，曲曲傳出，便能成奇文異彩，匪夷所思。若如近日講詩要説實話，街談巷語，流弊所至，尚可問邪？趙甌北七律《登臨懷古》之作，激昂忼慨，沈鬱蒼涼，能手也。《袁州城外石橋最雄麗，相傳爲嚴世蕃所作》："飛梁横鎖急流奔，遺惠猶傳濟洧溱。黄閣階前跨竈子，青詞燈下捉刀人。選材幾費深巖石，得地依然要路津。終欠出都騎款段，一鞭來此踏霜晨。"第六句拍題甚緊，末用徐階語卻好。《耒陽杜工部墓》云："生無一飽人誰惜，死有千秋鬼豈知。"《赤壁》云："烏鵲南飛無魏地，大江東去有周郎。"《韓蘄王墓》云："勳業未來先臥虎，英雄老去亦騎驢。"《喬公墓》云："生有隻雞留戲笑，死猶兩女嫁英雄。"《明太祖陵》云："千秋形勝從三國，一樣江山陋六朝。"讀之雖氣質稍粗，能淵淵出金石聲，最長人才思，啟人聰明。

【校記】

〔一〕塌，民國本作"榻"。
〔二〕媚，民國本作"眉"。
〔三〕直，民國本作"眞"。
〔四〕其，民國本作"餘"。
〔五〕學方，據文意似當作"學力"。
〔六〕歲，民國本作"幾"。
〔七〕撥，據文意似當作"潑"。
〔八〕之，民國本作"子"。

【注釋】

① 藻繢：即藻繪，文辭，文采。
② 翕翕：和睦貌。
③ 及艾：謂男子年滿五十。艾，指五十歲。
④ 稷契：語出杜甫《自京赴奉先縣詠懷五百字》："許身一何愚，竊比稷與契。"

⑤ 懋易：即貿易。
⑥ 虹蜺：舊時以虹蜺色彩艷麗，比喻人的才華藻繪。
⑦ 河壖：亦作"海堧"，河邊地。亦泛指沿河地區。
⑧ 㕓：撞擊；蹴：踢踏。

文章一道，斷無僥幸能作傳人者。連日多雨，閉門無事，偶閱陳星齋制義，其精能處，如讀心餘、仲則兩家詩，必傳於後無疑。又閱牟默人制義，其入理之深，措詞之妙，又與星齋不同，駸駸乎不肯拾金、陳餘唾，無論餘子。因歎文章者，精氣所固結，永同金石，豈妄也哉！古人應試策論，卽今之制義也，未有文字不能文從字順而先學爲詩者，有剥蕉抽繭之能，然後有風發泉涌之奇。入手當從五律。前談宋人諸作，獨〔一〕遺陳後山一家。緣所記得者，寥寥數語耳。昨日始得檢出，録之以爲學者津梁。《元日雪》云："度臘閲三白，開正還積陰。炊煙茅舍溼，噪雀暮枝深。短髮千方誤，中年萬里心。成書著巖穴，或有後人尋。"一結深情若揭，似不著題，而一年方始之日看雪杜門，自視所作，無愧於心，可傳於後，其神理之妙，有不可思議者。嗚呼！外人安得而知哉！《晚坐》云："柳弱留春色，梅寒讓雪花。溪明數積石，月過戀平沙。病減還增藥，年侵卻累家。後歸栖未定，不但秪昏鴉。"末二句翻用工部"獨鶴歸何晚，昏鴉已滿林"句，有神無迹，各具深情，而無雷同之獘。卽如東坡《九日次韻》云："明年縱健人應老，昨日相陪意已遲。"亦是翻進一層用杜句。余曾舉此以語家中子弟，不會這箇法，便是心死，此古人明明以金鍼度人也，安可不留心體察。《宿齊河》云："燭暗人初寂，寒生夜向深。潛魚聚沙窟，墜鳥滑霜林。稍作他年計，初回萬里心。還家只有夢，更著曉寒侵。""墜鳥"句，前人不曾道過，作者學杜，又與義山不同，精鍊工能，東坡、山谷皆出其下。《和王子安至日》云："近節翻多事，爲家不亦難。老成須藥力，愁絶向誰寬。凍雨能防夢，朝霜故作寒。顏衰心自了，不待鏡中看。"只著"凍雨"一句，通篇皆有新色而無土木衣冠之病，惟第二句學杜不佳。

李松溪云：前在京師，晤部郎方鐵船元鵾，稱昌黎詩似大銀餅，東野則如碎金子，更令人可愛，此解人語也。東野五古，學者當覽其全集方妙。五律《送遠吟》一首云："河水昏復晨，河邊相送頻。離杯有淚飲，别柳無枝春。一笑忽然斂，萬愁俄已新。東波與西日，不借遠行人。"有此種詩，昌黎安得不視爲畏友。拗折生辣，氣厚力健，第四句陡然作一拓筆，令人不測，結二句"東波""西日"，常語也，一經錘鍊，眞有聲淚俱盡之妙。此等五律，工部而外，眞無兩手。

蔣心餘詩，予所極心折者。第一卷有《擬秋懷》詩數首，不徒於少年時作，大言炎炎，終竟能卓然有所樹立。詩亦堅栗深造，力埽浮言，其《醉言》句云："讀書心久死，每被酒力活。"亦非深能領略知味者不能道。集中七古，當以《題表忠觀碑後》爲第一豹。君題兒子知廉《詩本一律代謝》詩，東坡卽不敢知覺，遺山老人捉筆無能遠過。卽此可悟，於行文下筆時，非不當讓古人，不敢讓古人也。東坡作《石鼓歌》，不敢讓韓，卽是此意。心餘五律《湖上晚歸》云："溼雲鴉背重，野寺出新晴。敗葉存秋氣，寒鐘過雨聲。半檐羣鳥入，深樹一燈明。獵獵西風勁，湖心月乍生。"《霽雪曉行》云："凍雲留曉日，孤寺不曾開。雪屋寒光定，山風虎力迴。谷深羣響合，筇健一僧來[①]。爭似茅檐底，呼兒索酒杯。"《雨過》云："雨過帆腰重，灘迴槳力柔。雲衣隨去鳥，風幔落閒鷗。酒趁輕航買，魚看細網收。江南楊柳岸，翻欲小淹留。"此等五律，又作一種明爽之槩，以工部爲宗，以宋人爲歸也。遂覺於謝茂秦、施愚山外，别具風骨氣魄，令人耳目爲之一新。其他如《金山》云："元氣留江影，天光縮漲痕。"《妙高臺》云："混茫旋一氣，分野亂羣星。"《康郎山》云："亂峯衝雨出，孤月抱秋圓。"《采石磯登太白樓》數首，皆能刻意生新，羞作雷同語。如"使氣非眞醉，沈江豈是狂？錦袍聊自適，不許後賢傷"最妙。太白錦袍，是自家風流瀟灑，後人傷而弔之，翻增無數煩惱矣。作詩從此落筆，前人窠臼一埽而空。

詩無新意，讀之不能發人性靈。人每謂非不能作新語，生於古人後，已被其説盡了，更從何處説起？此皆隔韡搔癢，不肯深入讀書，顢頇以欺人自欺耳②。果能得間而入，何患無新意？今録黄仲則詩，以作一證："子雲耽清淨，家貧常晏如。奇字世不識，不知讀何書。苦爲元祕言，惜此名山軀。後塵匪能步，尚哉珍令譽！"夫以舉世不識之奇字，而一人讀之，則所讀究是何書，必深有識之疑。往日頗有此意，解人先得之耳。"古交戒情盡，今交患情離。苦自留其餘，不知將贈誰。寶劍既心許，慨然脱相遺。安用挂樹日，悲此宿草爲？"慧心慧眼，方許讀書。又一首云："行行向京洛，冠蓋織古今。疲極或嘅息，偶云暮泉林。長揖挽之去，至竟非其心。朝來出門望，車迹恐不深。驚流少潛魚，疾飈無安禽。亮矣子陵釣，愍哉嵇生琴！"此種事向來没人好意思説破，此竟〔二〕直抉其心，用"長揖挽之"云云，仲則大是刻薄鬼。

人生遇下人，寬嚴總要得當。張率之壯哉鼠雀，不若柳公權之銀杯羽化〔三〕。《宋書》稱韓魏公嘗夜作書，持燭兵他顧，燭燃公鬚，公以袖拂之，作書如故，頃回視，已易其人。公恐主吏鞭之，急呼曰："渠方解持燭，勿易也。"此所謂有相度。凡讀書人當有此氣量。若張桓侯之鞭撻下人，卒不免有范建之禍，可不戒哉？

人生讀書一場，倘能中式作官，第一是不可佞媚上官，第二是不可要錢。要人家錢，若遇刁悍之人，不肯給他，故入人罪，還有上司開脱。獨佞媚上司，爲叨好起見，尤當克制，不然虞候爲帥君割股、大卿爲丞相放生事，所必至矣。

國家以時文取士，家中學生自當好好做去應試，然必得自家有一把好手，能去教導，不用去請先生纔好。若延師，花費〔四〕自不消説，正臘兩月，不能在館，遇節過令，省親上墳，親朋拜答，此十箇月中，只好在館八箇月。學生也有遇節過令等事，再去了兩箇月，則是一年之中只有半年可讀。間斷日久，則心神不守，刻苦下帷，一年能有幾日？如何得好？自家有把好手，委家事於一人，三百六十日，儘可讀書。父訓其子，兄訓其弟，科甲書香，可以不斷矣。延嘗筆太平板③，多病不能用功。人之筆氣平板，到學力深沈時候，如大江之水無風自涌，便不平板了，可惜因病不能耳。

和古人詩用古人韻，當於自家現在所處之地、所遇之人，一一盤算，聽我處分。然後是自家詩，攙不到古人集中。東坡《和李白潯陽紫極宫感秋詩序》略云："紫極宫，今天慶觀也。道士胡洞微以石本示余，蓋其師卓玘之所刻。玘有道術，節義過人，今亡矣。太白詩云：'四十九年非，一往不可復。'今予亦四十九，感之，次其韻。"云云。句云："緬懷卓道人，白首寓醫卜。謫仙固遠矣，此士亦難復。"余謂此和太白詩也，乃從一卓道人倒落出太白來，用筆奇横不測；若只追想太白，則人人能之矣。

東坡《中秋月》一首，起首言去年看月、今年卧病云云，皆人所能。至"月豈知我病，但見歌樓空"，則去年今年虚神實理兩面皆到矣。下接云："撫枕三歎息，扶杖起相從。天風不相哀，吹我落瓊宫。白露入肺腑，夜吟和秋蟲。坐令太白豪，化爲東野窮。"云云。若入尋常人手，"撫枕三歎息"以下便追想去年，傷感今夕，可以結局矣。看其著"扶杖"一語，下邊還有如許好光景，卻不曾脱卻"卧病"二字，可謂妙於布局，工於展勢。文章家不解此法，終是門外漢。又《九月十五日觀月聽琴西湖示坐客》云："白露下衆草，碧空卷微雲。孤光爲誰來，似爲我與君。水天浮四座，河漢落酒杯。使我冰雪腸，不受麴糵醺④。尚恨琴有絃，出魚亂湖紋。"云云。此首紀曉嵐評語，深能知此詩妙處。謂清思裊裊，静意可掬，不似俗手，貌爲惝怳語。"尚恨琴有絃"，入得有神無迹。入俗手，非琴月對寫，即另寫琴聲一段矣！余謂東坡一集，其命題有極瑣屑、他人斷不能得好詩者，公偏能於無奇處生奇，無新處生新。細玩其捉筆時，似亦未嘗鋪排。我先寫月一段，"琴"字只用一筆帶出，是其天機活潑，法律精深，其成文也如風水相遭，亦不知其所以然之故。後人千辛萬苦，弄來了無生氣，總是讀的書不多，心源養得〔五〕不靈妙耳。

一日之中，以晝夜相停算起，學者白日讀書，著四箇時刻用功，餘則稍稍休息，則機行而悟生。或性之所近，蒔花、灌菜、埽地、燒香，無之而不可。若偪令枯坐，時候太長，神倦氣索，與不讀同。此雖爲已知讀書人説法，其實小孩子亦同此理。惟頑劣者，朴作教刑，不在此例。倘收得心轉來，仍要此法。

每下帷苦讀一月書，則當一日出游，以舒暢其氣脈筋骨。或獨或偕，可以任便。有良朋則訪之，與之縱談今古，質疑問難，互相印證，歸仍刻苦如前。看經史以及文字，有不明白處，一時無人可問，再四思索，仍不了了，則黏籤於上，待質有識。每有所見，如匾對、詩詞之類，不知出處，必當私記咨詢。所看史籍可隨手摘録，每歲終則分類編出，日後八面受敵，學有根源矣。當起初入手時，覺得甚煩苦，行之日久，同於無事矣。

今日之做州縣，攤派過重，事敗則不得瓦全，予緣此同落職者四五人。先有一人捐復，部議不准。皇上旨意，謂此案終竟是攤派，不是餽送，准其捐復原官。可見事久自白，皇上聖明也。先是予未到官時，縣有命案一件，官驗明，辦理未協，以憂去，遂告部狀。予涖任，適發侍郎〔六〕廣興審訊，種種攤費，則惟現任是問矣。然與之，則不得無過。若遇椒山、剛峯一輩人，則斷斷不與矣。我輩讀書一場，正是有愧古人。説者曰："此以智自全也。"殊不知古人之以智自全之説，如陳平裸衣刺舩之類，非此之謂也，不得援以自解，偶書此一條，遺示後人，以志予過。

余五六歲時，先祖攜余至佛廟中，見泥塑神像五官皆活，但所説之話聲甚細微，聆之不能了了。後來問人，皆不知是何緣故。余早年有詩云："小時見泥佛，官骸如生人。咿唔作何語，傾耳聽未真。我或西土來，輪迴昧前因。再世方爲僧，恐爲佛所嗔。"又有句云："此生得禄休嫌晚，再世爲僧尚未遲。"卽用本事也。余少不慧，十五歲讀不周《四書》，次年隨侍先大人於閩中，至漢陽登黄鶴樓，舟小江大，每波浪一鼓盪，心竅翕然一開，覺得心裏了亮，喜歡之至。歸舟，把所讀書，忽知句讀，兼曉其行文用筆之大槩。此與見泥佛事頗相類，故牽連書之。

古之賢人，斷無矯飾者。如東漢羊續爲廬江太守，丞餽魚，續懸之梁上，再餽則出前魚示之，丞慚而退。此中必有緣故。丞或挾此箋戔者，有非分之干，不然，餽生魚於子産，何爲不罪之？我在官時，四鄉紳耆來餽食者，無不受之。彼業已烹飪，不受則物敗，不可食矣。平生非曹、劉、沈、謝，最嬾怠記其人之姓名，彼時非無名帖來投，過卽不能省記。來日決事，送魚送鴨者，竟有受責而去，人皆譁曰："官是論曲直，不是論送東西喫的。"我去官後，民情愛戴，此其一端。若一味讀死書，去學羊續，豈不誤事？又如王粲愛聽驢鳴，此有何好聽處？或亦劉貢父所云"馬默驢鳴"之類。余嘗有《途中雜詩》云："野店眞嘈雜，耳中無好聲。不能解王粲，何事喜驢鳴？有託留諧謔，古人無矯情。著鞭心事急，一飯束裝行。"詩不必佳，而識則不泥。

山西當代文士，如傅青主之人品、戴楓仲之經學、閻百詩之考據、畢亮四之奇奧，而名臣及工辭翰者不與焉，安見得不如南人？鄉曲中有涉大江以南歸來者，艷稱書籍之多，詩文之麗，鄙鄉人幾一文不直〔七〕。此如舊家子弟當式微後，見富貴人家穿華服、營美室，欲仰其與共之懷，伸彼賃廡之私，便自忘先世之狐裘皇皇、夏屋渠渠也，此之謂長他人威風，滅自家志氣。

萊陽之梁子口，重岡複嶺，茂林矮屋，五龍河界其左側，宛然吾家樊麓一曲沁流東注光景，故當日有句云："便須鼓櫂隨漁父，何異還鄉守會稽？"去年重至，宿其地，得詩一首云："嶺狐穴古墳，日夕怪聲聞。門隔一溪水，心期數片雲。石苔侵廢井，長劍動秋雯。欲作還家夢，山多路不分。"此種五律脱渣滓而留清古之骨，求之古人，當與東野作忘形之交。他日《六硯草堂》數卷詩，或不致泯泯無聞。

好作綺語，自是不可，然人品則不關係乎此。韓偓爲人，有《唐書》可按，可以作香匳語短之邪⑤？其《安貧》句云："謀身拙爲安蚍足，報國危曾捋虎鬚。"至今讀之，猶有生氣。再如羅昭諫一輩人，勸錢鏐討梁，堂堂正正，豈詞華之士所能及？其形於文字之間，風骨亦自可見。《夜泊淮口》云："秋涼霧露侵燈下，夜靜魚龍偪岸行。"亦非晚唐靡靡之響。

談詩者，每言不可刻意求新，此防其人於纖巧，流於僻澀耳，非謂不當新也。若太倉之粟，陳陳相因，作者無意緒，閲者生厭惡矣。如義山《思歸》云："固有樓堪倚，能無酒可傾。"又《卽目》云："地寬樓已迥，人更迥於樓。"難云不佳，然再倣爲則味同嚼蠟。然人之犯此病者，則不少矣。

贈人詩，切姓最俗，此亦爲俗手而言。若古人之精切有味，剛剛安頓得好，則又不爲嫌矣。王荆公《上元喜呈貢父》云："車馬紛紛白晝同，萬家燈火煖春風。别開閶闔壺天外，特起蓬萊陸海中。盡取繁華供俠少，衹分牢落與衰翁。不知太乙游何處，定把青藜獨照公。"前四句了不異人，第五句忽然束一筆，六句著到劉身上，剛剛起起末二句。俠少看燈，衰翁讀書，兩兩相形，妙不可言。而筆氣之靈動堅整，又最起發後學。

【校記】

〔一〕獨，民國本作"猶"。

〔二〕竟，民國本作"意"。

〔三〕羽化，民國本作"羽花"。

〔四〕花費，原刻作"化費"，民國本作"花費"。從民國本改作"花費"。

〔五〕得，民國本作"的"。

〔六〕郎後民國本有"中"字。

〔七〕直，民國本作"値"。

【注釋】

① 筇：竹名，可爲杖。

② 顢頇：面大貌。亦指糊塗而馬虎。

③ 延賞：延君壽之長子。

④ 麴蘖：卽酒麴。《書·説命下》："若作酒醴，爾惟麴蘖。"孔傳："酒醴須麴蘖以成。"亦指酒。

⑤ 香奩語：卽香奩體，一種專以婦女身邊瑣事爲題材，多綺羅脂粉之語的詩歌體裁。奩，中國古代女子存放梳妝用品的鏡箱。